Henry Jaeger · Die Festung

HENRY JAEGER

# Die Festung

ROMAN

HERBIG

Umschlaggestaltung: Christel Aumann, München
Gesamtherstellung: Jos. C. Huber KG., Dießen
Printed in Germany 1978
ISBN 3-7766-0928-1

*Für Margot*

## ERSTES KAPITEL

An einem Abend im Spätherbst, es waren jetzt fast zwei Jahre darüber vergangen, legte Albert Starosta den Brand an die Baracke. Sechzig Menschen wohnten darin. Sie waren zu verschiedenen Zeiten angekommen und hatten sich in der Baracke eingerichtet. Aber Albert Starosta dachte nicht an die Menschen, dachte weder an seine Eltern und Geschwister noch daran, daß in diesem Feuer auch seine eigene Bleibe verglühen würde.

An jenem Abend ging er in die Besenkammer, suchte darin herum und fand einen leeren Jutesack. Damit bedeckte er die große Petroleumkanne. Sieben oder acht Liter waren noch darin. Er trug den Behälter aus der Besenkammer hinaus, ging mitten durch die Baracke, durch das Gewimmel; Kinder plärrten, Erwachsene schimpften, andere saßen ruhig beim Essen, als hätte es nie den Streit gegeben, bei dem Alberts Vater vor den Augen seiner Kinder verprügelt worden war. Es schien alles wie jeden Abend um diese Zeit. Niemand beachtete ihn.

Er ging durch die Tür hinaus ins Freie, ging an der fensterlosen Hinterwand der Baracke entlang, ließ den dünnen, lautlosen Strahl aus der Kanne fließen und tränkte das Holz mit der Flüssigkeit. Dann zündete er mit einem Streichholz ein Stück zusammengeknülltes Papier an, das er dicht an die Wand warf. Er hörte seine Atemzüge, wartete, sah das Papier auflodern und die Flamme zur Wand überspringen. Sie zögerte, züngelte wie unschlüssig, schnellte dann auf und wuchs mit einem bösen Fauchen unwiderstehlich empor.

Damals war Albert Starosta zwölf Jahre alt und besessen von Haß gegen die Baracke, die er vernichten, zu einem Nichts machen wollte, getrieben von der unklaren, kindlichen Vorstellung, die Flamme würde dann auch die Not mit verzehren, den Dreck, die Roheit, die Gemeinheit, das ganze fleckige, schmierige Elend.

Später kam die Angst. Zwei Jahre lang schleppte er jetzt schon diese heimliche Angst mit sich herum, die ihn auch heute, als das Fräulein vom Amt gekommen war, aus dem Zimmer in den Hof hinuntergetrieben hatte. Er war in die Dunkelheit des Festungshofes geflüchtet. Seine Schwester, die sich oben gelangweilt hatte, war zu ihm heruntergekommen. Sie hörten die Schritte, die durch den Torbogen gingen.

Albert hoffte auf seinen Vater, hoffte, daß der das Fräulein vertreiben würde. Aber Hugo kam noch nicht. Zuerst kam Viktor. Albert und Mi-Mo kannten seinen Schritt. Er war unverwechselbar.

Viktor ging wie ein Herr. Er besaß nicht mehr als die anderen, hatte von seinem Besitz und von dem, was ihm noch hätte zufallen sollen, nichts gerettet – nur dieser Gang war ihm noch eigen, dieses selbstsichere Auftreten.

Der Vater setzte die Füße anders: manchmal hastig, dann wieder langsam und zögernd. War er angetrunken, dann stolperte er über die ungleich gebuckelten Steine des Hofes. Aber das Stolpern war in der letzten Zeit selten geworden, denn er hatte jetzt nicht mehr genug Geld für Bier.

Viktor war mit dem Sechsuhrzug von der Arbeit gekommen. Er kam jeden Abend um die gleiche Zeit. Schon damals, als sie noch in der Himmelsgasse gewohnt hatten – in ihrer Erinnerung lebten noch einige matte Bilder aus dieser Zeit –, war auf Viktor Verlaß gewesen. Pünktlichkeit gehörte zu seinem Charakter. Er war auch pünktlich in den Krieg gezogen, war pünktlich wieder daraus entlassen worden und blieb weiter pünktlich, unter allen Umständen, in schweigender Entschlossenheit.

Viktor blieb bei ihnen stehen, und Albert sagte: »Wir warten auf Hugo, das Fräulein vom Amt ist wieder da.«

Was die wolle, fragte Viktor, ob sie wegen Albert oder wegen Mi-Mo gekommen sei.

»Sie will zu Hugo«, sagte Albert. »Wir haben ihr gesagt, daß er arbeitet, aber das hat sie nicht geglaubt.«

Eliese hatte im Zimmer gerade den großen Topf mit Wäsche auf dem Herd stehen, als das Fräulein hereingekommen war. In dem dampferfüllten Raum war ihre Brille angelaufen, so daß man die Augen dahinter nicht sehen konnte. Als sie die Brille abnahm, fand Albert die nun seltsam nackten Augen, die ihn ansahen, erschrekkend. Wie blind kamen sie ihm vor, unheimlich. Er war fortgelaufen.

Im Zimmer saß jetzt die Fürsorgerin auf einem Stuhl, mit einem Ausdruck ermüdeten Wohlwollens, das ihr niemand glaubte.

Viktor war einer der wenigen Menschen, vor denen Albert einen gewissen Respekt empfand. Die meisten Erwachsenen betrachtete er mit gemäßigter Verachtung. Sein Vater war da keine Ausnahme, die Mutter auch nicht, höchstens die Großmutter, aber die nahm nicht mehr ganz den Platz einer Erwachsenen ein. Sie redete nicht viel, und wenn sie etwas sagte, dann achtete niemand darauf. So plapperte sie ihre Selbstgespräche ins Leere. Sie war weit über Achtzig und hatte ihren Mann nun um mehr als zehn Jahre überlebt. Aber zuweilen redete sie noch mit ihm; dann lachten sie oben im Zimmer, und Hugo sagte: »Jetzt spricht sie wieder mit August –«

Von seinem Großvater wußte Albert noch, daß er Pfeife geraucht, daß sein Atem nach Tabak gerochen hatte und daß seine Hand härter und wärmer gewesen war als die seines Vaters. Es schien ihm, als sei er aus einem anderen, besseren Stoff gewesen als sein Vater den er wie einen zweifelhaften älteren Bruder betrachtete, dessen körperliche Überlegenheit er einstweilen noch anerkennen mußte.

Sie hörten Viktor langsam die Treppe zur Galerie hinaufsteigen, die in diesem Flügel der Festung an einer endlos scheinenden Reihe von Türen entlangführte. Ein halbierter Gefängniskorridor, wie ein Mann gesagt hatte, der genau wußte, wie es im Gefängnis aussah. Es gab hier Männer, die das wußten. In einem anderen Flügel der Festung war noch einmal die gleiche Anzahl Räume zum Wohnen hergerichtet. Zwei Flügel standen leer, weil es da statt der Fenster nur Schießscharten gab. Es war nicht sicher, ob dort jemals Fenster in das Mauerwerk gebrochen würden. Man hatte früher davon gesprochen, daß nun bald die Maurer erscheinen würden und daß noch mindestens dreihundert Leute hier untergebracht werden müßten. Aber die Maurer waren nicht gekommen, und seit einem halben Jahr sprach niemand mehr davon. Damals hatten sie gefürchtet, sie müßten noch enger zusammenrücken, die sanitären Anlagen würden nicht ausreichen, das Wasser würde knapp werden und es käme dann wieder zu den täglichen Streitigkeiten. Das wäre kein Leben, hatten sie gesagt. Das wäre dann genau wie im Lager. Schließlich sei es genug, wenn sechshundert Leute in diesem Gemäuer lebten.

Die Festung, so hatte man ihnen auf den Ämtern gesagt, sollte nur eine Durchgangsstation sein. Nach und nach würden sie alle in Wohnungen untergebracht werden. Aber es gab Familien, die schon länger als vier Jahre in der Festung lebten.

Wer sich dafür interessierte, konnte vom Verwalter erfahren, daß die Festung am Anfang des 13. Jahrhunderts erbaut worden war. Sie war jedoch nie zu einem Schauplatz kriegerischer Handlungen geworden und wohl mehr eine selbstherrliche Spielerei des damaligen Landesfürsten gewesen. Einige Male hatte sie in der Gefahr geschwebt, geschleift zu werden, und zwei-, dreimal war sie kampflos irgendeiner Gegenpartei übergeben worden. Einmal war auch ein junger Soldat hier erschossen worden. Das war in einem jener kleinen Kriege gewesen, die in den Geschichtsbüchern nur nebenher behandelt werden und deren Ursachen, wenn man es heute nachprüfen könnte, sich möglicherweise auf ein Streitgespräch zweier erlauchter Herren über eine goldene Schnupftabaksdose zurückführen ließen – in den Geschichtsbüchern werden natürlich ganz andere Ursachen angegeben. Jedenfalls war der junge Soldat erschossen worden, weil er versucht hatte zu desertieren. Die Trommeln hatten ihren Wirbel heruntergerasselt: Legt an! Gebt Feuer! Vielleicht hatte er sich aus dem Staub machen wollen, weil er Heimweh hatte? Vielleicht hatte ihn das Heimweh getötet? Aber das lag weit zurück. Sein Name war vergessen.

Es gab viele Jahre, in denen die Festung mit verschlossenen Türen still vor sich hingedämmert hatte, ein Quadrat aus Stein, das einen weiten Hof umschloß und aus dessen Westflügel ein runder Turm die Mauern um die Höhe eines Stockwerkes überragte. Im Ersten Weltkrieg hatte sie gefangenen Russen als Aufenthaltsort gedient; zwanzig Jahre später waren entwaffnete Franzosen eingezogen und hatten sich über die zähen russischen Wanzen beschwert, die dort immer noch lebten. Es wurde jedoch nichts Entscheidendes gegen sie unternommen. Dann kamen Engländer, die es fertigbrachten, über das Rote Kreuz Insektenpulver zu erhalten, das die Wanzen vertrieb. Als sich das Blatt gewendet hatte und aus den britischen Gefangenen die Sieger geworden waren, marschierten Kriegsverbrecher ein, mittlere und kleine. Sie mußten dort etliche Wochen verbringen, bis man ihnen den Prozeß machte oder sie wieder laufenließ, wenn sie die richtigen Fürsprecher hatten. Aber auch das lag schon länger als ein Jahrzehnt zurück; das Blatt hatte sich wiederum gewendet.

In den fast zweihundertfünfzig Jahren, die nun der Mörtel das steinerne Geviert zusammenhielt, hatte sich niemand darin wohl gefühlt, niemand hatte freiwillig dort gehaust. Auch die Menschen, die jetzt dort lebten, waren nicht freiwillig eingezogen, und auch sie fühlten sich nicht wohl. Immerhin verbanden sie mit der Festung die Vorstellung einer bescheidenen Sicherheit, die sie lange entbehrt hatten. Man lebte in einem festgefügten Haus, man hatte seinen eigenen Raum, und es gab eine Tür, die verschließbar war und an deren Außenseite man sein Namensschild festnageln konnte.

## ZWEITES KAPITEL

Wenn Albert den Festungshof bei Dunkelheit betrat, hatte er immer das drängende Gefühl, er müsse auf der Hut sein. Diese riesenhafte Ruhe, vor allen Winden abgeschirmt, machte ihn mißtrauisch. In den Ecken brütete das Dunkel – und man konnte nicht sehen, was sonst noch dort nistete. Die Lampe in der Mitte des Hofes leuchtete die Winkel nicht aus; es war möglich, daß sich dort Knäuel von schwarzen Schlangen ringelten, absonderliches Gewürm, Nachtschlangen; und vielleicht strichen dort Fledermäuse durch die Finsternis, mit lautlosen Schwingen.

Er war vor dem Fräulein davongelaufen, denn er hatte gedacht, daß sie seinetwegen da sei, daß sie durch geheimnisvolle Verkettungen die Wahrheit erfahren habe und daß nun Unheil auf ihn zukomme. Man mußte sich vorsehen.

Im Hof erhoffte er sich die Gesellschaft der Geräusche, die von oben kamen. Jemand ließ Wasser in einen Topf laufen; eine Türe wurde aufgerissen und wieder zugeschlagen; Schritte auf der Galerie; ein Radio spielte. Aber das war ihm alles viel zu leise. Er hätte jetzt gewünscht, daß hundert Trompeten die Stille zerrissen. Die Vorstellung seiner Absonderung überfiel ihn: Er fühlte sich allein, wie ein Stück Treibholz auf dem Meer.

Dann kam Mi-Mo herunter. Sie sagte: »Was machst du denn hier?«

Er erklärte, er warte auf einen Nachbarn, von dem er sich ein Fahrrad leihen könne – für morgen.

»Wo willst du denn morgen hin mit dem Fahrrad?«

»Frag' ich dich etwa, wo du morgen hinwillst?«

»Nein, aber ich will ja auch morgen nirgends hin. Du kannst doch das Fahrrad von Hugo nehmen.«

»Das ist platt.«

Aber er könne es doch aufpumpen, sagte sie. Der Kainrath habe eine Luftpumpe, und der Schulz auch. Von Schulz könne man sich gut was ausleihen, denn mit dem habe Hugo noch nicht Streit gehabt.

»Menschenskind!« rief er. »Wir haben doch selber eine Pumpe! Aber das Rad ist platt, weil ein Loch im Schlauch ist – da geht die Luft 'raus!«

»Ach so«, sagte sie.

Albert fragte: »Was hat sie gesagt?«

»Wer?«

»Das Fräulein!« Er blickte sie an. »Sie wartet auf Hugo. Sie ist wegen ihm gekommen, nicht wahr?«

»Nein«, erwiderte sie. »Wegen dir ist sie gekommen.«

»Was hat sie gesagt? Weiß sie etwas? Hast du etwas verraten?«

»Ich, nein!«

»Aber sie weiß etwas?«

»Aua!« sagte Mi-Mo. »Laß doch meinen Arm los!«

Er lockerte seinen Griff. Sie stand vor ihm mit gekränktem Gesicht und rieb mit der Hand über ihren Arm. »Ich weiß nicht, ob sie etwas weiß. Sie hat wegen der Schule gefragt. Und von einer Lehrstelle hat sie gesprochen.«

»Wegen der Schule?«

»Ja, du würdest zu oft fehlen. Sie hat mit dem Lehrer gesprochen!«

»So«, sagte er, »ich fehle zu oft. Na dann ist es gut. Dann weiß sie nichts.«

Über die Sache mit der Lehrstelle dachte er nicht weiter nach. Das hatte noch Zeit. Schließlich würden sie doch über ihn bestimmen, und er würde machen, was sie ihm sagten. Aber wenn er alt genug wäre, dann würde er tun, was er wollte. Das war einer seiner heimlichen Grundsätze.

»Sie weiß nichts«, sagte er und grinste sie an. Er kniff dabei das linke Auge zu und zog jenes Gesicht, das ihm von allen Gesichtern, die er zeigen konnte, das unvergleichlichste schien: Wenn er dieses listige Gesicht aufsetzte, mit dem zugekniffenen Auge, fühlte er sich den anderen überlegen. Er leistete sich diesen bescheidenen Hochmut jedoch nur bei Menschen, bei denen er sicher zu sein glaubte, daß sie damit zu beeindrucken waren.

»Es ist jetzt zwei Jahre her«, sagte er. »Noch einmal zwei Jahre und dann noch einmal, dann wird es niemand mehr erfahren. Du wirst es doch auch vergessen, oder?«

»Du wartest gar nicht wegen dem Fahrrad. Wer ist denn das, von dem du es borgen willst?«

Er sagte langsam: »Ob jetzt noch jemand daran denkt? Viktor hat es miterlebt, Kainrath, Schulz, ja, und Dora und Herbert. Aber viele, die damals dabei waren, wohnen jetzt nicht mehr hier. Das Fahrrad? Natürlich warte ich wegen dem Fahrrad! Hör mal – wie lange wirst du noch brauchen, um es zu vergessen?«

»Das weiß ich doch nicht«, erwiderte sie. »Ich habe jetzt schon lange nicht mehr daran gedacht.«

»Du wirst nicht hingehen und mich verraten, das weiß ich, aber wirst du auch nie darüber sprechen?«

»Ich? Nein, ich werde nie darüber sprechen.«

Er hatte damals einen Teil seiner Schuld auf Mi-Mo abgeladen. Er war damit umhergegangen, hatte es getragen, und es war zu schwer für seine zwölf Jahre gewesen. Dann hatte er angefangen, alle Menschen seiner Umgebung zu prüfen, einen nach dem andern; und schließlich hatte er sich für Mi-Mo entschieden und ihr alles gesagt. Danach fühlte er sich erleichtert durch die Vorstellung, er habe die Hälfte der Last einem anderen auferlegt.

Er erinnerte sich daran, wie er zwischen den Leuten gestanden und mit ihnen hinaufgestarrt hatte zu der Flamme, die gegen den Nachthimmel züngelte. Auch an die Sirene der Feuerwehr erinnerte er sich, an die Kommandos und an den wilden, einsamen Triumph, der in ihm wuchs.

Das war am Abend des Tages, an dem er sich unter den Kränkungen der anderen gekrümmt hatte

Er mußte zur Schule. Er wollte es nicht, aber das war Pflicht. Sie hatten »Barackenfloh« zu ihm gesagt. Er wußte sofort, daß er diesen Namen nicht wieder loswerden würde. Während des Unterrichts hatte er darüber nachgedacht. In der letzten Stunde sagte der Lehrer, er sei dumm – halt ein wenig zurückgeblieben, da könne man nichts machen. Es klang nicht böse, es lag sogar Nachsicht darin. Aber gerade diese Nachsicht erschütterte Albert, stieß ihn aus dem Kreis der anderen Schüler hinaus. Barackenfloh! Dumm! Nichts zu machen!

Und was war noch an diesem Tag? Am frühen Abend dieses Tages war sein Vater verprügelt worden. Er war damals gerade erst heimgekehrt – oder vielmehr: er war entlassen worden, in das Land, zu dem seine Heimat gerechnet wurde. Man hatte ihm Geld ausbezahlt, Entschädigungen. Es gab in der Baracke noch einige von dieser Sorte, die gekommen waren, als schon niemand mehr mit ihnen gerechnet hatte. Unter ihnen waren Männer, die arbeiteten, und Männer, die Karten spielten. Hugo spielte Karten. Sie spielten um Geld. Albert hörte, wie die anderen Männer plötzlich laut riefen: »Du willst betrügen!«

Jemand hatte seinen Vater ins Gesicht geschlagen, und dieser Schlag hatte ihn vom Stuhl auf den Boden gefegt wie einen nassen Lappen. Dann war er aufgestanden und hatte die lahme Geste eines Angriffs gezeigt, eine müde Ehrenrettung.

Aber die anderen waren stärker. Sie schüttelten ihn, daß ihm der Kopf hin und her flog. Sie schlugen auf ihn ein, wie auf ein altes Bündel Kleider. Viktor trat dazwischen, auch die beiden älteren Brüder Alberts. Noch zwei, drei Männer mischten sich ein. Sie schrien und fluchten und schlugen sich klatschend ins Gesicht. Albert war bei jedem Hieb zusammengezuckt.

Sein Vater lag ganz unten. Als er hervorkroch, hing ihm die Hose in Fetzen vom Leib. Auch seine Unterwäsche war zerrissen. Eine Frau rief, er solle sich seinen dreckigen Hintern bedecken. Da griff er nach hinten und zog die Lappen seiner Unterhose über sein Hinterteil. Auf allen vieren war er herangekrochen, während Viktor Ordnung gestiftet hatte.

Niemand hatte an Albert gedacht, nachdem die Baracke abgebrannt war. Die Männer und Frauen wurden verhört. Nach den Petroleumlampen war gefragt worden. Es gab mindestens zehn dieser Lampen aus der Zeit, als das elektrische Licht noch nicht gelegt war. Die Kinder wurden kurz befragt, ob sie nichts gesehen hätten. Niemand hatte etwas gesehen. Ein paar Tage später wurde darüber gesprochen, daß es Brandstiftung gewesen sei.

Die Zeitungen hatten darüber geschrieben. Sechzig Personen waren für ein paar Tage obdachlos geworden. Aber hatten sie nicht alle davon profitiert? Die anderen Baracken waren überfüllt gewesen und so waren sie in die Festung eingewiesen worden. Sie hätten ihm dankbar sein müssen.

Doch er hörte die Männer sagen, wenn sie den Brandstifter erwischten, würden sie ihn totschlagen. Von da an begann sein Triumph zu schrumpfen, und die Angst wuchs. Nachträglich kam ihm seine Tat so vor, als habe er gedankenlos an einem Hebel gespielt und dabei ein Unglück ausgelöst. Und er war ja tatsächlich zu einer Art Hebel geworden, der dem Weg etlicher Familien die Weiche gestellt hatte. Aber nun hatte er vollauf zu tun mit seiner Angst, von der er die Hälfte auf Mi-Mo abgeladen hatte.

An einem Abend hatte er sie zur Seite genommen und leise auf sie eingesprochen. Alles, was Mi-Mo erwiderte, war: »Ach, das bist du gewesen! Warum denn nur?«

»Du darfst nicht darüber reden, sonst komme ich ins Gefängnis!«

»Dazu bist du noch zu jung. Du bist noch ein Kind.«

»Ich komme ins Kindergefängnis.«

»Gibt es das überhaupt?«

»Natürlich gibt es das! Ich weiß es ganz bestimmt!«

»Wie geht es denn da zu?«

»Im Kindergefängnis gibt es jeden Tag Hiebe. Gleich nach dem Essen werden die Schläge ausgeteilt. Dann geht das Licht aus und man muß ins Bett.«

Mi-Mo war nicht klug, dafür aber verläßlich. Sie war fünf Jahre älter als er, doch er fühlte sich ihr überlegen. Jeder wußte, daß Mi-Mo nicht klug war, und sie wußte es selber. Deshalb redete sie nicht viel bei Fremden, und je mehr irgendwo geredet wurde, desto einsilbiger wurde sie. Sie befürchtete immer, etwas Dummes zu sagen. Oft genug hatte sie früher dummes Zeug geschwatzt, bis sie begriff, daß man nur zu schweigen brauchte, um seine Mängel zu verbergen. Im Schweigen war sie beständig, und sie vermochte damit Fremde zu täuschen. Aber wer sie länger kannte, erfaßte dann doch ihre Schwächen.

Eigentlich hieß sie Maria; den Namen Mi-Mo hatte sie sich selbst gegeben, als sie noch am Boden herumkroch. Bis zu ihrem vierten Lebensjahr hatte sie nichts anderes sagen können als »Mi-Mo«. Sie hatte diese Silben von dem Wort »Milch« abgeleitet und sie zunächst nur gerufen, wenn sie Milch haben wollte. Das wollte sie allerdings immerfort, ihr Hunger schien unstillbar. Schließlich begann sie mit diesem einzigen Wort alles mögliche auszudrücken; jedes sonstige Sprechen schien ihr offenbar überflüssig. Sie hörte auch nur auf »Mi-Mo«; auf »Maria« hatte sie nie reagiert. So nötigte sie allen das Wort Mi-Mo auf.

Für Menschen gab sie wenig Interesse zu erkennen. Doch sie rief jedesmal mit Begeisterung »Mi-Mo«, wenn sie mit der Mutter am Milchladen vorüberging und darin den Milchhändler in seinem weißen Kittel sah. Der weiße Kittel war für sie gleichbedeutend mit Milch. So war sie eines Tages vor einem Ladengeschäft gefunden worden, in dessen Auslage eine weißbekleidete Schaufensterpuppe ausgestellt war. Sie stand vor der Scheibe und bettelte zu der Schaufensterpuppe hinauf: »Mi-Mo – Mi-Mo«.

Damals war sie vier Jahre alt gewesen. Später, als sie endlich sprechen konnte, gab es noch immer eine Menge Worte, die sie nicht richtig über die Zunge brachte. »Straßenbahnhaltestelle«, »Eisenbahnzug« oder »Metzgermesser« konnte sie erst sagen, als sie zehn war. Als die Mutter mit ihr zum Lagerarzt ging, sagte er: »Sie ist halt ein bißchen maulfaul. Das tut niemandem weh – ihr selbst jedenfalls bestimmt nicht.«

Das war der Mutter ein Trost gewesen. Man sah ja auch Mi-Mo nichts an. Sie sah aus wie andere junge Mädchen, nur daß ihre körperliche Reife sehr früh eingesetzt hatte. Aber niemand sah darin einen Nachteil. Hugo behauptete sogar, die frühe Blüte seiner Tochter sei ein Beweis für ihre Gesundheit.

Manchmal prahlte er geradezu mit ihr; wenn dann die Rede auf sie kam, rief er: »Das Mädchen ist gesund, mein lieber Mann, die ist gesund!« Dabei zeigte er eine Miene, als sei es seine persönliche Leistung, daß Mi-Mo gewachsen und früh gereift war.

## DRITTES KAPITEL

Hugo Starosta wußte, daß er etwas unternehmen mußte. Und da es vorerst bei diesem Vorsatz blieb, hatte er ein schlechtes Gewissen. Mindestens zweimal in der Woche raffte er sich auf und stellte fest, daß nun bald etwas geschehen müsse. Sein Wahlspruch war: Das Leben will gemeistert sein!

Er hielt dann lange Vorträge darüber, was er alles versuchen könnte, aber mitten in seinen Ausführungen überfiel ihn mitunter die Erkenntnis, daß er es wahrscheinlich nicht mehr zu dieser Meisterschaft bringen würde, die er seinen Söhnen ans Herz legte. Dann ging er fort und blieb oft lange aus. Er brachte an solchen Tagen immer etwas mit nach Hause, und sei es nur ein Knopf, den er auf der Straße gefunden hatte.

An diesem Nachmittag war er zum Sägewerk gegangen, das fünf Minuten von der Festung entfernt auf dem halben Weg zur Stadt lag. Er hatte sich dort herumgedrückt und diesen und jenen etwas gefragt, aber ins Büro war er nicht gegangen. Dann hatte er in der Stadt die Unterstützung für sich und seine Familie abgeholt.

Die Sachbearbeiter kannten ihn schon gut. »Nun, Herr Starosta, noch immer krank?« hatte einer gefragt. Da hatte er sich an den Leib gegriffen, dorthin, wo sich ungefähr die Leber befinden mußte. Es war eine Geste, die er von seiner Mutter übernommen hatte. »Da sitzt es«, sagte er. »Manchmal ist es nicht zu spüren. Aber dann auf einmal ... Oh, ich kann Ihnen sagen ...«

»Das ist die Galle«, sagte der Mann.

»Ja, ja«, rief Hugo, »die Galle, die Leber und die Milz! In Rußland hat es angefangen. Erst ist es immer so ein Stich, und dann fängt es an. Ich kann Ihnen sagen!«

Danach war er mit dem Geld in der Tasche in ein Wirtshaus gegangen und hatte sich ein kräftiges Essen und ein Bier bestellt. Ein einziges Bier! hatte er sich vorgenommen. Als er beim dritten Glas war, stand er auf und verspielte fünf Groschen in einem Automaten, der Gewinne bis zu einer Mark auszahlte. Aber ihm zahlte der Automat nichts aus, er schluckte nur seine Groschen.

Schließlich war er in ein Kino gegangen. Auf dem Weg nach Hause, den er zu Fuß ging, um das Geld für die Straßenbahn zu sparen, rechnete er an der Summe herum, die er ausgegeben hatte. Die sechs Mark ärgerten ihn, denn jetzt schien ihm, er habe so gut wie nichts davon gehabt. Er tröstete sich damit, daß er immerhin nicht über die Stränge geschlagen hatte. Außerdem konnte er nun auf das Nachtessen verzichten. Er würde sagen, heute ginge es ihm wieder nicht gut. Nein, nein, Eliese, ich kann nichts essen, gib es den Kindern.

Im Hof traf er auf Mi-Mo und Albert und erfuhr, daß das Fräulein von der Behörde oben saß. »So«, sagte er, »die kommt mir gerade recht!« Er stapfte vor seinen Kindern die Treppe hinauf, in der Haltung eines Mannes, der gewillt ist, Fraktur zu reden. »Den ganzen Tag bin ich herumgelaufen«, sagte er, »um eine passende Arbeit zu finden. Das ist nun mal nicht leicht, denn ich kann schließlich nicht jede Arbeit leisten. Und abends kommt man dann zerschlagen nach Hause, und da sitzt so ein Weibsbild im Zimmer. Die kommt mir gerade recht!«

Es roch nach Küche, als er die Tür aufmachte. Aber so roch es hier immer. Der Raum wirkte auch wie eine Küche. Die Wände waren weiß gekalkt. Ein weißer Herd stand darin. Dann waren da noch der große Tisch mit den Stühlen, zwei Schränke und dreimal zwei Betten, die übereinanderstanden und die ganze linke Wandseite einnahmen.

Ohne zu grüßen, trat Hugo ein, ließ sich auf einen Stuhl fallen und sagte: »Es war nichts. Der Betriebsleiter hätte mich gern genommen, aber ich müßte da zentnerschwere Balken schleppen. Genau das, was ich in Rußland machen mußte. Das kann ich nicht mehr. Ah«, sagte er aufblickend, »das Fräulein ist auch da? Sie kommen aber oft.«

»Herr Starosta«, sagte die Fürsorgerin, »Sie haben doch genau gewußt, daß ich hier bin!«

»Was!« rief er. »Ich will auf der Stelle tot umfallen, wenn ich das gewußt habe!«

»Na ja«, sagte sie. »Es ist ja nicht wichtig, also lassen wir das.«

Eliese, seine Frau, stand mit vor der Brust verschränkten Armen am Küchenherd. Bruno, der Jüngste, hockte auf einem Schemel. Die Großmutter humpelte vom Tisch weg, wo das Fräulein saß, ließ sich auf das hinterste Bett nieder und mampfte irgend etwas zwischen ihren zahnlosen Kiefern. Albert und Mi-Mo waren an der Tür stehengeblieben. Sie blickten alle auf Hugo und das Fräulein und warteten.

»Ich komme wegen Albert.«

»Eliese«, unterbrach Hugo, »biete doch Fräulein Leisle eine Tasse Kaffee an.«

»Nein, nein, danke«, wehrte sie ab. »Herr Starosta, wir wollen gleich zur Sache kommen. Ihr Junge fehlt zu oft in der Schule. Er geht ja ohnehin nicht mehr lange hin, aber es liegt in Ihrem Interesse, wenn der Junge ein Rüstzeug für sein Leben mitbekommt.«

»Natürlich!« rief Hugo. »Das sage ich auch immer. Das Leben will gemeistert sein!«

»Sehen Sie mal hier. Ich habe hier eine von Ihnen geschriebene Entschuldigung: ›Mein Sohn Albert kann leider die Schule nicht besuchen, da er an Masern erkrankt ist.‹ Das haben Sie geschrieben. Zwei Tage später wurde Ihr Junge gesehen, und drei Tage später war er wieder in der Schule. Masern dauern aber mindestens drei bis vier Wochen.«

»Ja«, sagte Hugo, »das habe ich geschrieben.« Er kratzte sich am Kopf. »Aber das war doch, als wir den Schrank aus der Stadt holen mußten! Meine beiden Ältesten sind doch nicht mehr im Haus, und wer sollte mir helfen, den schweren Schrank mit dem Drückkarren hierherzufahren? Und dann wurde er auch wirklich krank. Er hatte so rote Flecke im Gesicht. Ganz rote Backen hat er gehabt, und da dachte ich mir, das sind die Masern! War es so oder war es nicht so, Eliese?«

»Ja, so war's«, sagte seine Frau.

»Sehen Sie! Und dann, wissen Sie so genau, ob es nicht vielleicht doch Masern gibt, die nicht so lange dauern?«

Befriedigt lehnte er sich im Stuhl zurück. Dann wurde er kühn und sagte, es wäre besser, wenn das Fräulein sich etwas mehr um das Unrecht kümmerte, das man seinem Sohn angetan habe. Er war sitzengeblieben; und das sei eine himmelschreiende Ungerechtigkeit. Er wisse genau, daß der Lehrer seinen Sohn nicht habe leiden können, und das habe er dem Lehrer auch gesagt. Danach sei es dann noch schlimmer geworden. Dabei könne Albert ohne Fehler schreiben, und das große Einmaleins beherrsche er vorwärts und rückwärts. Und viel mehr könne einer ja sowieso nicht in der Schule lernen. Nein, man könne ihm nichts vormachen. Um diese Ungerechtigkeit also habe sich das Fräulein nicht im geringsten gekümmert. Das habe er ihr schon längst mal unter die Nase reiben wollen.

»Aber, Herr Starosta, alle Ihre Kinder sind doch sitzengeblieben! Das ist nun mal eine Schwäche, die in der Familie liegt. Aber das ist nicht schlimm; auch aus weniger begabten Kindern können schließlich vollwertige Staatsbürger werden.«

»Was?« fragte Hugo und kniff die Augen zusammen, und nun wirkte er mit seinen abstehenden Ohren wie das gealterte Ebenbild von Albert. »Eine Schwäche, die in der Familie liegt?« Er betrachtete seine Familie prüfend. Dann geriet er in Zorn: »Was wollen Sie damit sagen? Meine Frau ist ein bißchen schwach, aber das kommt von den vielen Kindern. Sieben Kinder – das war ein bißchen viel. Und dann die Flucht im Winter. Sie haben gut reden! Und ich war in Rußland. Neun Jahre war ich in Rußland, und während dieser Zeit haben die Kinder Dreck gefressen. Hast du Gras gefressen oder nicht, Mi-Mo?«

»Ja«, sagte Mi-Mo, »einmal hab' ich vor Hunger Gras gegessen, aber das ist schon lange her.«

»Sie hat eben einen guten Appetit, meine Tochter. Die ist gesund, Fräulein Leisle, darauf können Sie sich verlassen, das Mädchen ist gesund! Aber was glauben Sie, was meine Frau und die Kinder mitgemacht haben? Ich hab's Ihnen ja schon oft genug erzählt, aber Sie haben eben keine Ahnung! Und ich erst! Das kann man gar nicht erzählen, was ich alles durchgemacht habe. Nein, nein, das darf man niemandem erzählen. Aber schwach«, fuhr er auf, »schwach sind wir deshalb noch lange nicht!«

»Warum haben Sie denn auch so viele Kinder, wenn Sie wußten, daß ihre Frau nicht sehr robust ist. Hätten Sie da nicht ein bißchen Rücksicht nehmen können?«

»Wie? Warum ich ...? Wegen der Liebe, verstehen Sie, wegen der Liebe!« Er blickte sich um und rief:

»Eliese! Hast du die Kinder gewollt oder nicht?«

»Natürlich habe ich sie gewollt.« Sie stand noch immer mit verschränkten Armen neben dem Küchenherd.

»Sehen Sie«, sagt er, »sehen Sie! Sie haben ja keine Kinder. Aber ich ... Das mit meinem Ältesten, das war nach dem Einmarsch ins Rheinland. Das ist der Adolf! Dann kam ich aus Polen zurück, das war der Hermann! Dann kam ich aus Frankreich«, er deutete auf Mi-Mo, »das ist sie! Und als ich das letztemal kam, das war der Albert! Und der da –«, er deutete auf Bruno, der vom Schemel zu ihm aufsah, hielt dann aber mitten im Satz inne und bemerkte: »Reden wir nicht drüber.«

Er hatte damals ein Kind zuviel wiedergefunden.. »So«, hatte er gesagt, »du bist von einem anderen. Ich sage dir, pariere, sonst ...« Er hatte vor dem noch nicht vierjährigen Bruno gestanden und ihn finster gemustert. Bruno hatte sich an den Rock seiner Mutter geklammert und gefragt: »Ist das der Vater?« Da hatte sich Hugo aufs Bett gesetzt und gesagt: »Ach, Gott, ja. Jaja, ich bin der Vater.« Und dabei hatte er, wie dem Jungen schien, eine recht eigentümliche Grimasse geschnitten und dann sein Gesicht mit den Händen bedeckt.

Und jetzt, vor dem Fräulein sitzend, sagte er: »Reden wir nicht drüber! Und sehen Sie, Eliese hat die Kinder alle gewollt!« Er lächelte und lehnte sich wieder zurück.

Fräulein Leisle schwieg einen Augenblick, dann sagte sie zögernd: »Aber Sie haben doch von sieben Kindern gesprochen?«

»Ach so, ja, zweie sind gestorben. Aber die waren ohnehin nix. Als das letzte zur Welt kam, da war es ganz gelb, und ich sagte zu Eliese: Du, paß auf, der taugt nichts. Und er war ja auch dann bald tot. Das andere war gleich tot. Nicht einen Muckser hat das getan.«

»Ach«, sagte Fräulein Leisle.

»Jaja«, nickte Hugo, »das war sehr traurig.«

Eliese stand neben dem Herd und sah schweigend zu Boden. Sie hatte die beiden nicht vergessen. Ihr Tod war in ihrer Vorstellung die Strafe für das zärtlichste ihrer Kinder, für Bruno. Seit dieser Zeit las sie oft in der Bibel, was sie früher nie getan hatte. Auch fromme Reden waren ihr früher nicht so leicht über die Lippen gegangen wie heute. Die älteren ihrer Kinder fanden, daß sie etwas sonderbar geworden sei. Adolf und Hermann sagten es, und auch Hugo fand mitunter, sie habe sich verändert.

Fräulein Leisle schaute auf ihre goldene Armbanduhr und sagte, man müsse darauf sehen, daß der Junge von jetzt an regelmäßig zur Schule ginge. Und wie es mit einer Lehrstelle sei? Aber vielleicht wäre es besser, sie käme wegen der Lehrstelle ein andermal. Und wie das mit Mi-Mo wäre, ob die nicht bald wieder arbeiten wolle.

»Mi-Mo geht schon wieder arbeiten, in den nächsten Tagen«, sagte Hugo.

Das Fräulein sagte: »Und Sie, Herr Starosta? Gearbeitet haben Sie ja auch nicht gerade viel.«

»Was!« Er sprang vom Stuhl auf, setzte sich aber gleich wieder hin. »Ich bin ein kranker Mann!«

Er legte die Hand auf seine Stelle, nahm sie aber gleich wieder weg, als ihm einfiel, daß in der Festung diese Geste das Vorrecht seiner Mutter war und daß ihn Frau und Kinder verdächtigen könnten, er kopiere sie.

Eliese setzte sich auf einen Stuhl. Und Albert ging zu seinem Bett und setzte sich. Sie wußten, jetzt würde er erst richtig zu reden anfangen: Das Fräulein hatte seinen Punkt getroffen. Und in der Tat erzählte er von Rußland, und wie schwach und elend er zurückgekommen sei. Ja, Arbeit gebe es in Menge, aber ein kranker Mann würde eben von den Jungen und Gesunden an die Wand gedrückt.

»Herr Starosta«, sagte Fräulein Leisle, »Sie könnten doch als Hilfsarbeiter gehen. Wissen Sie, Ihr Leben hat kein Gesicht. Was haben Sie bisher getan, um Ihr Leben zu verbessern?«

»Ich habe nichts tun können, man hat mich ja nicht gelassen!«

Sie war müde, sie hatte einen Tag hinter sich, der mit Gesprächen angefüllt war, und immer wieder war es so gekommen, daß man an ihre guten Absichten nicht glaubte. Sekundenlang dachte sie an ihr möbliertes Zimmer. Heute abend wollte sie Wäsche bügeln – aber sie wußte, daß sie zu müde dafür sein würde.

»Ja«, sagte sie, »als Hilfsarbeiter würden Sie leicht unterkommen.«

»Natürlich«, stimmte er zu. »In den nächsten Tagen fange ich ja auch an.«

»Ach, das haben Sie schon so oft gesagt.«

»Was denn, ich habe doch auch angefangen! Aber was die mir so zumuteten. Ich bin ein Mann, der mit Pferden zu tun hatte. Ich fühle mich nicht wohl, wenn ich nicht mit Pferden zu tun habe. Ich war Gespannführer. Eliese hatte ein Stückchen Land geerbt, und ich hatte auch was mitgebracht. Ein schönes Stück Weizen hatten wir, dann noch ein Stück für Kartoffeln und Rüben. Und immer hatte ich mit Pferden zu tun, sogar im Feld, aber dann haben sie mir die Pferde kaputtgeschossen. Ein Jammer, die vielen schönen Pferde, die da umgekommen sind. Aber auf dem Gut ging's den Pferden prima. Da war überhaupt alles in Ordnung. Auf dem Gut hatten wir ein kleines Häuschen, das wissen Sie ja. Und abends ging ich noch hausieren, im Winter. Ja, früher ist es uns gutgegangen!«

»Es gibt jetzt nicht mehr viele Pferde. Sie könnten Traktor fahren.«

»Was, Traktor? Das schüttelt mich durcheinander, daß mir die Zähne wackeln!«

»Aber, aber, Sie haben doch nicht mehr so viele Zähne«, bemerkte das Fräulein mit einem schüchternen Lächeln.

»Oho! Ich habe noch genug Zähne! Dahinten habe ich noch zwei. Und da oben ...« Er steckte den Finger in den Mund. »Da oben habe ich auch noch zwei.«

»Ach bitte«, sagte sie mit gequältem Gesicht. »Das war doch nicht so gemeint. Na, es ist ja nicht wichtig.«

»Was, nicht wichtig? Sie haben doch gesagt ...«

»Hör auf!« rief Eliese, »laß doch das Fräulein auch mal was sagen!«

»Was denn, sie redet doch schon die ganze Zeit.«

Nachdem sie gegangen war, saß er eine Weile still am Tisch und überlegte. Er dachte darüber nach, ob er sie überzeugt hatte, ob das, was er vorgebracht hatte, auch einleuchtend gewesen war. Und das schien ihm in der Tat der Fall zu sein, denn sie war fast wortlos hinausgegangen; ganz klein und ratlos hatte sie gewirkt. Das stärkte sein Selbstbewußtsein. Aber er dachte auch daran, daß sie gesagt hatte, sein Leben habe kein Gesicht. Er schüttelte den Kopf. Kein Gesicht!

Eliese wollte ihm etwas zu essen hinstellen; als sie jedoch den Teller vor ihn auf den Tisch setzte, sagte er: »Heute geht es mir wieder nicht gut. Nein, nein, Eliese, ich kann nichts essen, gib es den Kindern.«

Sie nahm den Teller, schlurfte damit zum Schrank und sagte: »Du wirst in der Stadt schon was gegessen haben. Es geht dir immer dann nicht gut, wenn du in der Stadt warst, um das Geld zu holen. Dann hast du abends keinen Hunger mehr.«

Er wollte etwas sagen, aber sie winkte ab. »Gib mir das Geld«, sagte sie. »Ich habe schon den ganzen Tag darauf gewartet.«

»Waren Adolf und Hermann nicht da?« fragte er. »Die wollten doch auch was bringen.«

»Sie waren nicht da. Gib mir das Geld.«

Albert und Mi-Mo kamen zum Tisch. Die Großmutter stand vom Bett auf und kam herbei. Und Bruno, der mit seinem Kopf gerade über die Tischkante reichte, stand auch da. Sie schauten auf den Tisch und warteten auf das Geld. Hugo zählte es langsam hin. Zuerst die Scheine, dann das Silbergeld und daneben die Groschen und Pfennige. Sie standen um den Tisch und zählten alle mit.

»Das ist nicht alles!« sagte Eliese.

»Aber wieso, Eliese? Natürlich, das ist alles, was ich in der Tasche habe.«

»Es ist nicht alles!« rief sie. »Sieh in deinen Taschen nach!«

»Ach, ja«, sagte er. »Da ist ja noch ein Fünfmarkstück. Ich habe es glatt übersehen.«

Aber auch das war noch nicht alles, und er fand noch etwas, das er ebenfalls glatt übersehen hatte. Dann besaß er nur noch Pfennige und dachte, er würde in dieser Woche nicht viel rauchen können. Er dachte es, während das Geld auf dem Tisch lag und alle darauf niederblickten und Eliese gerade sagte: »Den Rest kannst du behalten, das ist für Tabak.«

Er schob ihr das Geld zu, mit einer Miene, als habe er schwer dafür gearbeitet und gebe es jetzt gerne hin. Aber bevor Eliese es einstecken konnte, griff die dürre Hand der Alten zu. Ihre Hand machte einen Sprung und zog sich blitzschnell wieder zurück. Die Großmutter redete bei diesem Manöver kein Wort, aber sie zeigte ein Gesicht, als rechne sie damit, ihre Beute verteidigen zu müssen.

»Halt!« rief Hugo und packte das Handgelenk seiner Mutter. »Zeig her! Wieviel hast du da weggenommen?«

Sie hatte ihre Faust geschlossen und er versuchte, ihre Finger zu öffnen. Sie wehrte sich und biß die zahnlosen Kiefer zusammen, daß sich ihr Kinn bis unter die Nase hinaufschob. Albert und Mi-Mo begannen zu lachen. Dann öffnete sie die Hand. Er hielt noch immer ihr Handgelenk und schaute auf das Silberstück.

Er wiegte unschlüssig den Kopf: »Zwei Mark, na ja, zwei Mark. Du brauchst doch eigentlich gar kein Geld mehr?«

»Für meinen Sarg«, sagte sie. »Für meinen Sarg!«

»Laß ihr die zwei Mark«, sagte Eliese.

»Von mir aus«, sagte er. »Von mir aus. Du willst wohl

einen ganz besonders schönen Sarg haben, daß du so lange darauf sparst? Davon hast du doch gar nichts!«

Seine Mutter antwortete nicht, ging zu ihrem Bett und legte sich darauf nieder. Sie wartete, daß das Licht ausgeschaltet würde. Sie wartete jeden Abend geduldig und kleidete sich erst aus, wenn es im Zimmer dunkel war. Sie bewachte ihre Sachen und zog die beiden Hocker, auf denen ihre Schuhe standen und ihre Kleider lagen, in Griffnähe an das Bett heran. Hugo vermutete, daß sie das Geld in ihren Kleidern versteckt hatte. Sie lag auf ihrem Bett und atmete schwer.

Mi-Mo sagte: »Ich brauche auch Geld. Ich habe keine Strümpfe.«

»Was!« rief Hugo, »Strümpfe genug hast du! Du willst dich nur herausputzen und wieder mit einem Kerl losgehen! Wie neulich, als du mit einem im Gras lagst und euch jeder von oben sehen konnte!«

»Hugo!« rief Eliese.

Mi-Mos Gesicht glühte. Sie sagte: »Das ist gar nicht wahr!«

»Was denn, oben vom Turm aus konnte man euch sehen, wie ihr im Gras hinter den Büschen lagt! Genug Leute haben gesehen, daß er dir unterm Rock herumgefummelt hat!«

»Hör mit dem unzüchtigen Geschwätz auf!« sagte Eliese.

»Ich hab's von mehreren Leuten gehört«, beharrte er. »Sie haben uns alle ausgelacht!«

»Ich brauche Strümpfe«, sagte Mi-Mo.

»Strümpfe gibt's keine!« erwiderte Hugo. »Sie soll wieder arbeiten gehen, dann kann sie sich welche kaufen!« Er wandte sich an Albert, der am Radio herumdrehte. »Albert«, sagte Hugo, »hol mir einen Zehner-Stumpen beim Kainrath.«

»Da hast du noch Schulden«, sagte Eliese vorwurfsvoll.

»Sag dem Kainrath, in den nächsten Tagen würde ich bezahlen.«

»Nein«, erwiderte Albert.

Hugo schlug mit der Faust auf den Tisch und schrie: »Holst du jetzt deinem Vater einen Zehner-Stumpen oder nicht?«

»Nein«, wiederholte Albert. »Er gibt dir doch keinen mehr, weil du nie deine Schulden bezahlst. Er weiß genau, daß du heute Geld in der Tasche hast.«

»Er hat ganz recht«, sagte Eliese. »Damals wußte Kainrath genau, daß du genug Geld hattest, aber du hast trotzdem nicht alles bezahlt. Wenn du wieder regelmäßig arbeiten würdest wie früher, dann brauchtest du wegen ein paar Zehner-Stumpen nicht zu betteln.«

»Früher«, sagte Hugo, »früher war alles anders.«

»So geht es nicht weiter«, sagte Eliese. »Eines Tages stelle ich dir nichts mehr zu essen hin.«

»Wir haben noch das Geld zu kriegen, das muß bald fällig sein.«

Er ging hinaus, lief den Gang hinunter, an den vielen Türen vorbei, um bei Kainrath den Stumpen zu holen. Aber er kam schon bald wieder zurück, setzte sich an den Tisch und schwieg.

Er rauchte nicht an diesem Abend. Er saß da, spähte hinüber zu seiner Mutter, die noch immer in Kleidern auf dem Bett lag, und dachte an das Geld, das sie haben mußte – ziemlich viel mußte es schon sein. Er wollte herausbekommen, welches Kleidungsstück sie besonders nahe zu sich heranziehen oder gar mit ins Bett nehmen würde. Aber die Alte rührte sich nicht. Sie wartete.

Eliese und die anderen lagen schon in ihren Betten. Eliese beobachtete Hugo. So ginge es wirklich nicht weiter, sagte sie. Wann er endlich mit einer richtigen Arbeit anzufangen gedenke?

»In den nächsten Tagen fange ich an«, sagte er.

## VIERTES KAPITEL

Kainrath war klug. Hugo hatte das schon damals in der Baracke gedacht, als er sah, wie der den kleinen Handel mit Tabakwaren und Flaschenbier anfing. Später waren dann noch Süßwaren, Spirituosen und Zeitungen und Illustrierte hinzugekommen. Dieses Geschäft machte ihm nicht sehr viel Arbeit. Die Leute kamen zu ihm und holten sich, was sie brauchten. Kainrath hatte eben Glück. Er hatte seinen Holzfuß und sein Geschäft, und beides war ihm gut angeschlagen. Für den Holzfuß bekam er eine Rente, und das Geschäft hatte sich mehr und mehr vergrößert.

Man erzählte zwar, er habe seinem Glück ein wenig nachgeholfen, damals, als die Baracke abgebrannt war, aber beweisen konnte das niemand. Es blieb zweifelhaft, ob er tatsächlich der Versicherung eine zu hohe Summe angegeben hatte. Dieses Gerücht stützte sich hauptsächlich auf seine Äußerung, ihm sei es ganz recht gewesen, daß die Baracke abgebrannt war.

In der Festung hatte sein Laden einen unerwarteten Aufschwung genommen. Er war nun der Lebensmittelhändler für alle, die hier wohnten. Von der Verwaltung war ihm ein kleiner Raum zugestanden worden, der neben seinem Zimmer lag. Ein paar Regale, eine Klingel an der Ladentür und ein Durchbruch von seinem Wohnraum zu seinem Geschäft – das alles hatte sich in ein paar Wochen einrichten lassen. Früher hatte er den Pappkarton mit den Zigaretten unter dem Bett hervorziehen müssen, aber jetzt war er Besitzer eines regelrechten Ladengeschäfts. Seine Frau und sein Sohn halfen ihm, und wenn es klingelte, brauchte nur jemand die zwei Schritte hinüberzugehen. Ein Kinderspiel. Dem wurde das Geld ins Haus getragen, sagten die Leute, er brauche nur die Hand aufzuhalten.

In diesem improvisierten Laden hatte Hugo gestanden und war abgewiesen worden, ehe er überhaupt seinen Wunsch geäußert hatte. Kainraths Frau und sein Sohn hatten die Köpfe durch die Tür gesteckt und das kurze Gespräch mit angehört.

Hugos Schulden betrugen etwas mehr als zwanzig Mark. Kainrath sagte, so ginge das jetzt schon länger als ein Jahr: Er bezahle die Hälfte seiner Rechnung und zwei Tage später kaufe er für den gleichen Betrag wieder ein, ohne Geld. Hugo scheute sich, einen Stumpen zu verlangen. Er drehte seine wenigen Groschen unschlüssig in der Tasche, aber er zog die Hand nicht hervor.

»Heute hast du doch die Unterstützung geholt oder nicht?« Kainrath blinzelte ihn mit seinen kleinen Augen an. »Und warum bezahlst du nicht?«

»Eliese«, sagte Hugo. »Eliese braucht das ganze Geld.«

Nach dieser Absage ging er ein paar Tage umher und war gekränkt. Er dachte an Möglichkeiten, die sich ihm geboten und die er nicht genutzt hatte, wie er jetzt rückblickend feststellte. Er hätte auch einen Laden aufmachen können, wenn ihm Kainrath nicht zuvorgekommen wäre. Und noch früher ... Er dachte daran, was er alles hatte werden wollen. Zuerst Kapitän auf einem großen Schiff. Das Schiff war weiß und schön. Dann Steuermann. Danach kam eine Zeit, da wäre er auch als Matrose zufrieden gewesen. Später dachte er, Handwerksmeister sei das Richtige. Damals war er zwanzig Jahre alt gewesen, und das Wort Meister hatte einen bedeutsamen Klang für ihn. Dann wieder schien ihm, er würde sich auch als Schlossergeselle recht gut machen. Und dazwischen lagen seine

Wunschträume als Großgrundbesitzer. Er sah sich in den Wagen sitzen, die er sonntags kutschierte, sah sich mit Doppelkinn und feistem Genick in die Polster geräkelt. Und in seine Westentasche träumte er die schwergoldene Uhr mit Sprungdeckel, die der Gutsherr jahrelang trug.

In dieser ganzen Zeit war er Gespannführer gewesen, nichts als Gespannführer, der sich immer von seiner Lage fortdachte, in eine andere, gehobene Position hinein, die er nicht hätte ausfüllen können. Dabei war er im Grunde als Gespannführer ganz zufrieden gewesen; nur seine Gedanken hatten mit den anderen, schöneren Möglichkeiten gespielt. Er hatte seine kleinen, närrischen Träume gewoben, hatte geheiratet, hatte die meisten seiner Kinder im Krieg gezeugt, der ihn auch nicht entließ, als schon längst wieder Frieden gewesen war. Im Krieg und in der Zeit danach war er geschlagen worden, bis seine Gedanken nicht mehr auf Abenteuer gingen. Diese Jahre hatten ihn zermürbt. Sie hatten ihn zu einem halben Mann gemacht. Er wußte das alles ganz gut. Er gestand es sich zwar nicht ein, aber die Erkenntnis der Wahrheit schwamm auf dem Grunde seiner Gedanken wie ein schleimiges Untier, das er nicht anzufassen wagte.

Kainrath – das war ein Mann, dem das Glück nachlief wie ein treuer Hund. Und es gab auch noch andere, die nur kurze Zeit in der Baracke oder der Festung gelebt hatten, dann in eine Wohnung eingezogen waren und nun gutbezahlte Stellungen hatten, als wären sie nie etwas anderes gewesen. Das waren alles Leute, die eine Idee gehabt hatten. Hugo Starosta glaubte an die Idee: Es kam darauf an, einen guten Einfall zu haben, mit dem man Geld verdienen konnte.

In diesen Tagen ging er oft mit Bruno spazieren. Er nahm den Jungen an der Hand und schlenderte mit ihm um die Festungswälle. Er sprach von alten Zeiten, erinnerte sich der großen Momente seines Lebens und vergrößerte sie um ein Vielfaches. Er hielt den Jungen an der Hand, fühlte sich ganz als sein Vater und hörte dieses Wort mit Behagen: Vater. Die anderen sagten ja nur noch Hugo zu ihm; aber Bruno sagte Vater. Und das verpflichtete ihn zu Entschuldigungen. In die Vorstellungen des Kindes legte er das Fundament zu einer soliden Entschuldigung. Er bereitete den Boden, auf dem ihm – wie er hoffte – später noch ein wenig Achtung und Zuneigung erwachsen würde.

»Du mußt nicht denken, Bruno, daß dein Vater immer so gewesen ist. Aber der Krieg ... Sie haben mich fast verhungern lassen. Oh«, sagte er, »früher, da fuhr ich vierspännig, und weißt du, was der Gutsbesitzer sagte? Er sagte: Keiner hat die Gäule so im Gefühl wie der Starosta!«

»Haben die Soldaten denn nichts zu essen bekommen?«

»Die Soldaten schon, wenn auch nicht immer – aber nachher waren sie ja nur Gefangene, und da gab's nichts mehr. Ich wäre bestimmt noch Feldwebel geworden. Du weißt doch, der Feldwebel ist der, der kommandiert. Er hat an sich so einen Säbel hängen; natürlich nur, wenn kein Krieg ist. Im Krieg trägt er eine Pistole.«

»Hattest du auch eine Pistole?«

»Nein, ich hatte ein Gewehr.«

»Hast du immer getroffen mit dem Gewehr?«

»Immer«, sagte Hugo. »Deshalb war ich bei den Spähtrupps. Wir sind dann an die Russen herangeschlichen. Bis hinter die Linien habe ich mich gewagt. Einmal traf ich auf zwölf Russen. Ich war ganz allein. Da haben wir miteinander gekämpft. Ja, das waren Zeiten!«

»Und die zwölf Russen? Wer hat gewonnen?«

»Ich«, sagte Hugo. »Ich habe sie alle besiegt!«

Wenn sie so nebeneinander durch das freie Gelände um die Festung liefen, war ihre Harmonie unverkennbar: ein mittelgroßer Mann, der einen kleinen Jungen an der Hand hielt, mit dem er ernsthaft sprach, wobei er manchmal stehenblieb und lebhaft mit den Händen zu fuchteln begann, während der Junge zu ihm aufsah und zuhörte. Bruno war ein dankbarer Zuhörer, der ohne Vorurteil ein Vaterwort zu schätzen wußte – ja, Bruno war angenehmer als die anderen, die doch immer etwas zu maulen hatten. Und gegen wen murrten sie? Gegen ihn, den Vater, den sie am liebsten zum Dienstmann erniedrigt hätten, oder zum Laufburschen, ja, das hätten die wohl gern gesehen, aber da konnten sie lange warten.

Hatte sich Adolf, sein Ältester, nicht vor zwei Tagen verleugnen lassen? Dabei war Hugo den weiten Weg zu Fuß gegangen. Während er Bruno an der Hand hielt, dachte er daran.

Starosta stand an der Tür. Ganz hübsches Haus. Die Treppe frisch gebohnert. Bohnerwachs habe ich immer gern gerochen. Und da machte sie die Tür auf: »Adolf ist nicht da, und ich muß auch gleich weg, einkaufen, die Läden machen zu.« Einen grünen Mantel hatte sie an. Guter Stoff. »Du willst doch sicher nicht so lange warten? Ich komme erst in einer Stunde wieder zurück.« Warum er die geheiratet hat? Das Geld will sie, das Geld! Seit der Heirat gibt er nichts mehr her. Wenn die kein Geld kriegt, ist nix mehr mit der Liebe. Paß auf! Dabei hätten wir so nötig was gebraucht. »Nein, so lange will ich nicht warten. Dann gehe ich eben wieder.« Na ja. Das Fahrrad muß geflickt werden. Die Zinkbütte voll Wasser. Morgen. Drinnen hat das Radio gespielt. Vielleicht war er doch da? Hat in der Wohnung gesessen? Wenn mein Vater kommt, sag ihm, ich bin nicht da.

»Bruno, morgen zeige ich dir, wie ein Fahrrad geflickt wird.«

Man kann nicht immer zu Fuß laufen. Der linke Ballen. Das ist Hornhaut. Abschneiden. Schon drei Tage tut das weh.

»Nein, es ist nicht schwer. Dein Vater wird es dir zeigen. Man füllt eine Wanne mit Wasser, und dann hält man den

Schlauch hinein, und wo die Luft so rausblubbert, da wird der Gummifleck draufgepappt. Ich zeige es dir.«

Am nächsten Tag wachte er gegen sechs Uhr morgens auf. Sie lagen noch alle in den Betten, und es war dunkel, und er hörte sie atmen.

Er sagte laut: »Heute muß ich das Fahrrad flicken.«

Er lag im ersten Bett oben. Unten schlief Eliese. Dann kam das Bett von Mi-Mo und Albert. Das von Bruno und der Großmutter stand schon nahe beim Fenster. Die Frauen schliefen unten.

Niemand antwortete Hugo, und das dämpfte seine Stimmung. So, dachte er, es interessiert sie nicht. Wenn's Geld gibt, dann stehen sie um den Tisch und gucken. Das Flickzeug ist in der Satteltasche. Ich kann dann noch mal zu Adolf und Hermann fahren. Gerade jetzt könnten wir's so gut gebrauchen. Hermann ist auf Montage, das gibt Spesen. Ganz schön verdienen muß der. Schweißen, das hat der schnell gelernt. Das könnte ich auch lernen. Aber auf Montage, das geht nicht, wegen der Familie; der Ernährer muß im Haus sein. Immerhin besser als Traktor fahren. Schweißen. Alles Kleinbauern hier in der Gegend. Die Erde ist hier nicht schwarz, und keine Pferde ... Wenigstens eine Karte hätte Hermann schicken können. Aber das kommt dem nicht in den Sinn. Und was das kostet! Möbliert wohnen! Dabei ist er gar nicht oft daheim. Hier hätte es ihn nichts gekostet, und dann hätte er uns was abgegeben, jetzt gibt er es lieber anderen. Die Kerle, die bei ihm saßen. Der grinste und sagt: »Ist das dein Alter?« – «Ja, das ist mein Alter.« Was für ein Ton. Das dritte Bett oben hat ihn gestört. Adolf hat's auch gestört. Deshalb hat er geheiratet! Ganz bestimmt. Aber das war nicht nötig, deshalb wegzugehen. Ich hätte mit dem Verwalter gesprochen. Meine Söhne brauchen einen Raum! Schön, hätte der gesagt. Kommt

Zeit, kommt Rat. Als der Wernecke und seine Frau auszogen, wäre schon ein Zimmer frei gewesen. Und der Jescheck, der Offizier, der verrückte Briefmarkensammler – der hält es nicht mehr lange aus. Da gibt's auch ein Zimmer. Die Tochter vom Schulz. Edeltraud ... Hinter dem Hermann hergelaufen ist sie. Mit der hat er's gemacht. Bestimmt. Warum hat die geheult? So ein Affe, der Schulz – sagt: »Mir ist das gar nicht recht mit deinem Hermann und meiner Edeltraut.« – »Mir ist das egal, Schulz. Willst du denn bei deiner Tochter immer die Hand drauf halten?« Hahaha! Das Gesicht von dem. Der ist auch nix Besseres als wir. Die Söhne sind auch nur Hilfsarbeiter. Was dem einfällt! »Jedenfalls soll sie nicht werden wie deine Mi-Mo. Man hört so allerhand und man sieht es ja auch!« Was hat der gehört? Bei der muß ich aufpassen. Vielleicht kriegt die gar schon ein Kind? Neulich mit dem Kerl im Gras, den sie mir nicht nennen wollte. Wer weiß ... Was die für Waden hat, und die Brust. Mein lieber Mann ...

Er lag eine Zeitlang und döste mit offenen Augen. Schließlich griff er nach der Unterhose, die am Fußende lag, und schlüpfte hinein. Vom oberen Bett heruntersteigend, suchte er seine Latschen und ging aus dem Raum. Auf der Galerie war es still. Nur eine Lampe brannte. Er schlurfte fröstelnd durch das unbewegt brütende Halbdunkel zum Waschraum.

Als er zurückkam, blieb er vor seinem Bett stehen und wollte schon rufen, es sei Zeit, aufzustehen. Höchste Zeit! Aber dann erinnerte er sich, wie er draußen gefroren hatte, und er verzichtete darauf, seine Familie aufzuscheuchen. Er schickte sich gerade an, wieder in sein Bett hinaufzuklettern, als Eliese rief: »Nichts da! Aufgestanden wird jetzt!«

»Was denn«, sagte er. »Ich wollte nur meine Socken herunterholen. Ich muß heute das Fahrrad flicken.«

Eliese stand auf, zog sich an und schaltete das Licht ein. Hugo sah, daß seine Mutter schon völlig angekleidet auf ihrem Bett saß. Mi-Mo, Bruno und Albert schliefen noch.

»Aufstehen!« rief Eliese. »Ihr müßt zur Schule!«

Albert und Bruno drehten sich um, setzten sich dann im Bett auf. Mi-Mo lag und rührte sich nicht. Die Großmutter und Eliese hantierten am Herd. Draußen auf dem Gang war es jetzt laut geworden. Als die Brüder vom Waschraum zurückkamen, lag Mi-Mo noch immer im Bett und bewegte sich nicht.

»Sag deiner Tochter, sie soll aufstehen!« rief Eliese.

Hugo saß noch in Unterhosen auf dem Bett seiner Frau und hielt die Socken in der Hand, als wolle er darüber nachdenken, ob er sie anziehen oder wieder weglegen sollte.

»Mi-Mo«, murmelte er. »Deine Mutter sagt, du sollst aufstehen.«

Die Alte humpelte plötzlich vom Herd weg neben das Bett Mi-Mos. Sie rüttelte die Schlafende heftig an den Schultern. Sie sagte kein Wort, aber sie starrte giftig und schob den Unterkiefer wieder bis zur Nase hinauf, wie sie es immer tat, wenn ihre wortlose Wut über sie kam.

»Was denn«, sagte Mi-Mo schläfrig. »Laß mich. Ich muß doch nicht zur Schule!«

»Aber aufs Arbeitsamt mußt du!« rief Eliese.

»Warum denn ausgerechnet heute?«

Eliese hob drohend den Finger. »Merke dir: ›Des Faulen Weg ist dornig!‹«

»Ach, laß doch diese Sprüche«, sagte Hugo.

»Gerade du sollst sie hören«, rief Eliese. »Du weißt, daß geschrieben steht: ›Ein fauler Baum bringt arge Früchte‹!«

»Hör auf, du Betschwester!« rief er. »Du bist auch nicht ohne Sünden!«

Sie schwieg und wandte sich wieder dem Herd zu.

»Und was ist denn das?« rief er. »Hier, meine Hosenträger! Die Lederschlaufe ist schon drei Tage abgerissen. Wie oft habe ich dir gesagt: Näh die Lederschlaufe an meine Hosenträger!«

Albert und Bruno gingen ein wenig später zur Schule. Mi-Mo trödelte noch herum. Sie hatte jetzt zwei Monate mit der Arbeit ausgesetzt, und nun wollte man sie schon wieder aufs Arbeitsamt treiben. Dabei hatte sie sich doch beim Nähen durch den Finger gestochen. Sie war in einer Wäschefabrik als Näherin angelernt worden und hatte da ein Jahr gearbeitet. Aber die Nadel der elektrischen Maschine war ihr durch den Finger gefahren. Durch und durch war sie gegangen.

»Da hat sie wieder gedöst«, sagte Eliese. Aber niemand machte Einwendungen, als Mi-Mo nicht mehr in die Fabrik ging. Aber jetzt wurde es langsam Zeit, daß sie sich wieder nach einer Arbeit umsah.

Hugo und Eliese redeten ihr zu, und schließlich ging sie, eine Stunde nach ihren Brüdern, durch den Torbogen der Festung zur Stadt hinunter.

Nachdem Hugo sich auf dem Herd warmes Wasser gemacht und eine Rasierklinge sorgfältig auf der Hand abgezogen hatte, rasierte er sich mit aufreizender Langsamkeit, die jedesmal den Zorn seiner Frau herausforderte. Danach ging er ein paar Türen weiter, horchte einen Augenblick und klopfte an. Herr Jescheck saß wie jeden Tag über seinen Briefmarkenalben. Seine Frau stand am Fenster und fütterte einen Wellensittich, der dort in einem Vogelbauer umherflatterte.

»Guten Morgen«, sagte Hugo. »Herr Jescheck, ich wollte mal fragen, ob Sie mir die Zeitung leihen können.«

»Gib ihm die Zeitung«, sagte Herr Jescheck zu seiner Frau, ohne von der Briefmarke aufzusehen, die er gerade mit der Lupe betrachtete.

Das Zimmer war einfach eingerichtet, aber es strahlte

gepflegte Ordnung aus. Die Jeschecks nahmen hier eine Sonderstellung ein. Man sagte von ihm, er sei Offizier gewesen, aber niemand wußte das genau, denn Herr Jescheck ließ sich auf keine Unterhaltung ein. Er grüßte und ging vorbei. Seine Frau grüßte um einige Grade freundlicher, aber auch sie blieb nie stehen, um zu schwätzen. Sie waren seit zwei Jahren hier und warteten auf eine Wohnung.

Hugo empfing die Zeitung, bedankte sich und schloß die Tür leise von draußen. Drüben blätterte er nachdenklich die Seiten um, las zuerst alle Bildunterschriften und begann dann, die Artikel und Annoncen zu überfliegen. Als er las, daß unmittelbar nach einem Festessen ein bekannter Bankier an einem Herzinfarkt gestorben sei, sagte er: »Da hat sich einer überfressen und ist daran gestorben. Stellt euch das vor.« Diese Vorstellung beschäftigte ihn eine Weile, es schien ihm eine grandiose Dummheit in dieser Art des Sterbens zu liegen. Plötzlich tauchte der Gedanke auf, es sei ein Zufall, daß man selbst noch nicht gestorben war. Ein reiner Zufall. Aber wahrscheinlich hatte der Bankier den Hals nicht voll genug kriegen können. So etwas rächt sich, dachte er.

Dann las er ein paar Annoncen, murmelte vor sich hin: »Hier eine Kippbettcouch, die kostet sechshundertfünfundneunzig Mark! Wer kann denn das bezahlen?«

Er hielt ein, überlegte, daß man ihm für die verlorenen Jahre und vieles andere, das genauso unwiederbringlich war, bisher den Gegenwert von drei Kippbettcouches gezahlt hatte.

Ein Minister, ein ehemaliger, kriegt jetzt eintausendfünfhundert Mark im Monat, aber er will fast dreitausend Mark haben. Eine Gerichtsverhandlung! Aha! Nein, er kriegt nur eintausendfünfhundert, weil die Sache noch nicht geklärt ist und weil er über vierhundert Menschen zum Tode verurteilt hat. Er hatte ein Begnadigungsrecht, hat aber nie davon Gebrauch gemacht. Die wurden alle geköpft! Deshalb kriegt er nur eintausendfünfhundert im Monat. »Seit vielen Jahren!« rief Hugo. »Und es ist immer noch nicht geklärt!«

»Was ist denn?« fragte Eliese.

»Die wurden alle geköppt! Dafür kriegt er jetzt noch eintausendfünfhundert Mark im Monat!« rief Hugo.

»Ich dachte, du wolltest das Fahrrad flicken?«

»Später«, sagte er, »wenn Bruno von der Schule zurück ist. Es ist auch noch etwas kühl draußen.«

»Ausreden«, sagte sie. »Ausreden! ›Der Faule spricht: Es ist ein Löwe draußen ...‹«

## FÜNFTES KAPITEL

Dieses Fahrrad war eines der beiden Stücke, die er aus seiner Entschädigung im Werte von drei Kippbettcouches gerettet hatte. Das andere war ein Radioapparat, den er eines Tages in einem riesigen Karton angeschleppt hatte: das beste Gerät, das er in dem Fachgeschäft hatte finden können. Es war sündhaft teuer gewesen, aber der Verkäufer hatte gesagt: »Was nichts kostet, ist auch nichts wert!«

Wegen des Radios hatte es zwischen ihm und Eliese tagelang Streit gegeben. Er hatte gedroht, sie zu schlagen, und sie hatte mit einem Teller nach ihm geworfen. Ihr Gekreisch war in der ganzen Festung zu hören gewesen. Sie hatte so lange geschrien, bis sie fast den gesamten Rest des Geldes aus Hugos Taschen geholt hatte. Hermann hatte bei diesen Szenen jedesmal das Gerät eingeschaltet und irgendein Konzert auf höchste Lautstärke gestellt. Dabei hatte er gesungen: »Und die Musik spielt dazu. Und die Musik spielt dazu.«

Schließlich hatte sich Eliese an den Gedanken gewöhnt, daß man soviel Geld für das Radio ausgegeben hatte. Hugo sagte: »Wir haben das beste Radio im ganzen Bau!«

Viktor und seine Frau hatten es bewundert. Kainrath und seine Frau, Dora und Herbert, später auch noch Johann, Kainraths Sohn, hatten davorgestanden, und Hugo hatte es vorgeführt. Es war der Brillant der Wohnzelle, der in dieser ärmlichen Fassung um so heller strahlte.

Das Fahrrad hatte er günstig erwerben können. Eine der Familien war in die Stadt gezogen. Hugo hatte im

Hof dabeigestanden, wie die Leute ihre wenigen Möbel auf einen Lastwagen verluden. Schließlich stand nur noch das Fahrrad da. Hugo hatte ein wenig drumherumgeredet, bis der Besitzer, der sich vor einiger Zeit ein Leichtmotorrad gekauft hatte, sagte: »Eigentlich brauche ich es nicht mehr.«

Hugo sagte, für seinen Albert müsse er in einem oder in zwei Jahren ein Fahrrad kaufen, aber das eile nicht. Er hatte es dann für die Hälfte des Preises bekommen. Danach hatte er drei Tage darüber gesprochen, wie er sich an dieses Geschäft herangeschlichen und dann im richtigen Augenblick zugestoßen hätte. Das sei die allein richtige Methode: anschleichen und zustoßen! Man könne diese Methode von Fahrrädern auch auf Motorräder ausdehnen, auf Autos und auf Häuser. Nur ein wenig Geld müsse man haben, um anfangen zu können.

»Das hast du aber nicht, und du wirst es nie haben!« hatte Eliese gerufen und damit seine Begeisterung gedämpft.

Das Fahrrad stand in einem der ehemaligen Pferdeställe, die zu ebener Erde einen ganzen Flügel der Festung einnahmen. Hugo hatte die Zinkbütte mitgebracht. In der Satteltasche fand er die Gummilösung, kleine Gummiflecke zum Aufkleben und eine Rolle Isolierband. Aber der Schraubenschlüssel fehlte. Gestohlen! dachte er und ging wieder hinauf, um irgendwo einen Schraubenschlüssel zu leihen. Kainrath half ihm aus.

Während Hugo wieder hinunterging, betrachtete er den Schlüssel und dachte, er komme ihm bekannt vor. An einer Stelle war das Metall angerostet – und genauso war das bei seinem Schlüssel gewesen. Er konnte nichts beweisen und nahm sich vor, kein Wort darüber zu verlieren. Aber eigentümlich war es doch, daß Kainrath gesagt hatte: »Wo ist denn der Schraubenschlüssel, Johann hatte da mal so ein Ding rumliegen.« Nun, sein Sohn hatte wahrscheinlich an der Satteltasche herumgefingert. Aber beweisen konnte man nichts. Das konnte Hugo auch nicht, als er das Fahrrad auf der Galerie abgestellt und es eines Morgens mit platten Reifen gefunden hatte. Das Loch im Vorderradreifen hatte er selber hineingefahren – aber hinten, da hatte jemand hineingestochen.

Als Bruno aus der Schule zurückkam, hielt Hugo die beiden luftleeren Schläuche in der Hand und betrachtete sie. Er schickte Bruno mit der Bütte nach Wasser. In einem der Ställe müsse ein Wasserhahn sein.

Später sagte Hugo: »Siehst du, wie's blubbert, da ist das Loch.« Als er den Schlauch des Hinterrades ins Wasser hielt, rief Bruno: »Da blubbert es ja an drei Stellen!«

»Ja«, sagte Hugo, »das ist hineingestochen.«

Hugo hatte die Schere vergessen und schickte Bruno hinauf, sie zu holen. Er schnippelte dann an den Gummiflecken herum, während Bruno zusah. Als er nach dem Aufkleben seinen Handballen fest auf die reparierte Stelle drückte, sagte Bruno: »Da hinten, wo ich das Wasser geholt habe, steht ein Wagen.«

»Was für ein Wagen?«

»Ein Pferdewagen, aber viel kleiner als die, von denen du erzählt hast.«

»So?« sagte Hugo und klebte das letzte Loch zu. »Da muß ich doch mal gucken.« Er legte die Schläuche zur Seite, nahm sich nicht Zeit, den letzten Flicken anzupressen, und ging hinüber.

Es war ein richtiger Wagen, mit vier Rädern, einer Deichsel und zwei Radbremsen für die Hinterräder. Er war klein, nicht viel mehr als eine Ladefläche über den Rädern, aber es war ein Wagen. Hugo ging um das Fahrzeug herum, bückte sich, prüfte, packte zu und rüttelte daran. »Noch ganz gut«, sagte er. »Ja, noch ganz gut.« Er schätzte ab, was man laden könnte, und fragte sich, wem wohl der Wagen gehörte, der hier schon einige Jahre stehen mußte. Dann ging er wieder mit Bruno zurück zu seinem Fahrrad.

Der Wagen beschäftigte ihn. Er pumpte den Hinterradschlauch auf und hielt ihn ins Wasser.

»Da blubberts aber noch!« rief Bruno.

»Jaja«, sagte er nachdenklich.

Er begann, einfach einen größeren Flicken über den alten zu kleben. Er hatte eine Idee – und je mehr er darüber nachdachte, desto langsamer wurden seine Bewegungen. Diese Idee war wie ein Licht, das in ihm flackerte, ein Fünkchen, das ihn anblinzelte und in seinen Gedanken bereits eine Sonne zu werden begann.

Beim Mittagessen war er schweigsam. Albert kam erst, als alle schon am Tisch saßen. Eliese fragte, wo sich Albert herumgetrieben habe, aber Hugo schwieg. Mi-Mo war kurz vor dem Essen zurückgekommen. Sie war nicht auf dem Arbeitsamt gewesen. Vor den Schaufenstern hatte sie gestanden und sich die Auslagen angesehen: Kleider, Mäntel, Schuhe und die dazu passenden Handtaschen.

»Jaja«, sagte sie, »Arbeit war genug da, aber es war nicht das Richtige. Eine Stelle als Verkäuferin hätte ich kriegen können. Und zum Putzen wäre ich auch untergekommen.«

»Verkäuferin?« sagte Eliese und hielt mit dem Essen ein. »Das wäre doch gut gewesen!«

»Sie kann doch nicht rechnen«, grinste Albert. »Hör mal Mi-Mo, wieviel ist dreißig und dreißig und dreißig, und dazu noch fünfundzwanzig und fünfundzwanzig?«

»Laß mich in Ruhe!« rief Mi-Mo.

»Wieviel ist das denn?« fragte Bruno.

»Ich soll in den nächsten Tagen wiederkommen«, murmelte Mi-Mo. »Aber nicht vor nächster Woche.«

Die Großmutter sagte: »Einhundertvierzig!«

»Warum erst nächste Woche?« fragte Eliese.

»Ich will in die Fabrik«, erklärte Mi-Mo. »Ich will

was, wo ich bei sitzen kann. Und das gibt's nicht jeden Tag.«

Albert hatte nicht weitergegessen. Er hatte gerechnet, und das fiel ihm von jeher schwer. Jetzt rief er: »Tatsächlich, das macht einhundertvierzig!«

Nach dem Essen lief die Großmutter hin und her. Sie preßte eine Hand gegen den Leib, in der Gegend der Leber oder Galle. Aber das half nicht viel.

»Leg dich doch hin, Mutter«, sagte Eliese.

Die Alte antwortete nicht. Sie lief weiter, gleichmäßig, wortlos. Das war der Weg ihrer Pein: von der Tür zum Fenster, vom Fenster zur Tür. Der Arzt hatte gesagt, sie müsse Diät halten. Aber es gab keine Diät. Man aß Erbsen, Linsen, Bohnen und Kraut, und sonntags gab es fettes Fleisch. Nach den schweren Mahlzeiten begann sie jedesmal ihren Lauf. Aber niemand achtete mehr darauf. Nur Eliese sagte manchmal, ohne Überzeugung: »Leg dich doch hin, Mutter.«

Hugo hatte sich hingelegt. Er hatte den obersten Knopf seiner Hose geöffnet und lag still auf dem Bett seiner Frau, die Schuhe noch an den Füßen. Eliese hatte es schon lange aufgegeben, ihm zu sagen, daß er die Schuhe ausziehen solle. Er lag da und hörte die Stimmen seiner Kinder, die ihn nicht schlafen ließen. Er nahm sich vor, nur ein Weilchen so zu liegen. Doch dann glitt er in einen Halbschlummer, aus dem ihn bald Albert und Bruno wieder aufschreckten. Ihm war, als habe er etwas versäumt in den Minuten, als ihm die Augen zugefallen waren. Aber schließlich hatte der Wagen ja schon ein paar Jahre dort gestanden, nun kam es auf ein paar Minuten auch nicht mehr an. Noch heute wollte er den Verwalter nach dem Wagen fragen. Aber er mußte sich seine Fragen noch genau zurechtlegen; der Verwalter sollte nicht gleich seine Absicht erkennen.

Am Nachmittag stand er auf, nachdem er doch noch einmal eingeschlafen war. Er schloß den obersten Knopf seiner Hose. Mi-Mo, Albert und Bruno spielten Karten.

»Was denn, habt ihr nichts zu tun!« rief er. »Was ist mit eueren Schularbeiten?«

»Ich hab nix auf«, sagte Bruno.

»Und du, du fauler Sack?« fuhr er Albert an.

»Reg dich nur nicht auf, Hugo«, sagte Albert und mischte die Karten. »Ich wollte schon längst meine Rechenaufgaben machen, aber die Mutter kann sie ja nicht!«

»Gib die Karten her!« Hugo riß ihm das Blatt aus den Händen. »Geh zu Johann mit deinen Aufgaben, der kann sie bestimmt!«

»Und du?« grinste Albert. »Warum willst du mir nicht helfen?«

»Ich habe jetzt keine Zeit. Ich muß zum Verwalter!«

Johann war zwei Jahre älter als Albert. Er besuchte eine höhere Schule, und Kainrath war sehr stolz auf ihn. Er pflegte zu sagen: »Mein Johann rechnet im Kopf doppelt so schnell wie ich auf dem Papier.«

»Los!« sagte Hugo. »Geh zu Johann!«

Albert ging mit seinem Heft hinaus. Mi-Mo und Bruno folgten ihm. Sie wollten sehen, wie Johann rechnete. Hugo wartete, bis sie alle verschwunden waren, und ging dann die Treppe hinunter, um den Verwalter aufzusuchen.

Johann hatte keine Zeit, jedenfalls sagte er das. Er habe lateinische und englische Vokabeln zu lernen, morgen sei eine Klassenarbeit fällig. Außerdem habe er noch einige Aufgaben in Geometrie zu lösen. Nicht in der einfachen, sondern in der Analytischen Geometrie.

Was Vokabeln seien, wollte Mi-Mo wissen.

Johann erklärte es. Er saß an einem kleinen Tisch im Laden und drückte zwei Finger gegen seine ermüdeten Augen, eine Geste, die ihre Wirkung nicht verfehlte. Die drei standen vor der Theke und lauschten. Ja, da seien zum Beispiel die unregelmäßigen Verben in Englisch und anderen Sprachen. Die müsse man alle auswendig lernen. Ob sie etwa dächten, das sei eine Kleinigkeit. Während er sprach, schaute er auf Mi-Mo. Er redete nur für sie.

»Stellt euch vor«, sagte er, »die Erde wäre so groß wie ein Kinderkopf und ihre Diametralachse wäre ...«

Er redete eine Weile, kassierte die Hochachtung seiner Zuhörer und hatte dann doch Zeit für Albert. Kleinigkeiten seien das, sagte er und erklärte. Er hielt Alberts Heft in der Hand, sagte etwas von der Zinszahl, vom Zinssatz und vom Ansatz und fragte: »Verstehst du das?«

»Ja«, sagte Albert.

»Gut, dann rechne jetzt diese Aufgaben.«

Albert nahm das Heft und schaute auf das Blatt. Sein Gesicht lief langsam rot an. Sie blickten ihn jetzt alle an, aber Albert sagte keinen Ton.

»Mühlsteine!« sagte Johann. »Er hat Mühlsteine im Kopf.« Er sah auf Mi-Mo und meinte dann, es sei besser, sie gingen zum Turm. Sein Vater sehe es nicht gern, wenn sie hier im Laden herumfuhrwerkten. »Geht nur vor«, sagte er. »Ich sage meiner Mutter Bescheid, daß sie auf den Laden aufpaßt. Es ist ja ohnehin ruhig jetzt.«

Später saßen sie auf den breiten Steintreppen vor der Tür zum Turm. Dort kam selten jemand hin. Draußen dämmerte es schon. Johann rechnete sämtliche Aufgaben auf einem Stück Papier.

»So«, sagte er, »jetzt brauchst du das bloß abzuschreiben. Geh und schreib es ab.«

Albert nahm das Papier und ging wortlos davon. Er dachte nicht daran, sich zu bedanken.

»Willst du nicht auch mit Albert gehen?« fragte Johann.

»Nein«, sagte Bruno. »Ich bleibe hier.«

Johann flüsterte etwas zu Mi-Mo hinüber. Sie saßen dicht nebeneinander auf der Treppe.

»Was hat er gesagt?« fragte Bruno. »Er hat etwas über mich gesagt, nicht wahr?«

»Hör mal«, sagte Mi-Mo. »Habt ihr noch von der Nußschokolade?«

»Ja.« Johann wisperte ihr wieder etwas ins Ohr, und sein Gesicht war so rot wie vorhin das von Albert, als er die Aufgabe nicht rechnen konnte.

Mi-Mo lachte leise und flüsterte: »Hol erst die Nußschokolade.«

»Warte«, sagte Johann. »Ich will sehen, ob es jetzt geht. Aber hältst du auch dein Wort?«

Sie flüsterten wieder und sahen dann Bruno an, der jetzt genau zu wissen glaubte, daß sie über ihn redeten. Er spürte das veränderte Wesen der beiden und sagte gekränkt: »Ihr wollt mich nur nicht dabei haben, wenn ihr die Nußschokolade eßt!«

»Unsinn«, sagte Johann. »Mi-Mo gibt dir auch ein Stück Schokolade. Gehst du aber dann auch?«

»Und wo geht ihr hin?«

»Wir gehen in den Turm hinauf und werden die Sterne betrachten.«

»Laßt mich mitgehen, die Sterne betrachten!«

Er hatte noch nie so sehr gewünscht, die Sterne zu betrachten, wie gerade jetzt. Ihm schien, Johann wisse über die Sterne mehr als andere Menschen. Er hatte das sicher auf der höheren Schule gelernt.

Sie ließen ihm die Wahl, ob er lieber die Sterne sehen oder ein Stück Schokolade haben wollte. Es war ihm nicht ganz klar, warum diese Bedingung gestellt wurde. Er entschied sich für die Schokolade, stellte jedoch seinerseits eine Bedingung: Er wollte auf sie warten, und sie sollten ihm dann von den Sternen erzählen. Er würde solange vor der Treppe sitzen.

Als Johann zurückkam, standen sie eine Weile zu dritt vor der Tür.

»Komm doch«, sagte er.

»Warte, ich will erst die Schokolade versuchen.« Sie wickelte sie aus, reichte Bruno ein beträchtliches Stück und steckte selbst eine Rippe davon in den Mund.

»Komm jetzt«, sagte Johann.

Sie schaute sich um, zögerte und ging dann hinein. Johann redete noch mit Bruno. Er könne hier vor der Treppe sitzen, aber er dürfe niemandem sagen, daß sie oben im Turm seien. Sie kämen auch bald zurück. Höchstens zehn Minuten wollten sie die Sterne betrachten. Dann folgte er Mi-Mo.

Bruno horchte noch eine Weile in die dunkle Türöffnung hinein. Er hörte sie langsam hinaufgehen, aber sie sprachen nicht. Dann setzte er sich vor die Tür und lutschte an seiner Schokolade.

Sie sind leise. Auf der Steinbank liegen sie, wo sie schon einmal gelegen haben. Er tastet an ihr herum mit seinen zittrigen Händen. »Nein«, sagt sie einmal. »Doch nicht so.«

Er ist ungeschickt, täppisch. Sie steht noch einmal auf, streift etwas herunter, merkt sich aber genau, wo sie es hinlegt. Dann spürt sie sein Gewicht, führt ihn. Sie sprechen hastig, kleine Flüstersätze, die wie ängstlich flüchtende Wesen durch die Dunkelheit huschen.

Ihr Atem beginnt zu jagen. »Mach schnell!« haucht sie. Sie fürchtet die Entdeckung, will jedoch nicht auf das volle Maß verzichten. Sie will alles in fünf Minuten zusammendrängen. »Mach schnell!« Aber die Ausdauer seiner Lust ist ohnehin zerbrechlich. Er ist dünnhäutig und empfindlich wie ein Springkraut, das bei der ersten Berührung seine Aufgabe erfüllt.

Sie liegt still und ist enttäuscht. Sie spürt, er will gehen.

Aber sie will ihn behalten und beginnt, mit kleinen Bewegungen um ihn zu kämpfen. Er hat Angst, aber sie fühlt, wie er nachgibt, wie sie ihn beherrscht.

Und mitten im Triumph ihres Leibes, im großen Aufleuchten, auf das sie gewartet hat, hört sie von unten die Stimme ihres Bruders, der zu ihnen hinaufruft: »Kommt ihr denn nicht bald runter? Ihr betrachtet die Sterne aber länger als zehn Minuten!«

## SECHSTES KAPITEL

Hugo führte ein langes Gespräch mit dem Verwalter, der ein Zimmer über dem Torbogen bewohnte. Als Hugo nach zwei Stunden wieder in den Hof hinaustrat und beim Gehen ein bißchen mit den Fingern schnippte, wie er es früher, als er jünger war, oft getan hatte, begegneten ihm einige Männer, die von der Arbeit heimkehrten.

»Guten Abend, Hugo. Bist du auch schon von der Arbeit zurück?«

Es war einer aus dieser Gruppe von fünf, sechs Männern. Hugo hörte, wie sie im Weitergehen lachten. Er blieb stehen und schaute ihnen nach. Diesen Schwätzer wollte er sich merken. Bei passender Gelegenheit sollte der sich noch wundern. Und es gab genug passende Gelegenheiten, wenn man nur geduldig wartete.

Bei der Tür begegnete ihm Edeltraut. Sie hatte ihn stehen sehen und auf ihn gewartet. Sie grüßte freundlich, und das versöhnte ihn augenblicklich.

Sie sprachen über das Wetter, dann über seine Krankheit und über die Krankheit der Großmutter. Bei den Schulzes gab es keine Krankheiten, über die man hätte sprechen können. Nein, sie waren alle gesund. Ja, sie arbeitete noch immer in der Stadt im Büro. Sie standen vor der Tür und redeten, als hätten sie sich wochenlang nicht gesehen; dabei war es höchstens drei Tage her, daß sie sich auf der Galerie getroffen hatten.

»Ich habe Hermann gesehen«, sagte sie unvermittelt.

»So«, fragte er, »wo hast du ihn denn gesehen?«

In der Stadt hätte sie ihn getroffen, und es seien noch

zwei Kerle bei ihm gewesen. Ganz zufällig sei sie ihm begegnet.

»Wissen Sie, die zwei, die da mit ihm waren, die haben mir schon gar nicht gefallen.«

»Wieso?« fragte er.

»Sie haben sich lustig gemacht über mich. Wissen Sie genau, daß er auf Montage arbeitet?«

Aber natürlich! Hermann habe es doch selbst gesagt. Das Zimmer koste eine Stange Geld. Und wovon solle er das bezahlen? Ganz sicher arbeitet er auf Montage, seine Vermieterin habe es ja auch gesagt, als er Hermann vor ein paar Wochen besuchte. Das sei ein Zimmerchen – mit Teppich und Rauchtisch und Bildern an den Wänden.

»Jaja«, sagte sie leise. »Ich weiß, es ist ein sehr schönes Zimmer.«

»Wieso, warst du denn schon dort?«

»Ich? Wieso, nein. Ach natürlich nicht.« Sie wurde fahrig, und er erinnerte sich, daß er sie einmal hatte weinen sehen. Da war etwas mit Hermann und ihr. Er dachte: Am Ende kriegt sie ein Kind von ihm? Er wollte sie das gerne fragen, aber dann gingen sie hinein, und er konnte gerade noch sagen: »Ja, man hat nichts von seinen Söhnen. Kaum haben sie den ersten Hut auf dem Kopf, schon fliegen sie aus dem Nest. Und wie gut könnte ich Hermann gebrauchen, jetzt, wo ich ein Geschäft aufmache.«

Als er nach dem Essen noch mit seiner Familie am Tisch vor den leeren Tellern saß, sagte er kein Wort von dem Geschäft, aber er fragte Eliese: »Hast du nicht ein bißchen Geld? Du hast mir doch mal hundert Mark abgenommen, damals, als ich das Radio brachte.«

Eliese lachte ihn aus. »Verrückt bist du!«

Um sie zu beschwichtigen, sagte er: »Vielleicht kriege ich bald noch etwas ausgezahlt. Fällig wäre es ja längst!«

Eliese tippte sich mit dem Zeigefinger auf die Brust: »Diesmal wird das Geld bei mir abgeliefert, bei mir! Du hast genug Blödsinn angestellt, als du das Geld in den Fingern hattest!«

»Ja, ja, ja«, sagte er und schnitt ihr das Wort ab. Er saß eine Weile und brütete vor sich hin. Dann wandte er sich an Bruno: »Hol mir einen Zehner-Stumpen beim Kainrath. Sag, dein Vater würde in den nächsten Tagen bezahlen.«

»Jetzt schickt er immer Bruno, weil ich nicht mehr gehe«, sagte Albert und grinste.

»Halt die Schnauze, sonst kriegst du was drauf!« rief Hugo.

»Du wirst dich unterstehen, den Jungen zu schlagen!« drohte Eliese.

»Laß ihn nur kommen!« rief Albert und wagte die zaghafte Andeutung einer geballten Faust.

»Was!« schrie Hugo. »Du erhebst die Faust gegen deinen Vater!« Er sprang auf, setzte sich aber gleich wieder hin.

Mi-Mo beschwerte sich: Immer sei hier Krach, maulte sie. Man könne nicht einmal einen Roman in Ruhe lesen.

Es war nicht das erstemal, daß Albert seinen Vater herausforderte. Er wußte aus Erfahrung, wie weit er dabei gehen durfte, wenn die Mutter auf seiner Seite war.

»Bruno, geh und hol deinem Vater einen Stumpen«, bat Hugo.

Bruno ging. Er kannte die Geschichte mit den ewigen Schulden. Er wollte seinem Vater helfen, und er war sicher, daß er allein ihm helfen konnte. Er ging nicht in Kainraths Laden, sondern gleich in die Wohnung. Er war jetzt in dem Alter, in dem die Leute ihm noch kindliche Freiheiten einräumten, obwohl er schon zur Schule ging. Manche fanden seine aufgeweckte Art niedlich. Er wußte das genau.

Kainrath saß da und hielt die Zeitung vor sein breites Gesicht. Er ließ sie sinken, um Bruno zuzuhören. Johann las in einem Buch und rutschte unruhig hin und her.

»Johann«, sagte Bruno, »darf ich das nächste Mal auch mitgehen, die Sterne betrachten?«

Und dann fragte er, was sie Besonderes gesehen hätten. Denn vorhin habe er zum Fenster hinausgeschaut und nicht einen einzigen Stern entdeckt.

Johann stotterte und sagte, vorher seien die Sterne aber gut zu sehen gewesen – ja, sie hätten geleuchtet. Er duckte sich bereits vor der nächsten Frage in sein Buch. Er fühlt sie kommen, sie scheint ihm so sicher wie die Entdeckung zu sein. Wenn er jetzt mit Nachdruck gefragt würde, war alles verloren. Aber Bruno sagt nur, Johann habe seinem Bruder bei den Schularbeiten geholfen. Wie nichts habe er das aufs Papier gerechnet, und Albert habe es abgeschrieben.

»Was habt ihr denn heute abend gegessen?« fragte Frau Kainrath.

»Suppe«, sagte Bruno. »Und was habt ihr gegessen?«

Er schwätzte ein bißchen, und dann zog er ein Fünfpfennigstück hervor und sagte: »Ich will meinem Vater zwei Stumpen kaufen. Die restlichen drei Fünfer bringe ich bald.«

»Hat dich dein Alter geschickt?« fragte Kainrath.

»Nein, er hat kein Geld.«

»Bestimmt hat der Hugo den Jungen geschickt!« rief Frau Kainrath.

»Nein«, sagte Bruno. »Aber ihr braucht mir keine zwei Stumpen zu geben. Schneidet von einem die Hälfte ab, die andere Hälfte hole ich dann, wenn ich den nächsten Fünfer geschenkt kriege.«

»Wo hast du die fünf Pfennige her?« fragte Kainrath.

»Alwina hat sie mir geschenkt, weil ich einen Brief für sie eingeworfen habe. Das war vorgestern. Könnt ihr mir jetzt von dem Stumpen für fünf Pfennig abschneiden? Ich muß wieder gehen.«

Später genoß Bruno das Lob seines Vaters. »Ah, der

Bruno«, sagte er, »der hat ein Herz für seinen Vater. Jaja, mein Bruno.« Er zündete einen der beiden Stumpen an, paffte eine Wolke gegen die Decke und hoffte, seine Frau und Albert würden sich ärgern. Er schaute herausfordernd durchs Zimmer. Aber niemand hatte etwas einzuwenden.

Seine Mutter saß auf ihrem Bett und hatte schon ihre beiden Hocker neben das Kopfende gestellt, den für ihre Kleider und den für die Schuhe: zwei Paar, die sie sorgfältig pflegte. Mi-Mo las ihren Roman und Eliese die Bibel. Albert knabberte an den Fingernägeln, und Bruno zog sich aus. Er mußte ins Bett.

Später kam Viktor herüber und lud Hugo zum Skatspielen ein. Viktor und Alwina leisteten sich manchmal dieses Vergnügen und holten dann Hugo als den dritten Mann.

»Was war das bei euch für ein Krach?« fragte Viktor.

»Nichts war!« sagte Eliese.

»Hugo machte wieder mal Theater«, sagte Albert spöttisch.

»Nichts war!« beharrte Eliese.

»Was! Nichts?« rief Hugo. »Mein Sohn, hier der Albert, ballt die Faust gegen seinen Vater! Aber das tut er nur, weil seine Mutter zu ihm hält, gegen mich!«

»So?« sagte Viktor. »Na ja, dann komm rüber.« Er ging aus dem Zimmer, war ganz sicher, daß Hugo folgen würde.

Alwina und Viktor redeten nicht viel beim Spiel. Viktor saß auf seinem Stuhl, seine schweren Hände lagen auf dem Tisch wie zwei Erdklumpen, in die Spielkarten hineingesteckt worden waren. Er arbeitete als Kabelleger. Das war eine harte Arbeit; Viktor leistete sie langsam, verläßlich und pünktlich.

»Ich soll Vorarbeiter werden«, sagte er beim Kartengeben. Und nach dem nächsten Spiel ergänzte er: »Da bin ich eine Woche fort. Von Montag bis Samstag.«

Aber das Geld, warf Hugo ein, das Geld, das er mehr verdienen würde ... Er sprach noch eine Weile über das Geld, doch als niemand antwortete, schwieg er und konzentrierte sich auf seine Karten.

Alwina spielte besser als die beiden Männer. Früher hatte sie sich gesträubt, Skatspielen zu lernen, aber eines Tages hatte Viktor mit der Faust auf den Tisch geschlagen und gerufen: »Wenn du schon keine Kinder kriegst, dann lerne wenigstens Skatspielen!«

Sie war etliche Jahre jünger als Viktor. Ihr Vater war Schullehrer gewesen. Er hatte sie im Lager getroffen, und sie waren zusammengeblieben. Als die Baracke abgebrannt war, hatte Viktor sie mit in die Festung genommen und hier geheiratet. Es war die einzige Ehe, die bisher in der Festung geschlossen worden war.

Alwina war kräftig und wohlgebaut. Ihr Gesicht erhielt durch die vorstehenden Backenknochen und die stillen, nachdenklichen Augen einen eigentümlichen herben Reiz. Es war ein Gesicht, das sich einprägte.

Einmal hatte Viktor zu Hugo gesagt: »Sie ist eiskalt. Sie muß da was mitgemacht haben auf der Flucht – seit damals ist sie kalt wie ein Fisch. Sie hat wohl auch einen anderen als mich erhofft.«

Sie hatte nie genau erzählt, was sie erlebt hatte. Aus Andeutungen hatte Viktor entnommen, daß es ihr schlimm genug ergangen war. Einige Zeit hatte er versucht, die ganze Wahrheit zu erfahren, aber sie hatte geschwiegen. Alwina und Viktor sprachen überhaupt selten von früher. Sie hatten sich an ihre Gemeinsamkeit und an die Eigenheiten des andern gewöhnt, aber die Last der Erinnerung trug jeder für sich allein. Zu Stein erstarrt, unbeweglich und stumm wie eine Statue stand die Vergangenheit in ihren heimlichen Gedanken.

»Ja«, hatte Viktor gesagt, »im Bett ist sie kalt wie ein Fisch, deshalb kriegt sie wohl auch keine Kinder.«

Hugo dachte nur noch selten ans Bett. Er und Eliese waren durch die Umstände an ihre getrennten Betten gewöhnt worden. Nach den beiden toten Kindern waren ihre ohnehin spärlichen Zärtlichkeiten ganz ausgeblieben. Er legte Eliese wohl einmal die Hand auf die Hüfte, aber sie schüttelte ihn dann ab. Keineswegs widerwillig, doch mit einer unmißverständlichen Geste, die bedeutete, er solle doch nicht versuchen, so zu tun, als brauchten sie noch das gemeinsame Bett. Sie wußten beide, daß sie es nicht mehr brauchten.

Er dachte nicht oft an all die Entwöhnungen, in die sie hineingewachsen waren. Diese Gedanken wurden begraben unter den zahllosen Widerwärtigkeiten, die fühlbarer waren und die, wie ihm schien, sich alle mit Geld hätten beheben lassen.

Jetzt spukte das Geld in seinem Hirn, das Viktor mehr verdienen würde. Er dachte daran, daß Viktor jetzt noch mehr Geld sparen könnte als bisher. Er war sicher, daß der schon einiges auf der Kante liegen hatte. Er rechnete: Zwanzig und zwanzig und zwanzig und zwanzig ... Mit den Jahren ergab das eine Menge Geld.

Hugo spielte schlecht. Alwina kräuselte verächtlich die Lippen, aber sie sagte nichts. Viktor murrte: »Paß doch auf, Mann!« Hugo hing noch an seiner Idee, an diesem Ableger einer Idee, von dem er hoffte, daß er richtige Wurzeln treiben und wachsen würde.

»Hör mal«, sagte er während des Spiels. »Was hältst du von einem Pferd und einem Wagen?«

»Wieso?« fragte Viktor.

»Ich habe einen Wagen in Aussicht. Wenn ich noch das Pferd dazu hätte, wäre ich ein gemachter Mann. Ich könnte hier einen Stall kriegen. Wenn ich erst ein Pferd hätte, käme bald auch das zweite Pferd und der zweite Wagen.« Er hatte die Karten sinken lassen, sah Viktor abwartend an. »Den Dung könnte ich auch verkaufen.

Umzüge könnte ich machen, wo doch hier jeden Tag einige kommen und gehen. Im Herbst gibt es viele Umzüge. Da sind die Wohnungen für die Bezieher fertig. Könntest du mir dafür nicht etwas Geld leihen?«

»Nein«, sagte sie und nichts weiter.

Viktor ging über die Frage hinweg. Er nahm seine Karten hoch und schwieg. Aha! dachte Hugo, sie hat das Geld. Er hat nichts zu sagen! Er darf nur arbeiten gehen und das Geld heimbringen!

Erst nach dem dritten oder vierten Spiel sagte Viktor: »Du solltest wieder arbeiten wie früher in der Himmelsgasse! Da warst du doch ganz tüchtig. Aber du hast keine Lust mehr!«

Hugo fuhr auf: »Ich und keine Lust zum Arbeiten! Da kennst du mich aber schlecht. In den nächsten Tagen fange ich an!« Das Spiel hatte seinen Reiz verloren, Hugos Unlust übertrug sich. Sie ließen die Karten sinken. »Nach diesem Spiel hören wir auf«, sagte Viktor.

Sie saßen dann noch eine halbe Stunde und sprachen über das Kabellegen. Hugo hörte nur zu. Die Zeiten seiner regelmäßigen Arbeitstage dämmerten in ihm herauf. Er war morgens gegangen und abends gekommen. Speck hatte er auf dem Brot gehabt. Dazu hatte er Bier getrunken. Er hatte zwei Arbeitsjoppen und zwei Arbeitshosen und für den Sonntag einen blauen Anzug aus gutem Tuch gehabt. Der Schneider hatte ... Aber er hatte den Namen des Schneiders vergessen, der seinen blauen Anzug gemacht hatte. Ein Pferd hatte Max geheißen. Hugo saß und glitt in seine paradiesischen Erinnerungen an den Platz, der Himmelsgasse hieß. Man ging da um eine Ecke, wo das Gut anfing, vorbei am Brunnen. Himmelsgasse.

Später schlurfte Hugo hinüber und zog sich langsam aus. Er war verärgert und aufgestachelt von dieser Nachricht über Geld, das ein anderer verdienen würde.

Er steht eine Weile und überlegt. Sie schlafen alle. Er erkennt sie am Atmen. Er weiß: es ist das vollständige Konzert ihres Schlafes; er ist sicher, daß darin keine Stimme fehlt. Das Geld, denkt er, sie hat es irgendwo zwischen ihren Kleidern.

Unendlich behutsam schleicht er auf Strümpfen durch das dunkle Zimmer, zum Bett der Großmutter. Er hält den Atem an, tastet mit den Händen den Boden vor sich ab, kriecht auf allen vieren und erreicht den Stuhl mit den Kleidern. Sachte beginnt er, die Kleider abzufühlen, greift etwas Hartes, das durch Stoff verdeckt ist, aber es ist nur ein Knopf. Es müßte ja auch mehr sein, denkt er und beginnt vorsichtig, das Kleid vom Stuhl hochzuheben. Er glaubt, dem Geld nahe zu sein, streckt seine linke Hand aus, während er mit der rechten das Kleid vom Stuhl nimmt. Aber jetzt hört er neben sich ein kurzes Geräusch. Er erstarrt, lauscht mit offenem Mund, will sich ein wenig zurückziehen, will abwarten. Und in diesem Augenblick schlägt ihm die Großmutter mit einem ihrer sorgsam gepflegten Schuhe zweimal auf den Kopf.

# SIEBENTES KAPITEL

Edeltraut hatte vor der Schule gewartet. Sie hatte nicht genau gewußt, wann die Schule aus sein würde, deshalb war sie frühzeitig gekommen und hatte länger als eine Stunde vor dem Tor gestanden. Albert entdeckte sie gleich, als er mit einigen Klassenkameraden aus dem offenen Tor auf die Straße hinaustrat. Er wäre nie auf den Gedanken gekommen, daß sie auf ihn wartete. Er grinste verlegen und wollte vorübergehen.

»Albert«, sagte sie, »da ich dich gerade treffe, könntest du mir nicht eine kleine Gefälligkeit tun?«

Er stand vor ihr und sah sie an.

»Hier«, sagte sie und gab ihm eine Mark. »Du bist doch ein vernünftiger Mensch, nicht wahr?«

»Ich? Jaja«, sagte er und steckte die Mark ein.

»Albert, es darf niemand erfahren! Ich muß deinen Bruder sprechen. Ich will aber nicht hinaufgehen, wegen der Wirtin. Kannst du ihn nicht herunterholen? Aber du darfst es niemandem erzählen!«

Während sie nebeneinander durch die Straßen gingen, fragte er: »Wegen der Wirtin?«

»Ja, wir haben uns gestritten, Hermann und ich. Es gab Krach mit der Wirtin.«

»Was willst du denn mit ihm besprechen?«

»Ach, das ist etwas zwischen Hermann und mir. Du weißt doch, ich war mit ihm befreundet.«

Davon wußte er zwar nichts, aber er sagte, ja, das wisse er schon lange. Das habe ihm Hermann selber erzählt.

»So, was hat er dir denn erzählt? Hat er oft von mir gesprochen?«

»Alles hat er mir erzählt.«

»Alles?« fragte sie und ihre Stimme wurde unsicher.

Er spürte, das war ihr nicht angenehm. Er sagte, er würde das niemals weitererzählen, da brauche sie keine Angst zu haben. Und es wäre doch nicht schlimm, wenn er es wüßte, er wäre doch Hermanns Bruder.

»Jaja«, sagte sie. »Ich wußte, daß du vernünftig bist.«

Sie hatten eine Viertelstunde zu gehen. Als sie in die Nähe des Hauses kamen, gab sie ihm Anweisungen, was er sagen solle. »... Und er soll nicht etwa denken, ich laufe ihm nach. Ich hätte ihm nur etwas Wichtiges zu sagen. Deshalb müßte ich ihn sprechen. Und überhaupt, warum er denn fortgegangen wäre? Sein Vater könnte ihn doch jetzt so gut gebrauchen, wo er ein Geschäft aufmacht. Sag ihm, ich hätte mir extra im Betrieb freigeben lassen. Du redest ihm doch zu, nicht wahr? – Albert«, sagte sie, »guck dich mal im Zimmer um, ob er da vielleicht ein Bild stehen hat von jemandem.«

Albert ging die Treppe hinauf, die er noch nie vorher betreten hatte. Die besondere Mission stärkte seine Selbstachtung. Er war jetzt in eine große Sache verstrickt, war zum Zwischenträger einer verbotenen Liebe geworden. Er fühlte sich erwachsen, zumal er über die Liebe einiges wußte.

Er hatte die Liebe gesehen in allen möglichen Situationen, und er wußte mehr darüber als über Multiplikationen von Dezimalbrüchen. Zuerst hatte er erkannt, daß zur Liebe zwei gehören. Zwei, die sich absondern, die alle Vorsicht vergessen, die sich versteckt fühlen, während sie doch allen Blicken preisgegeben sind. Er hatte die Liebe beschlichen. Die Frau und den Mann, die in der Dunkelheit standen und sich seltsam bewegt hatten. Das war die Liebe! Und die Frau und der Mann in einem Winkel der

Baracke. Der Mann über der Frau, wie Gewalttat. Und die Frau, die sich vor dem Manne bückte, der Mann hinter ihr, als peinige er sie ... Das hatte er gesehen und noch einiges mehr. Das war die Liebe! Sie hatte von jeher seine Neugier gereizt. Später begann sie, auch seine Phantasie zu beschäftigen. Das war, als er durch ein Loch in der Barackenwand in den Waschraum der Frauen hineinspähen konnte. Er hatte noch anderes gesehen im Lager, und es hatte nicht an Erklärungen gefehlt von Älteren, die mit ihren versteckten und zum Teil auch offenen Reden eine noch schüchterne, unfähige Lüsternheit in ihm geweckt hatten. Diese Lüsternheit war im letzten Jahr gewachsen. Er träumte jetzt manchmal davon, einer jungen schönen Frau unter die Röcke zu fassen und genau zu fühlen, wie sie da beschaffen war.

Aber er spürte auch andere Regungen. Da war die Heldentat, die er für ein Mädchen vollbringen würde: Ein Löwe hat sich losgerissen und verfolgte sie. Er, Albert, kommt im letzten Augenblick dazu und kämpft mit dem Raubtier. Als todwunder Sieger fällt er in die streichelnden Hände des Mädchens, das zärtliche Worte flüstert: Wir haben ihn alle verkannt. Er ist der Beste, der Stärkste, der Schönste.

Nicht ganz so edel waren seine Gedanken, als er die Treppe hinaufging. Er dachte an die Mark, die er mit diesem Auftrag bereits verdient hatte, obwohl damit keinerlei Gefahr oder Mühe verbunden war. Eine Botschaft für eine Mark, das schien ihm ein gutes Geschäft.

Er klingelte, und eine Frau öffnete die Tür. »Ich möchte zu meinem Bruder«, sagte er.

Die Frau war noch jung. Sie sagte, Hermann sei nicht zu Hause. Sie betrachtete Albert mit Interesse, lächelte ihn an. Nein, sie wisse auch nicht, wann er zurückkommen würde. Jedenfalls in den nächsten Tagen.

Edeltraut war enttäuscht. »Warst du wirklich oben?«

»Glaubst du denn, ich würde dich anlügen?« Er fühlte sich gekränkt.

»Nein, nein«, sagte sie. »Natürlich nicht!« Sie legte versöhnlich ihre Hand auf seinen Arm. »Vielleicht sollte ich es in den nächsten Tagen noch einmal versuchen. Was meinst du?«

Ganz sicher sollte sie es noch einmal versuchen. Ja, er würde wieder für sie hinaufgehen, darauf könne sie sich verlassen. Sie ging nachdenklich neben ihm. »Schade«, sagte sie. »Schade.«

Sie dachte an die köstlichen Stunden in der Festung. Hermann kannte die Festung besser als jeder andere. Alle verborgenen Winkel kannte er, wo nie jemand hinkam. Er hatte sie getroffen, als sie bereit dafür war, von einem Mann an einen verborgenen Winkel gelockt zu werden. Sie hatte keine Auswahl, und sie hätte einen schlechteren als Hermann finden können. Einen viel schlechteren. Natürlich hätte sie auch einen besseren finden können, aber daran dachte sie nicht mehr, nachdem sie ein Jahr lang Hermann in die stillen Winkel gefolgt war, wo nie jemand hinkam. Und das war schwer, plötzlich an den Abenden allein durch die Festung zu gehen.

»Sag mal, was macht dein Vater eigentlich für ein Geschäft auf?«

»Der Hugo? Gar keins. Der hat ja nicht mal das Geld für einen Zehner-Stumpen.«

»Aber er hat mir doch vor drei Wochen gesagt ...«

»Vor drei Wochen? Ja, da wollte er nachts das Geld meiner Großmutter stehlen. Aber sie hat ihn erwischt und ihm zwei Beulen an den Kopf geschlagen. Weißt du, was er am Morgen gesagt hat? Er hat gesagt: ›Albert, du wolltest dich heute nacht am Geld deiner Großmutter vergreifen!‹ Dabei hat jeder die Beule auf seiner Stirn gesehen, und meine Mutter hat die zweite Beule unter seinem Haar gefunden. Da hat er keinen Ton mehr gesagt. Er wollte das Geld, um ein Pferd zu kaufen – zu dem Wagen, den er da haben kann. Aber das Geld von meiner Großmutter hätte gar nicht gereicht. Sie spart für ihren Sarg. Nachher hat er natürlich gesagt, er wollte es leihen. Sofort, wenn er sein Geld bekäme, hätte er es zurückgezahlt. Jetzt kriegt er ja sein Geld, aber das reicht auch nicht für ein Pferd.«

Auf diesem Weg zur Festung erfuhr Edeltraut, daß Hugo zwei Wochen lang tatsächlich als Packer gearbeitet habe, aber am Ende der zweiten Woche sei er schon mittags nach Hause gekommen und habe von seinen Schmerzen erzählt, die ihn wieder geplagt hätten.

Am Abend dieses Tages hatte Hugo jedoch schon wieder Skat spielen können. Und am nächsten Tag war er fortgegangen, als wolle er zur Arbeit, doch er war nur eine Stunde oder auch zwei spazierengegangen. Dann hatte er bei Kainrath im Laden herumgesessen und war danach zur Straßenbahnhaltestelle gegangen, um Bruno abzuholen, der um diese Zeit von der Schule heimkam. Auf dem Weg hatte er ein Stück Gummischlauch gefunden, und das hatte er aufgehoben und nach Hause getragen, als sei er eigens deshalb unterwegs gewesen. Aber Eliese hatte das Stück Schlauch genommen und es ihm an den Kopf geworfen.

»Jetzt reden sie seit ein paar Tagen nichts mehr miteinander«, sagte Albert.

Diese erzwungene Schweigsamkeit war Hugo nicht unlieb, denn nun konnte er in Ruhe sitzen und die Zeitung lesen. Er hatte sich jetzt angewöhnt, jeden Satz darin zu lesen. Er begann damit am späten Morgen und brauchte nach dem Mittagessen meist noch eine Stunde. Dann hatte er sie vollständig ausgenutzt. Danach brachte er sie wieder hinüber zu Herrn Jescheck und legte sich anschließend ein Stündchen oder auch zwei schlafen.

Als Albert nach Hause kam, saß Hugo noch über der

Zeitung. Er war gerade bei den Annoncen. *Der elegante Herr trägt den Fipo-Mack-Regenschirm.* Ja, den wollte er sich kaufen, wenn er wieder obenauf wäre.

»Hör mal«, sagte er zu Eliese, »habe ich eigentlich noch einen Regenschirm?« Ach so, dachte er, als keine Antwort kam, wir reden ja nichts.

*Augengymnastik, außerordentlich wohltuende Wirkung! Scharf sehen ohne Brille!* Er las weiter und war enttäuscht, daß die Augengymnastik nicht beschrieben war. Da stand nach einleitenden Worten nur der Preis der Broschüre von zehn Mark und fünfzig Pfennig. Aber Augengymnastik schien ihm doch sehr sinnvoll, zumal er bald eine Brille brauchen würde. Und mit Augengymnastik konnte er die Brille sparen.

*Für alle jungen Hausfrauen, die sich den Glanz ihrer neuen Wohnung erhalten wollen: Glanzolin!* Er schaut auf den Zementboden des Zimmers. Na ja – außerdem war Eliese ja auch nicht mehr jung. *Bronchialtee! Bei Husten, Heiserkeit und asthmatischen Beschwerden.*

Ah, der Mordprozeß! Die Sachverständigen haben ein belastendes Gutachten abgegeben. Der Mörder Klingenpiehl muß lebenslang ins Zuchthaus!

Hugo saß auf seinem Stuhl und fühlte sich wohl bei dieser Nachricht. Er dachte: Was für ein Glück, daß ich nicht lebenslang ins Zuchthaus muß!

Sie ärgern ihn. Eliese läßt, wenn sie mit der Großmutter spricht, immer wieder einmal einen giftigen Brocken fallen, der ihn treffen soll. Die Großmutter antwortet nicht, humpelt umher und macht ihr bitterböses Gesicht. Mi-Mo ist nicht daheim, sie arbeitet jetzt in einer Sauerkrautfabrik, aber es ist auch nichts zum Sitzen. Albert soll einen Aufsatz schreiben, sitzt am Tisch und wartet, bis ihm ein Satz einfällt. Er wundert sich immer wieder, daß ihm so wenig einfällt. Er kann sich nicht auf solche Sachen konzentrieren. Außerdem hört er auch auf die Musik im Radio. Und schließlich denkt er noch an die Verabredung mit Edeltraut für übermorgen.

Sie wollen diesmal nicht am Tag, sondern abends zu ihm gehen. Albert soll sie vom Geschäft abholen. Sie bezahlt die Straßenbahn für ihn, und von einer weiteren Mark hat sie auch gesprochen.

Am folgenden Abend strich er so lange draußen herum, bis er sie kommen sah. Sie blieb bei ihm stehen und redete mit ihm wie mit einem Gleichaltrigen. Er genoß diese Vertrautheit. Er sagte: »Ich denke, morgen wird er da sein.«

»Meinst du wirklich?« antwortete sie.

Sie redeten noch miteinander, als Mi-Mo von der Arbeit zurückkam. Edeltraut erkundigte sich nach der neuen Stelle, und Mi-Mo sagte müde: »Ich muß Kraut schneiden. Den ganzen Tag muß ich Kraut schneiden!«

Der nächste Tag verging ihm nur langsam. Er schwelgte in seinen kleinen verbotenen Gedanken. Die Frauen aus dem Waschraum kehrten darin wieder, und er verdiente sich ihre Gunst durch unschätzbare Dienste. Er verbrauchte einige Löwen, denn er war sicher, daß die Gunst der Frauen erarbeitet werden mußte. Sein Aufsatz war der schlechteste, der in der Schule abgegeben wurde. Aber das hatte er auch nicht anders erwartet. Er würde froh sein, wenn diese Sitzerei in der Schule endgültig vorbei wäre. Er war nie warm geworden in diesen Klassenzimmern, die er so oft gewechselt hatte. Von einer Dorfschule in die Stadtschule, von einer Stadt zur anderen. Und dann war er sitzengeblieben, und nun war er schon fünfzehn und mußte noch immer in der Bank hocken bei den Jüngeren, die bessere Aufsätze schrieben als er, aber nichts erlebt hatten und nicht viel wußten von den Dingen, hinter deren Kulissen er bereits gespäht hatte.

Am Abend wünschte Albert im stillen, daß sie umsonst zu Hermann gingen, damit eine weitere Verabredung notwendig würde. Als er läutete, öffnete niemand die Tür. Nirgendwo brannte Licht. Sie kamen an zwei anderen Tagen wieder – genauso vergeblich.

Edeltraut hatte ihre Zurückhaltung abgelegt. Die wiederholten Enttäuschungen machten sie redselig. Und Albert war der einzige, mit dem sie von Hermann reden konnte. Alles wollte sie über seinen Bruder wissen, den er selber nicht gut kannte und dessen hervorstechendste Eigenschaft ihm eine abweisende Verschlossenheit zu sein schien. Dieser Bruder war hart. Er hatte als Kind noch mehr gesehen und auch mehr verstanden als Albert. Edeltraut wollte immer mehr wissen, und so begann Albert Äußerungen seines Bruders zu erfinden. Ja, Hermann habe sie sehr gern, er habe oft gesagt, daß sie ihm gefiele.

»Gefielen ihm meine Beine, hat er nichts davon gesagt? Du weißt doch, die Männer sehen immer nach den Beinen.«

Sie fand ihre Knie zu dick im Verhältnis zu ihren Beinen, und das bekümmerte sie ein wenig. Albert hörte das heraus und wagte den Vorstoß: »Ja, deine Beine gefielen ihm. Er hat gesagt: Sie hat so schöne Oberschenkel.«

»Wirklich? Ja, ich denke, sie sind schön. Ich dachte nur, meine Knie wären vielleicht ein bißchen dick. Hat er davon nichts gesagt?«

»Nein, im Gegenteil!«

»Was im Gegenteil?«

»Er meinte, es wäre schon alles richtig.«

»Er hat also nie etwas an mir auszusetzen gehabt?«

»Nein, davon hat er nie etwas gesagt.«

»Hör mal«, sagte sie und faßte seinen Arm. »Du bist ja schon so vernünftig. Glaubst du, er hat eine andere?

Glaubst du, er könnte das, was er mit mir getan hat, mit einer anderen machen? Könnte er das fertigbringen?«

Diese Frage erschütterte ihn, als habe sie gesagt, von jetzt an gehöre sie ihm. Er spürte, wie weit sie sich in seine Hand gab. Sie fragte ihn alles – und sie würde ihm alles beantworten, wenn er fragte. Diese Erkenntnis weckte das Gefühl seiner Macht über sie und zugleich etwas wie Verantwortung. Er sagte: »Ich weiß es nicht. Man kann das doch nicht sicher wissen.«

»So«, sagt sie. »So, du weißt es nicht.«

Er begann, etwas von ihrem Schmerz zu ahnen, obwohl er ihm rätselhaft blieb. Liebesschmerzen fand er lächerlich. Aber nun wußte er, daß er sich ihren Schmerz nutzbar machen konnte.

An einem Sonntag traf er seinen Bruder an. Albert hatte nicht gehen wollen, weil er keine guten Kleider besaß, aber Edeltraut hatte gesagt, sie würde ihm eine neue Hose kaufen, wenn er mitginge; am Sonntag sei Hermann ganz sicher daheim. Sie trug einen feinen, schwarzen Mantel und roch nach Parfüm. Sie schien ihm unvergleichlich, als er in der Straßenbahn neben ihr stand und sich seiner Kleider schämte. Für den Werktag waren Hose und Jacke noch passabel, darauf achtete Eliese, aber für den Sonntag reichten sie nicht mehr, und wenn sie noch soviel ausgebürstet wurden.

Hermann war nicht allein. Es waren noch zwei Burschen seines Alters und die Vermieterin im Zimmer.

»Ah!« rief Hermann. »Komm her, du Bankert! – Das ist mein Bruder«, sagte er zu den beiden Männern. Dann wandte er sich an die Frau: »Du kennst ihn ja schon, nicht wahr?«

Sie tranken Bier und rauchten Zigaretten. Die beiden Männer saßen am Tisch, Hermann und die Frau nebeneinander auf der Couch. Sie hielt die Zigarette in der

Hand und hatte die Beine übereinandergeschlagen. Albert sah ihre Waden und die Knie, und er dachte sofort, ihre Knie seien doch ziemlich breit und viel stärker als die von Edeltraut.

Das Zimmer war nur spärlich möbliert, aber die große Couch, der Rauchtisch, der Teppich und das Bild mit der Gebirgslandschaft imponierten Albert. Er saß auf der Stuhlkante und kam nicht zu Wort. Sein Gefühl warnte ihn, sofort von Edeltraut zu sprechen.

Wie es dem Alten ginge? Und der Mutter, und der Großmutter? Ja, und ob Mi-Mo sich nicht schon einen Kerl angelacht habe? Sein Bruder fragte, aber er schien gar nicht auf eine Antwort zu warten.

»Mein Alter«, rief er, »das ist ein Lebenskünstler! – Ja, ich muß euch mal besuchen. Hier, trink ein Glas Bier!«

Hermann trug ein weißes Hemd und hatte, wie Albert fand, den Schlips auf eine unnachahmliche Art lose umhängen. Seine Hose und auch die Schuhe waren neu.

»Sag mal, ist was Besonderes? – Du warst doch schon einmal hier?«

»Nein, nichts Besonderes. Willst du nicht mehr zu uns kommen? In der Festung werden jetzt viele Zimmer frei.«

Die beiden Männer lachten und Hermann sagte: »Du spinnst wohl! Ich bin froh, daß ich aus dem Dreckloch raus bin! Und dann – Hugo ging mir schwer auf die Nerven.«

»Ich soll dich grüßen von Edeltraut.« Er erkannte, daß es ein Fehler gewesen war, sie jetzt zu nennen, aber er hatte nichts zu sagen gewußt, womit er den leeren Raum zwischen sich und seinem Bruder hätte ausfüllen können.

»Ah!« rief einer der Männer, den Hermann Felix nannte. »Sie läuft wohl noch immer hinter dir her!«

»So?« sagte Hermann geschmeichelt. »Du sollst mich grüßen? Sie denkt noch an mich?«

»Paß auf, du!« sagte die Frau, und ihre Nasenflügel zitterten.

»Was denn«, grinste Hermann. »Das Mädchen kann doch nicht mit dir konkurrieren.« Er kniff sie in die Seite.

»Au!« sagte sie laut, dann leiser und mit einer gewissen Anerkennung: »Du brutaler Hund.«

»Also, daß da keine Unklarheiten herrschen«, sagte Hermann. »Die Sache ist aus und vorbei. Das machst du ihr klar, kapiert?«

»Ja«, sagte Albert.

»Ich dachte, das hättest du ihr schon klargemacht?« warf die Frau ein.

»Natürlich habe ich das, aber du siehst, die Frauen vergessen mich nicht so schnell.« Er räkelte sich neben ihr auf der Couch, und seine Freunde lachten.

Später fragte Albert: »Bist du noch auf Montage?«

»Quatsch!« erwiderte Hermann. »Ich bin jetzt bei der Schiffschaukel. Mit denen hier zusammen.«

»Bei der Schiffschaukel? Als was?«

»Na, als Schiffschaukler! Übrigens hast du Glück gehabt, daß ich gerade mal zu Hause bin. Wir sind meistens unterwegs. Das ist ein Leben, mein lieber Mann!«

»Was muß man denn da können, als Schiffschaukler?« fragte Albert.

»Anschieben und Bremsen und die Hand aufhalten für das Trinkgeld.«

»Sonst nichts?«

»Nein. Während die schaukeln, stehst du unten und guckst den Weibern unter die Röcke.«

Edeltraut hatte lange gewartet. Als Albert endlich kam, redete er mit Begeisterung vom Schiffschaukeln.

»Was hat er denn gesagt?« fragte sie. »Wollte er nicht herunterkommen? Warum denn nicht?«

»Es waren Leute bei ihm, da konnte er nicht kommen.«

»Er wollte nicht?«

»Heute nicht – aber du sollst mal wiederkommen. Ja, und er läßt dich grüßen. Er konnte wirklich nicht kommen, er hatte doch Besuch.«

Sie sagte nichts und ging neben ihm, und er redete davon, daß ihm sein Bruder zwei Mark geschenkt habe. Eine neue Hose und neue Schuhe habe Hermann auch getragen.

Er sah diesen Bruder jetzt mit anderen Augen. Er war sich darüber im klaren, daß er auch Schiffschaukler werden wollte. Die Sache mit dem Trinkgeld gefiel ihm. Geld bekommen und den Weibern unter die Röcke gucken!

Zuerst begriff sie nicht, dann sagte sie plötzlich: »Schiffschaukler? – Ach Gott.« Sie spürte ihre Hoffnungen abbröckeln.

In der Straßenbahn konnten sie nicht miteinander reden. Später sagte Edeltraut: »Was machst du jetzt?«

»Nichts«, erwiderte Albert. »Und du?«

»Auch nichts.«

Sie stehen im Festungshof. Sie will jetzt nicht allein sein. Es hört sich an wie eine Werbung, als sie ihn fragt, ob er mit ihr dahin gehen wolle, wo sie immer mit Hermann gewesen war. Hier würden sie auffallen, wenn sie länger zusammenblieben, aber dort, in dem kleinen Zimmerchen, würden sie von niemandem gesehen werden. Da könnten sie sich ungestört über Hermann aussprechen. Sie hält seine Hand und sagt: »Ich glaube, es ist vorbei. Aber mit wem soll ich davon reden? Wir treffen uns nachher am Turm. Kommst du, ja?«

Er will sie bitten lassen, will sich von ihr bestätigt sehen. Er spürt, daß er es jetzt wagen kann, zu zögern und scheinbar zu überlegen, ob er zusagen soll. Jetzt ist er ihr ebenbürtig, die Altersgrenze hat sich verwischt. Sie ist fast krank vor Enttäuschung. Sie will nicht allein sein, mit den Trümmern ihrer Hoffnungen. Und er ist ja schon so vernünftig.

## ACHTES KAPITEL

Eliese stand am Herd und wärmte ihre schlecht durchbluteten Hände über der Ofenplatte. Sie fror jetzt mitunter, obwohl der Herbst nicht sonderlich kühl war. Es hatte Aufregung gegeben in der Festung. Ein Mann war von der Polizei verhaftet worden. Er hatte sich gewehrt, aber vier Polizisten hatten ihn überwältigt und in Handschellen abgeführt. Die Leute waren auf den Gang hinausgelaufen, um zu gaffen. Niemand wußte, warum er verhaftet worden war. Eliese hatte bald ihre Tür wieder zugemacht, aber Hugo stand noch mit anderen vor Kainraths Laden und erwog mit ihnen, was die Ursache dieser Verhaftung gewesen sein könnte. Der Mann war nicht gut bekannt gewesen. Er war noch nicht lange hier. Aber Vermutungen gab es genug.

Eliese war nur ein paar Minuten draußen gewesen. »Auf dem Gang zieht es schrecklich«, sagte sie zur Großmutter, die im Bett lag. Sie war seit einigen Tagen krank. Sie redete jetzt noch weniger als sonst, lag mit offenen Augen und bewegte sich kaum.

Gestern hatte sie den ganzen Nachmittag so gelegen: stumm und ohne Bewegung. Hugo hatte immer wieder hinübergeschaut. Ein Verdacht war in ihm aufgestiegen.

»Eliese«, flüsterte er. »Sieh doch mal. Die Mutter sieht aus wie tot. Willst du nicht mal nachschauen?«

»Geh doch selbst«, hatte Eliese geantwortet.

Er hatte die Großmutter angerufen und keine Antwort erhalten. Schließlich hatte ihn sein unheimlicher Verdacht, der ihm vom Gesicht abzulesen war, auf das Bett zugetrieben. Als er nahe herangekommen war, hatte sich die Großmutter aufgerichtet und ihm ins Gesicht gespuckt. Vor Schreck hatte er einen kleinen Luftsprung gemacht, den alle sehr lustig fanden. Eliese war zu Alwina hinübergelaufen, um es ihr gleich zu erzählen.

Hugo hatte zu Albert und Bruno gesagt: »Sie phantasiert. Ja, eure Großmutter hat jetzt gerade phantasiert!« Er war bleich gewesen.

Jetzt war niemand außer Eliese und der Alten im Raum. »Eliese«, sagte die Großmutter plötzlich. »Wenn ich tot bin, hörst du, dürft ihr den Sarg nicht zunageln oder zuschrauben. Und nicht sofort unter die Erde, hörst du? Und einen schönen Sarg will ich haben. Ich habe alles aufgeschrieben. Offen lassen, hörst du?«

Sie lag auf dem Rücken, wie eine Mumie, die unerwartet zu flüstern begann.

In ihrer Jugend hatte sie von einem Fall gehört, der sie jetzt beschäftigte. Da war ein Mann eingesargt worden, der nur scheintot gewesen war. Von allen Vorstellungen über den Tod war für sie am unerbittlichsten die des Sargdeckels, der über ihr zugenagelt würde: der Deckel, der sie mit dem ihr zugemessenen Teil an Dunkelheit für immer einsperrte. Ihre ganze Sorge war auf das stumme Leben gerichtet, das sie dann führen würde.

»Du stirbst noch lange nicht«, sagte Eliese.

»Doch, bald. Ich weiß es. Hast du gehört, was ich gesagt habe?«

»Jaja, aber so weit ist es doch noch nicht.«

»Doch, doch, doch!« beharrte die Großmutter störrisch.

Danach kam Hugo zurück und sagte: »Wahrscheinlich hat er etwas gestohlen, aber was?«

»Hast du sonst keine Sorgen?« rief Eliese. »Sieh nur zu, daß von deinen Kindern keins stiehlt! Wo hat denn Albert die neue Hose her? Glaubst du das etwa: er hätte das Geld gefunden und sich davon die neue Hose gekauft?«

»Nein«, sagte Hugo, »und das gefällt mir gar nicht.« Er strich sich mit der Hand über das Kinn. »Nein«, sagte er, »gefunden – das glaube ich nicht. Ich habe mein Lebtag auf den Boden geguckt, um einmal etwas zu finden, aber ich habe nie das Geld für eine neue Hose auf der Straße gefunden. Einmal fand ich eine Mark und später einen goldenen Manschettenknopf. Aber eine Hose kostet wenigstens zwanzig Mark.«

»Jedenfalls hast du die Wahrheit nicht aus ihm herausgebracht.«

»Was soll ich machen? Du hast ihn verzogen, er gehorcht mir nicht mehr. Das ist deine Schuld!«

»Schwächling«, sagte sie. »Als er dir eine Packung Zehner-Stumpen geschenkt hat, da hattest du plötzlich nichts mehr an der Hose auszusetzen!«

»Was denn!« rief er. »An der Hose ist ja auch nichts auszusetzen. Das ist eine gute, eine prima Hose!«

»Aber sagen muß er, woher er sie hat!«

»Jawohl«, stimmte er zu, »das muß er sagen!«

Mitten in dieses Gespräch hinein platzte der Geldbriefträger.

Sie hatten zwar gewußt, daß das Geld nun bald kommen würde, aber gerade jetzt hatten sie nicht damit gerechnet. Der Gedanke an dieses Geld war ein fester Bestandteil ihrer Hoffnungen gewesen. Sie hatten sich an die Erwartung gewöhnt, sie war ihnen lieb geworden.

Der Briefträger in der blauen Uniform blätterte die neuen Fünfzigmarkscheine auf den Tisch. Hugo mußte unterschreiben. Die Großmutter richtete sich im Bett auf und blickte herüber. Eliese stand neben ihrem Mann, und als er unterschrieben hatte, strich sie das Geld ein. Der stumme Protest, der in Hugos Gesicht stand, beeindruckte Eliese nicht.

Die Großmutter streckte die dürre Hand aus, lamentierte, und wollte Geld für ihren Sarg.

»Nein«, sagte Eliese. »Das Geld wird nicht angebrochen, das ist unser Notpfennig!«

»Ich habe es verdient«, sagte Hugo. »Ich habe es verdient. Meine Schuhe. Und ein paar neue Hosenträger.«

»Nein«, sagte Eliese und legte das Geld in das einzige verschließbare Fach des Schrankes.

Albert blieb an diesem Tag ungeschoren. Das Geld lenkte die Gedanken seiner Eltern in andere Richtungen. Für Eliese bedeutete es das heimlich wärmende Gefühl von Sicherheit, für Hugo wurde es zum Anreiz endloser Grübeleien, die sich um den Wagen und ein Pferd drehten. Noch immer pflegte er seine Idee, aber sie war nicht so gewachsen, wie er gehofft hatte. Er rechnete: Wenn ihm Adolf etwas leihen würde, und wenn Hermann auch dazu beitrüge, und wenn er selbst noch dazusparte, und wenn Eliese und Mi-Mo ihm etwas geben würde, und wenn der Händler mit einer Anzahlung zufrieden wäre – dann könnte er ein Pferd kaufen.

Albert war sehr zufrieden, daß dieses Geld gekommen war, denn nun würden sie ihn einige Tage in Frieden lassen. Hugos Fragen fürchtete er nicht, wohl aber die bohrende Hartnäckigkeit seiner Mutter. Sie sollen mich doch in Ruhe lassen, dachte er. Hätten sie ihm etwa die Hose gekauft, die er schon so lange nötig hatte? Und jetzt wollten sie sich einmischen. Dabei würde sich an der Sache gar nichts ändern. Die Hose hing im Schrank und gehörte ihm. Edeltraut war mit ihm in die Stadt gefahren, und sie hatte einunddreißig Mark fünfzig für ihn angelegt. Niemand wußte davon, ebenso wenig wie von ihren heimlichen Zusammenkünften, die an jenem Sonntagabend begonnen hatten.

Sie waren durch etliche Türen gegangen. Sie hatte Schlösser aufgeschlossen, mit einem Sperrhaken, den Hermann gemacht und in ein Versteck zwischen Mauerritzen gelegt hatte. Sie hatten im Dunkeln geflüstert und waren zu dem kleinen Zimmer gekommen. Edeltraut sagte: »Hier ist es. Hier bin ich immer mit Hermann gewesen.«

Er stand und schaute sich um, nachdem sie eine Petroleumlampe angezündet hatte. »Das Bett war schon hier, als wir kamen«, sagte sie.

Sie saßen dann nebeneinander auf der Bettkante, und sie fragte nach Hermann und was für Leute bei ihm gewesen seien. Er hatte sich noch nicht an den Raum gewöhnt. Er dachte darüber nach, wozu er früher wohl gedient hatte und warum es hier keine Fenster gab. Auf den Gedanken, sich in einer der ehemaligen Pulverkammern zu befinden, kam er nicht. Er kannte manchen versteckten Platz in der Festung, aber bis hierher war er noch nicht gekommen. Nun war er sicher, daß Hermann noch manches andere in der Festung aufgespürt hatte, ohne es ihm mitzuteilen. Und während er auf diesem Bett saß, erinnerte er sich, daß in der Festung einmal ein Bett gestohlen worden war, mit Matratzen und Sprungrahmen. Es gehörte Leuten, die ausgezogen waren und in der Nacht vorher schon einen Teil ihrer Möbel auf der Galerie abgestellt hatten. Ein dunkelbraunes Holzbett wie dieses, auf der Bettlade sei die Jahreszahl 1900 eingeschnitzt gewesen, hatten die Leute damals gesagt. Er stand auf, suchte und fand die Jahreszahl.

»War die Frau auch da?« fragte Edeltraut.

»Wir können in ein paar Tagen noch einmal zu ihm gehen«, sagte Albert. »Ich rede mit ihm, und dann kommt er herunter. Ja, die Frau war auch da.«

Sie wollte alles wissen: Was Hermann für ein Gesicht gemacht hatte, als Albert die Botschaft überbrachte, was er gesagt hatte. »Sag mir genau seine Worte.«

Er erfand wieder einige Tröstungen, und sie lauschte seinen Lügen mit verklärtem Gesicht. Ihm schien, sie lächle jetzt vor sich hin wie eine Irre. Später aber verschwand dieses Lächeln, und sie wurde von Weinen geschüttelt.

Er saß neben ihr und wartete. Als sie schließlich ihre Tränen aus den Augen wischte und wieder ruhig mit ihm sprach, griff sie plötzlich nach seinen Händen und drückte sie gegen ihre Augen. Er ließ es verwundert geschehen, aber es war ihm nicht angenehm.

»Du bist ja sein Bruder«, sagte sie. »Du bist sein Bruder, und mit dir kann ich darüber reden. Du verstehst das alles, du bist schon so vernünftig.«

»Hör mal«, sagte er, »hier ist es aber ziemlich kühl, habt ihr hier nicht gefroren?«

»Nein«, erwiderte sie, ließ seine Hand los und sah ihn an mit tränenumflortem Blick. »Wir haben doch Decken hier. Kühl ist es schon, aber es ist trocken in dieser Kammer.«

»Ja«, sagte er, »es ist nicht feucht, aber kühl ist es.«

Schließlich sagte sie: »Nimm doch eine Decke.«

Sie saß, und er lag neben ihr. Sie fand Gefallen daran, ihn richtig einzupacken. »Ist dir noch kühl?« fragte sie.

»Nein, aber dir ist doch sicher kalt?«

Ja, schon, aber sie habe ihr gutes Kleid an, und wenn das zerkrumpelt wäre, würde es ihrem Vater auffallen. »Ich müßte das Kleid ausziehen«, sagte sie zögernd. Er erwiderte nichts und sah zu, wie sie, noch immer zögernd, den ersten Knopf zu öffnen begann. Dann lagen sie nebeneinander und redeten über Hermann. In den Pausen ihres Gesprächs wagte er kaum zu atmen. Er dachte an nichts anderes, als daß sie ohne Kleid neben ihm lag.

Sie trafen sich hin und wieder an diesem Platz. Sie gingen zum Haus, wo sein Bruder wohnte, der wieder nicht anzutreffen war. Sie weinte wieder einmal, als sie zusammenlagen und sagte: »Ich bin ja verrückt! Es ist schon längst aus! Bin ich verrückt?«

An einem Sonntag, als sie wieder ihr Kleid schonen wollte und an seiner Schulter geweint hatte, preßte er sie plötzlich an sich. Er umklammerte sie wie ein Ringkämpfer und preßte sie mit aller Gewalt gegen seinen Körper. »Oh«, sagte sie da. »Das darfst du nicht, Albert.«

»Nur noch einmal«, bat er.

»Aber nur noch einmal und nicht so fest«, sagte sie.

Bevor sie an diesem Tag gingen, sagte er: »Noch einmal ...« Er griff nach ihr und holte sie heran. Sie hatte die Augen geschlossen und öffnete sie nicht gleich, als er seine Umschlingung lockerte. Er wiederholte das Spiel. »Oh«, sagte sie wieder. »Das darfst du nicht.«

In diesen Tagen dachte er nur an sie und an das, was unter ihren Kleidern verborgen war, und daß er ihr von diesen Hüllen die oberste bereits abgewonnen hatte. In der Schule war seine Lage hoffnungslos. Der Lehrer sagte: »Der Kerl ist wie vernagelt. Ich gebe es auf! Du hast ja ein Brett vorm Hirn!«

Oh! hatte sie gesagt, oh! Und er hatte das heimliche Entzücken herausgehört, das er durch ihren Körper gejagt hatte mit seiner Kraft. Es kümmerte ihn nicht, was der Lehrer sagte. Er grinste dazu und fühlte sich den anderen überlegen mit all seinen Listen, von denen sie nichts wußten.

Zu Hause konnten ihn die täglichen Reibereien jetzt nicht mehr aufregen. Er saß auf dem Sprung und wartete, daß sie draußen den Schlager pfiff, der ihn rief. Sie waren vorsichtig und verabredeten immer wieder eine neue Melodie.

Sie hatte kein Ziel, keine bestimmten Vorstellungen von diesem Verhältnis. Ihr Glück gipfelte darin, vergangene Freuden und Erinnerungen noch einmal aufzuwärmen. Wenn sie ihn neben sich fühlte, dachte sie: Hermann. Er war zielsicher, hoffte, daß er ihr in Etappen Gunst um Gunst abbetteln könne, bis sie sich ihm entfalten würde. Er glaubte daran, ohne je den entscheidenden Angriff zu wagen.

Er saß im Zimmer zwischen den anderen, und seine kleinen verbotenen Träume, in denen er bisher allerlei Frauen beschlichen hatte, zielten nun schnurgerade auf die Stunde, in der sie ihm alles gewähren würde.

Es regte ihn nicht sonderlich auf, als Hugo eines Mittags, die Zeitung in der Hand, vom Stuhl aufsprang und rief: »Hier steht es! Ein Island-Pony, Wallach, Rotscheck, sieben Jahre alt, billig abzugeben!« Albert sah nur kurz auf. »Das ist es!« rief Hugo. »Eliese, du mußt mir das Geld geben! Das ist Fügung. Ich habe mir immer eingebildet, es müßte ein Muli sein, aber die gibt es hier ja nicht. An ein Island-Pony habe ich gar nicht gedacht! Das ist ein Pferdchen! Ausdauernd, sparsam und stark! Eliese, ich sage dir, das frißt nicht mehr als ein Kätzchen, und es zieht wie ein Ochse! Du weißt doch, daß ich was von Pferden verstehe!«

Sie kannten alle seine leeren Erregungen, die gewichtlos waren, aber jetzt war es echt. Eliese begann, ernstlich zu überlegen. Von Umzügen redete er. Ja, wohin zögen denn die meisten, die hier weggingen? Eine Stunde weit zu Fuß, oder höchstens zwei Stunden weit! Und dafür müßten sie einen Lastwagen nehmen und das koste ein Heidengeld. Und ginge es etwa so sehr viel schneller mit dem Auto? Teurer sei es – und das sei entscheidend. Daß es ein bißchen schneller ginge, darauf käme es doch nicht an bei diesen Entfernungen. Ja, wenn die Leute in eine andere Stadt zögen, dann mache sich der Lastwagen bezahlt! Aber so ...

»Ist ein Pony nicht zu schwach?« fragte Eliese.

»Ein Island-Pony«, rief er. »Das ist kein normales Pony, das ist größer und stärker, das ist so stark wie ein Maultier und doppelt so stark wie ein Esel! Und so gewaltig sind die Umzüge hier doch auch nicht! Die Betten, die Schränke, Tische und Stühle. Und es kommen doch auch Neue, denen kann ich das Zeug vom Bahnhof herfahren. Jetzt ist es Herbst, jeden Tag ziehen hier Leute aus und andere kommen. Denk an das Geld, das wir verdienen könnten!«

Sie dachte an das Geld, aber ganz besonders an das, das sie einsetzen würden. »Bestimmt ist es falsch, daß ich es dir gebe.«

Sie seufzte, schloß das Schrankfach auf und zählte ihm die Scheine hin.

Der Verwalter hatte damals, als Hugo mit ihm gesprochen hatte, keine Einwendungen gemacht. Wem wäre auch nicht auf Anhieb klargewesen, daß es sich hier um ein sicheres Geschäft handelte? dachte Hugo, während er auf seinem Fahrrad der Stadt entgegenstrampelte. Er fuhr schneller als er jemals in den letzten Jahren gefahren war. Die Zeitungsannonce trug er in der Hosentasche. Das Pony wurde von einem Kohlenhändler angeboten. Da war es wohl sicher, daß es vor dem Wagen gegangen war. Den Dung wollte er säuberlich im Stall aufschichten und ihn jeden Monat an einen Interessenten verkaufen. Es gab Pilzzüchter, die waren scharf auf Pferdemist. Er bedauerte jetzt, daß die Pony-Äpfel nicht besonders groß sein würden. Aber das war auch alles, was er an dem Pony auszusetzen hatte.

Mitunter mußte er anhalten und das Hinterrad aufpumpen, das die Luft nur etwa fünf Minuten hielt, weil er damals zwei Flicken übereinandergeklebt hatte, ohne den letzten sorgfältig mit dem Handballen anzupressen. Er rechnete, daß er mindestens jeden Tag einen Umzug haben würde. Das Holz und die Kohlen würde er heranfahren, für fünfhundert Menschen, und wer konnte wissen, welche Möglichkeiten sich da noch boten. Er trieb das Fahrrad mächtig vorwärts, sprang nach ein paar Minuten immer wieder ab und pumpte das Hinterrad auf. Während der weiteren Fahrt plante er, auch etwas für die Reklame zu tun. Ein Schild würde er über der Stalltür weithin sichtbar anbringen: *Hugo Starosta, Transportunternehmen.*

Stroh müßte besorgt werden und auch Hafer, aber das Pony konnte getrost auch Reste fressen. Ein Island-Pony fraß sogar Kartoffelschalen. Bruno und Albert würden ihm helfen.

Das Zaumzeug? Das mußte er dem Kohlenhändler abschwatzen! Nur nicht mit der Tür ins Haus fallen. Langsam anschleichen und dann zustoßen!

Das Schild müßte schwarz sein. Der Name weiß, auf schwarzem Grund! Aber Transportunternehmen, schrieb sich das mit hartem p oder mit weichem b? Er geriet außer Atem, hatte sich lange nicht so angestrengt. Doch die einzige größere Pause auf diesem Weg legte er ein, als er wieder einmal nach dem Aufpumpen neben dem Fahrrad stand und überlegte, ob sich Transportunternehmen hart oder weich schrieb.

## NEUNTES KAPITEL

Es gab einige Leute in der Festung, die lachten, als Hugo mit dem Pony zurückkam, das munter mit dem Kopf nickend hinter ihm herlief. Die gleichen Leute lachten auch noch, als er das Schild über der Stalltür aufhing: *Hugo Starosta, Transportunternehmen.* Als ihm aber der erste Umzug aufgetragen wurde und Pferd und Wagen unten im Hof standen, sagten sie: »Ah, das war eine Idee!«

Es kamen etliche und betrachteten das Pony: Leute, die viel, wenig oder nichts von Pferden verstanden. »Es hat eine breite Brust«, pflegte er ihnen zu erklären und gab langatmige Belehrungen über die besonderen Merkmale dieses Ponys; zwischendurch wies er Albert und Bruno an, wie sie die Möbel auf den Wagen zu stellen hatten.

Vom ersten Tag an nannte Hugo das Pony Max. Er hatte es günstig eingekauft und sogar noch Geld mit nach Hause gebracht, das aber dann doch ins Geschäft sickerte. Der Kohlenhändler war froh gewesen, einen Käufer gefunden zu haben, der etwas von Pferden verstand. Max hatte bei ihm zwei Jahre gedient; doch nun sollte die Kohlenhandlung aufgelöst werden.

»Früher war es beim Zirkus«, hatte der Mann gesagt. »Es trat in einer komischen Nummer auf. Der Zirkus hat Pleite gemacht. Wenn man sich draufsetzen will, muß man es von rechts besteigen. Wer von links kommt, wird abgeworfen. Aber Sie wollen es ja nicht zum Reiten haben.«

Es hatte kein langes Feilschen gegeben; das behauptete nur Hugo, wenn er Eliese von dem Kauf erzählte und dabei haarklein beschrieb, wie geschickt er sich dabei angeschlichen und wie er dann aufgetrumpft hätte.

Der Verwalter kam auch einmal zum Stall hinunter. Vor Max blieb er stehen und strich ihm über die Flanke. »Ja«, sagte der Verwalter, »das ist ein ganz lustiges Pferdchen.«

»Ein Spaßvogel ist das«, erwiderte Hugo. »Wenn ich Ihnen sage, der hat einen guten Charakter. Auf den neuen Namen hat er sofort gehört. Es gibt ja Pferde, die sind freundlich, und andere, die sind unfreundlich, aber der da ist immer gut gelaunt.«

Der Verwalter gab Hugo einen Hinweis. Er wußte schon Wochen vorher, wer ausziehen oder kommen würde. Hugo könnte das von ihm erfahren und die Leute aufsuchen, ehe sie sich einen Lastwagen bestellten. Sie hatten ja alle nicht viele Möbel, aber für einen Nahtransport mußten sie schon über zehn Mark allein für die Anfahrt auf den Tisch legen, ehe überhaupt ein Stuhl aufgeladen war. Dazu käme dann der Arbeitslohn und wer weiß was für Kosten. Jedenfalls blieb es bei keinem unter siebzig Mark, bei den meisten gehe es sogar nahe an den Hunderter; das habe er oft gesehen.

Diese Unterhaltung war für Hugo außerordentlich wertvoll. Sein Geschäft schien unter einem guten Stern zu stehen, vom zweiten Tag an. Da hatte er gleich am Morgen einen Umzug, der bis zum Mittagessen unter Dach war. Fünf Stunden Arbeit, davon eine Stunde Anfahrt: er kassierte einen Fünfzigmarkschein. Am Nachmittag erschien ein Mann bei Eliese und fragte, ob der Transportunternehmer zu Hause sei. Hugo lag oben in seinem Bett und rief herunter, ja, der Transportunternehmer sei daheim. Es waren einige Möbelstücke vom Bahnhof abzuholen: ein Kleiderschrank, ein Kinderbett, ein Gasherd, drei Stühle und ein Tisch. Was das koste, fragte der Mann.

»Sie sind erst neu gekommen?« fragte Hugo. »Also, sagen wir, zwanzig Mark.«

»Ja«, sagte der Mann, »das geht. Ich habe gestern in der Stadt nachgefragt, die wollten für alles zusammen vierzig Mark haben. Das war mir zu teuer.«

Hugo stieg gleich vom Bett herunter und ging zum Stall. Beim Gehen schnippte er ein wenig mit den Fingern. Er überlegte, daß Max jetzt über zwei Stunden Ruhe gehabt hatte, daß er gefüttert und getränkt worden war und ein bißchen Arbeit noch gut vertragen würde.

Der Stall war leer. Hugo wurde blaß, lief in den Hof, blieb dort wieder stehen und überlegte. Dann wandte er sich zum Torbogen und lief aus dem Hof ins Freie.

Max sprang draußen herum, inmitten einer Schar von Kindern. Als Hugo herauskam, war Johann Kainrath gerade in einem kleinen Bogen vom Rücken des Ponys heruntergeschnellt worden. Bruno saß nur von der richtigen Seite auf und ritt ohne Sattel eine Runde, während die Kinder noch lachten, weil der Sohn des Lebensmittelhändlers sich mit einem verlegenen Gesicht vom Boden erhob.

Hugo pfiff schrill durch die Finger. Max wieherte und kam heran, nickte mit dem Kopf und scharrte mit dem Vorderhuf. »Das gibt es nicht!« rief Hugo und griff nach seinem Sohn. Nachdem er Bruno verprügelt hatte, ging er, Max hinter sich herführend, durch den Torbogen. Bruno folgte ihm heulend, und dahinter kamen in einigem Abstand die Kinder. Johann Kainrath hatte es vorgezogen, davonzuschlendern.

Johann war es nie ganz wohl, wenn er Mi-Mos Vater sah. Er dachte dann jedesmal daran, daß er nun schon wiederholt mit Mi-Mo die Sterne betrachtet hatte. Sie nannten es jetzt immer so.

Wenn sie sich trafen und niemand in der Nähe war, fragte er: »Gehen wir heute? Hast du Lust?«

»Hol erst die Nußschokolade«, pflegte sie dann zu sagen. »Nachher gehen wir die Sterne betrachten.« Sie hatte immer Lust, auf beides. Sie hatte ihren festen Preis, den er durchaus angemessen fand und willig zahlte. Er hätte auch den doppelten Preis angelegt, wenn sie es verlangt hätte, zumal er sich von einem Schulfreund hatte sagen lassen, davon gingen die Pickel weg, die er im Gesicht habe.

Hugo legte an diesem Tag, an dem er Bruno zum erstenmal gezüchtigt hatte, siebzig Mark auf den Familientisch. Er ließ sie jedoch nur so lange dort liegen, bis jeder die zwei Scheine gesehen hatte. Dann steckte er den größeren in die Tasche und sagte: »Das ist für unvorhergesehene Fälle.« Eliese war mit dem kleineren Schein zufrieden, nötigte Hugo aber das Versprechen ab, von dem Geld, das er in Zukunft verdienen würde, als erstes wieder den Notpfennig zurückzulegen.

Bei Kainrath kaufte er eine Packung Zehner-Stumpen, drei Flaschen Bier und fünf Tafeln Schokolade für seine Familie. Er hielt Kainrath den Schein unter die Nase und sagte: »Kannst du wechseln? Ich habe es nicht kleiner!«

»Du hast es schon bedeutend kleiner gehabt.«

»Zieh auch gleich den Rest meiner Schulden davon ab!«

»Warte«, sagte Kainrath, »ich lade dich zu einem Schnaps ein.«

Er brachte zwei kleine Gläser und füllte sie. Sie hoben an, schütteten das wasserklare Zeug in die Kehlen, schmatzten ein wenig, wischten mit dem Handrücken über den Mund und standen sich gegenüber, als solle jetzt zur Sprache gebracht werden, daß sie einander schon lange kannten und ihre Sympathie von jeher eine feststehende Tatsache sei.

»Hugo«, sagte Kainrath, »jetzt bist du dick drin. Das

freut mich, bestimmt. Weißt du, daß ich so ein Transportunternehmen auch vorhatte? Aber du warst schneller als ich. Wie wär's, wenn ich bei dir einstiege? Wir könnten das Geschäft vergrößern, einen kleinen Lastwagen anschaffen. Dazu reicht dein Geld nicht aus, aber du weißt doch, daß ich was auf der Seite habe.«

»Nee«, sagte Hugo. »Das Geschäft ist gerade groß genug für mich.«

»Ich könnte es ja auch allein aufziehen«, erwog Kainrath. »Schließlich hatte ich es ja schon immer vor.«

»Wenn du ein Transportunternehmen hier anfängst, mache ich ein Lebensmittelgeschäft direkt neben deinem Laden auf. Dazu habe ich bereits genug in der Tasche. Du kannst dich darauf verlassen!«

Nachdem Hugo gegangen war, stand Kainrath noch eine Weile vor den leeren Gläsern.

Seine Frau kam herein. »Was war?« fragte sie.

»Nichts war«, brummte Kainrath, »gar nichts!«

Hugo Starosta brauchte für die Erfüllung seines Versprechens eine Woche, dann lag der Notpfennig wieder in Elieses Schrankfach.

»Nun«, fragte er, »was sagst du jetzt?«

Sie war beeindruckt, aber sie sagte nicht viel. »›Das Flehen der Armen dringt durch die Wolken und ruht nicht, bis es zum Ziele kommt ...‹ Das steht bei Sirach.«

Er winkte ab. »Eine Idee muß man haben, das ist alles.« Er saß am Tisch und erklärte, was nun als nächstes geschehen müsse. Die Großmutter lief wieder auf und ab und hielt die Hand an ihren Leib. Eines Morgens war sie wieder aufgestanden und hatte verkündet, daß es mit dem Sterben noch eine Weile Zeit habe. Sie hatte dazu gelacht: »Hihihihi! Hat noch Zeit! Hat noch Zeit!«

Hugo saß am Tisch und seine Familie war um ihn versammelt. Sie stimmten alle zu, als er erklärte, jetzt müsse vor allem für anständige Kleidung gesorgt werden. Ja, wenn er zu den Kunden ginge, müsse er einen richtigen Anzug tragen. Deshalb wolle er zuerst sich selber einkleiden. Dann sollten der Reihe nach Eliese, Bruno und Albert folgen. Daß er auch daran dachte, den Regenschirm für den eleganten Herrn und die Broschüre über Augengymnastik zu erwerben, verriet er ihnen nicht.

Einen einfachen, derben Anzug wollte er sich zulegen, etwas Biedermännisches, Pfeffer und Salz oder sonst ein kräftiges Muster. Dazu feste Schuhe. Dies für den Werktag. Für sonntags plante er einen dunklen Anzug aus bestem Tuch.

Das Geschäft spielte sich ein. Er hatte Vorbestellungen, fuhr auch andere Sachen heran, nicht nur Möbel. Beim Verwalter im Büro hing jetzt ein Schild, das von den Neuen gelesen wurde und sie auf die preiswerten Möglichkeiten hinwies, die Hugo ihnen bot. Sie machten Gebrauch davon, zumal sich herumgesprochen hatte, daß er nicht auf den Pfennig aus war. Er hatte jetzt schon da und dort kleine Schuldner. Die Beträge waren nicht hoch, aber addiert ergaben sie immerhin eine Summe von mehr als hundert Mark. Er war zwar davon überzeugt, daß er ein unerbittlicher Geschäftsmann sei, aber von Fall zu Fall wurde er dann doch weich und gewährte einen kleinen Kredit. Dabei lag er jedesmal in bitterem Kampf mit sich selber und machte sich Vorwürfe, denn außer Kainrath hatte ihm nie jemand Kredit gegeben. Schließlich aber sagte er sich dann, man könne doch nicht so sein, und es brächte einem kein Glück, wenn man so wäre.

Es gab jetzt nicht mehr so oft Streit. Die besseren Mahlzeiten und das Gefühl einer neuen Sicherheit dämpfte die altgewohnten Reibereien zu harmlosen Diskussionen. Seine Familie begann, ihn zu respektieren. Er war jetzt wieder der Mann, der er in der Himmelsgasse gewesen war. Wenn seine Kinder stritten, brauchte er nur mit der

Faust auf den Tisch zu schlagen und zu rufen: Ruhe! Das wirkte. Er sah es mit Wohlgefallen und erinnerte sich an den Vorwurf, den die Leisle gegen ihn erhoben hatte: Kein Gesicht ... Er dachte: Ich habe mir ein Gesicht zugelegt!

Albert grinste zwar noch über ihn, aber er erkannte an, daß Hugo gehandelt hatte. Mi-Mo war die einzige, die sich beklagte. Sie verdiente selber und war deshalb bei der allgemeinen Neueinkleidung übergangen worden.

»Von dem, was du verdienst«, sagte Hugo, »brauchst du doch nur die Hälfte abzugeben – was machst du eigentlich mit deinem Geld?«

Aber das wußte sie selber nicht genau. Sie aß gern Schokolade, sie kaufte auch oft Strümpfe, weil sie zu faul war, die zerrissenen zu stopfen, und dann Unterwäsche: diese modernen Unterröcke, die den Rock so schön glockig machten. Aber dazu brauchte man die entsprechenden Röcke. Das trugen doch alle jungen Frauen, und sie wollte auch schön glockig gehen. Ins Kino ging sie auch sehr gern, und schließlich kaufte sie sich Illustrierte, fünf oder sechs Stück jede Woche. Da sah sie dann, was ihr alles noch fehlte. Und der Friseur, der Nagellack, der Lippenstift ... Neulich war sie bei Adolf gewesen und hatte von ihm fünfzig Mark geliehen. Sie hatte versprochen, es in einem Monat zurückzuzahlen. Ein Jackenkleid hatte sie gekauft. Und jetzt fehlte ihr die passende Handtasche.

»Nein«, sagte Hugo, »du verdienst selber genug!«

Albert und Bruno halfen ihm fast jeden Tag. Sie hatten sich verdient, was er ihnen gab. Und die Arbeit war gewiß nicht immer leicht. Albert hatte hin und wieder die Schule versäumt, um ihm zu helfen. Bruno wurde noch geschont. Er half nur nachmittags. Er durfte das Pony führen und die kleineren Möbelstücke bei Umzügen in die Wohnungen hinauftragen. Abends, wenn der Wagen leer war, wurde ihm auch erlaubt, zu kutschieren. Er saß dann auf dem Wagen und rief: »Hüott!«, während Hugo und Albert nebenhergingen. Hugo sah das gern. Sein Glück rieselte ihm warm durch die Adern, wenn er mit dem verdienten Geld in der Tasche neben dem Wagen herlief und Bruno das Pony lenkte, das mit schnellen Tritten unermüdlich vor dem Wagen ging und munter mit dem Kopf nickte.

Der erste schwarze Tag kam für die Firma Starosta, als sie mit vollbeladenem Wagen auf dem Weg zur Stadt von einem langanhaltenden, prasselnden Regenguß überrascht wurden. Es hatte natürlich schon mehrmals geregnet, und Hugo hatte dann auch immer daran gedacht, daß er sich eine Plane anschaffen müsse, aber der Regen war nie besonders schlimm gewesen, und so hatte er es immer wieder verzögert. An nassen, regnerischen Tagen waren die Möbel mit Tüchern und alten Zeltbahnen geschützt worden.

Diesmal sahen die Möbel nicht gut aus, als sie abgeliefert wurden. Es fielen harte Worte, und Hugo erklärte sich bereit, auf die Hälfte seines Lohnes zu verzichten.

»Ja, das tut mir leid«, sagte er.

»Wenn das Holz jetzt quillt«, rief sein Auftraggeber, »dann sind die Möbel ruiniert!«

»Ja, das tut mir wirklich leid«, sagte Hugo und half, die Möbel mit einem weichen Lappen trockenzureiben.

Danach ging er langsam die Treppen hinunter. Im derben Anzug, Pfeffer und Salz, in festen Schuhen – biedermännisch. Er war naß bis auf die Haut und dachte, daß er die Anschaffung des gepflegten dunklen Anzugs aus gutem Tuch noch aufschieben und erst eine Plane und Spriegel für den Wagen beschaffen mußte. Das würde einiges kosten. Max stand triefend vorm Haus.

»Los, Max, jetzt fahren wir heim«, sagte Hugo.

Im Stall rieben sie das Pony trocken. Dann kaufte

Hugo ein halbes Pfund Würfelzucker, setzte sich neben Max und fütterte ihn damit.

»Nein, das bißchen Regen macht ihm nichts«, erwiderte Hugo auf Brunos Frage. »Das verträgt er wie nichts. In Island, da müssen die mit den Hufen das Eis wegkratzen, um an das Gras zu kommen.«

»Wo liegt Island?« fragte Bruno.

»Oh, das ist irgendwo am Nordpol oder nicht weit davon.«

Am Abend saß Hugo im Zimmer und brütete vor sich hin. Zweifel plagten ihn, ob er die Möbel würde bezahlen müssen, wenn das Holz nun aufquoll. Aber schließlich hatte sich ja der Auftraggeber mit der Art und Weise des Transportes einverstanden erklärt, hatte gesehen, daß es sich bei dem Fahrzeug um einen offenen Wagen handelte. Sie hatten die weichen Lappen benutzt. Es war nichts mehr zu sehen gewesen.

»Wo ist Albert?« fragte er plötzlich.

»Er hat seine nassen Kleider ausgezogen und ist fortgegangen. Jetzt hat er seinen guten Anzug an«, sagte Eliese.

»So, er hat es wohl nicht mehr nötig, seinen Vater zu fragen, ob er noch fortgehen darf!«

»Das ist aber das erstemal, daß du daran denkst ... Es ist ein Brief da.« Zögernd legte sie den Brief auf den Tisch. »Hugo«, sagte sie, »die haben uns gedroht, mit der Polizei.«

»Was!« rief er, »gedroht haben die?« Er nahm ihr den Brief aus der Hand und begann zu lesen.

Albert hatte in der letzten Zeit wiederholt unentschuldigt gefehlt. Man sei bisher nachsichtig gewesen, aber es bestehe eine Schulpflicht und man würde in Zukunft dafür sorgen, daß Albert Starosta regelmäßig zum Unterricht käme. Zunächst habe man es durch Vermittlung einer Fürsorgerin auf dem gütlichen Wege versucht. Sicher sei ihm aber bekannt, daß die Teilnahme am Schulunterricht, wenn nötig, mit Hilfe der Polizei erzwungen werden könne.

Hugo war beeindruckt. »Albert muß in die Schule«, sagte er. »Die kommen mir mit der Polizei. So eine Frechheit. Hör mal: Mit vorzüglicher Hochachtung! Das ist die Leisle, die alte Blindschleiche! Wenn die noch mal wiederkommt, dann werde ich ihr die Meinung geigen! Was kann er denn jetzt noch in der Schule lernen? Was er bis jetzt nicht gelernt hat, lernt er auch in den nächsten Monaten nicht mehr! Ich mußte meinem Vater auch helfen, wenn Not am Mann war. Aber er muß hin«, setzte er nachdenklich hinzu. »Die schicken mir die Polizei ins Haus.«

Er überlegte, wie gut er jetzt Hermann hätte gebrauchen können. Aber der war ja Schiffschaukler. Hat man so was schon mal gehört: Geht zur Schiffschaukel und läßt hier alle im Stich! Da wollte er in den nächsten Tagen mal mit dem Fahrrad hinfahren und ihm auch die Meinung geigen.

Schließlich ging er hinaus auf die Galerie und rief laut nach Albert. Aber es kam von nirgendwo eine Antwort. Verdrossen ging er wieder hinein.

Albert hatte das Rufen seines Vaters nicht gehört. Er lag mit Edeltraut auf dem Bett. Heute war er in Sorge um seinen guten Anzug gewesen, den er hatte anziehen müssen, weil die anderen Kleider naß waren. So hatte er ihn ausgezogen und zu dem Kleid gelegt, das das Mädchen bereits abgestreift hatte – obwohl es diesmal nicht das beste Kleid war.

In der gleichen Viertelstunde, in der sein Vater nach ihm gerufen hatte, war es geschehen. Er hatte sie wieder zu sich herangezogen und dann auf die übliche Zurechtweisung gewartet. Aber Edeltraut hatte nichts gesagt. Nur laut geatmet hatte sie. Und das war ihm doch seltsam vorgekommen, wie sie dalag und atmete und die Augen geschlossen hielt.

Er griff nach ihrem Arm, faßte die Schulter, und sie sagte nichts. Er legte die Hand wieder auf ihren Arm, und von da übersprang er die kleine Spanne bis zu ihrer Brust. Er wartete, und sie sagte nichts. Ganz allmählich begriff er, daß er angenommen war, daß er jetzt genug gebettelt hatte. Doch während er sich in kleinen Etappen zaghaft zu ihr hintastete, erwartete er immer noch, daß sie etwas sagen oder die Augen öffnen würde. Aber ihre Lippen blieben so unbewegt wie ihre Lider. Und nun verstand er, daß sie ihn wortlos über die Grenze schleichen ließ, die sie vorher so streng bewacht hatte.

Als er spät zurückkam und sich ins Bett legen wollte, begegnete er der üblen Laune Hugos. Wo er sich herumtriebe, und was das für neue Moden wären, am Werktag den guten Anzug zu tragen, der vom sauer verdienten Geld seines Vaters gekauft wäre. Und mit der Schule. Das würde von morgen an wieder anders!

Albert antwortete nicht. Sie war in seinen Gedanken. Ihre Wärme war noch auf seiner Haut. Morgen würden sie sich sehen. Sie hatte es gesagt, später, als sie wieder zu reden angefangen hatte. Er dürfe nie darüber sprechen, hatte sie gesagt. Und er hatte geantwortet, eher ließe er sich die Zunge herausreißen, als daß auch nur ein Wort davon über seine Lippen käme. Sie hatte gelächelt und ihn noch einmal belohnt.

»Also – wo treibst du dich herum!« rief Hugo.

»Laß mich in Ruhe«, sagte Albert. »Das fragst du doch sonst auch nicht.«

»Was!« rief Hugo. »Das wagst du deinem Vater zu sagen!«

»Kaum hast du mal was verdient, schon schnappst du über. Ich bin müde und will ins Bett.«

»Wo du gewesen bist, will ich wissen! Und wo ist die neue Hose her? Erzähl mir nicht noch einmal, du hättest das Geld gefunden!«

»Jetzt fängt er auch wieder mit der Hose an.«

Vielleicht hätte Hugo nicht mehr nach der Hose geforscht, aber Alberts Widerstand reizte ihn. Das neuerwachte Gefühl seiner Würde duldete es nicht, wieder in die alte Machtlosigkeit zurückgejagt zu werden.

»Woher hast du diese Hose!« schrie Hugo. Er ging auf Albert zu.

»Blas dich nur nicht so auf«, sagte Albert. »Das will ich nicht sagen, und was ich nicht sagen will, das sage ich nicht!«

Hugo wollte nach ihm schlagen, aber Albert stieß ihn heftig zurück. Hugo setzte sich auf den Boden und saß da mit erstauntem Gesicht. Er bewegte den Mund, als kaue er auf etwas herum. Dann griff er nach seinem Gesicht und hielt plötzlich einen langen gelben Vorderzahn in der Hand.

»Ah!« rief er. »Deinem Vater einen Zahn auszuschlagen!«

»Oh! Oh!« schrie Eliese. »Daß ich das erleben muß! Verdorren soll die Hand, die sich gegen Vater und Mutter erhebt!«

Hugo saß am Boden und betrachtete seinen Zahn. »Den hebe ich auf!« rief er. »Den hebe ich auf! Hat man das schon gehört, sein eigen Fleisch und Blut schlägt einem die Zähne aus!«

Albert stand verblüfft. »Was denn, ich habe dich doch nur weggestoßen! Diesen Zahn hättest du doch bald von selbst verloren.«

»Das ist ganz egal«, sagte Hugo, noch immer am Boden sitzend. »Das gehört sich nicht, seinem Vater einen Zahn auszuschlagen!«

## ZEHNTES KAPITEL

Sie hatten schon längst ihren ältesten Sohn besuchen wollen. Eliese bestand darauf. »Ich will meine Kinder nicht aus den Augen verlieren«, hatte sie zu Hugo gesagt. Aber der Besuch bei Adolf war immer wieder aufgeschoben worden.

»Man müßte vorher eine Karte schreiben«, sagte Hugo. »Sonst geht es uns, wie mir neulich, als ich hinkam: Er war nicht da, und seine Frau wollte auch gerade fortgehen. Ob es ihnen überhaupt recht ist, wenn wir alle zu Besuch kommen?« Er wiegte zweifelnd den Kopf.

»Aber natürlich ist es ihm recht!« rief Eliese gekränkt. »Ich bin seine Mutter!«

»Jaja«, sagte Hugo. »Ich meinte nur ... Hör mal, wir können ja mit dem Wagen fahren. Ich kann ihm dann gleich den Max vorführen.«

»Du spinnst ja«, sagte Eliese.

Auf dem Wagen sei für alle Platz, sagte er. Da könne sogar die Großmutter noch mitfahren. Er bemühte sich einige Tage lang, ihr klarzumachen, daß es einen mächtigen Eindruck hinterlassen würde, wenn sie mit dem Wagen kämen.

»Sie werden denken, wir sind verrückt, wenn wir am Sonntag mit dem Fuhrwerk dahergefahren kommen. Und die Leute würden sich totlachen.«

»Aber die Mutter«, sagte er. »Für sie wäre es das einzig Richtige. Sie steigt auf den Wagen und wird bis vors Haus gefahren.«

»Nein«, erwiderte Eliese. »Ich will nicht zum Gespött

der Leute werden. Und die Mutter kann das Stückchen von der Straßenbahn ohne weiteres laufen, sie ist noch gut zu Fuß.«

Am Sonntagmorgen regelte sich diese Frage von selbst. Die Großmutter stand nicht auf. Sie lag im Bett und redete mit August, ihrem Mann.

»Die können wir jetzt nicht mitnehmen«, sagte Hugo. »Wenn wir in der Straßenbahn sitzen und sie fängt an, mit August zu schimpfen, lachen alle Leute. Auf dem Wagen hätte sie ruhig schimpfen können.«

»Nein«, sagte Eliese. »Wir fahren mit der Straßenbahn, und sie bleibt hier.« Dann rief sie: »Mutter! Was hast du denn wieder mit ihm! August ist doch schon zehn Jahre tot!«

»Nix, nix, nix«, zischelte die Großmutter. »... die Schuhe nicht abgeputzt, als er vom Stall hereinkam. Die Magda, hat sie nicht geschrieben? Er soll sie aus der Stadt zurückholen.«

Albert, Mi-Mo und Bruno saßen am Tisch und grinsten. Magda war eine jüngere Schwester der Großmutter, die vor langen Jahren in eine Stadt gezogen und nie wieder aufgetaucht war. Sie hatte auch nie geschrieben, soweit sich Hugo erinnern konnte, und das war bis zu seinem vierten Lebensjahr.

Aber die Großmutter hoffte immer noch auf einen Brief von ihrer Schwester. Jeden Brief, der bei den Starostas einging, riß sie an sich und buchstabierte erst den Absender, ehe sie ihn wieder hergab.

Sie ließen sie daheim im Bett liegen, und auf dem Weg zu Adolf versicherten sich Hugo und Eliese gegenseitig, daß es ja nicht schlimm wäre, wenn die Mutter mal allein im Zimmer liege. Sie könne sich selber helfen, wenn sie etwas brauche. Sie sprachen noch davon, als sie bereits vor der Wohnungstür ihres ältesten Sohnes standen und darauf warteten, daß sie geöffnet wurde.

Adolf arbeitete in einer Fabrik. Nach den ersten lauten Begrüßungsworten, nach Fragen und Antworten, die sich kreuzten, redeten Hugo und Adolf von Akkordlöhnen und den Aussichten, Vorarbeiter zu werden, während Eliese und die junge Frau über ihre Männer sprachen. Dabei erklärte Eliese, daß Adolf ganz ihrem Vater nachschlage. Mi-Mo und Albert langweilten sich, aber Bruno genoß diesen Besuch mit einer aufgeregten Freude. Er versuchte, die Gespräche seiner Mutter und seines Vaters gleichzeitig zu hören. Bruno war noch nie irgendwo zu Besuch gewesen.

Später liefen sie alle durch die zwei Zimmer der Wohnung, und Adolf führte jedes Möbelstück vor. Er verdiente gut, und es gefiel ihm, zu zeigen, wie gut er verdiente.

»Ja«, sagte Eliese. »Der weiß, was er will, mit dem ist eine Frau nicht angeschmiert.«

Bruno öffnete in der Küche den Kühlschrank und rief: »Steck mal die Hand da rein, wie kühl es da drin ist!«

»Das Pferd ist stark wie ein Traktor«, sagte Hugo zu Adolf. »Und der Wagen kostete mich gar nichts!«

»Jaja, der Sessel ist schön«, sagte Eliese. »Was hat der gekostet?«

»Vielleicht werden wir uns ein Haus bauen«, sagte Hugo. »Ein Haus – das war die ganzen Jahre mein Ziel.«

»Er redet nicht viel, nicht wahr?« fragte Eliese. »Aber auf ihn ist Verlaß. Wir wollten ja schon längst mal zu euch kommen, aber jetzt, wo mein Mann das Geschäft eröffnet hat, kam natürlich immer was dazwischen.«

»Wann läßt du dir endlich ein Gebiß machen?« fragte Adolf.

»Du wirst es nicht glauben, aber ich hatte noch keine Zeit. Wenn ich nicht spreche, fällt es ja gar nicht auf. Du solltest die Zähne von Max sehen. Als ich die Zähne sah, wußte ich sofort – das ist ein Pferd!«

»Was redest du da von Zähnen?« rief Eliese. »Stell dir vor, Adolf, Albert hat Hugo den letzten Vorderzahn ausgeschlagen.«

Später sprach Hugo nur noch von seinem Geschäft. Der Kuchen war gegessen, und der Rest des Kaffees in der Kanne auf dem weißgedeckten Tisch war kalt geworden.

»Sollte mir etwas zustoßen«, sagte Hugo, »dann ist für meine Familie gesorgt. Albert könnte das Geschäft übernehmen. Und das Geld, das ich bis dahin gespart habe, das wird geteilt.«

»Einen guten Anzug könntest du dir wohl mal kaufen«, sagte Adolf.

»Also, das Geld wird geteilt. Eine Hälfte kriegt eure Mutter, und das andere wird unter euch aufgeteilt, so daß es keinen Streit gibt.«

»Und die Krawatte paßt doch auch nicht zu dem Hemd.«

»Das kommt alles zu seiner Zeit«, antwortete Hugo. »Ich hätte mir schon längst einen Anzug leisten können, und auch Krawatten, aber ein Geschäftsmann muß ein bißchen was auf der Seite liegen haben. Doch das Geschäft, das hat sich entwickelt! Großartig hat sich das entwickelt! In den letzten Jahren ist es uns nicht sehr gut gegangen, aber du weißt ja, was dein Vater von jeher gesagt hat: Das Leben will gemeistert sein!«

Sie sprachen noch am nächsten Tag von diesem Ereignis. Eliese schien der Besuch ein Gipfel in der Niederung der letzten zehn Jahre: Wie sie da alle am weißgedeckten Tisch gesessen hatten! Ihr Sohn, der es im Leben zu was gebracht hatte, der einen Kühlschrank besaß, eine gesunde Frau und eine saubere Wohnung mit Möbeln, die alle bezahlt waren. Und Hugo, der zwar noch nicht gut gekleidet war, aber jedenfalls ein gutgehendes Transportunternehmen gegründet hatte. Und sie selber in ihrem neuen Kleid, das vor ein paar Tagen gekauft worden war. Und die Kinder, waren die nicht auch tadellos angezogen gewesen? Nur einer hatte gefehlt, der Schiffschaukler. Bei Kaffee und Kuchen hatte sie kaum an Hermann gedacht, aber am nächsten Tag schien es ihr, sie habe unter seiner Abwesenheit gelitten.

Nicht nur Eliese und Hugo, auch Mi-Mo und Albert sprachen an diesem Tag vom Besuch beim älteren Bruder. Mi-Mo wurde in der Straßenbahn, auf dem Weg zur Sauerkrautfabrik, von Dora, die auch dort arbeitete, gefragt, wo sie denn am Sonntagnachmittag gewesen seien. Sie habe niemand außer der Großmutter angetroffen.

»Wir waren zu Besuch bei meinem ältesten Bruder«, erzählte sie. »Adolf hat eine reiche Frau geheiratet. Dora, diese Wohnung hättest du sehen müssen.«

Dora lebte mit Herbert, ihrem Mann, genauso lange in der Festung wie die Starostas. Sie hatten den Brand in der Baracke mitgemacht und waren danach hierhergekommen. Herbert hatte eine gute Stellung in einer Brotfabrik. Da sie beide arbeiteten, hatten sie eine Wohnung anzahlen können. Nun wollten sie bald ausziehen. Hugo sollte den Umzug übernehmen.

Dora war am Sonntagnachmittag in das Zimmer gekommen und hatte aus der Großmutter kein vernünftiges Wort herausgebracht.

»Stell dir vor, sie hat nach mir gespuckt. Wenn ich das gewußt hätte, wäre ich nicht gekommen. Die ist ja verrückt!«

»Nur ein bißchen«, sagte Mi-Mo. »Sie spuckt manchmal, aber meistens ist sie ganz klar im Kopf.«

Man redete in der Fabrik über Dora. Da war eine Geschichte mit einem Mann, der zuweilen anrief und mitunter auch abends am Tor stand, um sie abzuholen. Sie machte kein Hehl daraus. Sie blickte den Leuten herausfordernd ins Gesicht, und wenn jemand eine Andeutung machte, drehte sie sich um und klopfte sich mit der Hand auf ihren kräftigen Hintern.

Auch über Mi-Mo wurde geredet in der Fabrik. Es gab da zwei Männer, die sich um sie bemühten. Einer davon war verheiratet.

»Du machst das falsch«, hatte Dora gesagt. »Ein Verheirateter und ein Lediger, das geht nie gut! Entweder zwei Verheiratete oder einen Ledigen.«

»Ich habe doch gar nichts mit denen«, sagte Mi-Mo. »Ist deiner denn verheiratet?«

»Natürlich.«

»Und dein richtiger?«

»Das ist ein Langweiler, das weißt du ja! Wenn der seine Mucken kriegt, dann sitzt er da und glotzt vor sich hin und redet kein Wort. Manchmal säuft er auch. Und wenn er richtig voll ist, fängt er an zu heulen.«

»Schlägt er dich?«

»Wo denkst du hin, Mi-Mo! Seh' ich so aus, als ob ich mich schlagen ließe? Da würde es dem aber schlecht gehen. Ich habe ihn zweimal anständig verprügelt, das hat er sich gemerkt.«

»Weiß er von dem andern?«

»Natürlich weiß er es! Aber der kann ja froh sein, daß ich bei ihm bleibe. Er ist nur eine halbe Portion. Ich wollte schon ein paarmal von ihm weg, aber da hat er sich angestellt wie ein Kind, so daß ich aus Mitleid geblieben bin. Das ist eben meine Gutmütigkeit. Aber ich brauche eine ganze Portion Mann! Ich habe Rasse. Das sieht man mir doch an! Oder, was meinst du? Jaja, Herbert hat natürlich auch seine guten Seiten. Für mich tut er alles. Und das bißchen Saufen kostet ja auch nicht viel. Er nimmt den Billigsten und von einer halben Flasche ist er schon ganz schön voll. Aber es ist nicht sicher, daß ich bei ihm bleibe. Wir wollen erst mal aus der Festung raus!«

Am Abend lagen Albert und Edeltraut in der Pulverkammer, und Albert sagte: »Eine schöne Wohnung haben sie! Das kommt, weil sie beide arbeiten gehen. Da können sie die teuere Wohnung bezahlen.«

»Ich kann mich an Adolf gar nicht mehr richtig erinnern. Man hat ihn ja kaum gesehen. Das war so ein Stiller, nicht wahr?«

»Zuerst haben sie in einer Mansarde gewohnt. Nichts gegönnt haben sie sich. Hugo war wütend, denn Adolf gab nichts mehr her. Eine Zeitlang ist niemand von uns hingegangen.«

»Sie arbeiten nur für die Wohnung und so ein paar Möbel«, sagte Edeltraut. »Ist das nicht furchtbar? Stell dir vor, die kriegen ein Kind. Das wäre ein Unglück für sie, oder?«

»Ja«, sagte er, »das wäre ein Unglück. Dann könnte sie nicht mehr arbeiten gehen. Sie müßten sparsam leben.«

»Jaja«, sagte sie nachdenklich. Sie lagen nebeneinander und sahen zu der grauen Decke hinauf, die sich im Licht der Petroleumlampe zu bewegen schien wie eine atmende Haut.

»Hör mal«, sagte Edeltraut. »Wenn ich nun ein Kind bekäme?«

»Dann würden wir heiraten! Ich würde hingehen und sagen, daß das Kind von mir ist, da müßten sie uns heiraten lassen!«

»Wem würdest du es sagen?«

»Allen!«

»Du bist aber doch erst fünfzehn, und ich bin schon einundzwanzig. Wie das überhaupt gekommen ist?« sagte sie langsam.

»Was?« fragte er und richtete sich auf.

»Das mit uns«, sagte sie. »Wirst du es jemals Hermann erzählen?«

Die Frage alarmierte ihn, und zum erstenmal fragte er

sich, ob er bei ihr nicht vielleicht nur Hermanns Ersatz sei.

»Tut es dir leid, daß es so gekommen ist?«

Sie schwieg und sah nachdenklich zur Decke hinauf. Er fühlte in diesem Augenblick, daß er aus ihren Gedanken gestrichen war, aus diesen Erwägungen, die sie für sich allein anstellte.

»Du«, sagte er. »Du weißt nicht alles von Hermann.«

»Was meinst du?« fragte sie und sah ihn an.

»Er will dich nicht mehr. Er hat eine andere! Das ist die, bei der er wohnt. Er hat sie gekniffen, als ich damals oben war. Er hat gesagt, ich sollte dir klarmachen, daß es mit euch beiden nichts mehr wäre.«

»Ich weiß das«, sagte sie. Ihre Stimme zitterte: »Schon längst weiß ich das! Du hast mich also belogen!«

»Was hätte ich dir denn sagen sollen?« rief er. »Aber das mit Hermann und dir ist doch vorbei. Was hast du denn heute abend? Bin ich dir zu klein? Hermann ist ein Stück größer als ich. Und ich habe abstehende Ohren. Und hinten am Kopf, der Wirbel, da legt sich mein Haar nicht richtig, wenn ich keine Pomade oder Haaröl draufmache. Das gefällt dir wohl nicht?« Er litt zum erstenmal an der Angst, sie zu verlieren. »Wenn ich achtzehn bin, dann bist du vierundzwanzig. Könnten wir da nicht heiraten?«

»Warum hast du mich belogen?«

»Sag doch, könnten wir dann nicht heiraten? Aber du willst mich nicht! Ich werde fortgehen und nie wieder hierherkommen. Heute nacht werde ich leise aufstehen und fortgehen!«

»So«, sagte sie. »Er hat es dir gesagt, als die andere dabei war!«

»Ja. – Ich werde fortgehen. Heute nacht noch.«

»Wo willst du denn hin?«

»Ich gehe nach Japan, da sind sie alle nicht größer als ich!«

»Ach, Unsinn!« sagte sie. »Es war gemein von ihm, das zu sagen. Ein ganz gemeiner Kerl ist er. Aber das habe ich schon immer gewußt!«

Er überlegte einen Augenblick, wie er am besten nach Japan käme. Er würde ihr von Japan aus schreiben. Aber dann fiel ihm ein, daß er ja nicht japanisch konnte. Und daß dieses Land irgendwo im Meer lag. Es war bestimmt schwer, über das Meer zu kommen. Er lag neben ihr und kämpfte mit seinen Tränen, fühlte sich gekränkt und aus seiner gerade erst erkämpften Männlichkeit vertrieben. Nun erinnerte er sich, daß er ihr alles abbettelte, daß sie schweigend seine Versuche erlaubt hatte. Er dachte, zu viele Worte seien nicht gut. Es sei nie gut, seine Ratlosigkeit einzugestehen. Er näherte sich zaghaft, wurde dann kühner. Sie lag still wie ein Berg und duldete seine atemlosen Mühen.

Später sagte sie: »Wenn du achtzehn bist und ich vierundzwanzig, vielleicht werden wir dann wirklich heiraten.«

Sie lachten wieder, und er sagte: »Das mit Japan, das war natürlich nur Spaß. Aber meine abstehenden Ohren, die könnte ich später mal richten lassen. Ja, wenn ich achtzehn bin und du bist vierundzwanzig, dann heiraten wir!«

»Glaubst du, Hermann wird sich dann ärgern? Aber wo werden wir dann sein? Hier nicht mehr! Ich habe gehört, die Festung soll geräumt werden.«

Man hatte in der Stadt davon gesprochen. Auch Dora wußte davon. Allerdings nichts Genaues. Es stand auch noch nicht fest, bis wann die Bewohner der Festung eingebürgert werden sollten.

Dora erzählte es am Abend, als sie mit Herbert ins Zimmer kam, um den Umzug zu besprechen. Hugo wollte es nicht glauben. Niemals, meinte er, werde die Festung geräumt! Jedenfalls nicht in den nächsten fünf Jahren – das räumte er ein, nachdem er überschlagen hatte, daß er in etwa fünf Jahren ein gemachter Mann sein würde, wenn das Geschäft so anhielt wie bisher.

Mi-Mo hatte Hugo vorbereitet, daß Dora und Herbert kommen würden. Sie hatte nicht vergessen, fünf Mark aus diesem Geschäft für sich abzuzweigen.

»Ja«, sagte sie. »Das steht mir zu, das nennt man Prozente!«

»So«, erwiderte Hugo. »Woher weißt du das? Da hat dich jemand aufgehetzt!«

Dora bestätigte, daß Mi-Mo diesen Auftrag vermittelt hatte. Herbert saß dabei und nickte. Er war immer einer Meinung mit seiner Frau.

»Schön«, sagte Hugo und setzte eine andere Miene auf, das Gesicht des Geschäftsmannes; die vorgeschobene Unterlippe und die ein wenig zusammengekniffenen Augen. »Reden wir vom Geschäft!« Er zog seine Hosenträger hoch, die er im Sitzen immer über die Hüften herunterbaumeln ließ.

Während Hugo vom Geschäft redete, sprachen Albert und Edeltraut über ihre Heirat in drei Jahren. Nebenan gab es um die gleiche Zeit zwischen Viktor und Alwina die erste heftige Auseinandersetzung. Viktor war unerwartet gekommen; er litt an einer leichten Grippe und hatte sich freigenommen, um sich auszukurieren. Und da fand er das Silberbesteck.

Zur gleichen Zeit stand Bruno im Hof. Er hatte zum Stall gehen wollen, war aber von Johann Kainrath aufgehalten worden. Bruno ging oft noch abends zum Stall, in den guten Pferdegeruch. Er stand dann neben Max, der im Stroh raschelte und leise schnaubte.

Johann hatte wissen wollen, wo Mi-Mo sei.

»Oben ist sie. Aber es ist jemand da. Nein, sie hat keine

Zeit. Ich kann sie nicht rufen. Was willst du denn von ihr? Nichts? Dann brauche ich sie auch nicht zu holen.«

Beim Verwalter oben im Bürozimmer brannte Licht. Leute gingen durch den Torbogen und redeten. Draußen war es windig, aber bis in den abgeschirmten Hof kam nur noch die Ahnung des Windes. Sanft schwang die Lampe in der Mitte des Innenraumes hin und her. Die Schatten schaukelten sich ins Licht, glitten wie Wellen über die Mauern. Das Spiel des Lichtes weckte in Bruno die Vorstellung, er stehe auf dem Grunde eines Bassins, dessen Wasser gegen die Wände schwappte.

Johann, der draußen gestanden hatte und nun durch den Torbogen wieder hereinschlenderte, sah Bruno vor dem Stall stehen und dann wie besessen quer über den Hof rennen, zur Tür hin.

Bruno sprang in langen Sätzen die Treppe hinauf, rannte über die Galerie und stürmte in das Zimmer, wo Hugo mit Dora und Herbert verhandelte.

»Es ist einer im Stall!« schrie Bruno.

Sie starrten ihn an. Dora grinste amüsiert. Was er daherrede? fragte Hugo. Was denn? Wer denn? Wie denn?

Hugo dachte an den Sack Hafer, der dort stand, aber das war kein Objekt für einen Diebstahl. Dann erinnerte er sich an den Neid. Er hatte viel Neid gesehen und gespürt, und nun dachte er, daß der Mann im Stall vielleicht sein Island-Pony vergiften wollte.

»Eliese!« brüllte er. »Wo hast du den dicken Wäscheknüppel?«

Hinter dem Schrank stand er, der armdicke Prügel, mit dem Eliese die Wäsche aus dem Kessel zu heben pflegte.

»Hier«, sagt Eliese. »Hier! Hugo, mach dich nicht unglücklich! Schlag nicht zu fest!«

»Laß mich!« sagte er und eilte aus dem Zimmer, kam aber noch einmal zurück und befahl Bruno, Viktor zu holen.

Den Prügel in der Hand, hastete Hugo über den Hof. Ihm folgten Eliese, Mi-Mo, Dora und Herbert. Dann kam die Großmutter. Sie hatte, ehe sie aus dem Zimmer ging, noch schnell die Kohlenschaufel ergriffen. Und nun humpelte sie hinter den anderen her und hoffte, noch zur rechten Zeit zu kommen.

Viktor und Bruno erschienen eine Minute später, als Hugo vor der Stalltür stand und nach drinnen lauschte. Als sie kommen, hört er gerade das Husten, von dem Bruno erzählt hat. Er schlug mit dem Knüttel gegen die Tür. »Komme raus!« brüllte er und sah sich nach Viktor um.

Drinnen rührte sich nichts. Sie standen und horchten. Es stießen noch ein paar Männer zu ihnen. »Komm raus!« rief Hugo. »Du bist gefangen!«

Es rührte sich nichts. Und während sie alle auf die Tür blickten und darauf warteten, daß sie langsam aufgeschoben würde und ein Mann heraustrat, hörten sie wieder das Husten.

»Es ist ein Mann«, sagte Viktor.

»Komm heraus, du feiger Hund!« rief Hugo. »Dein Husten hat dich verraten!« Er öffnete die Stalltür.

»Hugo!« schrie Eliese. »Sei vorsichtig!«

Sie gingen hinein, fünf, sechs Männer und als einzige Frau die Großmutter mit der zum Schlag erhobenen Kohlenschaufel. Sie stocherten im Stroh herum, kippten die vier Preßballen um und fanden nichts. Plötzlich, während sie erstarrt vor Verblüffung dastanden, hob Max, das Pferd, den Kopf und hustete wie ein Mensch.

Sie lachten alle, nur Hugo schwieg betroffen. Max scharrte und hustete: Prrrrch! Prrrrch!

Hugo grämte sich den Rest des Abends. Er war ein Pferdekenner und hatte sich narren lassen. Er biß auf seinem Stumpen herum. Viktor saß neben ihm. Die Großmutter lachte von Zeit zu Zeit hämisch auf.

»Hör auf mit deinem blöden Lachen!« schrie er. Da verstummte sie und mümmelte nur noch vor sich hin.

»Reg dich nicht auf«, sagte Viktor. »Mir ist was viel Schlimmeres passiert.«

»Etwas Schlimmeres?«

»Alwina hat sich von einem Vertreter ein Silberbesteck aufschwatzen lassen. Vierundzwanzig Löffel und Messer und Gabeln und kleine Löffel und eine Geflügelschere und ein Salatbesteck und Saucenlöffel und wer weiß was noch. Sie hat's bezahlt. Da ist nichts mehr zu machen.«

»So was. Und was hast du gesagt?« fragte Hugo.

»Ich habe sie verdroschen. Sie hat nicht gesagt, was das gekostet hat. Sie hat gesagt: Es sieht so schön aus, wie das Silber in den schwarzen Samtpolstern liegt.«

## ELFTES KAPITEL

Alwina war jetzt oft allein. Manchmal ging sie hinüber zu Eliese, aber sie blieb nie lange, denn Eliese begann jedesmal, über irgendetwas zu lamentieren. Ihr neuester Gesprächsstoff war der Weltuntergang. Sie hatte einmal im vergangenen Monat einen Zirkel seltsamer Sektiererinnen besucht, der aus fünfzehn bis zwanzig alten Frauen bestand. Sie versammelten sich im Hinterzimmer einer Gastwirtschaft, und Eliese hatte eine Tasse Kaffee trinken müssen, die vierzig Pfennig kostete. Wenn diese vierzig Pfennig nicht gewesen wären, hätte Eliese sicherlich auch an der nächsten Versammlung teilgenommen.

Man hatte über den drohenden Weltuntergang gesprochen. Am Ende der Sitzung hatte sich die Wortführerin erhoben und gesagt: »Wir beten jetzt für den Weltuntergang ...«

Eliese konnte seither aus verschiedenen Bibelstellen genau belegen, daß die Welt bald untergehen werde: »Die Kräfte des Himmels und der Erde werden sich bewegen ...«, rief sie. Ihr mageres Gesicht rötete sich dabei wie bei einer Schwindsüchtigen.

»Na ja«, sagte Alwina. »Und wenn es so wäre, was könnte man dagegen tun?«

»Buße«, sagte Eliese. »Der Sünde abschwören.«

Diese Gespräche verstimmten Alwina. Sie dachte an die Vergangenheit, und es schien ihr, sie habe gerade genug gebüßt.

Sie saß in ihrem Zimmer neben dem Radiogerät und hörte Musik und Nachrichten und Kommentare und Reklamesendungen. Sie hörte nicht immer mit Interesse, ließ die Gespräche oft außerhalb ihrer Gedanken. Wichtig war für sie, daß es Stimmen waren: das menschliche Geräusch in ihrer Nähe.

Als Viktor noch jeden Abend nach Hause gekommen war, hatte sie die Stille nicht so sehr empfunden. Sie wußte genau, wann er kommen, wie er am Tisch sitzen und essen und reden würde. Auf seinem Gesicht würde der blaue Schatten seines Bartes zu sehen sein. Und später würde er sich ausziehen, im Bett würde er gähnen und sich strecken und ein wenig nach Schweiß riechen. Jetzt kam er nur noch samstags und blieb bis zum Montagmorgen.

Samstags, am Abend, badete er. Und wenn er dann zu ihr ins Bett kam, roch er nach Seife.

Er machte keine großen Umstände. Sie lagen schweigend nebeneinander, bis er aufseufzte: »Ach ja.« Dann zog er sie heran, legte ihr die Hand auf den Leib und blieb so liegen. Sie bewegte sich nicht und wartete, bis er sagte: »Na komm schon.« Dann nahm er sie ohne ein weiteres Wort. Später schlief er ein, und sie stand auf und wusch sich im Dunkeln.

Er behandelte sie mit derbem, bäuerischem Besitzerstolz, auch im Bett. Es war die gleiche Art, die er beim Essen zeigte, wenn er mit aufgestützten Ellbogen schweigend aß und danach rülpste, als habe er sich die Berechtigung zum Rülpsen verdient.

Als der Vertreter kam, sagte sie nicht wie sonst: »Ich kaufe nichts.« Sie ließ ihn hereinkommen und beobachtete ihn. Er schien ihr vornehmer als die anderen Vertreter, die vor ihm hiergewesen waren. Sie dachte, er sieht aus wie ein Doktor.

Sie sprach fast nichts. Sie hörte es gern, wie der Vertreter redete. Er hatte die Beine übereinandergeschlagen, und sie sah, daß er zu dem grauen Anzug feine hellblaue Socken trug, in die ein dunkles Zopfmuster eingeflochten war. Aus seiner Brusttasche ragte ein weißes Seidentuch. Er war groß und schlank, ein Mann, an dem alles stimmte. Er nahm seine Kataloge und Prospekte aus der Aktentasche und erklärte alles ohne Aufdringlichkeit. Er war unbedingt glaubwürdig.

Als Kind war sie von einem Arzt untersucht worden, der ihm ähnelte: die gleiche Stimme und fast die gleichen Hände! Die Stimme war nicht zu tief und nicht zu hell – die vertrauenswürdige Mischung von milder Stärke und männlicher Zartheit. Die Hände waren schmal und vornehm, nicht wie die Hände von Viktor, die aussahen, als hätten sie ein Leben lang gelitten.

Er saß neben ihr. Sie lächelte ein wenig einfältig vor sich hin. Sie wollte nicht eigentlich etwas kaufen, aber sie hätte es bedauert, wenn er aufgestanden und zur Tür hinausgegangen wäre.

Sie sagte: »Ich weiß nicht, es gefällt mir schon, was Sie mir gezeigt haben. Aber ich weiß nicht ...«

»Soll ich noch einmal vorbeikommen?«

»Ja, vielleicht.«

»Wann würde es Ihnen passen?«

»Vielleicht morgen?«

In der Nacht hatte sie sich wieder an den Arzt erinnert und an das Wohlbehagen respektvoller Zuneigung. Am Morgen zog sie eines ihrer besseren Kleider an und wartete. Als er kam, hatte sie gerade Wasser für Kaffee aufgesetzt. Sie fragte, ob er eine Tasse Kaffee trinken möge.

»Ja, danke, sehr gern«, sagte er und sah sie an.

Ihre Hand zitterte ein wenig, als sie die Tasse vor ihn auf den Tisch stellte. Sie saß wieder neben ihm und lächelte vor sich hin und ließ ihn reden. Sie kaufte nichts. Er stand auf, um zu gehen. Sie sagte: »Vielleicht ein anderes Mal.«

Sie standen bei der Tür, und er sah sie aufmerksam an. Plötzlich lächelte er und sagte: »Eine verwunschene Prinzessin in einem alten Spukgemäuer.«

»Nein«, sagte sie. »Ich kaufe doch nichts! Ich habe es mir überlegt.«

»Das macht nichts«, sagte er leise. »Ich bin trotzdem gern gekommen. Ich habe viele Kunden hier.«

»Sagen Sie denen auch, sie wären Prinzessinnen?«

»Nein. Das sage ich nur Ihnen.«

»Das sind Kindereien«, sagte sie wegwerfend.

Er wurde ernst. Sie war wieder die Patientin und er der Arzt. Es war die gleiche schüchterne Beklommenheit und die gleiche spontan empfundene Sympathie.

»Sie erinnern mich an eine Polin, die ich einmal gesehen habe. Sie war in Lumpen, aber ihr Gesicht war unzerstörbar schön ... Sie passen nicht hierher. Sie haben sich verirrt in dieses Gemäuer. Und nun sind Sie hier eingesperrt.«

Sie stand vor ihm und sagte nichts. Dann verabschiedete er sich und öffnete die Tür. Er war unbedingt glaubwürdig.

»Moment«, sagte sie. »Ich kaufe ein komplettes Silberbesteck. Ich habe es mir überlegt.«

»Ich will Sie nicht überreden.«

»Nein, das weiß ich. Aber wir brauchen das für später.«

»Vierteilig?«

»Nein.«

»Sechsteilig?«

»Nein.«

»Zwölfteilig?«

»Nein«, sagte sie. »Vierundzwanzigteilig.«

Als Viktor ein paar Tage später unerwartet kam, ging er zum Schrank, um dort ein frisches Taschentuch hervorzuholen. Er fand die Besteckkästen und fragte: »Wo ist das her?«

»Ich habe es gekauft«, antwortete Alwina.

»Gekauft? Aber warum? Wir haben doch Messer und Gabeln und Löffel genug!«

»Ich habe es gekauft«, sagte sie und nichts weiter.

Er drehte die Löffel in der Hand und sah, daß sie gestempelt waren. »Das ist echtes Silber«, sagte er. »Was hat das gekostet?«

»Ich habe es gekauft«, sagte sie. »Von einem Vertreter. Es sieht so schön aus, wie das Silber in den schwarzen Samtpolstern liegt.«

»Von dem Geld, für das ich mich abgeschunden habe, hast du es gekauft! – Was hat das gekostet?«

Sie sagte nichts, und während er auf sie zuging, dachte er an die Monate und Jahre, die er gearbeitet hatte. Er war anspruchslos gewesen, hatte sich nur dann und wann ein Glas Bier gegönnt, er rauchte Pfeife und gab nicht viel Geld für seine Kleidung aus. Er hatte ihr immer mehr Geld in die Hand gegeben, als sie brauchten. Sie hatten es gespart. Alwina hatte die Scheine in den Schrank zwischen die Wäsche gelegt.

»Was hat das gekostet?« fragte er. Aber sie schwieg.

Er schlug sie zweimal mit der flachen Hand ins Gesicht. Sie fiel auf den Boden und stand nach einigen Sekunden wieder auf, ohne zu weinen oder etwas zu sagen. Sie dachte an ihre kleine Schuld und daß sie hart dafür bestraft wurde, daß sie von jeher hart bestraft worden war. Und sie dachte mit Haß an seine Hand, an diese häßliche borkige Hand mit den abgearbeiteten Fingernägeln.

Er wühlte das Wäschefach durcheinander und fand das Geld nicht mehr dort. »Wo hast du das Geld?« schrie er.

»Ich habe es weggelegt«, sagte sie. »Ich wußte, daß du es mir abnehmen würdest. Aber ich habe auch mein Teil zu diesem Geld getan! Es gehört so gut mir wie dir!«

»Wo ist es?«

»Ich hebe es auf«, sagte sie. »Aber du kannst mich totschlagen, ich sage dir nicht, wo ich es hingelegt habe!«

Das kam plötzlich, das schien ihm der Ausbruch einer Abneigung, die sich gegen ihn zusammengeballt hatte.

Das kam von irgendwo aus ihrem versteckten Wesen und traf ihn wie Treuebruch. Er schlug sie, aber als sie vor ihm lag, ließ er die erhobene Hand wieder sinken. Er wußte, es war sinnlos. Sie würde nichts sagen.

»Gut!« sagte er langsam. »Von heute an kriegst du nur das Geld, das wir unbedingt für die Woche brauchen! Keinen Pfennig mehr!«

Danach wurde er von Bruno gerufen und ging hinunter zum Stall, wo er mit Hugo feststellte, daß Max gehustet hatte.

Viktor ging am nächsten Morgen wieder zur Arbeit und kam am Samstag zurück.

Am Samstag sprach er nicht mehr von dem Besteck, aber er gab ihr nur einen Teil seines Wochenverdienstes.

Wie üblich ging er am Abend baden. Nach dem Bad aß er und legte sich ins Bett. Später kam auch Alwina. Er wollte sie nehmen, wie jeden Samstagabend, aber sie sperrte sich.

»Mach keine Geschichten«, sagte er.

»Ich will nicht!«

»Das wollen wir doch mal sehen«, sagte er und griff nach ihr. Sie wehrte sich, aber er riß ihr das Hemd in Fetzen. Und da waren sie wieder, diese Hände, wie Zangen waren sie, und sie brachen mühelos ihren Widerstand. Sie lag still und ließ alles über sich ergehen. Es war fast wie damals, als die Soldaten sie auf den Boden geworfen hatten. Sie wußte, daß sie ihm das nicht vergessen würde.

Die Kästen mit dem Tafelsilber legte sie hinter die Wäsche, so daß sie Viktor nicht oft zu Gesicht kamen. Sie nahm sie nur noch einmal hervor, als Eliese mit Mi-Mo herüberkam und die silbernen Bestecke sehen wollte.

»Oh, sind die schön!« Eliese war begeistert. »Was haben die denn gekostet?«

»Schläge haben sie gekostet«, sagte Alwina schroff.

»Dafür ließe ich mir von Hugo auch ein paar herunterhauen!« rief Eliese. »Das sind Bestecke, was Mi-Mo?«

»Jaja«, sagte Mi-Mo und wog einen Löffel in der Hand. »Es gibt schöne Sachen.«

Mi-Mo sagte oft, es gebe schöne Sachen. Irene, Mi-Mos neue Freundin, fand das auch. Sie waren durch den Einkauf von Illustrierten zu Freundinnen geworden. Die beiden Krautschneiderinnen teilten sich die Kosten, indem sie sich gegenseitig die Hefte ausliehen. Oft aber betrachteten sie die Zeitschriften gemeinsam. In den Mittagspausen saßen sie zusammen, und Mi-Mo hielt das Heft auf ihren Knien und blätterte: Finger naß, Seite, Finger naß, Seite ... Büstenhalter, Strick- und Wildlederjacken, handbedruckte Pullover, Nachthemden und Morgenröcke, kleine Schachteln mit Creme und Dosen und Flakons ... Was trägt die elegante Frau? Sie lasen, wie diese Dinge waren: sportlich, elegant, modisch, duftig, gediegen ... Sie waren apart und dezent und fullyfashioned. »Es gibt schöne Sachen!« sagten sie dann und seufzten.

Dora arbeitete nicht mehr in der Sauerkrautfabrik. Einige Tage nach dem Umzug hatte sie aufgehört. Sie hatte sich von Mi-Mo herzlich verabschiedet und war gegangen. Dann war Mi-Mo mit Irene bekannt geworden.

Irene hatte ihr zu verstehen gegeben, daß sie die Arbeit eigentlich nicht nötig hätte und daß sie andere Erwerbsquellen wisse. Die Arbeit war für sie ein Vorwand gegenüber ihren Eltern, wie sie sagte.

»Ich hätte eine bessere Stellung haben können. Maschinenschreiben und Stenographie, das hätte ich mit Leichtigkeit geschafft. Aber ich hab's nicht gelernt – ich hatte einfach keine Lust.«

»Ich hatte auch keine Lust«, sagte Mi-Mo. »Aber wenn ich gewollt hätte ...«

Irene hatte Mannequin werden wollen. »Die Figur dazu habe ich«, sagte sie. »Vor zwei Jahren war ich Miß Bockbierfest. Es gab zweiundzwanzig Bewerberinnen. Aber die Jury entschied sich für mich.«

Mi-Mo wollte Näheres wissen. Der Gedanke, Miß Bockbierfest werden zu können, war aufregend. Wo man sich dafür anmelden müsse und was das eigentlich sei: Miß Bockbierfest?

»Das ist ganz einfach: in jede Hand kriegst du einen Bierkrug, und damit läufst du über den Steg. Natürlich im Badeanzug. Als ich gewonnen hatte, wurde auch gleich jemand auf mich aufmerksam. Ich sollte Mannequin werden, aber als ich ein paar Tage später dort hinkam, da wollte der Schweinereien mit mir anstellen. Da habe ich gesagt: ›Mein Lieber, wenn du nicht so fett wärst und ein bißchen jünger ... Aber so – nein.‹ Es war alles nur ein Vorwand.«

»Was für Schweinereien denn?« fragte Mi-Mo. Sie rückten enger zusammen und sprachen einige Zeit über die Schweinereien. Sie entrüsteten sich mit Behagen über die schmutzige Phantasie der Männer. Und wie könnten Frauen so etwas mitmachen! Irene war für das Normale – wenn auch, wie sie sagte, mit kleinen Variationen. Und nun sprachen sie über die kleinen Variationen. Dann gellte die Sirene, und sie mußten wieder Kraut schneiden.

Irene befriedigte Mi-Mos Neugier, sie wußte Dinge, von denen Mi-Mo keine Ahnung hatte. Sie gab ihr Ratschläge, und Mi-Mo war dankbar dafür. Nur einmal fühlte sie sich beleidigt, als Irene von Unterwäsche sprach und dabei bemerkte, daß sich in dieser Beziehung noch einiges bei Mi-Mo ändern müsse.

»Wieso?« fragte Mi-Mo in gekränktem Ton. »Meine Wäsche ist immer sauber!«

»Ich habe beim Baden gesehen, daß du deine Wäsche nur wöchentlich wechselst. Eine Frau, die was auf sich hält, wechselt jeden zweiten Tag.«

Das tägliche Brausebad war in der Sauerkrautfabrik Pflicht. Jetzt machte es Mi-Mo keinen Spaß mehr. Sie konnte nicht jeden zweiten Tag wechseln, so viel Wäsche besaß sie nicht.

Aber Irene hatte ihr noch einen Stich versetzt. »Du trägst Hosen. Aber ein Mann will Höschen sehen. Duftig, verstehst du, hauchzart.«

Mi-Mo sparte nun für Höschen, doch darunter litten andere Dinge, die sichtbar waren. Es bedrückte sie jetzt manchmal, daß sie nur eine Krautschneiderin war.

An dem Samstagabend, als Irene Mi-Mo zum Tenniscafé mitnahm, durfte sie einen Rock und eine Bluse von Irene anziehen.

Sie hatten sich in der Stadt verabredet und waren dann zu Irene gegangen, die gesagt hatte: »Jetzt machen wir dich erst mal richtig schick!«

»Sagen deine Eltern nichts, wenn du mir etwas zum Anziehen leihst?«

»Wo denkst du hin, das sind meine Sachen. Und außerdem bin ich volljährig. Was ich mache, geht meine Eltern nichts an!«

Mi-Mo durfte alle Schubfächer und Schranktüren öffnen. Irene erwartete ihre Bewunderung. Dann lieh sie ihr einen Rock und eine Bluse, die ziemlich weit hinten im Schrank hingen. »Es paßt«, sagte Irene. »Wir haben fast die gleiche Figur. Nur deine Beine sind etwas dicker. Und hintenrum hast du mehr als ich.«

Sie ging voller Erwartung neben Irene durch die Straßen. »Warum wollen wir ins Tenniscafé?« fragte sie.

»Ich kenne einige Männer, die da verkehren. Du, die haben Geld, das sind keine armen Schlucker! Du wirst sehen, der Abend kostet uns nichts.«

»Ich habe auch nicht viel dabei«, sagte Mi-Mo. Sie hatte in ihrer Handtasche drei Mark, ein sauberes Taschentuch und einen abgenutzten Lippenstift.

»Kannst du über Nacht wegbleiben?« fragte Irene.

»Über Nacht? Nein, das gäbe einen bösen Zirkus bei uns daheim.«

»Schade, ich hätte dir sonst vielleicht einen Mann vermachen können, der dich mal richtig einkleidet. Studenten verkehren auch da, sogar ausländische, aber nur Studenten, die reiche Eltern haben, die armen gehen da erst gar nicht hin. Ja, die Studenten sind am lustigsten. Hör mal, wenn jemand fragt, was wir von Beruf sind, dann sagst du, wir sind Schneiderinnen, verstehst du?«

»Schneiderinnen?« fragte Mi-Mo verblüfft.

»Stimmt das etwa nicht? Wir lassen nur das ›Kraut‹ weg. Schließlich müssen wir ja nicht sagen, was für Schneiderinnen wir sind!«

Das Lokal schien vollbesetzt. Hier und da gab es jedoch noch einen Platz, aber das war an Tischen, wo schon Gäste saßen. Mi-Mo hatte geglaubt, sie würden einen Tisch finden und dort allein sitzen, und Irene würde ihr alles erklären können, und erst später würden zwei Männer an diesen Tisch kommen und die Rechnung bezahlen.

Sie waren kaum eingetreten, als schon ein junger Mann auf Irene zulief und sie mit sich führte an einen Tisch, wo noch mehrere Männer saßen – eine Runde von klugen Gesichtern, wie Mi-Mo fand. Sie hörte ihr Lachen und einige Worte der scherzhaften Begrüßung. Sie war stehengeblieben und dachte: Das sind bestimmt die Studenten. Die Kapelle setzte ein, Paare gingen an ihr vorbei, wichen aus. Sie stieß mit einem Mann zusammen, der sich entschuldigte. Sie stand plötzlich zwischen Tanzenden, war eingeschlossen und hoffte auf eine Lücke. Als sie sich schließlich einen Ausgang erkämpft hatte, fand sie sich draußen bei den Toiletten. Sie ging hinein und schloß eine der Türen hinter sich zu. Sie saß auf der Brille, als bestehe tatsächlich die Notwendigkeit zu diesem Gang, und fühlte sich selbst hier noch unsicher.

Nach zehn Minuten kam Irene und rief leise ihren Namen. Da ordnete sie schnell ihre Kleider und öffnete die Tür. »Na endlich«, sagte Irene. »Ich habe dich überall gesucht, und eben kam mir der Gedanke, du könntest vielleicht hier sein.«

»Du bist doch einfach weggelaufen, und ich stand da so herum. Sind das die Studenten? Ich glaube, ich gehe wieder heim.«

»Mach nur keine Geschichten«, sagte Irene streng. »Ich habe dich bereits angekündigt.«

»Mich angekündigt? Was soll ich denn da sagen?«

»Gar nichts! Was die wollen, wirst du schon verstehen. Die machen erst ein bißchen auf geistig. Aber nachher gibt sich das schon ganz von selbst.«

»Auf geistig? Aber ich muß doch auch was sagen?«

»Sag ganz einfach: Ach, sind Sie klug – kluge Männer sind so selten. Oder sage: Interessant, interessant. Das paßt immer. Jetzt komm schon!«

Sie trugen unter den Anzügen schneeweiße Hemden, und am Handgelenk hatten sie goldene Armbanduhren. Sie rauchten teure Zigaretten, und Mi-Mo fand die Zigarettenpackungen wunderschön.

»Gnädiges Fräulein, aber bitte, rauchen Sie doch eine von diesen. Die sind so leicht, daß sogar Kinder sie vertragen!«

Was die für eine Haut haben, dachte sie. Frauenhaut. Aber die Gesichter waren Männergesichter. Johann hatte Pickel um die Nase, und Albert auch, und Hugo hatte Löcher in der Haut. Überhaupt waren die meisten Männer, die sie kannte, in irgendeiner Weise fleckig, wie leicht angestoßene Äpfel. Aber die hier waren makellos. Das war beste Sorte.

»Zum Wohl, gnädiges Fräulein!«

Sie tanzte nicht gut. Aber früher, im Lager, hatten sie oft getanzt. Als noch nicht genug Männer dort gewesen waren, hatten die Mädchen manchmal auch miteinander getanzt. Da war eine gewesen, die hatte immer mit Mi-Mo tanzen wollen. »Los!« hatte die gesagt, »Jetzt tanz mal mit mir wie ein Mann. Drück mich ruhig ein bißchen fester.« Dann hatte sie gesagt: »Jetzt tanz' ich mal mit dir wie ein Mann.« Aber das hatte Mi-Mo nicht gern gehabt, von einer Frau so fest gedrückt zu werden ...

»Amüsierst du dich? Na, das ist recht« sagte Irene. »Hör mal, der Blonde neben dir – dessen Vater hat schweres Geld!«

Die Männer sprachen überhaupt viel von ihren Vätern. Das klang, als lebten sie nur aus der Machtvollkommenheit ihrer Väter, über die sie sich jetzt auch noch lustig machten.

»Mein alter Herr hat den Auftrag für das neue Theater bekommen. Das hat er wieder fein gemacht, der alte Fuchs.«

»Wieviel Kubikmeter Erde werden bewegt, was schätzt du?«

»So an die fünfundachtzigtausend.«

»Na, dann wißt ihr hoffentlich, wo wir wohnen.«

»Transport- und Fuhrunternehmen Wagger wird bei uns nie vergessen.«

Jetzt glaubte Mi-Mo, etwas sagen zu können: »Mein Vater hat auch ein Transportunternehmen.«

»Ah, das ist interessant! Vielleicht ergeben sich geschäftliche Verbindungen?«

»Er hat aber nur einen kleinen Wagen. Und Max kann nicht sehr viel ziehen. Er ist ein gutes Pferd, sagt mein Vater, aber wenn er den Wagen vollgeladen hat, muß er nebenherlaufen.«

Sie lachten schallend. Dann tranken sie sich zu, und Mi-Mo war froh, ihr Gesicht über das Glas beugen zu können.

»Wißt Ihr übrigens, daß Eberhard seine Dissertation

über die Gefühlskälte in der modernen Literatur abgeliefert hat?« rief der Mann, der neben Irene saß und einen Arm um ihre Schultern gelegt hatte.

»Und wie ist sie? Hast du sie gelesen, Thomas?«

»Nun, ihr kennt ja seine dialektische Begabung«, erwiderte Thomas und strich mit dem Zeigefinger über sein dunkles Bärtchen.

»Zum Wohl«, sagte der Blonde zu Mi-Mo.

Sie tanzten. Mi-Mo sagte: »Ach, Sie sind so klug, und kluge Männer sind so selten.«

»Aber, was«, wehrte der Blonde ab. »Meine Intelligenz ist Veranlagung, nicht Verdienst.«

Er war liebenswürdig, lobte ihr Tanzen. Mi-Mo hatte das Gefühl, dieser Mann mit den hellen Haaren würde nie älter werden. Er würde sich stets auf dieser Höhe seiner guten Manieren und seiner jugendlichen Blondheit halten. Sie begann, sich ein wenig heimisch in diesem Kreis zu fühlen.

Der Mann, der Thomas hieß, beugte sich zu Irene herüber und flüsterte etwas in ihr Ohr. »Hör zu«, sagte er, »wärst du mir böse, wenn ich die Kleine heute mitnähme? Du weißt doch, ich habe eine Schwäche fürs Derbe – sie ist so herzlich dumm und schüchtern.«

»Und ich soll leer ausgehen?«

»Na, schön«, resignierte Thomas. »Vielleicht ein andermal. Könntest du das für mich arrangieren?«

»Natürlich. Sie gehorcht mir aufs Wort.«

»Deshalb ist sie wohl auch deine Freundin.«

»Sei nicht immer so ironisch. Schenkst du ihr auch was?«

»Natürlich«, sagte er.

»Und was schenkst du mir?«

»Du wirst dich nicht zu beklagen haben. Aber ich nehme dich beim Wort – du arrangierst das mit der Kleinen!«

»Ja, aber nicht heute«, sagte sie und griff nach seiner Hand.

## ZWÖLFTES KAPITEL

Der Blonde hatte sie in einer schwarzen Limousine bis in die Nähe der Festung gefahren. Dann hatte er gehalten, und Mi-Mo war mit ihm auf die hinteren Polster gekrochen. Sie hatte nicht die Andeutung eines Widerstandes gewagt.

Er ist stark, dachte sie, stark und ausdauernd, und nicht so zittrig wie Johann. Vor allem aber fand sie ihn schöner als jeden anderen Mann, den sie vorher gehabt hatte. Sie hätte ihm das fast gesagt, aber sie wagte es nicht; sie war nicht sicher, ob es nicht eine Dummheit war, so etwas zu sagen. Er wollte sie zurückhalten, als sie ihm sagte, jetzt müsse sie gehen.

»Die vorletzte Straßenbahn geht um ein Uhr bis hierher«, sagte sie. »Ich muß daheim erzählen, die hätte ich genommen, sonst kriege ich Ärger.«

»Und wann geht die letzte?« fragte er.

»Um zwei.«

»Kannst du nicht sagen ...«

»Nein, mein Vater ... Ich muß jetzt wirklich.« Vielleicht wäre sie noch geblieben, aber sie war gesättigt.

Während sie durch den Torbogen geht, denkt sie daran, wie sehr sie auf ihre Kosten gekommen ist, in jeder Hinsicht. Der Abend hat sie nichts gekostet, der Blonde hat ihr sogar noch etwas in die Handtasche gesteckt. Im Festungshof, im Licht der matten Lampe öffnet sie die Tasche und findet einen Fünfzigmarkschein. Und nun denkt sie noch einmal zärtlich an ihn, schickt einen herzenswarmen Gedanken hinter ihm her. Und jetzt bereut sie fast, daß sie nicht auf die letzte Straßenbahn gewartet hat. Ihr scheint, sie ist nie besser behandelt worden.

Als sie in das dunkle Zimmer trat, waren Hugo und Eliese noch wach. Auch Albert schlief noch nicht. Aber der sagte nichts, während Eliese und Hugo aufgebracht im Dunklen nörgelten. Hugo war mit Viktor in der Wirtschaft gewesen und hatte sich voll Bier laufen lassen. Und über diesen Rückfall hatte Eliese eine Menge zu sagen.

»Es riecht hier nicht gut«, sagte Mi-Mo. »Kann man nicht das Fenster aufmachen?«

»Was, daß wir uns den Tod holen!« lallte Hugo. »Wir sind sowieso nicht mehr gesund, und wer weiß, was das ...«

»Wo bist du gewesen?« fragte Eliese.

»Ja, wo bist du eigentlich gewesen?« raffte sich Hugo auf.

»Ich war in der Stadt mit einer Freundin«, sagte Mi-Mo. »Was wollt ihr denn – ich bin volljährig!« Jetzt erst fiel ihr ein, daß sie noch die fremden Kleider trug, aber schließlich ging das niemanden etwas an.

Die Stimmen der Eltern kamen aus der Finsternis, von den Betten her. Hugos Stimme von oben, Elieses von unten.

»Es riecht wirklich nicht gut hier«, sagte Mi-Mo und begann, sich im Dunkeln zu entkleiden. »Hugo hat wieder getrunken, nicht wahr?«

»Was! So ein freches Maul!« rief Hugo. Es hörte sich an, als wollte er von oben heruntersteigen.

Aber Eliese rief: »Daß du mir oben bleibst, das sage ich dir! Es hat uns genug Mühe gekostet, dich hinaufzuschaffen!«

Zu dritt hatten sie ihn hinaufgeschoben: Viktor, Albert und Eliese. Aber er wäre wieder heruntergerutscht, wenn Viktor ihn nicht noch einmal mit der Schulter hochgewuchtet hätte. Hugo hatte ihre Bemühungen wenig unterstützt. Er hatte sich, auf dem Bett sitzend, nicht entkleiden wollen, sondern wie von einem Thron herunter zu ihnen gesprochen, bis die Großmutter wütend aus ihrem Bett gesprungen war und dreimal vor ihm ausgespuckt hatte: »Pui! Pui! Pui!«

Da hatte er jedoch erst richtig zu krakeelen angefangen. »In meine Wohnung auf den Boden –. Das verbiete ich! In meine Wohnung auf den Boden gespuckt! Ich verbiete das!«

Schließlich war Eliese hinaufgestiegen und hatte oben mit ihm gerungen, bis sie ihn in die Horizontale gelegt und ihm die Kleider heruntergezogen hatte.

Mi-Mo hörte nicht auf sein Geplapper, nur die schlechte Luft im Zimmer störte sie noch eine Weile. Als sie sich jedoch daran gewöhnt hatte, lag sie wohlig eingelullt in ihrer sanften Sattheit und dachte an den Blonden. Ja, bei ihm stimmten auf eine perfekte Weise alle Annehmlichkeiten überein: Reichtum, Sauberkeit, Gesundheit, Kraft und Leichtigkeit des Umgangs. Sie empfand es als Vorzug, von einem solchen Mann berührt worden zu sein. Fünfzig Mark, dachte sie, das sind fünfzig Tafeln Schokolade! Das ist fünfzigmal so viel, wie mir Johann gegeben hat. Und bei Johann hatte ich nicht mal immer was davon, der ist viel zu jung für mich. Ein richtiger Mann – der muß über Zwanzig sein, am besten über Fünfundzwanzig. Aber ich habe mich ganz gut benommen. Sie haben nur einmal über mich gelacht, als ich von Hugo erzählte. Nein, von Hugo sollte man nichts erzählen. Und zu Johann werde ich sagen: Deine Schokolade brauche ich nicht. Ich hab's sowieso nicht wegen der Schokolade getan. Das war nur so was nebenbei. Immer hat er so gezittert und geschnauft. Einmal habe ich gedacht, jetzt kriegt er einen Herzschlag. Und nachher sah er immer aus, daß es ihm jeder anmerken konnte. Das würde noch fehlen, daß sie es hier in der Festung erfahren! Es ist ein Glück, daß Irene meine Freundin ist. Sie kennt sich aus. Dora war längst nicht so gescheit. Vielleicht kann ich doch über Nacht fortbleiben, dann werde ich eingekleidet. Sie kann mir einen Mann verschaffen, der das macht. Wenn ich die richtigen Kleider habe, bin ich fast so schön wie Irene. Ob er gedacht hat, sie ist schön? Aber gefallen habe ich ihm. So was merkt man doch. Hätte er das sonst zweimal gemacht? Und dann war's ihm ja noch nicht genug. Ich sollte auf die letzte Straßenbahn warten. Ja, jetzt würde ich gern noch mal auf die Straßenbahn warten. Aber zweimal, das genügt. Zu oft ist auch nicht gesund. Aber zweimal, das ist gesund. Gnädiges Fräulein! Ich werde mir mein Haar anders machen. Hinten hoch und vorne runter. Die Brauen kann ich höher ziehen. Irene zieht die Brauen auch höher. Gnädiges Fräulein haben sie gesagt. Danke sehr, bitte sehr, das klingt immer gut. Oh, vielen Dank, das klingt auch gut. Eine Frau, die was auf sich hält, wechselt jeden zweiten Tag. Musik mit Saxophon. Wie der mich auf die Tanzfläche führte. Er hat ja schon so ein bißchen gedrückt. Nicht viel, aber so ein bißchen hat er mich schon rangezogen. Heiraten würde der mich nie. Das kann man auch nicht verlangen. Aber zufrieden war er mit mir. Ich habe ihm gefallen. So was merkt man doch. Tenniscafé, am nächsten Samstag, mit meinem neuen Haar. Fünf Tafeln Schokolade. Sechs Höschen und einen Büstenhalter. Einen Rock und eine Bluse und eine Halskette. Es gibt Geld. Vielleicht kaufe ich mir auch etwas noch Besseres. Guten Tag, sage ich, danke sehr, bitte sehr. Ja, oh, vielen Dank, es geht mir gut. Geht es Ihnen auch gut? Ja, natürlich, wir kennen uns. Vom vorigen Samstag. Ich bin gerade ganz zufällig hier. Daß ich mal mit solchen Leuten verkehren würde ... Es ist ein Glück, daß Irene meine Freundin ist. Aber heiraten?

Nein! Ja, wenn ich nicht die Tochter vom Hugo wäre. Und wenn wir nicht in der Festung wohnten. Überhaupt, wen soll ich heiraten! Ich kann doch niemanden hierherbringen, wo die Betten übereinanderstehen und die Großmutter jeden anspuckt, der hereinkommt. Aber wahrscheinlich bin ich schöner, als ich glaube, warum wären die sonst alle hinter mir her.

Das war, als die letzte Straßenbahn fuhr.

Albert lag im nächsten Bett über ihr. Er dachte an Edeltraut. Warum sprach sie bloß immer vom Ende. Ja, wenn ich schon achtzehn wäre ... Aber ich werde doch in ein paar Jahren achtzehn sein. Und so wie es jetzt ist, ist es doch auch ganz schön. Wenn sie nicht mehr kommt, gehe ich zu Hermann. Er muß mich mitnehmen, als Schiffschaukler. Da können sie mich hier suchen! »Vielleicht ist er gestorben«, werden sie denken, ja, vielleicht ist er tot. Und das wäre überhaupt am besten. Wenn sie nicht mehr kommt, wäre es am besten. Aber vorher würde ich noch einen Brief schreiben und ihnen sagen, daß ich die Baracke angezündet habe. Und daß Edeltraut schuld ist an meinem Tod. Dann wird sie heulen. Aber nein, das wäre schön blöd von mir. Hermann hat sie ja auch vergessen. Die ganzen Wochen hat sie nicht mehr von ihm geredet.

Er schlief ein mit langsamen Tränen. Das war, als die letzte Straßenbahn fuhr.

Hugo hatte Durst. Wie Blasen stiegen die Gedanken aus seinem besoffenen Halbschlummer. Sein ganzes Leben lang hatte er großen Durst gehabt. Aber habe ich nicht dagegen angekämpft? ... ein Mann muß zehn Glas Bier vertragen können! Wo man schwer gearbeitet hat. Die ganzen Wochen schwere Arbeit. Ohne Gehilfen habe ich das gemacht in der letzten Zeit. Wenn Albert aus der Schule wäre, dann wäre es gut. Albert kommt zu mir in die

Lehre als Transportunternehmerlehrling. Er wird Transportunternehmer. Ich bestimme das und sonst niemand! Ja, sie macht mich bei den Kindern schlecht. Aber wo ist das Kind her? Wo, wenn ich fragen darf? Aber das frage ich gar nicht, dazu bin ich viel zu vornehm. Bruno hat ein Talent zum Kaufmännischen. Kann besser rechnen als alle anderen! Ob er jetzt auch schlecht von seinem Vater denkt? Bruno, dein Vater arbeitet schwer, aber deine Mutter gönnt ihm nichts, und deshalb gibt's das Theater! Hör nur nicht auf die Sprüche von deiner Mutter. Morgen ... Na, Bruno, sage ich, na, Bruno. Dein Vater muß schwer arbeiten! Wenn sie die Festung zumachen, das wäre schlimm. Wo sollten wir dann hin? Und mein Max! Aber die wissen ja gar nichts Genaues. Wie damals, als sie alle sagten, jetzt kommen noch ein paar Hundert. Aber es ist niemand mehr gekommen. Da müßten sie mich dann wieder unterstützen. Das steht mir zu, wo sie mich doch auch kaputtgemacht haben! Ach Gott, was war ich für ein Kerl. Ein Kerl war ich, ich war einer – ein Kerl. Mein lieber Mann! Das war nicht gerecht, daß du es so mit mir gemacht hast! Man ist ja gar kein Mensch mehr. Nicht mal das bißchen Bier wird einem gegönnt. Aber die andern, mein lieber Mann, die saufen und fressen. Und ich darf das nicht, was? Ich mache ein Lebensmittelgeschäft auf, wenn der Kainrath ein Transportunternehmen ... Max hat gehustet! Armer Max. Wer von der falschen Seite kommt, wird abgeworfen! Haha! Menschenskind, als Schiffschaukler, da wird einem doch ganz schwindelig. Anhalten! Anhalten! Das könnte denen so passen, daß ich mich mit der Schiffschaukel blamiere. Morgen muß ich zur Entlausung. Aber nein, morgen ist Sonntag, und es gibt keine Läuse mehr, und am Sonntag wird nicht umgezogen. Die Läuse übertragen die Krankheiten. Aber jetzt ist bald Winter, und im Winter zieht niemand mehr in ein neues Haus.

Eliese dachte an ihre Sünde. Und ihre Sünde wuchs wie ein Buckel aus ihr hervor, und sie deutete mit dem Finger darauf. Dann betete sie: Herrgott, vergib mir meine Sünden und hilf, daß Hugo nicht mehr säuft und die Kinder gesund bleiben und daß wir nicht hungern und frieren, denn wir haben jetzt doch wohl genug gehungert und gefroren; aber wenn du willst, daß wir hungern und frieren sollen, dann müssen wir es eben auf uns nehmen. Aber vielleicht wäre es möglich, daß es uns weiter so gut geht wie gerade jetzt, denn eigentlich bin ich ganz zufrieden. Ich weiß ja, daß ich es gar nicht wert bin, denn ich habe schwere Sünden begangen, als ich jung war. Und wenn der Bruno nicht gekommen wäre, dann hätte Hugo nie etwas gemerkt. Aber ich habe trotzdem den Hugo immer lieber als die andern gehabt, er war nur zu lange bei den Soldaten. Aber ich weiß natürlich, es war eine große Sünde. Seitdem war ich ihm aber treu. Wenn der Hugo nur nicht wieder so säuft wie vor zwei Jahren und auch sonst nichts passiert. Und Mi-Mo, die kommt auch immer so spät heim. Wo die nur wieder gewesen ist? Die ist genau so, wie ich früher war. Ja, ich weiß, das hat sie von mir. Bitte, gib, daß ihr nichts zustößt und sie nicht in die Hände von Menschen fällt, die schlimme Sachen mit ihr machen.

Viktor hörte seine Frau. Er kannte ihr Atmen und wußte, daß es noch nicht der Schlaf war, den sie atmete. Sie hatte ihm nicht gesagt, was die Bestecke gekostet hatten. Er war am Abend mit Hugo hinuntergegangen in die Wirtschaft. Nicht, daß ihm das eine Freude gewesen wäre, aber Alwina war stumm um ihn herumgegangen. Ihr schweigender Widerstand hatte ihn einfach aus dem Haus getrieben. Viktor und Alwina lagen in einem Bett, und Viktor dachte: es ist nichts mit uns. Es hatte immer etwas gefehlt. Aber was? Sie ist zu störrisch, sie ist von einer Art, die eher bricht als nachgibt. Das ist Dummheit. Das ist auf irgendeine Weise Dummheit. Ich glaube, sie haßt alle Menschen. Auch mich. Warum sagt sie mir nicht, was das gekostet hat. Sie wollte das Silber haben, und weil es zu teuer war, sagt sie es mir nicht; aber damit beweist sie doch nur, daß es zu teuer war. Das ist Dummheit.

»Es ist nichts mit uns«, sagte er plötzlich laut.

»Ja, ich weiß«, antwortete sie.

Ich bin achtzehn Jahre älter als sie. Vielleicht macht das etwas aus. Vielleicht hat sie sich alles anders vorgestellt. Aber ich bin für glatte Sachen. Entweder oder! Sie hat ja gesagt, wir haben geheiratet, und weiter braucht man darüber nicht mehr zu reden. Gelacht hat sie ja fast nie. Aber ich habe eigentlich auch selten gelacht. Wahrhaftig, das ist wahr! Wann habe ich das letztemal gelacht?

»Alwina«, sagte er, »ich habe wohl immer zuwenig gelacht? Aber ich sage dir, es gibt nicht viel zum Lachen!«

Sie haben bei uns daheim auch nicht oft gelacht. Ich bin ja schon länger als zwanzig Jahre fort von daheim. Aber es hat alles mir gehört, ich war der Sohn. Ich war früh allein. Ich habe niemanden gebraucht. Aber nein, das ist falsch. Ich hätte doch jemanden gebraucht, von Anfang an und jeden Tag. Sie geht nicht aus sich heraus, und ich auch nicht. Vielleicht bei einem anderen? Ein anderer Mann? Nein, von der Art ist Alwina nicht.

Er sagte: »Denkst du an einen anderen?«

Aber sie antwortete nicht.

Nein, dachte sie, ich denke nicht an einen anderen. Aber es ist nichts mit uns. Mit niemandem! Er kommt nicht mehr. Ich habe ihm ja gesagt, daß er nicht mehr kommen soll. Prinzessin, die schöne Polin, verirrt in einem alten Gemäuer. Das ist doch alles Unsinn! Viktor ist fleißig und verläßlich. Aber er hätte mich niemals so schlagen dürfen! Und das andere ... Warum muß er alles wissen? Seine Hände sind zu hart. Sein Griff ist zu hart. Ich habe jetzt noch Schmerzen im Kopf. Er hat Hände wie damals die

Soldaten. Und er macht es ja nicht anders. Sie sind alle so. Gibt es einen Mann, der das so will wie ich? Der letzte hat mir einen Apfel geschenkt. Er half mir vom Boden auf, und dann holte er den Apfel aus seiner Tasche und war verlegen dabei. Ich weiß nicht, warum ich den Apfel genommen habe. Er kommt nicht mehr. Was soll ich nur hier den ganzen Tag. Ich will hier heraus. Man kann hier nicht atmen. Vielleicht gehe ich arbeiten. Das wäre das Beste. Seltsam, daß ich nie Kinder bekommen habe. Ich will das nicht, vielleicht deshalb? Da ist wahrscheinlich etwas nicht in Ordnung bei mir. Ja, es fehlt etwas. Wen hätte ich sonst heiraten sollen? Zuwenig gelacht? Nein, er hat kaum jemals gelacht. Aber ich auch nicht. Wir können nicht lachen, wir können auch nicht weinen. Die Festung soll geräumt werden. Wo werden wir dann hingehen? Ich kenne hier fast niemanden. Woanders auch nicht. Morgen ist Sonntag. Ich werde das grüne Kleid anziehen. Den Braten werde ich richten. Viktor wird hersitzen. Aber ich kann nicht mit ihm reden. Ich kann nicht mit ihm reden ...

Es war jetzt still in der Festung. Die Lampe brannte im Hof, über der Galerie lag das Schweigen vieler Jahre. Im Waschraum tropfte ein Wasserhahn. Die Tropfen fielen in die Stille, waren ihr Pulsschlag, ungehört, in den lautlos zerrinnenden Sekunden.

Das war, als die letzte Straßenbahn fuhr.

## DREIZEHNTES KAPITEL

Irene hatte die Sache arrangiert. Morgen, sagte sie zu Mi-Mo, hole er sie mit dem Wagen ab.

»Du gehst nicht zur Arbeit, sondern wartest an der Ecke, bei der Straßenbahnhaltestelle, wo wir am Samstag ausgestiegen sind. Du weißt doch noch, wo das ist? Da wartest du um zehn Uhr morgens.«

»Wo geht er dann mit mir hin?« fragte Mi-Mo.

»Ins Hotel oder in seine Wohnung. Er hat noch eine Wohnung für besondere Zwecke, verstehst du? Ich gehe immer mit ihm dorthin. Zu seinen Eltern kann er dich natürlich nicht mitnehmen, das ist klar.«

»Und soll ich etwas sagen wegen ...«

»Nein, das habe ich schon alles geklärt. Ich habe gesagt: Die Kleine will was zum Anziehen haben. Aber was Gutes, die speist du mir nicht mit einem Fähnchen ab! Das ist meine Freundin!«

»Redet er viel?« fragte Mi-Mo nachdenklich.

»Keine Angst, bei dem kannst du den größten Blödsinn reden. Der ist wie ein Vater zu dir. Am besten machst du ein bißchen auf schüchtern, verstehst du? Du genierst dich. Das gefällt ihm, da wird er ganz verrückt. Er will was Unschuldiges. Ich habe ihm gesagt: Die Kleine hat noch kaum was mit Männern gehabt.«

»Aber ich bin doch nicht mehr ...«

»Kapier doch! *Kaum* was, hab' ich gesagt.«

»Hat er das geglaubt?«

»Natürlich. Er hat gesagt: ›Ich werde ganz zart mit ihr umgehen.‹«

Morgen würde also ein Mann zart mit ihr umgehen. Sie war schon jetzt gerührt von seinem Anstand und seiner noblen Art. Zart mit ihr umgehen – dieser leicht hingeworfene Satz hatte sie getroffen, war in tiefere, unberührte Schichten eingedrungen, die noch kein Mann erreicht hatte. Das war fast, als habe er verkündet, er wolle sie morgen anbeten. Als ginge sie einer Zeremonie entgegen, bei der sie Opfer und Fetisch zugleich sein würde.

Am Abend, als Eliese ihr aus der Bratpfanne ein Ei auf den Teller legte, aß sie mit Messer und Gabel. Albert grinste, und Hugo sagte: »Da haben wir ja an unserem Tisch ein ganz feines Fräulein sitzen. Wo lernst du das, so mit Messer und Gabel herumzusäbeln? Demnächst muß ich mir wohl noch so einen Schlabberlatz – oder wie man das nennt – um den Hals binden, wenn meine Tochter an unserem Tisch sitzt?«

»Das nennt man eine Serviette«, sagte Eliese, »und schaden würde das gar nichts. Du bekleckerst deine Jacke doch immer, daß es eine Schande ist!«

»Gib noch ein Ei her!« rief er. »Und mach nicht so ein langes Geschwätz!« Er wandte sich freundlich an Bruno und sagte: »Dein Vater hat heute schwer gearbeitet, deshalb muß er drei Eier essen. Wer viel arbeitet, der muß viel essen, Bruno.«

»Aber Max arbeitet doch auch schwer, und du hast gesagt, er frißt kaum etwas«, erwiderte Bruno.

»Ja, das ist etwas anderes«, sagte Hugo. »Max hat einen kleinen Magen, da geht nicht viel hinein. Er kann arbeiten soviel er will, wenn sein Magen voll ist, kann er nicht mehr fressen. Aber mein Magen – sieh her – reicht von diesem Knopf bis zu diesem Knopf.« Er zeigte auf den obersten und den untersten Knopf seiner Jacke. »Von den paar Kartoffeln und den drei Eiern ist er noch nicht mal halb voll.«

Mi-Mo aß jetzt nur noch mit der Gabel. Das Messer

hatte sie weggelegt. Sie starrte auf ihren Teller, wollte nicht diese Gesichter sehen, die da um den Tisch herumsaßen: die Großmutter, die so unappetitlich aß, mit einer Hast, als befürchte sie, jemand könne ihr den Bissen von der Gabel stehlen; die Mutter, die ihre Kummermiene auch während des Essens nicht ablegte und ihre Augen immer wieder, fast ängstlich prüfend, in die Runde schickte; Hugo, bei dem Essen aussah wie Arbeit; Albert, für den sie eine unbestimmte Zuneigung empfand, der aber beim Essen ebenfalls unmanierlich war. Nur Bruno war zu ertragen: Er aß bescheiden, lautlos und mit dankbarem Eifer.

Mi-Mo fand es ungerecht, sie daran zu hindern, gute Manieren zu pflegen. Man hatte ja gesehen, daß Hugo es lange zu nichts gebracht hatte. Warum? Weil er keine Manieren hatte. Die leitenden Positionen in den Betrieben, die sie kannte, hatten immer Männer mit guten Manieren eingenommen. Die hatten sich in der Kantine an den Tisch gesetzt, hatten das Messer in die rechte und die Gabel in die linke Hand genommen und man hatte ihnen gleich angesehen, daß sie jemand waren. Hugo verstand das nicht. Und sie würde nicht versuchen, ihm das zu erklären. Er wußte ohnehin alles besser.

Vor ein paar Tagen hatte er sich einen Regenschirm gekauft. Eliese hatte ihn damit aufgezogen, und auch Albert hatte gelacht.

»Davon versteht ihr nichts!« hatte Hugo gerufen. Er hatte Viktor geholt und gesagt: »Erkläre denen mal, was das für ein Schirm ist!«

Viktor hatte das Lederfutteral langsam abgezogen und dann den Schirm aufgespannt. »Na ja«, hatte Viktor gesagt. »Na ja, willst du denn im Regen spazierengehen? Wenn es am Werktag regnet, hilft dir der Schirm nichts, und am Sonntag bleibst du bei Regenwetter daheim.«

»Jedenfalls ist es der Schirm für den eleganten Herrn«,

hatte Hugo darauf gesagt. »Hier steht's doch drauf.«

»Du hättest dir für das Geld ein Gebiß kaufen können«, entgegnete Viktor. »Ohne Zähne siehst du nicht aus wie ein eleganter Herr.«

So ist er, dachte Mi-Mo, da will er mit diesem Schirm den eleganten Herrn spielen, aber wenn sie versuchte, Manieren einzuführen, hatte er etwas daran auszusetzen. Sie wußte, was den eleganten Herrn ausmachte. In den nächsten Tagen würde sie sich ein Buch über das gute Benehmen in jeder Lebenslage kaufen, und dann würde sie bestimmt alles wissen. Später würde sie dann hier ausziehen und sicher auch bald dem richtigen Mann begegnen.

Den werde ich niemals zu meinen Eltern bringen, dachte sie. Ich werde sagen: Meine Eltern sind tot.

Sie dachte noch am nächsten Morgen, auf dem Weg zur Haltestelle, darüber nach, was sie auf die Frage nach Herkommen und Familie antworten solle. Der Wagen glitt heran, sie stieg ein und sagte: »Guten Morgen.« Er fragte nichts. Er sagte nur, nachdem die Wagentür zugefallen war: »Es ist nett, daß Sie gekommen sind.« Und sogleich lösten sich ihre kleinen Ängste. Nein, er fragte gar nichts.

»Reizend sehen Sie heute aus. Braun kleidet Sie, es paßt zu Ihrer Haarfarbe.«

Er war vollkommen. Er war noch vollkommener als der Blonde. Sie fühlte sich von ihm an die Hand genommen, und er führte sie sachte. Thomas heißt er, dachte sie, Thomas. Sie hoffte, daß der Blonde nichts Nachteiliges über sie erzählt hatte. Das wäre nicht schön von ihm gewesen, wenn er erzählt hätte: ich habe das und das mit ihr gemacht. Dabei hatte sie sich ihm doch das letztemal glatt versagt. Und wenn er davon erzählt hatte, so hoffte sie, daß auch dieses Nein zur Sprache gekommen und gebührend beachtet worden war.

Sie war neugierig auf seine Wohnung und hoffte, daß

er sie dorthin fahren würde. In einem Hotel war sie noch nie gewesen.

Die Wohnung war nicht groß, aber sie hatte das Gefühl, daß diese Möbel für höhere Menschen gemacht waren: die Sessel und der Tisch und die tiefe, mit Kissen beladene Couch und die kleinen seltsamen Schränke und alles, was da stand. Aus einem Wandschrank nahm er zwei Gläser und eine Flasche und stellte sie auf den Tisch. »Gefällt es Ihnen hier?«

Sie saß auf der Sesselkante. »Ja«, sagte sie, »ja.« Sie schaute zu, wie er die Gläser füllte. Dann tranken sie. Mi-Mo beschäftigte noch immer dieses Mobiliar. Was das gekostet hat, dachte sie. Sie hatte ähnliche Wohnungen schon in Illustrierten oder im Film gesehen. Da war es nichts Besonderes. Vielmehr wurde dort der Eindruck erweckt, dies sei das Selbstverständliche für den verdienenden Mann. Sie hat solche Männer bisher noch nicht getroffen und das auch nicht zu hoffen gewagt, aber sie schienen doch zu existieren. Nicht in Fülle, sondern verteilt, wie Rosinen in einem Kuchen.

Er war achtundzwanzig Jahre alt und redete von Kunst. Er sprach erst über Malerei, dann über Architektur und schließlich über indische Kupfergefäße. Daß er sich auch in Geschäften auskannte und daß sein Vater Teilhaber eines Bankhauses war, deutete er nur kurz an, mit einem leichten Lächeln. Dann zeigte er ihr eine indische Kupferschale mit sonderbaren Abbildungen darauf.

»Das hier nennt man Blütensprache«, sagte er. »Und dies sind die Zeichen für Rosenwind.«

Sie spürte, wie ihr Blut in den Schläfen pochte. Sie verstand kein Wort.

»Der Mann, der diese Schale aus Kupfer getrieben hat, war ein Spaßvogel. Ich habe noch mehrere von diesen Schalen. Wollen Sie die auch sehen?«

»Ich weiß nicht«, sagte sie.

»Passen Sie auf, ich nehme jetzt die hier.« Er griff nach einer Schale, die auf einem der orientalischen Schränke stand. »Ich setze die Schale auf diesen Drahtstift. Jetzt bringe ich sie wie einen Kreisel zum Drehen.«

»Oh«, sagte sie erschrocken. Sie sah drei Figuren, zwei Frauen und einen Mann, in bewegtem Liebesspiel.

»Dreihundert Jahre alt. Das ist große Kunst«, sagte er. »Wollen Sie die anderen Schalen auch sehen?«

»Ich weiß nicht«, sagte sie wieder. Sie war verwirrt.

Er lachte, zog sie zu dem Lager aus Kissen und sagte: »Komm, erzähl mir von deinen Sünden. Aber ein paar schöne Sünden will ich hören. – Wie alt warst du? Und du hast dich gar nicht ein bißchen geschämt? Das finde ich aber unerhört, daß du dich nicht geschämt hast!«

»Aber ich habe mich doch geschämt!« sagte sie.

»So, dann erzähle mir, wie du dich geschämt hast.«

Er spielte einige Stunden mit ihr wie eine Katze mit der gefangenen Maus. Sie fand ihre Rolle. Sie gab sich rein, beinahe unschuldig. Er bedrängte sie, entlockte ihr demütigende Wahrheiten und war dann zart zu ihr. Einmal war sie dem Weinen nahe, aber er enthob sie dieser Gefahr. Dafür liebte sie ihn und betete seine Überlegenheit an.

»Rosenwind«, sagte er, »Blütensprache.« Sie zitterte vor Scham und folgte ihm in allem.

Später lag sie still in seinem Arm und wartete, was er nun unternehmen würde. Er rauchte eine Zigarette, lächelte vor sich hin und sagte nichts. Sie wartete und sagte dann zaghaft: »Darf ich mich jetzt anziehen?«

Er schaute sie an. »Ah«, sagte er. »Wie keusch du bist. Aber du kannst dich nicht wehren.«

»Warum sagen Sie so etwas?«

»Du kannst nicht nein sagen, wirst es niemals können. Du bist ausgeliefert.«

»Darf ich mich jetzt anziehen?«

Er lächelte, betrachtete sie mit der fast kränkenden Distance des Kenners. Es amüsierte ihn, sie zu betrachten wie eines der Kunstwerke aus seiner Sammlung.

»Ganz sicher bist du dumm, aber in deinen Augen ist eine zärtliche Neugier.«

»Es tut mir so leid, daß ich dumm bin.«

»Es tut dir leid? Dann bist du ehrgeizig. Aber es sollte dir nicht leid tun. Du hast die sanfte Dummheit der Kuh, mein verschämtes Kälbchen, du bist groß im Stillhalten.«

Am späten Nachmittag kauften sie ein. »Du brauchst einen netten Mantel«, sagte er, »und vielleicht ein Kostüm.«

Sie standen in einem Modesalon vor einer Reihe von Mänteln, die auf Bügeln hingen. Sie streifte mit der Hand an der Reihe entlang. Dann sah sie ihn an: »Der da. Darf ich den haben?«

»Sicher, mein Kälbchen.« Es machte ihm Vergnügen.

Als sie aus dem Geschäft traten, sagte sie: »Ich danke Ihnen sehr.«

»Warum traust du dich nicht, mich zu duzen?«

»Ich weiß nicht.«

»Du findest mich eigenartig, nicht wahr? Du kannst ruhig du zu mir sagen.«

Aber nachdem sie das Kostüm gekauft hatten, sagte sie wieder: »Ich danke Ihnen sehr!«

Sie ging mit ihren Paketen. Er hatte sich in seinen Wagen gesetzt und war winkend davongefahren.

Auf dem Weg zur Festung fiel ihr ein, daß Hugo und Eliese eine Erklärung fordern würden. Sie entfernte die Preisschilder, deren Zahlen addiert eine höhere Summe ergaben, als Mi-Mo in drei Monaten verdiente.

»Wo hast du das Zeug her?« fragte Hugo.

»Ich habe es auf Teilzahlung gekauft.«

»Zeig mal die Quittung!«

»Das geht euch gar nichts an! Ich gebe die Hälfte meines Lohnes ab – alles andere geht euch nichts an!«

Eliese sagte nichts, aber sie befühlte die Stoffe und sah Mi-Mo mit einem schrägen Blick an. Nach dem Abendessen sagte sie unvermittelt: »Es gibt Geschenke, die kommen einen teuer zu stehen.« Dieser Ausspruch verriet Mi-Mo, daß ihre Mutter die ganze Zeit nachgedacht hatte und daß sie einen bestimmten Verdacht hegte.

Mi-Mo ging nicht darauf ein. Sie plante bereits ihren Auftritt für Samstag. Vorher wollte sie noch ihr Haar machen lassen. Dann würde sie sich an der Garderobe des Tenniscafés aus diesem Mantel schälen und das neue Kostüm durch den Saal tragen. Wie geht es Ihnen? würde sie sagen, ich bin ganz zufällig hier.

In der Mittagspause des nächsten Tages besprach sie alles mit Irene. Am Freitag ließ sich Mi-Mo das Haar neu frisieren, in einem Salon mit Voranmeldung. Und als sie am Samstag das Kostüm und den Mantel angezogen hatte, ging sie hinüber zu Kainraths Laden. Johann bediente.

»Gib mir eine Tafel Schokolade«, sagte sie und legte das Geld auf die Theke.

Johann bewegte sich nicht und starrte sie an.

»Was guckst du mich an?«

»Du bist verändert.«

»Und wie findest du mich?«

»Toll, einfach toll«, sagte er. »Du siehst ja fast aus wie eine Filmschauspielerin. Hör mal, du brauchst die Tafel nicht zu bezahlen. Wollen wir nicht ...«

»Was fällt dir ein!«

»Aber warum denn nicht?«

»Sterne betrachten und so – das ist vorbei!«

»Du hast jetzt einen andern! Ich weiß Bescheid! Als du noch schlampig warst, war ich dir recht, aber jetzt bist du elegant, und sofort tust du hochnäsig.«

»Johann«, sagte sie, »bin ich wirklich elegant?«

Er zog sie in ein langes Gespräch über ihre Vorzüge, die nun so deutlich geworden waren, und kam auf diesem Umweg zu seiner alten Frage zurück.

»Nächste Woche«, sagte sie. »Jetzt habe ich keine Zeit. Ich bin verabredet. Nächste Woche, wir sehen uns ja noch.«

Die Schokolade verteilte Mi-Mo an Bruno, Eliese und Albert. Hugo war jedoch nicht zu besänftigen. »Gepudert hat sie sich!« schrie er. »Stellt sich hin und pudert sich und beschmiert sich den Schnabel! Da ist doch was faul! Warum hätte die sich sonst gepudert?«

»Das machen heute alle jungen Frauen«, sagte Mi-Mo.

»Du wirst doch nichts Unrechtes tun?« fragte Eliese.

»Was ihr immer gleich denkt«, sagte Mi-Mo vorwurfsvoll.

»Jawohl!« rief Hugo von seinem Bett herunter. »Deine Eltern wissen, wie der Hase läuft!«

Er hatte erst vorgehabt, ihr das Ausgehen zu verbieten, aber dann war er sich über die Mühen klargeworden, die das kosten würde, und hatte darauf verzichtet.

Thomas war nicht im Tenniscafé, aber der Blonde war dort. Er saß in Begleitung einiger junger Männer, begrüßte Irene und Mi-Mo und lud sie ein, an seinem Tisch Platz zu nehmen.

»Wie geht es Ihnen?«, sagte Mi-Mo. »Ich bin ganz zufällig hier.«

»Ich auch«, sagte er. »Ich bin immer zufällig hier.« Er lachte und stellte sie den Tischgenossen vor, die manierliche Verbeugungen machten.

»Sag mal«, fragte er, als sie neben ihm saß, »bist du bei Thomas gewesen?«

»Bei Thomas?« wiederholte sie und fiel aus ihrer festlichen Stimmung. Die Kapelle spielte, der Ober kam und brachte Gläser, Irene wurde bereits zum Tanzen aufgefordert.

»Sag schon«, flüsterte der Blonde.

»Bei Thomas? Ja, ich bin bei ihm gewesen.«

»Oh, du kleine Mistsau, wie du meine Eitelkeit kränkst.«

»Aber warum denn?« Das Schimpfwort brachte sie noch mehr außer Fassung, und nun bereute sie, die Wahrheit gesagt zu haben.

»Ich hatte Pläne mit dir. Was hättest du zum Beispiel von einer netten, kleinen Wohnung gehalten? Aus und vorbei! Bei Thomas! Und was habt ihr dort gemacht?«

»Nichts.«

»So, nichts. Na schön, ich dachte, du würdest es mir sagen. Aber es ist nicht schlimm.«

»Ist es wirklich nicht schlimm?« fragte sie und war sehr beruhigt, als er noch einmal bestätigte, daß es wirklich nicht schlimm sei.

Die jungen Männer waren fröhlich. Sie sangen ein Lied, das aus mehreren Strophen bestand, die mit dem Refrain endeten: »Und Morpheus haut ihr seinen Sandsack unters Kinn, und da war sie hin!« Einige Gäste schauten unwillig herüber. Aber die Kellner lächelten, in der Gewißheit eines beachtlichen Trinkgeldes.

Später am Abend kamen noch einige Studenten; sie umschwärmten eine Frau, die sofort alle Blicke auf sich zog. In dieser Gesellschaft befand sich ein afrikanischer Student, der hinter den anderen herlief und freundlich lächelte. Mi-Mo sah nur diese Frau. Wie schön sie ist, dachte sie. Wenn ich so aussähe, würde ich von allen geliebt.

Die Dame sei eine Kunstmalerin, erfuhr Mi-Mo. Stühle wurden herbeigerückt, und die Malerin kam neben Mi-Mo zu sitzen. Die Ausgelassenheit der Runde erstarb. Wie eine Bildsäule ihrer Schönheit saß die Dame da. Sie war von einer gelassenen Freundlichkeit. Mi-Mo spürte, wie sie ausgelöscht wurde von dieser Frau: Neben ihr schrumpfte sie zu einem Nichts zusammen. Sie sehnte sich danach, aus dem Tenniscafé hinauszukommen.

Irene war blaß geworden. Sie zeigte jetzt einen frettchenhaften Zug um Mund und Nase. »Mi-Mo«, sagte sie, als die Dame tanzte. »Wenn hier nichts los ist, können wir uns draußen einen aufgabeln.«

Die Unterhaltung ging über Mi-Mo weg, und auch Irene hatte nicht mehr viel zu sagen. Nur einmal fragte die Dame Mi-Mo, ob sie auch studiere. Mi-Mo konnte vor Verlegenheit kaum eine Antwort stammeln. Sie war froh, als die Malerin einen anderen Platz einnahm. Jedes Wort war an sie gerichtet, und sie beherrschte die Runde, ohne selber viel zu reden.

Der Afrikaner hatte sich neben Mi-Mo niedergelassen und lächelte liebenswürdig. Sie waren beide stumm und bewegungslos wie Steine und begegneten sich in ihrem anhaltenden Schweigen. Als er sie viel später einmal zum Tanzen aufforderte, sagte er: »Ich nix Deutsch ...«

»Ja«, sagte Mi-Mo, »das sehe ich.«

Er sprach nur englisch, und mit Hilfe seines Nachbarn versuchte er, Mi-Mo zu einer Verabredung für den Sonntagnachmittag zu bewegen. Er nannte Zeit und Ort und bat flehentlich, wobei er von dem übersetzenden Studenten unterstützt wurde: Man solle ihm das doch nicht abschlagen, schließlich bäte er nur darum, mit der Stadt bekannt zu werden. Außerdem sei er der Sohn eines großen Häuptlings. Mi-Mo ließ sich überreden, und während sie zusagte, dachte sie: Niemals bringe ich es fertig, nein zu sagen!

Irene drängte zum Aufbruch. Mi-Mo reichte allen die Hand und lief dann hinter Irene aus dem Tenniscafé hinaus.

»Da ist heute nichts für uns drin«, sagte Irene draußen.

»Die gebildete Ziege hat uns alles vermasselt. Hör mal, du wirst dich doch nicht mit dem Kaffer treffen wollen?«

»Er ist der Sohn eines großen Häuptlings.«

»Na, wenn schon!« Irene hatte es eilig, sie überfiel Mi-Mo mit ihrem plötzlichen, rückhaltlosen Vertrauen. »Es ist nichts dabei«, sagte sie. »Wir gehen zur Hauptstraße und laufen dicht am Randstein. Natürlich hintereinander, ich gehe so an die zwanzig Meter vor dir her. Wenn ein Wagen hält, guckst du dir erst den Fahrer richtig an und wartest, was er dir sagt. Wenn er in Ordnung ist, fragst du nach der Kleinigkeit, die er dir schenken will. Ich muß vor Weihnachten noch einen Pelzmantel haben, chinesisch Lamm, achthundert Mark! Es ist ganz einfach.«

Sie liefen hintereinander. Aber Mi-Mo ging nicht dicht am Randstein. Sie trottete hinter Irene her, ohne sich entschieden zu haben. Sie sah einen großen dunklen Wagen neben Irene halten, sah, wie sie sich zu dem Fenster herabbeugte. Dann war sie fort. Die lautlose Plötzlichkeit, mit der das geschah, weckte in Mi-Mo die Vorstellung, der Wagen hätte Irene geschluckt wie ein Insekt: Das große Maul hatte sich geöffnet und geschlossen. Sie fühlte sich jetzt allein auf der Straße.

Mi-Mo stand einen Augenblick unschlüssig. Die Lichter der Autos krochen über die Straße. Hinter den Scheiben der Schaufenster und in den Läden bewegte sich nichts. Es war spät. Sie fröstelte, erinnerte sich, daß sie den neuen Mantel und das neue Kostüm trug und daß Johann gesagt hatte, sie sehe fast aus wie eine Filmschauspielerin.

## VIERZEHNTES KAPITEL

Edeltraut hatte sich gewehrt. Sie hatte die Gewißheit einige Tage mit sich herumgetragen, ohne sie anzuerkennen. Ihr Widerstand hatte zwei Wochen gedauert. Dann erbrach sie sich eines Abends und gab die Hoffnung auf. Das Zeichen war deutlich, sie hatte nie vorher erbrochen. Es war unabänderlich! Es war in ihr, und es würde wachsen, Tag um Tag; es würde sichtbar werden in einigen Monaten, und eines Tages würde es aus ihrem Leib gerissen werden und in die Welt hineinschreien, daß es lebte. Jeder würde es hören. Jeder würde wissen, daß sie Mutter war. Aber den Vater, diesen Schuljungen von einem Vater, den würde sie den andern unterschlagen.

Ihre Verzweiflung war nicht so langlebig wie ihre Hoffnung. Sie weinte einen einzigen Abend lang ihre Scham und ihren Zorn in die Kissen hinein, und noch während sie weinte, wog sie bereits zwei, drei Auswege gegeneinander ab und entschied sich.

Sie durfte Albert nicht mißtrauisch machen. Sie hatte seinen Charakter abgeschätzt, hatte alle Gefahren, die ihr von da erwachsen konnten, genau abgewogen. Nein, er würde nie etwas erfahren.

Sie sagte: »Es geht jetzt nicht. Du weißt doch, die Tage. Sie haben sich verspätet.«

Sie kaufte Zeitungen und las die Heiratsannoncen. Es war jetzt keine Zeit mehr zu verlieren.

»Suche die Gärtnerin meines Lebens.« Das gefiel ihr. Ein einfacher Mann von einunddreißig Jahren suchte ein reizendes, bescheidenes Frauchen, mindestens einen Meter sechzig groß, mit Herz, Humor und Freude am Wandern.

Sie schrieb sofort, sie sei das reizende Frauchen, und Wandern sei von jeher ihre große Liebe gewesen. Sie sei zwar nur einsneunundfünfzig groß, aber an dem einen Zentimeter würde die Sache ja wohl nicht scheitern. Sie fühle sich jedoch verpflichtet, ihm dies mitzuteilen, da er einssechzig verlangt habe; sie sei von jeher für Ordnung und Offenheit gewesen, und es wäre besser, er wüßte das mit dem fehlenden Zentimeter gleich jetzt. Seine Annonce habe sie angesprochen: »Gärtnerin seines Lebens«, ja, das möchte sie gerne werden. Sie sei bescheiden und sparsam und aufrichtig, vor allem aufrichtig, und fühle sich einsam. Postlagernd.

Ein einfacher Handwerker mit gesicherter Zukunft suchte eine ebenso einfache Frau zwischen einundzwanzig und fünfundzwanzig Jahren, die gesund und munter sei und ein wenig erspart habe. Sie schrieb, daß sie ein einfacher Mensch wäre und daß sie gut kochen könne. Gesund und munter sei sie auch. Postlagernd.

Sie schrieb sechs Briefe. Sie war nett und fleißig und bescheiden und tüchtig im Haushalt; sie liebte Musik, Dichtung und Malerei; sie schwamm, wanderte, tanzte mit Begeisterung; sie liebte es, auszugehen und blieb mit Leidenschaft zu Hause; sie war das treusorgende Mütterchen und die Frau mit Esprit; sie war temperamentvoll, warmherzig, natürlich und einfühlend. Sie war in sechs Briefen, was in sechs Annoncen verlangt wurde, und noch einiges, was sie aus anderen Annoncen herausgelesen hatte.

Der »Gärtner« antwortete zuerst. Sie las den Brief und rechnete, daß die Geburt nur um einige Wochen zu früh kommen würde.

Sie trafen sich in einem kleinen Restaurant. Er hielt wie verabredet eine zusammengerollte Zeitung in der rechten Hand. Sie lächelten beide ein wenig linkisch, und er erklärte sofort, sie solle nicht über seine Glatze erschrecken, Glatzen seien ja wieder modern. Nein, nein, sagte sie, Glatzen habe sie seit jeher gern gemocht. Das mache einen Mann erst richtig männlich.

Seine Augenlider sind rot, dachte sie, und die Augen quellen ein wenig hervor. Aber die Zeit drängte.

»Ich bin Rohkostler«, sagte er. »Essen Sie Fleisch?«

»Ja«, sagte sie zögernd. »Aber nicht viel.«

»Ah, das ist schade. Ich bin ein einsamer Mensch.« Seine Froschaugen schienen sich mit Wasser zu füllen und noch weiter hervorzuquellen.

»Ja, einsam bin ich auch«, erwiderte sie.

»Alle essen Fleisch«, sagte er und seufzte. »Und dabei ist es so ungesund. Außerdem geht die tierische Ausstrahlung in den Körper über und erzeugt Begierden.«

»Davon habe ich noch gar nichts gehört.«

»Ja, wenn Sie Fleisch essen, sind Sie den Begierden ausgeliefert. Warum soll man nicht darüber sprechen? Sie können ganz offen sein.«

»Nein, ich weiß nicht, ich habe vom Fleischessen noch nie besondere Begierden gespürt.«

»Aber Sie haben sie gespürt, nicht wahr?«

Sie schaute auf das Tischtuch, folgte mit den Augen den Stoffmustern, die sie gleich wieder vergaß.

»Ihre Offenheit nimmt mich für Sie ein.« Er griff nach ihrer Hand. Seine Hände waren feucht. Es lief ihr eine kleine Gänsehaut über den Rücken. Sie zog sachte ihre Hand unter der seinen hervor. Später hatte sie das Verlangen, ihre Hand schnell irgendwo zu waschen.

Der einfache Handwerker war der zweite. Er empfing sie in seiner Wohnung. Er stand vor der Tür und sagte: »Ja, gesund und munter sehen Sie aus. Hahaha! Kommen Sie rein!« Er zog sie in ein Zimmer und begann: »Also, das ist so: Diese Wohnung gehört ja eigentlich meiner

Mutter. Aber wenn meine Mutter stirbt, dann gehört die Wohnung mit allem, was drin ist, mir. Ich bin kerngesund, das kann ich Ihnen sagen. Seit ich arbeite, habe ich noch nicht einen Tag gefehlt! So ein kleines Fieberchen mal, Sie wissen, im Winter, mal im Hals und so. Aber da gibt's bei mir nichts, da wird geschafft! Hahaha!« Er riß die Tür auf und rief: »Mutter, bring mal den Kaffee!«

Eine kleine ältliche Frau kam herein. Sie trug ein Tablett mit einer Kanne und Tassen und schaute schüchtern auf Edeltraut. Sie gaben sich die Hand.

»Also, jetzt laß uns mal allein, Mutter«, sagte er und schob sie zur Tür hinaus.

Sie nahm eine Tasse Kaffee. Die Uhr an der Wand hinter ihr begann zu schlagen. Es war so nah, daß sie erschrak. Er lachte und sagte: »Da brauchen Sie nicht zu erschrecken! Das Ding ist ein bißchen laut – aber das schlag ich noch mal kurz und klein! – Also Mädchen, jetzt schütte mal dein Herz aus. Was hast du denn gespart?«

»Gespart?« fragte sie. Sie erinnerte sich, daß in seiner Annonce gestanden hatte, er suche eine Frau, die ein wenig erspart habe – aber das hatte sie nicht weiter wichtig genommen.

»Na ja, was hast du so auf der Seite liegen?«

»Auf der Seite ... dreihundert Mark.«

»Au Backe, mein Zahn, da wird nix draus! Ich bringe fünftausend mit, und wenn meine Frau so an die zehntausend mitbringt, mache ich mich sofort selbständig. Nein. Aber du gefällst mir ganz gut. Sag mal, wir brauchen ja nicht unbedingt zu heiraten, wir können uns doch auch so ein bißchen amüsieren. Na, was meinst du? Hahaha! Du bist doch auch nicht von gestern, sonst hättest du doch nicht auf die Annonce geantwortet.«

Der dritte sagte: »Das ist ein außerordentlicher, ein ganz außerordentlicher Schritt. Wenn auch unsere Neigungen bis zu einem gewissen Grade übereinstimmen, was für die spätere Freizeitgestaltung notwendigerweise von nicht zu unterschätzender Bedeutung ist, so bleibt doch noch genau festzustellen, ob auch in keinem anderen Punkt einer eventuellen Verbindung etwas hindernd im Wege steht. Wo sind Sie aufgewachsen? Wo zur Schule gegangen? Ah, Ihre Eltern leben noch! Ja, das ist schön, das ist schön. Es gibt ein Sprichwort: Die gute Familie ist das heilige Gefäß, aus dem die bessere Nachwelt hervorgeht. Die Familie ist wichtig. Meine verstorbene Frau war aus bester Familie ... Ich habe noch eine Grammophonplatte von meiner lieben Frau, die haben wir einmal aufnehmen lassen. Ich bin sehr glücklich darüber. Jetzt kann ich die Platte auflegen und ihre Stimme hören, wann immer ich will. Das ist, als wäre sie leibhaftig im Zimmer. Wollen Sie die Platte hören?«

Nein, sie wollte die Platte nicht hören. Sie wollte nichts mehr hören. Sie rechnete. Ein Achtmonatskind, dachte sie.

Der vierte trug eine weiße Nelke im Knopfloch. Er war groß und schlank, war gut gewachsen und hatte welliges Haar. Aber er hatte einen Sprachfehler.

»Is bin ein leidensaftlicher Tänzer«, sagte er und ging sofort mit ihr tanzen. »Is tanze Boogie, Tsa-Tsa, Walser, Swing. Das ist sön, daß Sie auch leidensaftlich gern tanzen. Is finde, das verbindet mehr als alles andere, nist wahr? Übrigens muß is Ihnen gestehen, daß is einen kleinen Sprachfehler habe. Sie haben es vielleicht noch gar nist bemerkt, aber wenn Sie genau hinhören. Is habe im Amateurtanzen son zwei Meistersaften geholt. Aber was ist denn? Sie haben Tränen in den Augen? Kommen Sie, wir tanzen, da sind wir gleis in unserm Element. Dabei braucht man nist viel zu reden, dabei kommt man sich von ganz allein näher. Aber was ist denn? Sie können das ja gar nist tanzen.«

Der fünfte und der sechste waren ohne jede Besonderheit, aber gerade das machte sie mißtrauisch. Sie rechnete mit verborgenen Fehlern, die später herauskommen würden. Sie zerriß alle Briefe in winzige Fetzen und warf sie heimlich zum Fenster der Festung hinaus. Danach gab sie selber eine Annonce auf. »Junge Frau ohne Vermögen, aber gesund und arbeitsam, sucht passenden Lebenskameraden. Bild erwünscht. Witwer mit Kleinkind oder Kriegsinvalide angenehm.« Sie wollte gerecht sein, wollte später nicht mit dem Vorwurf leben, ihn zu stark übervorteilt zu haben.

Auf diese Annonce holte sie vierzehn Zuschriften von der Zeitung ab. Sie verkroch sich mit den Briefen in eine Gastwirtschaft und begann zu lesen – von den fremden Einsamkeiten und von schweren Schicksalsschlägen, von mangelnden Gelegenheiten, von quälenden Sehnsüchten und von der Bereitschaft, sie auf Händen zu tragen. Es waren vierzehn verschiedene Berufe, vierzehn verschiedene Handschriften und neun verschiedene Gesichter. Fünf Männer hatten kein Bild beigelegt.

Sie betrachtete jeweils erst das Bild, las dann den Brief und prüfte danach wieder das Gesicht, ob man ihm vertrauen könne. Da war einer, dem war die Frau überfahren worden. Ein anderer suchte das liebende Herz, das er bis jetzt noch nie gefunden hatte. Ein dritter schloß mit der selbstgedichteten Strophe: »Warum soll ich einsam sein, besser ist's zu zwein.«

Beim siebenten Bild und Brief stutzte sie. Sie kannte das Gesicht. Das war ein Mann, der in ihrer Firma arbeitete. Sie hatte ihn oft gesehen. Er arbeitete in der Versandabteilung, war gehbehindert und ging an einem Stock, wie Kainrath. Er war nicht mehr ganz jung, ruhig, bescheiden und, wie ihr schien, von einer vornehmen Zurückhaltung.

Sie fand es seltsam, daß da einer, den sie jeden Tag

hätte kennenlernen können, nun auf dem Umweg über die Zeitung um sie warb.

An diesen Mann schrieb sie, daß sein Bild und seine schlichten Zeilen sie beeindruckt hätten.

Sie trafen sich und fanden es beide seltsam, daß sie erst die Annonce gebraucht hatten, um sich zu treffen. Am dritten Abend ging sie mit ihm auf sein Zimmer. Sie lehnte sich an seine Schulter, als sie dort saßen und er von seiner Einsamkeit erzählte. Sie sagte ihm, er sei genau das, was sie sich unter ihrem Ehemann vorgestellt hätte – und das habe sie schon immer gedacht, jedesmal, wenn sie ihm in der Versandabteilung begegnet wäre.

Als sie sehr spät in der Nacht die Treppen hinunterging, dachte sie: Es wird ein Siebenmonatskind! Er bringt dieses Bein mit und ich das Kind. Sie fand, bei diesem Tausch hebe sich Vor- und Nachteil auf. Es war gerecht! Es würde ein ganzes Leben gerecht bleiben!

Jetzt war nur noch Alberts Anhänglichkeit im Wege. Das war das letzte Hindernis. Sie fürchtete seine Schwatzhaftigkeit, seinen Zorn, seine Enttäuschung und die Unberechenbarkeit seiner fünfzehn Jahre. Wenn es nicht anders ging, mußte sie seine Liebe töten, mußte er gedemütigt, erschreckt oder abgestoßen aus der Pulverkammer hinausgehen dieses letzte Mal.

Für dieses Vorhaben setzte sie zwei Stunden an. Mehr Zeit blieb nicht, denn später war sie mit ihrem Verlobten in der Nähe der Festung verabredet.

Zuerst versuchte sie eine gütliche Einigung.

»Du mußt jetzt ganz vernünftig sein«, begann sie. Behutsam brachte sie ihm bei, daß sie einen Mann gefunden habe, der sie liebe und den sie auch liebe und heiraten wolle. Dieser Vortrag dauerte eine halbe Stunde. So ginge es ohnehin nicht weiter, sagte sie. Sie lebe ständig in Angst, daß jemand von der Sache erführe. »Das ist sicher – du kommst in eine Erziehungsanstalt, wenn ein Sterbenswörtchen davon bekannt wird.«

»Aber wieso denn?« sagte er. »Wir wollen doch heiraten, wenn ich achtzehn bin.«

»Nein«, sagte sie.

Sie saß auf dem Bettrand und er stand vor ihr. Das Licht flackerte. Er stand vor ihr, sah auf sie herunter und überlegte. »Nein«, sagte er. »Nein, das geht nicht.«

»Doch! Du mußt vernünftig sein.«

»Aber ich bin doch vernünftig!«

»Heute abend bringe ich ihn mit und stelle ihn meinen Eltern vor.«

»Nein!« sagte er. »Nein, tu das nicht!« Er begann ohne jeden Übergang, heftig zu weinen, warf sich an ihre Brust, war ganz und gar aus seiner männlichen Rolle herausgefallen, die sie ihm erlaubt hatte und mit der sie bisher schonend umgegangen war. Er hing an ihrem Hals und schluchzte. Sie war aufgestanden und hatte ihn mit hochgezogen, begann zu überlegen, ob eine abschließende Hingabe, eine Art Abfindung, ihn nicht den Schmerz leichter ertragen ließe.

Er bettelte und weinte und plötzlich begann er mit den Fäusten auf sie einzuschlagen. »Nein! Nein! Nein!« schrie er.

Er traf nur ihre Arme, die sie schützend erhoben hatte. Aber sie sah sofort, daß dies ihre Chance war.

»So, du dreckiger Kerl!« rief sie. »Du schlägst mich!«

»Nein!« greinte er. »Ich schlage dich doch gar nicht.« Er putzte seine Nase, wurde etwas ruhiger. »Was ist denn das für ein Mann?«

»Du hast mich geschlagen!« rief sie. Es war ihr klar, daß sie von dieser harten Linie nicht mehr abweichen durfte. »Du gemeiner Kerl – ich kann meinen Arm fast nicht mehr bewegen.«

»Was ist es für ein Mann? – Du«, sagte er, »ich mache dich tot!«

»Pah, wenn ich ihm das erzähle, schlägt er dich kurz und klein! Mit seinem Stock! Ja, daß du es weißt, er geht am Stock. Er wurde im Krieg verwundet. Wenn du ihm in die Quere kommst, schlägt er dich schwarz und blau!«

»Ich mache dich tot!« sagte er. »Und hinterher mache ich mich selbst tot!«

»Du bist ja verrückt!«

»Du wirst dich wundern! Du denkst, ich mache das nicht. Ich wäre ein dummer Junge, denkst du! Aber ich habe schon ganz andere Sachen gemacht! Damals, als die Baracke abbrannte, das war ich! Ich habe sie angezündet! Ich! Ich!«

»Was? – Das hast du ... Dafür mußt du ins Gefängnis! Das hast du getan? Die Leute haben ihre Sachen verloren. Du gemeiner Dreckfink! Ich werde dafür sorgen, daß du ins Gefängnis kommst!«

Sie holte aus und versetzte ihm eine schallende Ohrfeige. Sie war vollkommen kühl. Es war nicht wichtig, was er jemals getan hatte und noch tun würde. Und während sie ihm ihre Entrüsung über die Brandstiftung vorspielte, triumphierte sie schon.

Sie hatte ihn überwunden. Sie hatte den Keil in sein Herz getrieben, und nun würde seine Liebe welken wie die Blätter an einem gefällten Baum.

»Du bist ein Verbrecher!« sagte sie im Tone grenzenloser Verachtung. »Aber man sieht es dir an. Du hast ein häßliches Verbrechergesicht!«

»Die andern ...«, sagte er stockend, »die andern waren doch schuld ...«

»Ich werde es meinem Mann sagen! Er wird dich durchhauen mit seinem Stock, daß du nicht mehr stehen kannst, du häßlicher Vogel mit deinen Schlappohren!«

Verblüfft stand er vor ihr. Er war wie betäubt von dem

plötzlichen Ausbruch ihres Widerwillens. Er war gebrochen.

»Ich weiß es«, sagte er niedergeschlagen. »Jetzt hast du einen richtigen Mann. Aber es ist alles nur wegen meinen abstehenden Ohren.«

Am Abend strich er in den dunklen Ecken des Innenhofes umher und wartete. Sie kamen um acht Uhr abends. Er hörte, wie der Mann den Stock aufsetzte, sah die beiden nebeneinander auf die Tür zugehen und darin verschwinden. Er war ein richtiger Mann, mit dem er nicht konkurrieren konnte, auch wenn der andere ein steifes Bein mit sich herumschleppte.

Albert folgte ihnen. Er stand auf der Treppe und horchte. Und als er ihre Schritte auf der Galerie hörte, rief er laut:

»Hinkefuß! Hinkefuß!«

Dann rannte er die Treppe hinunter über den Hof und aus dem Torbogen hinaus. Draußen lauerte er, ob man ihn verfolgen würde. Aber es kam niemand. Das verdroß ihn, denn er hatte sich gewünscht, der andere würde mit seinem steifen Bein vergeblich hinter ihm herrennen. Er blieb fast eine Stunde draußen, traute sich erst dann wieder in den Hof. Er gestand es sich nicht ein, aber es war noch immer der Stock, der ihn in den Stall zu Max trieb, wo er lange Zeit auf einem Strohballen saß und in der Dunkelheit leise vor sich hinweinte.

In der Nacht schlief er unruhig. Er träumte, er werde in ein Gefängnis eingeliefert und dort mit einem Stock geschlagen. Später wurde er dazu verurteilt, sein ganzes Leben lang zur Schule zu gehen. Der Mann, der das Urteil aussprach, hinkte. Er zog Albert am Ohr.

Irgendwo wurde in dieser Nacht geschrien. Am Morgen erinnerte sich Albert daran und dachte, auch das habe er geträumt. Später hörte er jedoch Hugo und Eliese darüber reden, daß Viktor und Alwina sich in der Nacht gestritten hätten.

»Um was denn?« fragte Mi-Mo.

»Das geht dich nichts an«, sagte Hugo.

»Hast du es nicht gehört?« fragte Eliese. »Es war doch laut genug.«

»Nein«, sagte Mi-Mo. »Ich habe geschlafen.«

Die Großmutter saß am Tisch und stippte ihr Brot in den Kaffee.

Bruno rief: »Darf ich jetzt Max umherführen? Er muß doch Bewegung haben.«

Hugo schnitt die Krusten von seinen Brotscheiben ab und legte sie auf den Tisch. »Laß dir doch endlich ein Gebiß machen«, sagte Eliese. »Dann kannst du wieder alles kauen.«

»Das geht jetzt nicht«, sagte Hugo. »Das Geschäft läßt nach.«

»Aber eine Höhensonne konntest du gestern von einem Vertreter kaufen!«

»Sie war preiswert!«

»Preiswert oder nicht – wir brauchen keine Höhensonne!«

»Sie war wirklich preiswert!« sagte Hugo. »Außerdem ist die Bestrahlung mit Höhensonne sehr gesund!«

Am Nachmittag schlenderte Albert umher, die Hände in den Taschen, und beobachtete die Tür und den Torbogen mit unbestimmten Hoffnungen. Er sah, daß Mi-Mo über den Hof daherkam. Sie trug ihren neuen Mantel.

»Wo gehst du hin?« fragte er.

»Ich bin verabredet.«

»So«, murmelte er.

Danach saß er im Stall auf den Strohballen und brütete vor sich hin. Als Bruno mit zwei gleichaltrigen Jungen hinzukam, stand Albert auf und ging wieder hinauf.

Um drei Uhr nachmittags stand Albert Starosta im Waschraum und versuchte, sich das rechte Ohr abzuschneiden.

Es war plötzlich über ihn gekommen. Er war im Waschraum gewesen, hatte wieder hinausgehen wollen, da war sein Blick in den Spiegel gefallen. Er sah hinein und prüfte sich unnachgiebig. Er fand nichts, was ihn mit diesem Gesicht versöhnt hätte. Sie hatte auch nichts darin gefunden. Er war ein häßlicher Vogel mit Schlappohren.

Er sah eine benutzte Rasierklinge liegen. Sie glänzte, und er starrte sie an. Sie war kalt und naß, und er wischte sie an seiner Hose ab.

Und dann überfiel es ihn: Er würde sich rächen an diesen Ohren und sie abschneiden.

Der Schnitt war tief. Er hatte dicht am Kopf angesetzt und leise vor Schmerz gestöhnt. Das Blut schoß hervor, er spürte es warm den Hals hinunterrieseln. Dann zwang ihn aufquellende Übelkeit, sich zu erbrechen. Er ließ die Klinge fallen und hetzte hinüber nach dem Zimmer. Er klapperte mit den Zähnen, als er dort ankam.

Eliese schrie auf, und Hugo wurde blaß um die Nasenspitze.

»Blutstiller!« rief er. »Blutstiller!«

Sie rannten um ihn herum, legten ihm einen riesigen Verband an. Die Großmutter deckte, auf einem Stuhl stehend, bereits sein Bett auf.

»Ins Bett!« rief Eliese. »Gleich ins Bett!«

»Ich habe mich gerissen, im Waschraum«, sagte Albert. »Ich habe mich gebückt und beim Aufrichten bin ich mit dem Ohr an einem Waschbecken hängengeblieben.«

Später lag er oben in seinem Bett, hatte einen Turban von weißem Stoff und Handtüchern um den Kopf und fühlte eine wohlige Genugtuung. Ihm schien nun, er habe sich nicht nur an seinem Ohr, sondern auch an Edeltraut gerächt.

»Das halbe Ohr hat er sich abgerissen«, sagte Hugo.

Eliese sagte: »Wenn Mi-Mo jetzt da wäre, könnte sie einen Arzt holen.«

Mi-Mo war unterwegs. Um drei Uhr nachmittags hatte sie den Sohn des Häuptlings getroffen. Sie hatte erst nicht zu dieser Verabredung gehen wollen, aber dann war ihr sein freundliches Lächeln eingefallen, und sie erinnerte sich, daß es sonst nichts Freundliches gegeben hatte an diesem Abend im Tenniscafé.

Sie gingen nebeneinander. Der Afrikaner trug ein Paket unter dem linken Arm. In der rechten Hand hielt er ein Wörterbuch. Wenn er ein Wort suchte, gab er Mi-Mo das Paket und blätterte hastig in seinem Sprachführer. Die Passanten schauten sich um.

Er sagte: »Du Papa und Mama?«

»Ja, ich habe Papa und Mama«, sagte sie.

Er wollte ihre Eltern begrüßen. Sie versuchte, ihm das auszureden, aber er bestand darauf. Sie konnte ihn nicht überzeugen mit all den atemlosen Worten, die sie zusammensuchte und die er nicht verstand.

»Sagen Mama und Papa guten Tag.« Er klopfte mit der Hand an das Paket und lachte.

»Ach Gott«, sagte sie verzweifelt, »das geht doch nicht!«

»Ja, ja, ja, ja«, sagte er.

Sie brauchten lange zu dem Weg, auf dem er ihr immer wieder das Paket reichte, um in seinem Büchlein zu blättern und mit dem Zeigefinger suchend über die Seiten zu fahren.

Als sie in der Nähe der Festung angekommen waren, die düster von dem Hügel herunterdrohte, blieb er verblüfft stehen. Seine Augen waren groß und rund. Er deutete hinauf und fragte: »Papa?«

»Ja«, sagte Mi-Mo.

»Oh, Papa Chief, Chef, Häuptling?«

Sie mußte ihn zurückhalten. Er wollte noch einmal in die Stadt gehen und ein größeres Paket als Gastgeschenk mitbringen. Er ließ sich nur schwer überzeugen. Langsam gingen sie auf die Mauern zu, die ihn stark beeindruckten.

Hugo saß am Tisch und hatte die Hosenträger herunterhängen. Albert und die Großmutter lagen in ihren Betten. Eliese bügelte auf einem Brett, das sie über einen Stuhl und die Tischkante gelegt hatte. Bruno mußte auf diesem Stuhl sitzen und ihn mit seinem Gewicht belasten, damit er nicht umkippte.

Hugo schaute auf. Sein Ausdruck wechselte von Erstaunen zu Bestürzung. Albert und die Großmutter setzten sich wie auf Kommando im gleichen Augenblick in ihren Betten auf. Eliese stand mit dem erhobenen Bügeleisen in der Hand. Sie sagten nichts und schauten auf die beiden, die langsam hereinkamen. Nur Bruno redete. »Ein Neger«, sagte er leise, »ein richtiger Neger!«

»Was denn, was denn!« sagte Hugo.

»Er ist der Sohn eines Häuptlings«, entgegnete Mi-Mo ernsthaft.

»Was fällt dir eigentlich ein!« rief Hugo.

»Ja«, erklärte Mi-Mo trotzig, »der Sohn eines großen Häuptlings! Und außerdem ist er schön!«

»Ob Häuptling oder nicht ... Jedenfalls ist er ein schwarzer Neger!«

»Guten Tag«, sagte der Afrikaner. »Guten Tag Mama, guten Tag Papa. Ich ein Student. Aber nix Deutsch.« Er lächelte freundlich und legte das Paket vor Hugo auf den Tisch.

»Ich habe doch gewußt, daß da was faul ist – warum hätte die sich sonst gestern gepudert!« Hugo schlug mit der Faust auf die Tischplatte: »Eine Schande ist das! Mit den Fingern werden sie auf uns deuten! Mein guter Name!« lamentierte er.

»Er hat dir was mitgebracht«, sagte Mi-Mo.

»Ihr wißt genau, daß ich so was nie zulasse!« schrie Hugo. Er blickte auf das Paket. »Ist das für mich? Ich will das nicht! Was ist denn drin?« Er begann, das Papier abzuwickeln.

Es war eine Kiste Zigarren und eine Flasche Wein.

»Na ja«, sagte Hugo. »Ein Student. Na ja. Wenn sie wenigstens im Dunkeln mit ihm gekommen wäre.«

## FÜNFZEHNTES KAPITEL

Als Fräulein Leisle kam, lag Albert im Bett und trug noch immer einen Verband um den Kopf.

»Ach,« sagte sie, »er ist also wirklich krank.«

»Und ob!« erwiderte Hugo. »Schwer krank ist mein Sohn!«

»Was fehlt ihm denn?«

»Er hat sich das halbe Ohr abgerissen und davon hat er schlimme Kopfschmerzen!«

»Und was war vorher?« fragte das Fräulein. »Er hat in den letzten vier Wochen wieder dreimal unentschuldigt gefehlt.«

»Wir hatten Arbeit«, sagte Hugo. »Ich kann nicht alles allein machen. Ich habe ein Geschäft eröffnet!«

»Ein Geschäft?«

Sie fragte, und er erzählte, wie sich die Sache eingespielt habe, und daß er nun nicht mehr auf die Unterstützung angewiesen sei. Nur die Großmutter beziehe noch Unterstützung, aber das stehe ihr ja auch zu. In der letzten Zeit gehe das Geschäft ein wenig zurück, weil nun nicht mehr so viele Leute umzögen. Aber das mache sich schon wieder. Nein, auf Unterstützung sei er nicht mehr angewiesen.

»Haben Sie das Geschäft angemeldet?« Sie zählte die Ämter auf, wo er es hätte anmelden müssen. Und was wäre, wenn sein Geschäft einginge? Die Festung werde bald geräumt, und da gebe es keine Umzüge mehr, dafür aber Schwierigkeiten mit dem neuen Antrag auf Unterstützung.

»Das mache ich schon«, sagte Hugo.

»Jedenfalls ist das keine Entschuldigung für das Fernbleiben Ihres Sohnes vom Unterricht! Andere Leute haben auch ein Geschäft, aber die Kinder dieser Leute gehen in die Schule und fehlen nicht unentschuldigt. Herr Starosta, wir haben ernstlich erwogen, ob wir Ihren Sohn nicht in Fürsorgeerziehung nehmen!«

»Fürsorgeerziehung? Wer ist denn ›wir‹?«

»Ja«, sagte Fräulein Leisle. »Es sind uns nämlich auch noch andere Dinge zu Ohren gekommen.«

»Uns? Wer ist denn ›uns‹?« schrie Hugo. »Und wer ist der Ehrabschneider, der Ihnen da etwas ins Ohr geblasen hat?«

»Es sind Tatsachen, Herr Starosta. Der Lebenswandel Ihrer Tochter wird offensichtlich von Ihnen geduldet. Und man weiß ...«

»Man weiß!« unterbrach sie Hugo, »So, man weiß! Wir haben erwogen! Uns ist zu Ohren gekommen ... Ich sage Ihnen: ›Wir‹, ›uns‹ und ›man‹ haben jahrelang mit meiner Familie und mit mir gemacht, was sie wollten! Aber jetzt ist das vorbei! Ich schlage jedem den Schädel ein, der in dieses Zimmer kommt und Hand auf meinen Sohn legt! Fürsorgeerziehung? Nur über meine Leiche!«

Hugo Starosta hatte das Gefühl, daß sich die klebrigen Finger einer anonymen Macht nach seiner Familie ausstreckten. Da saß dieses Fräulein, und für ihn vertrat sie die Macht, die ihm jahrelang Befehle erteilt, für die er eine Uniform angezogen, ein Gewehr in die Hand genommen hatte, und deren Schuld es war, daß er für lange Jahre von seiner Familie getrennt worden war. Für ihn war es noch die gleiche Macht, wenn auch die Namen gewechselt haben. Er kennt alles – was von »oben« kommt, und von da ist für ihn noch nie etwas Gutes gekommen: Sie hatten ihn gegängelt, herumkommandiert, von Lager zu Lager und von da durch stinkende Baracken geschleust –. Und die andern, die zu bestimmen hatten? –

Immer von oben herab! Auch ihre Freundlichkeiten kamen von oben herab! – Und die Kinder haben auf den Elendsbetten geschlafen. Sie haben viel gesehen, viel gehört und haben Unglaubliches entbehrt und sind dabei gewachsen. Seltsam, sie sind dabei groß geworden. Und das schien ihm fast ein Wunder. Sie hätten unter diesen Bedingungen eigentlich nicht gedeihen können und zu einem Geschlecht von Zwergen werden müssen. Und das ist das Wunder: Sie sind gewachsen, haben die normale Größe eines Menschen entwickelt. – Ah, und er selber, er war nicht stärker dabei geworden, gewiß nicht! Das Leben will gemeistert sein. Jaja! Aber sie hatten ihn fertiggemacht. Und dann kamen sie und warfen ihm vor, daß er nicht stärker war. Immer wieder kamen sie, wollten etwas von ihm, beaufsichtigten ihn, drohten ihm.

Er wiederholte: »Nur über meine Leiche bringen Sie meinen Sohn in die Fürsorgeerziehung!« Er sagte es jetzt ruhig, und das Fräulein schwieg und blickte zu Boden.

»Sie kommen immer nur mit Drohungen«, fuhr er fort. »Sie haben uns noch nie etwas Gutes gebracht! Wissen Sie eigentlich, wie lange uns schon eine Wohnung versprochen wird? Andere haben längst eine Wohnung! Und wenn man die Zeitungen liest, da könnte man meinen, daß es hier allen Menschen ganz großartig geht! Den oberen, ja, denen geht es großartig – aber uns nicht!«

»Herr Starosta, als Sie hierherkamen, hatten Sie eine große Familie. Es war nicht leicht mit der Wohnung. Sie haben nicht viel dazu getan. Sie überlassen alles dem Staat. Sie haben nichts getan.«

»Ich? Hahaha! Überlasse es dem Staat. Was, glauben Sie, hat mir der Staat schon alles versprochen. Aber gehalten hat der Staat nie etwas. Mir ist der Staat noch alles schuldig geblieben!«

»Der Staat, das sind auch Sie!«

»Ich? Nein, der Staat, das sind für mich Leute wie Sie!

Ich bin doch nur das Lasttier, auf dem der Staat herumreitet! Und ich kriege dann immer wieder die Sporen! Ja, die kriege ich, die waren mir von jeher sicher!«

»Die Festung wird geräumt, Sie erhalten dann auch Ihre Wohnung!«

»Ich glaube es nicht!«

»Sie gehören zu den Leuten, die sich nicht einfügen, die sich nicht einpassen können! Es hat immer Schwierigkeiten gegeben mit Ihnen. Andere haben ihre Wohnung bekommen, ja, sie haben aber auch dazu beigetragen, indem die einzelnen Familienmitglieder arbeiteten und für eine Wohnung zusammenlegten. Den Rest hat der Staat dann übernommen, zinsloses Darlehen, Zuschüsse und so weiter. Aber Ihre Söhne haben Sie ja im Stich gelassen. Kaum hätten sie mitverdienen können, haben sie sich aus dem Staub gemacht. Und Sie haben auch nicht gerade viel gearbeitet. Tausende haben schließlich eine Wohnung bekommen, ohne einen Pfennig, und Sie werden auch eine erhalten.«

Ja, dachte er, meine Söhne, das ist wahr. Sie haben mich im Stich gelassen.

Nun hatte er nur noch Mitleid mit sich selber. Die bittere Schärfe des ehrlichen Zornes verließ ihn wieder. Er jammerte, räsonierte, erging sich in Vorwürfen gegen alles und jeden, und erklärte am Ende: »Ich bin ein kranker Mann!«

»Achten Sie jedenfalls darauf, daß Ihr Sohn zur Schule geht«, sagte das Fräulein Leisle, »und daß Ihre Tochter diesen Lebenswandel aufgibt.« Die Drohung mit der Fürsorgeerziehung wiederholte sie nicht, aber sie nahm sie auch nicht zurück.

Als sie gegangen war, sagte Mi-Mo: »Ich gehe von hier fort! Das lasse ich mir nicht gefallen!«

»Du wirst hierbleiben!« schrie Hugo.

»Nein, ich gehe fort!«

»Ach, ich muß mich hinlegen«, sagte Hugo ächzend und kletterte zu seinem Bett hinauf. »Ich muß mich hinlegen, die Leisle hat mich ganz krank gemacht. Bruno, hol mir einen Zehner-Stumpen.«

Er verstand nichts von zinslosen Darlehen und Zuschüssen und solchen Dingen. Er war mißtrauisch gewesen gegen die Bestrebungen der Leute, die morgens pünktlich zur Arbeit gingen und auch noch ihre Frauen und erwachsenen Kinder zur Arbeit schickten und jeden Pfennig in eine gemeinsame Kasse warfen. Sie hatten eine Interessengemeinschaft gegründet und jahrelang davon gesprochen: zwanzig oder dreißig Familien, die in ein paar Tagen die Festung verlassen würden, um in die neugebauten Wohnungen zu ziehen. Die Banken hatten geholfen und der Staat und wer weiß noch wer! Aber jetzt waren sie in den Klauen von Geldleuten, denen sie verschuldet waren. Und wieviel Jahre mußten sie nun zahlen? Und wer konnte denn das überhaupt bezahlen? Das ist doch alles faul, dachte Hugo. Wenn ich fünf Jahre nur für eine Wohnung arbeiten und sparen muß, dann ist doch etwas faul! Und die Wohnungen gehörten nicht einmal ihnen. Er hatte verfolgt, wie die Preise geklettert und den Sparern davongelaufen waren. Das kam von oben, dachte er, die wuschen sich wieder die Hände in der Not. Aber an seiner Not sollten sie keinen Pfennig verdienen. Diese Gewißheit war ihm eine Genugtuung.

Insgeheim hoffte er auf die Strafe der Großen. Sie schien ihm zwar nicht sicher, aber das war für ihn die einfachste Sache von der Welt: Männer, die jährlich Millionen verdienten, nur der Millionen wegen, während das Brot immer teurer wurde, und die Straßenbahn und die Margarine, die hatten Strafe verdient. Und das Fleisch, das Mehl, die Kartoffeln, das Gemüse – das alles kostete immer mehr.

Strafe! dachte er, Strafe!

Eliese war ängstlich. »Sie werden doch Albert nicht in die Fürsorgeerziehung stecken?«

»Das sollen sie wagen!« rief er.

»Und wenn die Festung geräumt wird, wo gehen wir dann hin?«

»Es findet sich schon was, aber ich glaube nicht, daß die Festung geräumt wird!«

Man sprach davon. Bei Kainrath im Laden sprach man beinahe von nichts anderem. Doch auch Kainrath glaubte nicht daran. »Das dauert noch Jahre«, sagte er. Allerdings gab er seine Bestellungen jetzt kurzfristiger auf als bisher, und mit Krediten war es vorbei. »Es geht wirklich nicht mehr«, sagte er. »Ich brauche jeden Pfennig für mein neues Geschäft.«

Alwina hörte, wie Eliese abgewiesen wurde. »Das Geschäft geht nicht sehr gut bei uns«, sagte sie zu ihr. »Deshalb wollte ich pumpen. Aber du mußt nicht denken, ich hätte kein Geld mehr. Ich habe etwas gespart, das will ich nicht angreifen.«

Sie standen auf der Galerie. Eliese wollte von ihren Sorgen reden, wollte sie vor Alwina ausbreiten und dann ein Urteil darüber hören. Ein Mann ging vorbei, der höflich den Hut zog. Alwina wechselte ein paar Worte mit ihm. Es war von Katalogen für Porzellan die Rede. Er könne in den nächsten Tagen einmal vorbeikommen, wenn es ihm nichts ausmache.

»Gern«, sagte der Mann. »Ich komme in den nächsten Tagen.«

»Du willst doch nicht etwa Porzellan kaufen?« fragte Eliese.

»Vielleicht«, erwiderte Alwina. »Ich will es mir mal ansehen.«

Am Abend sagte Eliese zu Hugo: »Sie will Porzellan kaufen, stell dir das vor!«

»Was die für Rosinen im Kopf hat. Mit der ist Viktor schwer geschlagen. Mit der stimmt etwas nicht«, sagte Hugo. »Frag sie doch mal.«

»Ich soll sie einfach fragen?«

»Das mußt du eben ein bißchen geschickt anfangen. Weiber tratschen doch untereinander. Ich würde ihr schon die Würmer aus der Nase ziehen.«

»Du willst wohl wissen, warum sie nicht mehr mit Viktor ins Bett geht, was?«

»Blödsinn«, knurrte er. »Darüber bin ich erhaben.«

Sie schwiegen beide einen Augenblick, und in diese Stille hinein ertönte plötzlich das Kichern der Großmutter, die auf ihrem Bett saß.

»Was lachst du?« rief Hugo. »Du hörst uns wohl zu? Das geht dich gar nichts an!«

»Nix, nix, nix!« zischelte sie.

Bruno und Albert kamen herein. Bruno sagte: »Vater, Herr Schulz hat nach dir gefragt. Er will nachher zu dir kommen.«

»Was will der von mir? Eliese, schulden wir dem etwas?«

»Wenn du nichts bei ihm geliehen hast, schulden wir ihm nichts.«

Schulz brachte einen Auftrag. »Habt ihr schon gegessen?« fragte er. »Dann setze ich mich einen Augenblick. Edeltraut heiratet in drei Wochen. Deshalb bin ich gekommen.«

»Was, so schnell? Es ist doch erst eine Woche her, daß sie ihn euch vorgestellt hat.«

»Ja, aber sie laufen schon eine ganze Weile miteinander. Ich bin nicht für unklare Sachen. Seid ihr euch einig, habe ich gefragt? Gut, dann heiratet bald! Das hat sich wohl schnell herumgesprochen, daß er bei uns war? Er hat eine gute Stellung und ist ein anständiger Kerl.«

»Aber er hinkt doch wohl?«

»Darauf sieht meine Edeltraut nicht. Die sieht nur auf den Charakter.«

»Du hast mal geglaubt, zwischen ihr und meinem Hermann hätte es was gegeben. Ich habe das auch geglaubt.«

»Das war unbegründet, sie hat es mir selber gesagt. Sie hat deinen Hermann eigentlich nie richtig leiden mögen, aber er ist ihr eben nachgestiegen.«

»So, nachgestiegen? Davon habe ich aber nichts bemerkt. Du hattest immer was gegen ihn, nicht wahr? Aber er hat es weit gebracht. Und mein Ältester auch. Beide haben sie es zu was gebracht!«

»Na, das freut mich. Also, die Sache ist so: Er hat eine Wohnung in Aussicht. Die kostet ein paar Tausend. Er hat die Hälfte gegeben. Die andere Hälfte kommt von uns. Ich und meine Buben haben Zurückgelegtes, und Edeltraut hatte ja auch noch ein bißchen was. Die Wohnung ist also sicher. Wir haben einige Möbel untergestellt, die sollst du dorthin fahren. Zwei Schränke, einen Ausziehtisch, Stühle und so weiter. Das gebe ich ihr zu. Das Heiraten ist ja heute eine schwere Sache, es ist überhaupt verwunderlich, daß noch jemand heiratet. – Also es hat noch Zeit mit den Möbeln, ich wollte nur den Termin schon festlegen. Ich habe übrigens gehört, daß dein Geschäft zurückgegangen ist –. Naja, jetzt hören die Umzüge allmählich auf. Die andern, die nächste Woche hier wegziehen, die hätten dich auch was verdienen lassen können. Aber nein, sie wollten nicht, du bist ihnen zu langsam, und dein Wagen ist ihnen zu klein. Ja, es gibt Luft hier. Wir ziehen auch schon in einem Monat aus. Endlich ist es soweit. Es hat Jahre gedauert. Wir sind hier grau geworden. Du auch und noch mancher andere.«

Als Schulz gegangen war, begann Albert, sich zu entkleiden.

»Willst du schon schlafengehen?« fragte Eliese.

»Ja, ich habe wieder Kopfschmerzen.«

»Sei nur nicht so wehleidig!« rief Hugo. »Da habe ich ganz andere Schmerzen ausgehalten!«

»Wegen deinem Zahn hast du aber tagelang lamentiert, damals.«

»Was! Willst du darauf anspielen? Hier, ich habe ihn aufgehoben!« Er nestelte an dem Uhrtäschchen seiner Hose. »Hier habe ich ihn!« Er hielt ihn zwischen zwei Fingern hoch. »Das ist noch nicht vergessen.«

»Wirf doch endlich den häßlichen Zahn fort«, sagte Eliese.

Albert stieg wortlos hinauf und kleidete sich oben im Bett vollends aus. Er legte sich auf die Seite und schloß die Augen. Möbel – Schränke und Stühle, dachte er. In drei Wochen ... Das Ohr war schief angewachsen. Das Edeltraut-Ohr. Der andere hatte ein steifes Bein. Das Edeltraut-Bein. Sie hat nichts gesagt von der Baracke. Sie wird auch nichts mehr sagen. Sie hat vor mir Angst. Sie laufen schon lange miteinander? Das ist gelogen! Wie die alle lügen! Ob es jemand gibt, der nicht lügt?

»Wo bleibt denn Mi-Mo wieder?« fragte Hugo. »Das hört mir auf, nicht nach Hause zu kommen!«

Mi-Mo ist zu dumm zum Lügen, dachte Albert. Sie ist noch dümmer als ich. – Die Ohrfeige hätte ich Edeltraut zurückgeben müssen. Wenn sie mir begegnet, gebe ich ihr die Ohrfeige. Wenn der das wüßte, der mit dem Stock, daß sie in der Kammer mit mir im Bett gelegen hat. Einen Brief sollte man schreiben. – Auf dem linken Bein, ganz oben, da hat sie den kleinen, braunen Fleck. Muttermal. Damit kann ich beweisen, daß ich bis da obenhin geguckt habe. Ich würde sie nicht heiraten, wenn ich Sie wäre. Da kommt nichts Gutes dabei 'raus. Nachher wird sie sagen, Sie haben ein steifes Bein. Ich habe kein steifes Bein, aber abstehende Ohren. Und das hat sie mir vorgeworfen, und wie! Und die Brust, die kleinen Dinger, da vorne drauf, die so vorstehen, die wurden auch immer ganz hart. Und da habe ich schon immer gewußt: Aha! Aber mein Bruder hat sie sitzenlassen. Den wollte sie haben, doch den hat sie nicht gekriegt. Hermann hat es richtig gemacht. Der hat gar nicht mehr an sie gedacht. Ich denke ja auch nicht mehr an sie. Auf der Straße, wenn er neben ihr hergeht, macht es immer hunk-punk, hunk-punk! Das ist die Strafe! Wenn sie alt werden, macht es vielleicht fünfzig Jahre lang hunk-punk ...

Am Morgen war Albert fort.

Eliese vermutete ihn im Waschraum, und Hugo ging hinaus und rief. Er war nicht dort. Das ist wieder eine seiner Hinterhältigkeiten, dachte Hugo. So war es auch mit der Hose und all den Frechheiten und dem undurchdringlichen Gebaren dieses Früchtchens. Tückisch!

»Wir hätten ihn doch hören müssen, wenn er zum Waschraum gegangen wäre!«

»Aber wo kann er denn sein?« fragte Eliese.

Beim Frühstück blickte sie auf den leeren Stuhl. Sie hatte eine Tasse an Alberts Platz gestellt und wollte auch Kaffee eingießen. Aber Hugo fuhr sie an. Hatte das einen Sinn, jemand Kaffee einzugießen, der gar nicht da war?

»Reg dich nicht so auf!« rief Hugo. »Der wird sich irgendwo 'rumtreiben!«

»Es ist doch wegen der Schule.«

»Ich habe jetzt keine Zeit, ihn zu suchen. Heute mittag werde ich ihm was erzählen, darauf kann er sich verlassen!«

Als Hugo am Mittag zurückkam, sagte Eliese mit einem Gesicht, als habe sie ein schlechtes Gewissen: »Er ist nicht da.«

»So«, sagte Hugo. »Das macht er nur, um uns zu ärgern! Ich kenne ihn!«

»Hugo«, sagte sie. »Es kann ihm etwas passiert sein.«

Sie hatte Alberts Habseligkeiten nachgeprüft. Es fehlte nichts.

»Sei nicht dämlich«, sagte Hugo.

»Du kümmerst dich nicht genug um deine Kinder!« rief sie.

»Ich habe mich genug gekümmert! Was soll ich denn machen? Soll ich mich in den Hof stellen und ›Albert! Albert!‹ rufen? Der kommt schon wieder!«

Er kam nicht. Weder am Abend noch am nächsten Tag. Sie hatten überall gefragt, waren bei Kainrath und etlichen Leuten in der Festung gewesen, doch niemand wußte etwas. Aber Kainrath hatte Hugo einen anderen Wink gegeben. Mi-Mo war gesehen worden, wie sie am späten Abend in ein Auto zugestiegen war. Auf einer Straße. Das beweise zwar noch nichts, aber man müsse aufpassen. Jaja.

Am vierten Tag begannen sie, still zu werden. Sie redeten nicht mehr viel von Albert und warteten mit betretenen Gesichtern. Hugo sagte zu Mi-Mo auch nur: »Bist du abends irgendwo in ein Auto zugestiegen? Man hat dich gesehen.«

»Ich? Das ist gelogen! Gelogen ist das!«

»Ja, ja, ja, ja, ja«, sagte er nachdenklich.

»Ob wir nicht die Polizei ...?« murmelte Eliese.

»Mit der will ich nichts zu tun haben!« sagte Hugo.

Aber am fünften Tag kamen morgens zwei Polizisten. Jemand in der Festung hatte es für richtig gehalten, im Revier anzurufen. Die Polizisten fragten, warum sie bisher keine Vermißtenanzeige aufgegeben hätten. Das sei doch ihre Pflicht gewesen!

»Jetzt ist es soweit«, sagte Hugo. »Jetzt habe ich auch noch die Polizei im Haus!« Er hatte sich drei Tage nicht rasiert, saß apathisch und mit geröteten Augen am Tisch und hörte zu, wie Eliese die Fragen beantwortete, die ihr gestellt wurden.

## SECHZEHNTES KAPITEL

Mi-Mo arbeitete nicht mehr in der Sauerkrautfabrik. Sie hatte sich mit Irene zerstritten, und außerdem – so sagte sie – machte man sich in der Fabrik die Hände kaputt. An dem Streit mit Irene war sie schuldlos gewesen: Thomas hatte ihr an einem Abend den Vorzug gegeben, und das hatte Irene nicht verziehen.

Mi-Mo schlief morgens lange. Am Tag las sie Romane, wenn sie nicht gestört wurde. Abends ging sie fort und sagte, sie besuche ihre Freundin. Hugo drängte darauf, daß sie wieder Arbeit annehme, aber Eliese war mit ihrer arbeitslosen Tochter gar nicht so unzufrieden: Sie konnte ihr tagsüber einen Teil des Schmerzes aufbürden, den sie mit sich herumtrug.

Sie begann gleich morgens, von Albert zu reden, wiederholte jeden Tag die gleichen Sätze und hörte die gleichen beschwichtigenden Antworten von Mi-Mo, deren beruhigende Wirkung meist eine Stunde vorhielt.

Hugo redete wenig. Er war bei Adolf gewesen. Aber Adolf hatte ihm nicht helfen können. Bei Hermann hatte Hugo zweimal vergeblich vor der Tür gestanden; ein drittes Mal hatte er es nicht mehr versucht. Die Polizisten waren noch einmal wiedergekommen, und Eliese und Hugo waren mit einem Bild Alberts auf das Polizeipräsidium bestellt worden.

Als sie die Treppen wieder hinuntergingen, sagte Hugo: »Jetzt wird ein Plakat von ihm gemacht. Das wird ausgehängt.« Eliese begann daraufhin auf der Treppe laut zu weinen. Die Leute schauten sich nach ihnen um, und Hugo zischelte: »Hör doch auf zu heulen! Die denken sonst alle, wir wären hier gewesen, weil wir etwas ausgefressen haben.«

In der Festung erzählte Eliese Mi-Mo gleich von dem Plakat und begann von neuem zu weinen. Später ging sie hinüber zu Alwina und sagte: »Es wird ein Plakat von ihm gemacht, das wird ausgehängt.« Auch dort flossen ihre Tränen reichlich. Und als sie das Plakat auch noch bei Kainrath, bei den Schulzes und einigen anderen Bekannten angekündigt hatte, waren ihre Tränen aufgebraucht.

Hugo hatte im Stall neues Stroh aufgeschüttet und die Futterkrippe gefüllt. Er hatte eigentlich noch ausmisten wollen, aber dann stand er nur neben Max, legte ihm die Hand auf die Kruppe und seufzte.

Als er hinausging, schneuzte er sich in sein Taschentuch und wischte sich über die Augen. Dann lief er aus dem Torbogen den Hügel hinunter und betrat die erste Wirtschaft, die am Wege lag. Er war dort gut bekannt. Beim zweiten Glas Bier murmelte er, ohne den Wirt dabei anzusehen:

»Mein Sohn ist fort. Er ist vermißt. Er hat ein schiefes Ohr und ist fünfzehn. Ich sage es nur so. Sie haben ihn sicher nicht gesehen? Den Scheitel trägt er auf der linken Seite. Er hatte eine braune Jacke an und eine graue Hose. Er sieht mir ähnlich. Jaja, Sie haben ihn sicher nicht gesehen. Ich meinte nur, es hätte zufällig sein können. Albert heißt er, Albert.«

Das sagte er in sieben Wirtschaften. Und in jeder trank er zwei Glas Bier. In der achten Wirtschaft begann er beim dritten Glas zu weinen.

Er stand zwischen einigen Männern an der Theke und wiederholte seinen Spruch: »Albert heißt er. Ein schiefes Ohr ... Den Scheitel auf der linken Seite ... Braune Jacke und graue Hose ...« Jemand klopfte ihm auf die Schulter. »Morgen ist dir wieder besser!«

»Albert heißt er«, schluchzte Hugo.

»Albert?« Ein junger Mann in einer Lederjacke stand neben ihm. »Und er hat ein schiefes Ohr?«

»Ja!« rief Hugo voller Hoffnung.

»Und den Scheitel auf der linken Seite?«

»Ja! Ja!«

»Und er trägt eine braune Jacke und eine graue Hose?«

»Jaja!«

»Und er geht so, wenn er läuft?«

»Ja!«

»Nee«, sagte der junge Mann. »Dann ist er es nicht.«

Hugo stand mit hängenden Armen, und der Unterkiefer sank ihm herunter. »Ach«, ächzte er müde. Er starrte vor sich hin. »Warum lacht ihr denn?«

»Hör mal, du hast doch gar keinen Sohn!«

»Ich keinen Sohn? Und ob ich einen habe! Was wißt ihr denn?«

»Vielleicht war er so schmächtig, daß er durch den Kanalrost gefallen ist?«

»Schmächtig?« sagte Hugo. »Nein, stark war er! Sehr stark! Hier, den Zahn hat er mir ausgeschlagen.« Er hielt ihn zwischen den Fingern. »Ausgeschlagen, nur so im Spaß natürlich, ohne böse Absicht. Aber er hat schon gewackelt.«

»Dein Sohn?«

»Nein, der Zahn!«

»Nee«, sagte der junge Mann wieder. »Er war es nicht.«

Als Hugo endlich merkte, daß sie sich über ihn lustig machten, begann er, die Männer an der Theke zu beschimpfen. Der Wirt verlangte von ihm, daß er seine Zeche bezahle und verschwinde. Er schob ihn zur Tür hinaus. Aber Hugo kam noch einmal herein.

»'raus!« schrie der Wirt.

Hugo stand an der Tür und blickte ratlos umher, als

habe er etwas Wichtiges vergessen. Er sagte: »Ich, ich wollte mich nur verabschieden.«

Danach wurde er hinausgeworfen.

In der Festung wartete Fräulein Leisle auf ihn.

»Warum kommst du denn so spät zum Essen?« sagte Eliese vorwurfsvoll.

»Ich hatte zu tun!« Der Gang durch den kalten Abend hatte ihn etwas ernüchtert. »Was wollen Sie denn schon wieder?« fragte er Fräulein Leisle. Natürlich war sie wegen Albert gekommen. Sie wollte alles noch einmal hören, was er schon der Polizei gesagt hatte. Danach fragte sie: »Haben Sie ihn eigentlich aufgeklärt? Ich meine, über sexuelle Dinge? Es gibt doch abnorme Menschen, die ...«

»Aufgeklärt? Über solche Sachen spreche ich nicht mit meinen Kindern! Das gehört sich nicht.«

»Wir hätten ihn doch besser in Fürsorgeerziehung nehmen sollen. Es ist Ihre Schuld ...«

»So«, sagte er. »So.«

»Sie sind nicht fähig, Ihre Kinder zu erziehen. Sogar heute haben Sie getrunken.«

»Das geht Sie einen Dreck an!«

»Es ist mir ganz gleichgültig, ob Sie trinken, aber wenn Ihr Junge auftaucht, werde ich veranlassen, daß er in Fürsorgeerziehung kommt.«

»'raus!« schrie Hugo. »'raus! Sonst schlage ich dir die Zähne ein!« Er ging drohend auf sie zu.

Sie huschte zur Tür hinaus. Draußen schrie sie: »Ich werde veranlassen ...«

Er folgte ihr auf die Galerie hinaus. Sie lief rasch die Treppen hinunter. Als sie sich noch einmal hastig nach ihm umblickte, war ihr Gesicht wie eine weißgeschminkte, im Schreck erstarrte Maske.

»O Gott«, sagte Eliese. »Was hast du gemacht! Das werden wir zu spüren kriegen!«

»Mein Hausrecht!« antwortete Hugo. »So geht es von jetzt an allen, die in meinen vier Wänden kommandieren wollen!« Er schlug mit der Faust auf den Tisch und rief: »Jetzt will ich essen, ich habe Hunger!«

»O Gott«, seufzte Eliese. »O Gott!« Es war nicht nur eine Redensart, sondern ein ernstlicher Hilferuf. Sie hatte den ganzen Tag in diese Richtung gejammert und auf eine Antwort gehofft. Sie hatte ein Angebot gemacht: den Schmerz erbat sie sich in kleineren Dosen, weniger tödlich. Sie war sicher, den Verlust Alberts würde sie nicht überleben, und deshalb hatte sie mit gefalteten Händen vorgeschlagen, eine Art Teilzahlung zu gewähren. Sie hatte an eine schwere Krankheit gedacht, dann an den etwaigen Verlust eines Beines oder der rechten Hand. Sie wollte getrost auf einem Auge blind und auf einem Ohr taub werden. Sie wollte sich nicht um ihr Pensum herumdrücken. Nein. Aber etwas verteilt, lieber Gott, etwas verteilt! Sie war bereit, zehn Jahre zu hungern, fünf Jahre früher zu sterben als im Plan vorgesehen, war bereit, Gliedmaßen einzubüßen, die Treppe herunterzufallen und für den Rest ihres Lebens halb gelähmt zu bleiben ... Ihr Angebot war reichhaltig, und sie bat, alles, was schon hinter ihr lag, doch gnädigst als einen geringen Vorschuß ihrer zukünftigen Leistungen anzunehmen.

Sie wartete, bis Hugo gegessen hatte. Dann saß sie am Tisch und hoffte, daß er etwas sagen würde. Aber Hugo sagte nichts mehr. Er hatte die Hände über dem Bauch gefaltet und war auf dem Stuhl eingeschlafen. Sie weckte ihn und sagte, er müsse ins Bett. Das leuchtete ihm ein. Bruno und die Großmutter lagen auch schon im Bett. Eliese sah, wie er seine Hose an den Bettpfosten hängte und wie er sich dann auf die rechte Seite wälzte und die Decke über die Schulter hinaufzog. Er rührte sich nicht mehr.

Eliese ging zu Alwina hinüber. Dort saß zu ihrer Überraschung ein Mann. Sie kannte ihn: Es war der Vertreter. So spät, dachte sie, so spät?

Er saß bei einer Tasse Kaffee, und benutzte Teller standen auf dem Tisch. Er schien hier gegessen zu haben. Eliese hatte mit Alwina ein wenig schwätzen wollen, vor allem über Hugo und seinen Auftritt mit der Leisle. Aber in Anwesenheit des Mannes sagte sie davon nichts. So wußte sie nicht recht, worüber sie jetzt reden sollte.

»Ah, Sie sind die Dame von nebenan«, sagte der Vertreter. »Ja, ich erinnere mich. Ich habe hier gerade meine Kataloge und Prospekte vorbeigebracht.«

»Ja, von nebenan«, sagte Eliese.

»Ich habe mir die Prospekte angesehen«, sagte Alwina.

Als Eliese wieder ging, war sie noch immer darüber erstaunt, daß der Mann noch so spät bei Alwina saß und auch dort gegessen hatte. Das schien ihr bedenklich.

Sie saß im Zimmer neben dem Herd und horchte, ob er bald gehen würde. Doch dann dachte sie an ihre eigenen Verfehlungen, und sie fand es nicht angebracht, allzuviel Kritik an ihren Mitmenschen zu üben.

Sie hörte die Uhr ticken und dachte an die große Finsternis, die vor ihrem Fenster begann, die schwarze Luft, die alles bedeckte, was lebte. Sie hoffte, daß er lebte und die schwarze Luft atmete und in ihr umherging. Sie dachte daran, Radio zu hören: die Musik und Worte, denen jetzt zahllose Ohren in der Dunkelheit geöffnet waren; überall saßen sie in den Zimmern und hörten zu.

Sie stellte das Gerät nicht ein, fürchtete, ihre Schläfer zu wecken. Zwei ihrer Schläfer fehlten. Die Welt war ein Wabenhaus. Und in das Wabenhaus drang Musik. Das Radio war ein Wunder. Genau wie das Telefon. Telefonieren, in die Dunkelheit hinaustelefonieren, daß sie hier saß und wartete. Signale geben.

Während sie saß und hoffte, erlebte sie kleine Rückfälle, in denen sie doch wieder hinüberlauschte.

Aber sie hörte nichts, weder die Gespräche noch daß er fortging.

Eliese hätte auch nichts hören können, wenn sie das Ohr an die Wand gelegt hätte. Alwina und der Mann sprachen leise.

Er sagte: »Sie kann noch immer hoffen. Es ist nicht sicher, daß er tot ist. Jedenfalls hat noch niemand seine Leiche gefunden. Wird sie erzählen, daß sie mich hier gesehen hat?«

»Ich weiß nicht«, sagte Alwina langsam.

»Du hast Angst, nicht wahr?«

»Sie können noch hoffen, aber sie können nichts tun. Man kann überhaupt sehr wenig gegen das Unglück tun.«

»Es gibt Menschen, die für das Unglück bestimmt sind.«

»Man kann nichts tun«, sagte sie.

»Die Griechen kannten drei Arten von Ereignissen: erstens diejenigen, die von den Göttern herbeigeführt und auch geändert werden konnten; zweitens die feststehenden, die vorbestimmten Ereignisse, nicht zu ändern durch Götter oder Menschen.«

»Und die dritte Art?«

»Das waren Ereignisse, die sich weder von den Göttern noch von irgendwelchen Gesetzen bestimmen ließen.«

»Der Zufall«, sagte sie, »es ist alles Zufall –«

Sie schwieg und sah vor sich hin. Dann fragte sie: »Gibt es Menschen, die für das Unglück bestimmt sind?«

Er lächelte: »Du bist für den Schmerz geschaffen.«

»Woher willst du das wissen?«

»Du hast Angst, du wartest auf den Schmerz.«

»Vielleicht ist das wahr. Vielleicht habe ich darauf gewartet, die ganze Zeit. Vielleicht habe ich gewußt, es würde auf mich zukommen.«

Das war die Stunde, als Eliese auf dem Stuhl eingenickt war und ihre Tochter Mi-Mo ein fremdes Auto bestieg und sich neben einen Mann setzte, den sie vorher nie gesehen hatte.

Der Wagen hatte neben ihr gehalten. »Na«, hatte der Mann gesagt. Sie war stehengeblieben und hatte mit einem langgezogenen »Jaaa« geantwortet.

Er war der zweite an diesem Abend. Sie wollte danach heimgehen. Man durfte das nicht übertreiben. Überhaupt wollte sie dieses Risiko nur einige Monate eingehen. Dann würde sie genug Geld haben, um die Festung hinter sich zu lassen, eine kleine Wohnung anzahlen und gute Kleider tragen zu können. In einem gekachelten Bad wollte sie sitzen und dann in ihren Morgenrock schlüpfen. In einer modernen Küche wollte sie ein schnelles Frühstück für den Mann bereiten, der nicht wissen sollte, daß sie irgendeinen Makel mit in die Ehe brachte. Sie würde die Wohnung mitbringen – und das würde ihre Mängel verdecken. Mit einem Kuß würde sie sich morgens von ihm verabschieden, wenn er ins Büro ging. Sie war sicher, daß es ein Mann sein würde, der in ein Büro zu gehen hätte.

»Menschenskind«, sagte der Mann im Auto. »Du bist aber teuer! Dafür mußt du auch was leisten. Ich finde mein Geld nämlich nicht im Dreck.«

»Sie werden zufrieden sein«, sagte Mi-Mo in einem leicht hochmütigen Tonfall, den sie sich zugelegt hatte und der seine Wirkung selten verfehlte. Begabt für diese Art des Umgangs mit Männern, mimte sie jetzt vornehme Distanz. Das war der erste Teil ihrer Rolle, die sie jeden Abend spielte.

»Hör mal, Mädchen, wie lange?«

»Eine Stunde!«

»So einen Stundenlohn möchte ich auch mal haben.«

»Ich gebe Ihnen besser Ihr Geld wieder zurück. Sie bereuen ja die paar Pfennige schon jetzt!«

»Mach keinen Ärger, Mädchen. Ich habe doch nur Spaß gemacht. Nein, ich gebe es dir gern. Hübsch bist du ja.«

Das war in der Stunde, als Edeltraut leise nach der Pulverkammer schlich. Sie trug eine kleine Taschenlampe und zögerte vor der Tür. Sie hatte sich zuerst nicht viel gedacht, als sie hörte, daß Albert vermißt würde. Am dritten und vierten Tag jedoch begann ein Gedanke in ihr zu wachsen, der sie frösteln machte. Sie hatte ihn zu hart angefaßt. Und der war ja zu allem fähig. Die Baracke hatte er angezündet – allerhand, als zwölfjähriges Kind einen Brand zu legen. Wenn er sich irgendwo draußen das Leben genommen hätte, wäre er längst gefunden worden. Wenn er aber in die Kammer gegangen war ...

Der Sperrhaken lag noch in der Mauerritze. Oh, sie wußte es. Sie hatte sich sechs Tage lang vor diesem Weg gefürchtet und sich eingeredet, sie würde ihn nicht unbedingt gehen müssen. Aber dann war ihr eingefallen, daß Selbstmörder meist einen Brief hinterlassen, in dem sie ihre Gründe darlegen und eine letzte Anklage vorbringen. Sicher würde in seinem Brief ihr Name stehen und noch einiges andere. Es war schlimm genug, daß er tot war; aber noch schlimmer war der Brief.

Sie begann, gegen die Tür zu drücken, fühlte, wie das kalte Holz nachgab, aber sie öffnete sie noch nicht.

Er war nun schon einige Tage tot. Entsetzlich! dachte sie. Aber dieser Gang war ihr auferlegt, und sie mußte ihn allein gehen. Das war die Strafe: die grauenhafte Erinnerung, die sie aus der Festung mit in ihre Ehe nehmen würde. Den Brief würde sie vernichten und am nächsten Tag den Vorschlag machen, man solle noch einmal genau in der Festung nachsehen, sie habe sich erinnert, daß Albert von einem Raum gesprochen habe, den außer ihm niemand kenne. Sie würde die Suchenden in die ungefähre Richtung schicken.

Langsam, ganz langsam öffnete sie die Tür. Sie hatte noch niemals Tote aus der Nähe gesehen. Nur von weitem. Und dann war sie in einem Bogen um sie herumgegangen.

Aber das war schon lange her. Damals lagen die Toten auf der Erde, durch nichts geschützt als den Kreis von Menschen, die stumm auf sie hinunterblickten. Jetzt war der Tod weniger öffentlich, er war eingedämmt, gegen Blicke abgeschirmt. Kleine Zimmer an linoleumglänzenden Korridoren, weiße Tücher, Technik des Sterbens, luftdicht, tiefgekühlt, lautlos. Sie hatte Angst.

Zur gleichen Stunde schlief Hugo, aber sein Schlaf war unruhig. Er ächzte und wälzte sich herum. Wenn sein Schlaf so dünn wurde, daß Gedanken durchschimmerten und er sich fast daran erinnerte, daß er, Hugo Starosta, am Leben war, schien ihm, als erwarte ihn beim Auftauchen aus diesem Schlaf an der Oberfläche unaussprechlicher Schrecken. Er war wie eines jener Tiere, die im Eis Atemlöcher haben und heraufkommen und oben von einem tödlichen Keulenschlag erwartet werden. Eine Robbe war er jetzt, eine Robbe auf dem Weg nach oben. Eine wissende Robbe, die den Jäger am Atemloch spürte. Vorsichtig atmen – vorsichtig –

Eliese saß und hörte ihn. »Vorsichtig!« lallte er.

Sie wagte es nicht, zu schlafen. Die Welt war ein Wabenhaus. Die vielen abgeschlossenen Zellen, in die kein Wissen eindringt ... Die vielen verborgenen Plätze ... Der Wind war kalt. Es ging einer über das Moor und ertrank. Im Eis wurde er gefunden. Nach dreißig Jahren. Er sah aus wie gestern. Die Siamesischen Zwillinge in der Zeitung sind zusammengewachsen. Keiner braucht den andern zu suchen. Sie wissen immer, wo der Bruder ist. Die Zwillinge leben zusammen. Aber wenn der eine säuft und der andere fromm ist? Ach, Gott. Und es gibt nur diese Rettung, fromm zu sein! Traurig zu sein hilft nichts. Und was kann man sonst tun, als fromm zu sein, wenn man mit niemandem zusammengewachsen ist, wie die fremden Zwillinge? Und es war so eine schwere Geburt. Ich war schwach, und danach hatte ich Appetit auf Kakao und Leberwurstbrötchen. Ich war so schwach.

»Und wie wird es morgen sein und übermorgen? Wir werden guten Tag sagen, uns die Hand geben und bei einer Tasse Kaffee nebeneinandersitzen. Und eines Tages wird es dein Mann erfahren und nicht glauben, daß es so war, daß wir ihn geschont haben.«

»Und was könnte ich tun?« fragte Alwina.

»Du könntest ihm sagen, daß euere Ehe ein Irrtum war, daß du damals allein warst und daß ... Soll ich mit ihm reden?«

»Nein, er würde dich schlagen. Er hat sich an den Irrtum gewöhnt.«

»O ja, ich weiß, er hat ein Recht auf seinen Irrtum. Weil du es ihm einräumst.«

»Vielleicht habe auch ich mich an den Irrtum gewöhnt?«

»Du?«

»Ja. Du kommst mir bekannt vor. Von Anfang an. Ich kenne hier niemanden ...«

»So, ich komme dir bekannt vor. Und dein Mann, kommt er dir bekannt vor?«

»Nein.«

»Es ist zum Lachen«, sagte er. »Ich werde doch mit ihm reden!«

»Nein, es ist nicht zum Lachen, und du wirst nicht mit ihm reden!«

»Du bist unter allen Umständen gewillt, aus deinem Leben eine Tragödie zu machen!«

»Gewillt? Nein, aber ich kann nichts tun. Ich bin wie ausgeschaltet –. Vielleicht werde ich mich eines Tages von ihm trennen. Ich will hier 'raus, aber er hat es nicht so eilig. Später, ja, später ...«

Warum hatte sie das Porzellan gekauft? Warum war sie an jenem Tag an der Tür stehengeblieben, so daß er gedacht hatte, nun will sie etwas sagen. Und dann an der Tür, als er nach ihr griff und ihr Mund so willig war, daß er denken mußte, ihr Mund habe seit langem gewartet. Ein einziges Mal! An den anderen Tagen war sie hart gewesen, gegen sich und gegen ihn.

»Bei unserer ersten Begegnung haben wir mit den Augen gesprochen. Und wir haben es beide verstanden.«

Sie war eingeschüchtert und sonderbar reduziert. Und er wußte das. Vor dem Krieg hatte er einige Semester studiert, irgend etwas; jetzt war er Vertreter denn er verdiente gut mit Tafelsilber und Porzellan. Sie hatten nicht von Liebe gesprochen. Er hatte nicht an Ehe gedacht. Aber er wußte, was sie wert war, eine Frau mit starkem Willen und einer verborgenen Anmut, die aufblühen würde. –

Er sagte: »Ich weiß, wie du sein könntest. Dein Mann ist ein roher Tölpel, aber ich habe noch deinen Schatten erkannt.«

Sie sagte: »Viktor ist verläßlich. Aber vielleicht werde ich mich von ihm trennen.«

Edeltraut hatte Angst. Der Lichtkegel tastete über den Boden, über die Wände, auf das Bett. Der Raum war leer. Sie trat ein, zündete die Petroleumlampe an, ging in der Kammer umher und prüfte jeden Winkel. Leer!

Sie setzte sich auf das Bett und spürte, wie ihr die Knie zitterten. Er war nicht tot! Womöglich befand er sich wirklich auf dem Weg nach Japan? Sie traute ihm zu, daß er töricht genug dazu war.

Sie würde sich nicht mit dunklen Erinnerungen plagen müssen. Und es war ja auch gut für ihn, daß er von dem Kind nie etwas wissen würde. Es wäre nur eine Belastung für ihn.

Kein Brief, kein Toter. Mein Glück, dachte sie. Mein Glück! Mein Glück!

## SIEBZEHNTES KAPITEL

Albert erinnerte sich. Zuerst hatte er das Gefühl gehabt, in einen Zug gestiegen zu sein, dessen Ziel er nicht kannte, und der Zug fuhr, und er konnte nicht mehr aussteigen und stand und wartete auf die Endstation. Das war eine andere Sache als damals der Brand der Baracke. Damals waren es Minuten gewesen; und er war unsichtbar geblieben. Dies war eine Herausforderung, er war aus dem Verborgenen herausgetreten. Sie würden es alle als eine Herausforderung auffassen. Und diesmal würde es Folgen haben –

Hermann war nicht zu Hause, aber die Frau sagte: »Sie klappern die Dörfer ab.«

Kehraus, verspätete Kirmes. Dreißig, vierzig Kilometer von der Stadt entfernt.

»Nicht, daß ich Ärger mit Hermann kriege«, sagte die Frau.

»Nein, es ist wichtig, ich muß unbedingt zu ihm!«

Zwei Schießbuden, ein Karussell, die Schiffschaukel, eine Bude, wo Lose verkauft wurden, ein Bratwurststand, ein kleines Bierzelt und die Geisterbahn. Das Wetter war diesig. Die Musik aus den Lautsprechern: tröstlicher Lärm, der ihn begrüßte.

Es war nicht schwer gewesen, Hermann zu finden.

Die beiden Burschen waren bei ihm. Sie erkannten ihn gleich. Jetzt trugen sie Lederjacken wie sein Bruder; damals im Zimmer hatten sie gepflegter ausgesehen.

»Was willst du denn hier?« rief Hermann. Er bediente

drei Schaukeln. Die beiden arbeiteten neben ihm. »Ist jemand gestorben?«

»Nein! Aber ich muß dir etwas erzählen etwas Wichtiges!« sagte Albert. »Ich kann nicht heim. Ich bin fortgelaufen.«

»Mensch, mach ja, daß du heimkommst, sonst haue ich dir eine ins Genick!«

»Ich kann nicht heim.«

»Hast du was geklaut?«

Der Verdacht kränkte ihn, gerade Hermann mußte das sagen, der das Bett ... Albert wußte selbst nicht genau, wie es gekommen war. Aber er hatte mit seinem Verband um den Kopf im Bett gelegen, hatte am Tag geschlafen und nachts nachgedacht. Er hatte gelitten unter dem Verlust Edeltrauts, hatte sich bedroht gefühlt von ihr und von Fräulein Leisle und von Menschen, die er nicht kannte. Schließlich war es nicht sicher, ob Edeltraut nicht doch von der Baracke erzählen, ob Fräulein Leisle ihn nicht doch in Fürsorgeerziehung bringen würde. Und die Schule! Er hatte wieder gefehlt. Er war umstellt ...

»So«, sagte Hermann, »geklaut hast du nichts ...«

»Ich soll vielleicht in Fürsorgeerziehung, hat Fräulein Leisle gesagt.«

»Du Vollidiot!« rief sein Bruder. »Jetzt kommst du ganz sicher in Fürsorgeerziehung, weil du abgehauen bist!«

Sie standen zu viert auf dem Bretterboden der Schiffschaukel. Ihr Gespräch wurde immer wieder unterbrochen, wenn eine Schaukel gebremst oder angeschoben werden mußte. Die elektrische Orgel des Karussells dröhnte herüber, aus dem Lautsprecher der Geisterbahn flatterten die Stimmen der Gespenster: Hahaha! Hohoho! Hui! Hui! Die vollbesetzten Wagen knallten durch die Tür und rollten aus mit dem lautlosen Lachen der Besucher, das ihnen langsam aus den Gesichtern glitt.

»Es ist nichts los hier«, sagte einer der beiden, die neben Hermann arbeiteten.

Aus dem Fenster der Kasse, des weißen Holzhäuschens am Eingang der Schiffschaukel, kam ein breitrandiger Hut zum Vorschein, darunter ein barsches Gesicht. »He!« rief der Mann. »He!« Er machte eine ärgerliche Bewegung mit der Hand.

»Mein Bruder!« rief Hermann. »Reg dich nur nicht auf! Mein Bruder!«

Die beiden Freunde seines Bruders hießen Franz und Felix. Sie nannten Albert das »Ohr«. Hermann hatte gesagt: »Was hast du denn mit deinem Ohr gemacht? Das ist ja ganz schief –.« Darauf hatte Franz gesagt: »Schick das Ohr mal nach einer Flasche Bier für uns!«

Das war sein erster Auftrag gewesen.

Sie wohnten in einem Gasthof, hatten ein Zimmer mit zwei Betten und einer Couch. Es koste nicht viel, sagten sie. Im Gastzimmer zählten sie das Kleingeld, das sie in den Taschen trugen. Zum Essen tranken sie Bier und nahmen noch einige Flaschen mit aufs Zimmer.

Franz sagte: »Als ich sechzehn war, sollte ich auch in Fürsorgeerziehung. Aber mein Alter hat sich auf die Hinterbeine gestellt, und da haben sie durch die Röhre geguckt. Mann, der hat schon ganz recht, die sollen ihn nur suchen! Wenn er heimkommt, kann dein Alter sagen: Sehen Sie, Sie haben meinen Sohn derartig verängstigt, daß er geflüchtet ist ... Wirbel muß er machen, einen anständigen Radau!«

»Wir müssen eine Karte heimschreiben«, sagte Hermann. »Ein paar Tage kannst du bleiben. Dein Fressen mußt du dir aber selber verdienen. Hier kommt noch ein Sofa rein! Und morgen finde ich was für dich zum Arbeiten.«

»Er kann beim Ab- und Aufbauen helfen«, sagte Felix.

»Wenn wir stehen, kann er Lose verkaufen. Die Tombola sucht einen Verkäufer. Der Schillinger nimmt jeden.«

Albert erinnerte sich. Er saß auf der Holztreppe der Bude und wartete. Der Zug fuhr noch, er war noch unterwegs.

»In ein paar Tagen ist Schluß«, sagte Hermann. »Im Winter gehe ich wieder als Schweißer.«

Das hatte er auch damals gesagt, als er aus der Festung fortgegangen war. Er hatte einen Pappkoffer gepackt, und Eliese war um ihn herumgelaufen und hatte gerufen: »Wo willst du denn hingehen?« »Hier 'raus«, hatte Hermann ganz ruhig gesagt. »Ich arbeite als Schweißer. Ein Zimmer habe ich auch schon.« Sie stand an der Tür, als wolle sie ihn nicht hinauslassen. »Du kannst doch deine Eltern nicht einfach so verlassen! Du sollst Vater und Mutter ehren.«

»Laß mich in Ruhe.« Er hatte sie mit einer Handbewegung von der Tür weggeschoben, nicht heftig, sondern lässig, wie einen Vorhang, den er zur Seite strich. »Macht's gut«, hatte er noch gesagt. Dann war die Tür zugefallen.

»Servus«, sagte der Mann, als er mit Hermann hierher gegangen war, vor die Bude, für die er Lose verkaufen sollte. »Die Lose sind abgezählt. Das Geld muß stimmen, sonst knallt's!«

Sie hatten abgebaut, waren gefahren und hatten wieder aufgebaut. Es war immer die gleiche winzige Stadt aus Holz und Leinwand und Pappe.

Albert schüttelte den Topf mit den Losen. »Nehmen Sie ein Los!« Das Geld stimmte. Die Geister auf der Grammophonplatte sangen ihr Huihui! Hähähä! Hohoho! Und die törichten Gesichter kamen durch die Klapptür gefahren und verloren ihr Lachen.

»Jede Nummer gewinnt! Nehmen Sie ein Los! Ich habe die Glückstreffer hier in meiner Hand!«

Schillinger hieß der Besitzer. Er bediente die Glocke und grölte in das Mikrofon: »Schon wieder ein Haupttreffer! Aha! Aha! Der glückliche Gewinner hat die Auswahl! Wer wagt, gewinnt! Ja, das ist klug gewählt!« Die Glocke hämmerte.

Albert erinnerte sich. Franz hatte gesagt: »Hier ist auch nichts los. Keine Weiber. Aber am Samstag, da läuft was.«

»Wir müssen endlich eine Karte schreiben«, hatte Hermann gesagt und dann hinzugefügt: »Na ja, in der Festung haben sie sowieso keine Briefkästen.«

Er hatte kaum nach Hugo und Eliese gefragt. Und als er von Pferd und Wagen erfuhr, rief er: »Ein Transportunternehmen? Du wirst sehen, das geht schief! Alles, was Hugo in die Hand nimmt, geht schief. Es gibt Leute, denen das Brot immer auf die beschmierte Seite fällt.«

Sie fuhren in einem weiten Kreis um die Stadt. Sie blieben immer in der gleichen Entfernung zu ihr; die Stadt war das Zentrum.

»Kann ich nicht auch als Schiffschaukler arbeiten, mit euch zusammen?«

»Blödsinn, du siehst doch, daß es gerade für uns langt. Warum du eigentlich ausgerechnet mir nachgelaufen bist, ist mir nicht ganz klar. Du hättest doch auch zu Adolf gehen können?«

»Das Ohr hängt an dir, Mann«, sagte Franz.

»Was?« fragte Hermann verblüfft. »Hängst du an mir?«

»Du bist doch mein Bruder«, sagte Albert zögernd.

»Jetzt wird er auch noch rot!« lachte Franz.

Am Samstag brachten sie zwei Frauen mit aufs Zimmer. Aber sie schalteten gleich das Licht aus.

»Da liegt ja noch einer im Bett!« sagte die größere der Frauen.

Die andere sagte gar nichts. Ihr war es egal.

»Das ist mein kleiner Bruder. An dem braucht ihr euch nicht zu stören. Der ist sowieso doof.«

Am Morgen ging Felix früh hinunter und brachte Eier und Bier nach oben. Die Frauen liefen im Unterrock durchs Zimmer und begannen, sich einen Spaß mit Albert zu machen.

»Gebt doch dem Kleinen auch was zu essen!« sagte die Frauenstimme. Dann standen sie beide vor seinem Lager und schauten auf ihn hinunter.

»Da liegt er, der Kleine, und macht Heiapoppeia. Kommt, gebt ihm auch ein paar Eier. Und Bier muß er haben, davon wächst er schneller. Guck nur, wie er blinzelt! Er schläft gar nicht!«

»Er ist jetzt verlegen, weil zwei Damen im Zimmer sind.«

»Ach Gottchen, so was Unschuldiges.«

»Ja, nimm ihn mal an die Brust und schaukel das Kindchen in Schlaf.«

Sie rüttelten ihn zart. Er wurde zornig, weil sich alle über ihn lustig machten, richtete sich plötzlich auf und rief: »Laßt mich in Ruhe!«

»Ah«, sagte eine der Frauen. »Jetzt ist er wach!«

»Ja«, sagte Hermann. »Zeit wird's ja auch.«

»Wollen wir ihm nicht das kleine Ärschchen versohlen, weil der böse Junge von daheim fortgelaufen ist?« rief Franz.

Sie zogen ihm die Decke weg und patschten auf seinen nackten Hintern. Die Frauen lachten schrill. Eine sagte: »Hat er nicht einen süßen kleinen Popo?«

Albert wehrte sich und strampelte mit den Beinen.

»Guck nur!« rief Franz. »Jetzt zeigt er auch noch sein Hampelmännchen, wo doch zwei Damen im Zimmer sind! Daß er sich gar nicht schämt.«

»Laßt ihn und gebt ihm was zu essen!« sagte Hermann.

»Hör mal«, fragte Franz, als die beiden Frauen gegangen waren, »du nimmst uns doch den kleinen Spaß nicht übel?«

Albert saß im Bett, trank Bier und antwortete nicht.

Albert erinnerte sich der wunderlichen Stationen seiner traumhaften Fahrt. Frau Schillinger ging über die Bohlen. Er hörte, wie sich die Bohlen durchbogen und ächzten. Sie füllte die Lücken in den Budenregalen mit neuen Gewinnen. Sie lief hin und her und sang dabei leise. Die Karte war nicht geschrieben worden. Er hatte Geld in der Tasche, nicht sehr viel, doch mehr als je zuvor. Aber er spüre einen anhaltenden Druck im Magen, ähnlich dem Gefühl, das er auf einer ausschwingenden Luftschaukel empfunden hatte – ein Unbehagen. Nur schlimmer.

Die Frau stand auf einem Hocker und rief: »Ohr, reich mir mal die Sachen da 'rauf!« Während sie die Körbe und die Flaschen mit dem billigen Sekt und die faden, geschmacklosen Puppen auf die Regale stellte, sang sie wieder. Eliese hatte früher auch gesungen.

»Willst du nie mehr heimkommen?« fragte er am Abend seinen Bruder.

»Mensch, hör auf! Auch du wirst endgültig fortgehen, wenn du alt genug bist. Sie werden alle fortgehen! Auch Mi-Mo und Bruno. Wir sind keine Familie wie andere Familien –«

»Aber wir könnten doch eine Familie werden wie andere auch?«

»Nein, jetzt nicht mehr. Nie mehr!«

Die Karte war immer noch nicht geschrieben. Sie sagten, in ein paar Tagen wären sie ohnehin wieder in der Stadt. Da brauche man nicht mehr zu schreiben.

In der Samstagnacht zählten die drei ihr Geld. Jeder von ihnen hielt ein dünnes Päckchen Banknoten in der Hand. Sie blätterten zärtlich und verglichen ihre Summen. Auf dem Bettrand saßen sie und schwätzten über ihre Müdigkeit weg. Sie würden erst im Frühjahr wieder fahren. Dann knobelten sie, und Albert sah zu. Nachdem Hermann den beiden je zwei Zwanzigmarkscheine abgewonnen hatte, machte es ihnen keinen Spaß mehr.

»Darin ist er nicht zu schlagen«, sagte Franz mißmutig.

»Er ist ein Fuchs und bleibt ein Fuchs.« Felix gähnte.

Hermann lachte. »Köpfchen«, sagte er. »Köpfchen!«

Später gingen sie noch einmal fort. Albert zählte nun auch sein Geld; Schillinger hatte gesagt: »Das Ohr kann wieder zu uns kommen. Man kann ihn gebrauchen.« Dieses Lob glühte in ihm nach und taute jetzt das Frösteln seiner bänglichen Gedanken auf.

Ja, ich bin wieder da, würde er sagen.

Sie fuhren gegen Mittag mit dem Zug. Felix und Franz hatten sich verabschiedet. Sie würden morgen dem Schiffschaukelbesitzer noch helfen, sein Etablissement ins Winterquartier zu bringen.

»Los, trag den Koffer«, sagte Hermann. »Aber sei vorsichtig! Ich habe Schillinger noch fünf Flaschen Sekt abgeknöpft, die sind da drin!«

Der Zug trödelte gemächlich von Station zu Station. Albert litt wieder an dem Grundgefühl dieser ganzen Reise. Die ungewisse Endstation ... Früher, auf der Flucht, waren sie ein paarmal in den falschen Zug gestiegen. Seine Ängste waren wieder in ihm versammelt.

»Was soll ich sagen, wenn ich heimkomme?«

»Nichts«, erwiderte Hermann. »Sag guten Tag.«

»Sie werden über mich herfallen. Und Fräulein Leisle. Kannst du nicht mitkommen?«

»In die Festung? Große Lust habe ich nicht dazu, aber meinetwegen. Mit dir hat man einen Haufen Arbeit!«

»Die Mutter spricht oft von dir«, sagte Albert. »Und weißt du eigentlich, daß Edeltraut heiratet?«

Es war das erstemal, daß er ihren Namen erwähnte. Als Hermann erfuhr, daß der Bräutigam ein Invalide war, meinte er, sicher habe sie den ersten besten genommen. Die habe geglaubt, er würde sie heiraten. Aber so dumm sei er nicht, eine Frau zu heiraten, die keinen Zaster mit in die Ehe bringe. Den ganzen Tag habe sie von Liebe geschwätzt. Aber die Liebe spiele bei so einem Geschäft auf Lebenszeit nicht die entscheidende Rolle. Ein Dreck sei die Liebe, wenn die Finanzen nicht stimmten. Ja, zu einer Plackerei würde so etwas.

»So ganz ohne Liebe?«

»Davon verstehst du noch nichts«, sagte Hermann. »Guck dir nur an, wie sie sich abquälen müssen, bis sie sich in ihre zwei Zimmerchen mit Bad hocken können! Dann denken sie, wer weiß, was sie nun hätten! Stell dir das vor: Hermann nimmt eine kleine Frau, eine kleine Anstellung – und dann arbeitet Hermann auf die zwei Zimmerchen – er wird älter und arbeitet dafür, daß er in den Zimmerchen bleiben darf – und eines Tages ist Hermann verreckt – in den kleinen Zimmerchen! Blödsinn!«

»So«, fragte Albert, »von Liebe hat sie den ganzen Tag geschwätzt?«

»Ja, das Gesäusel hing mir schon zum Hals heraus.«

»Sie hat dich aber schnell vergessen«, sagte Albert.

»Das meinst du nur! Die vergißt mich nicht. Ich war der erste, der sie auf Touren gebracht hat. Ich werde sie nachher ein bißchen auf den Arm nehmen –«

Der Gedanke, sich in der Festung ein wenig bewundern zu lassen, erregte ihn jetzt angenehm. Er würde seine beigefarbene Hose anhaben, dazu den neuen braunen Sakko und darunter die gelbe Weste. Und die rote Krawatte! Den Hut würde er in der Hand tragen, den Trenchcoat geöffnet –. Er würde die Eingesperrten aufsuchen und leichthin sagen: Wie geht's euch denn? Ja, ich komme gerade von einer längeren Reise zurück und wollte mal guten Tag sagen –

Nachdem sie angekommen waren, nahmen sie einen Wagen und fuhren zur Wohnung. Die Frau mit den dicken Knien hing an Hermanns Hals und beschmierte sein Gesicht reichlich mit ihrem Lippenstift. Albert stand dabei und fühlte sich peinlich berührt von den eigentümlichen Lauten, die sie bei diesem hautengen Empfang ausstieß.

»Wir haben keine Zeit, Schatz«, sagte Hermann. »Ich muß den Bankert wieder in die Festung bringen. Am Abend, Schatz, am Abend bin ich wieder da.« Er glättete mit ein paar öligen Worten ihren aufsteigenden Unwillen. »Und morgen abend, Schatz, gehen wir groß aus. Am Montag, wenn die Proleten daheimbleiben.« Sie flüsterte etwas in sein Ohr.

»Heute abend«, knurrte er leise und grinste. »Heute abend.«

Sie nahmen ein Taxi zur Festung. Neben Hermann stand seine Aktentasche. Er hatte drei Flaschen von dem billigen Sekt mitgenommen. Albert war blaß. Er wartete auf Verhängnisse, die, wie ihm schien, wie Fallgruben für ihn um die Festung gelegt waren.

Hermann grinste. Er ging als erster die Treppe hinauf, und die Vorstellung ihrer verblüfften Gesichter ergötzte ihn im voraus.

Albert trottete schweigend hinter ihm her.

Ihr Auftritt entsprach Hermanns Erwartungen. Sie starrten alle nach der geöffneten Tür, durch die sie eintraten wie zwei Totgeglaubte.

Hugo sperrte den Mund auf. Sein Kinn fiel herunter wie der Holzkiefer eines Nußknackers, dem gerade die geknackte Nuß entnommen wurde. Und da saß Eliese, mit dem dünnen schmutziggrauen Haar und den Kummerfalten im Gesicht, in das immer der Anfang oder der Rest eines Seufzens gezeichnet zu sein schien und für das Hermann jetzt ein grobschlächtiges Mitleid empfand. Sie waren alle da: Bruno und seine Schwester Mi-Mo und die

Großmutter, die auf ihrem Bett saß und heftig mit den Augen blinzelte.

Hermann stand im Zimmer und lachte laut auf, als Eliese einen kleinen Schrei ausstieß und auf Albert zustürzte, der stocksteif und mit eingezogenem Genick duldete, daß sie ihn an ihre Brust riß und mit Zärtlichkeiten überschüttete.

Hugo begann mit Vorwürfen, aber Hermann zog seinen Mantel aus, warf ihn auf ein Bett und sagte: »Mach kein Theater, Hugo, der Kleine war mit mir auf der Reise. Wenn du lamentierst, haue ich wieder ab!«

»Er hätte doch wenigstens schreiben können.«

»Ja«, sagte Eliese. »Hätte er nicht wenigstens schreiben können? Ach, Gott, eine Karte, ein paar Worte. Wir haben uns zu Tode gegrämt –«

»Und die Polizei war da!« rief Hugo.

»Jedenfalls habt ihr das Zutodegrämen überlebt. Die Polizei? Da wirst du dich auf die Hinterbeine stellen müssen, Hugo! Du wirst sagen: Das Fräulein vom Amt hat meinen Sohn so verängstigt, daß er zu seinem Bruder geflüchtet ist!«

»Wo seid ihr denn gewesen?« rief Eliese.

»Ah«, sagte Hugo. »Ja, das ist gut, das werde ich sagen. Aber warum zum Teufel hast du nicht geschrieben?« schrie er Albert an.

»Ihr habt doch keine Briefkästen –«

»Laß nur, Hugo«, sagte Hermann. »Bei seinem Bruder war Albert in guten Händen. Das kannst du jedem sagen!« Er griff in die Tasche und legte einen Zwanzigmarkschein auf den Tisch. Dann blickte er sich nach Albert um: »Na, los!« befahl er. »Schüttel dich, laß auch einen Zwanziger wachsen! Da staunt ihr, was? Er hat Geld verdient in der Zeit. Gefaulenzt wird nicht, habe ich ihm gesagt!«

»Ist das für mich?« fragte Eliese. Sie blickte auf die vierzig Mark, die auf dem Tisch lagen.

»Natürlich«, sagte Hermann. »Für wen denn sonst!« Er wandte sich zur Großmutter: »Na, alte Schleiereule, du sollst auch einen Fünfer haben! Sparst du noch immer auf deinen Sarg? Hahaha! Du stirbst noch lange nicht!«

Er warf ihr ein Fünfmarkstück zu, das sie katzenschnell in der Luft auffing. Ihre Hand zuckte vor wie eine Kralle, und sie entblößte bei dieser Bewegung einen Unterarm, der dünn war wie ein Vogelbein.

Hermann blickte in die noch immer aufgeregten Gesichter. Er genoß mit wohlwollender Verachtung die Aufregung, die es um ihn und den Bruder gab, den er zurückgebracht hatte. Er gehörte zu dieser Familie, aber er fühlte sich über alle erhaben, klüger und gerissener, und nun war er der Heimkehrer, der Glückbringer, der große König; und er hatte die Getränke gleich mitgebracht, um sich feiern zu lassen.

»Sekt?« sagte Eliese erstaunt. »In meinem Leben habe ich noch keinen Sekt getrunken.« Das waren also die berühmten Flaschen, die auf den Tischen der reichen Leute standen. Ja, dieser Tag war Sekt wert. Ein Sekttag!

Die Großmutter humpelte heran. »Ein Gläschen Wein –«, sagte sie und schmatzte mit den Lippen. »Ein Gläschen Wein –«

»Vorsicht!« rief Mi-Mo. »Das knallt!«

»Ich habe schon oft Sektflaschen aufgemacht!« sagte Hugo wichtig. »Weg da, im Krieg habe ich manche Flasche getrunken.« Obwohl er nur gesehen hatte, wie Offiziere einige Flaschen geleert hatten, glaubte er jetzt daran, damals des öfteren Sekt getrunken zu haben. »Es prickelt, wenn es die Kehle hinunterläuft«, klärte er seine Familie auf.

»Wir haben ja gar keinen Korkenzieher«, warf Mi-Mo ein. »Soll ich bei Viktor einen holen?«

Nein, das war jetzt nicht angebracht. Drüben hatte es wieder Streit gegeben. Schon am frühen Morgen hatten sie durch die Wand gehört, wie Viktor mit Alwina herumgeschrien hatte.

»Geh zum Schulz oder zum Kainrath«, sagte Hugo.

Hermann grinste: »Du willst die Flaschen mit einem Korkenzieher aufmachen?«

»Natürlich«, sagte Hugo. »Weißt du übrigens, daß Edeltraut heiratet?«

»Ja, die soll doch mal 'rüberkommen. Geh hin und sage ihr, ich wollte gratulieren, Mi-Mo.« Er lachte.

»Eine gelbe Weste hast du an«, sagte Hugo versonnen. »Ich werde mir demnächst einen blauen Anzug für sonntags kaufen. Ich habe einen schönen Regenschirm. Aber, daß er nicht geschrieben hat, das war nicht recht! Eliese, gib mal den Schirm aus dem Schrank, ich will ihn Hermann zeigen!«

»Was denn, da oben steht ja eine Höhensonne!« Hermann deutete nach dem erwähnten Schrank.

»Ja, das ist sehr gesund«, sagte Hugo. »Ich werde mich mal bestrahlen. Nächste Woche fange ich an, bisher hatte ich keine Zeit dazu.«

»Was stehen denn da für Möbel im Hof 'rum?« fragte Hermann.

»Die ziehen aus«, sagte Hugo. »Morgen zieht hier mal wieder eine Portion aus.«

Eliese sagte: »Alwina meinte immer: ›Solange seine Leiche nicht gefunden wurde, könnt ihr noch hoffen –‹«

Mi-Mo kam zurück. Edeltraut ließe für den Glückwunsch danken, aber sie könne nicht kommen, sie sei mit ihrem Mann verabredet und müsse sich beeilen.

»Was heißt denn das, sie ist doch noch gar nicht verheiratet –. Wer ist denn bei ihr?« fragte Hermann. Niemand wäre bei ihr.

»Na, dann gehe ich schnell mal 'rüber«, sagte Hermann.

Eliese und auch Hugo waren dagegen. Aber er ließ sich nicht aufhalten. In zwei Minuten sei er wieder zurück.

Edeltraut wurde rot und blaß. »Ja«, sagte er. »Ich bin wieder da. Von der Reise zurück –«

»Schön, daß mit Albert nichts passiert ist« sagte sie und schaute ihn unsicher an. »Man hat geglaubt er wäre tot. Hat er dir etwas gesagt? Ich meine, ob er dir erzählt hat, daß ich dich sprechen wollte? Und was sagt er sonst? Man kann ihm ja nicht alles glauben –«

Er weidete sich an ihrer blutübergossenen Verlegenheit. »Ich wollte dich heiraten«, sagte er. »Aber du bist mir untreu geworden –«

»W-was?« stotterte sie.

»Ja, aber jetzt muß ich gehen.«

»Hermann, ist das wahr? Ist das wirklich dein Ernst? Hermann ...«

»Ja! Aber ich wünsche dir viel Glück!«

Nach einer Viertelstunde kam er gut gelaunt wieder in das Zimmer. Seine Eitelkeit hatte ein wenig gelitten, als er von der bevorstehenden Heirat gehört hatte. Jetzt hatte er ihr Herz geprüft und noch immer einen Rest der alten Zuneigung darin gefunden. Er hätte sie haben können, noch jetzt, das sah er an den Tränen, die er ihr hervorgelockt hatte. Damit war er zufriedengestellt. Auf dem Rückweg hatte er auch noch Johann Kanrath getroffen und nur leichthin gegrüßt, von oben herab, im Bewußtsein der gelben Weste und all seiner Fähigkeiten, die auf keiner Schule zu erlernen waren.

»Ein Gläschen Wein.« Die Großmutter leckte sich wieder die Lippen.

»Laß Hermann die Flaschen aufmachen«, riet Eliese.

»Du glaubst wohl, ich kann das nicht?«

»Laß doch den Quatsch mit dem Korkenzieher«, sagte Hermann. »Hier, der Draht wird aufgewickelt –«

Sie standen alle um den Tisch herum. Nachdem der Draht gelöst war, schoß der Pfropfen heraus, kaum daß Hugo ihn gelockert hatte. Dann quoll der Schaum. Hugo wollte nichts verlieren; er preßte den Handballen auf die Flaschenöffnung und kämpfte mit der Flasche.

Der erste Strahl schoß Eliese ins Gesicht. Mi-Mo, Bruno und Albert wurden getroffen. Sie stoben davon, in die hinterste Ecke des Raumes. Hugo drückte mit aller Kraft. Ein neuer Strahl spritzte der Großmutter ins Gesicht, ein anderer traf Hugo von unten gegen das Kinn. Hugo rang mit der Flasche, und Hermann lachte, während der Schaumwein über den Tisch floß und von Hugos Kinn heruntertröpfelte. An ihrem Bett stand die Großmutter und wischte sich mit einem Handtuch wieder trocken, wobei sie genießerisch an dem Tuch schnupperte. Schließlich steckte Hugo den Flaschenhals in den Mund. Seine Backen blähten sich, er stand da wie ein Trompeter, dem ein verzweifeltes Solo vor Anstrengung die Augen hervorquellen ließ.

Später sagte er: »Das ist sicher eine andere Marke, als die, die ich damals ...«

»Schade um den schönen Sekt«, sagte Eliese.

Hugo blickte über den Tisch. Er wußte, daß er wieder ein Schauspiel gegeben hatte, das ihm die anderen nicht verziehen. Deshalb begann er, schnell von seinem Geschäft zu erzählen, das im Augenblick nicht so recht gehe, das er aber im Frühjahr weiter vergrößern werde. Er wolle Reklame machen, mit Hilfe der Zeitung. Das leuchtete Hermann ein. Mit den Zeitungen ließe sich viel machen, sagte er.

Sie tranken aus Wassergläsern, redeten, gestikulierten und füllten die kleine Zelle mit ihrem Lärm. Der Sekt steigerte ihre freundlichen Gedanken, ihre Zuneigungen. Eliese dachte, daß jetzt nur noch Adolf fehle –. Früher hatte der Wein in ihr eine Glut geweckt, ein Fieber ihres Leibes, das nur der Mann stillen konnte. Nun gab es keine Glut mehr, keine Herausforderung, nur noch Wärme; und das erschien ihr als großer Gewinn. Sie wollte mitfühlen, bemitleiden, wärmen, mütterliche Zärtlichkeit ihren Kindern spenden. Eine neue Berechtigung möchte sie sich bestätigen lassen von ihren Kindern, zu denen sie nun auch ihren zahnlosen Hugo rechnete.

Er war der am meisten geliebte. Es war nicht alles glatt gegangen mit ihnen, aber jetzt fühlte sie nur noch Zuneigung und war bereit, sich und den anderen zu verzeihen. Sie hörte die Stimmen ihrer Kinder und lächelte. Aber in ihrem Leibe sitzt schon der Tod. Er läßt ihr noch etwas Zeit. Er ist gerade dabei, sich einzurichten, und sie erkennt ihn noch nicht. Aber von hier aus wird er aufbrechen und sie unterwerfen.

Eliese hält das Glas in der Hand. Der Sekt belebt ihre Hoffnungen. Man könnte sich an Sekt gewöhnen, denkt sie.

## ACHTZEHNTES KAPITEL

Am nächsten Morgen holten sie Albert. Die beiden Männer waren weder freundlich noch unfreundlich, aber sie strahlten die Gewißheit aus, daß sie ihren Auftrag unter allen Umständen erfüllen würden. Eliese verlegte sich auf ein kraftloses Bitten, das von den Männern ablief wie Wassertropfen von einer Ölhaut.

»Er war bei seinem großen Bruder in der Stadt. Er ist weggelaufen, weil Fräulein Leisle ihn mit der Fürsorgeerziehung geängstigt hatte, nicht wahr, Albert?«

»Er wird es gut haben in dem Heim«, sagte einer der Männer. »Geben Sie ihm seine Kleider mit, am besten in einem Koffer. Vergessen Sie die Zahnbürste nicht.«

»Mein Mann ist nicht hier, können Sie nicht wiederkommen, wenn mein Mann hier ist? Ich habe auch keinen Koffer. Von wo kommen Sie denn eigentlich? Wer schickt Sie?«

Die Männer wiesen sich aus. »Packen Sie seine Sachen in einen Karton!«

»Er hat doch nichts angestellt!« rief Eliese. »In dem Heim wird er sich nicht wohl fühlen. Daran wird er sich nie gewöhnen!«

Die Großmutter stand am Fenster. Sie bewegte die Lippen, als spreche sie aufgeregt vor sich hin. Mi-Mo lag noch im Bett und schlief. Die Stimmen waren wie ein fernes Geplätscher in ihrem Ohr. Bruno war schon unterwegs zur Schule. Hugo war fortgefahren, nachdem er im Hof gestanden und auf einen Auftrag von den ausziehenden Familien gehofft hatte.

Albert saß, ohne sich zu rühren. Er dachte an die Baracke, an die verbotenen Spiele mit Edeltraut und an ihre Drohungen.

»Los, steh auf, Junge!« Der Mann griff seinen Arm. »Wo sind deine Sachen?«

»Das geht doch nicht so ohne weiteres!« rief Eliese. Sie zitterte um die Mundwinkel. »Er hat doch nichts verbrochen!«

»Bis jetzt noch nicht, aber Ihr Sohn hat ausgesprochen asoziale Anlagen! Sind dies deine Sachen? Wir haben einen Koffer mitgebracht, für den Fall, daß Sie auch keinen Karton hätten.«

»Was hat er für Anlagen?« Sie empfand das unverständliche Wort als Beleidigung. Das mußte irgend etwas Gemeines und Schmutziges sein. Einer der Männer war hinuntergegangen und holte den Koffer.

»Gefährliche Anlagen hat er. Man muß ihn erziehen. Hast du keinen Schlafanzug?«

»Gefährliche Anlagen? Aber Sie kennen ihn doch gar nicht!«

»Wir kennen seine Umweltsverhältnisse und seine Neigungen. Der Staat schützt sich, und er schützt auch ihn selber, indem er ihn erzieht.«

»Der Staat schützt«, sagte sie tonlos. »Aber mich hat er nicht geschützt. Er hat uns nie geschützt! Wenn wir ihn gebraucht hätten, war er nie da, der Staat!«

»Das ist eine Täuschung«, sagte der Mann. »Der Staat ist immer da. Übrigens scheinen Sie gar nicht schlecht zu leben. Das sind doch Sektflaschen, nicht wahr?«

»Ich lasse das nicht zu! Er wird nicht mit Ihnen gehen!«

»Nein, ich habe keinen Schlafanzug«, sagte Albert. »Ich will da nicht hin!«

»Frau Starosta, machen Sie uns keinen Ärger! Wir erfüllen unsere Pflicht. Der Junge wird es gut haben!«

»Ich will da nicht hin!« rief Albert.

»Kamm, Zahnbürste, Zahnpasta!«

»Mein Gott«, sagte Eliese. »Das hat uns die Leisle angetan. Das hat die Leisle auf dem Gewissen!«

Mi-Mo war schon seit einiger Zeit wach. Sie hatte sich im Bett aufgesetzt und fragte jetzt: »Was ist denn? Aber was ...«

»Sie können ihn besuchen, und er darf Sie besuchen, wenn er sich eine Zeitlang gut geführt hat. Sag deiner Mutter auf Wiedersehn!«

»Nein!« rief Eliese.

»Ich will da nicht hin!« Albert wehrte sich, aber die Männer hatten ihre Erfahrungen. Sie umspannten seine Handgelenke und nahmen ihn zwischen sich. Sie waren kräftige Männer, und seine Arme wurden machtlos in ihren Händen. Er begann, nach ihnen zu treten, aber da spannten sich die Hände wie Schraubstöcke. Sie brachten ihn mit dem Schmerz unter ihren Willen. Sie schoben Eliese zur Seite und gingen hinaus. Sie brauchten sich mit ihr keine Mühe zu geben.

Albert ging zwischen ihnen. Auf der Galerie brannte noch die Lampe. Er ging mit gesenktem Kopf, blickte zu Boden und sah seinen winzigen Schatten zwischen der Übermacht.

Eliese sah sie nicht fortgehen, aber sie hörte, wie draußen ein Wagen anfuhr.

»Was ist denn?« Mi-Mo saß verstört im Bett, die Reste ihres gestrigen Lippenrots auf dem Mund. Sie mußte mehrere Male fragen, bis Eliese sagte: »Sie haben ihn hier weggeholt.« Das wiederholte sie, als müsse sie es aussprechen, um es zu begreifen.

»Wo ist denn Hugo? Er muß sich auf die Hinterbeine stellen!«

»Hugo ist nie da, wenn man ihn braucht!«

Sie begann zu begreifen, daß ihr Sohn getrennt von

ihr aufwachsen, daß sie ihn nicht mehr um sich haben, nicht mit ihm leben würde. Und wenn er zurückkam, war er vielleicht schon erwachsen und fremd, wie Adolf und Hermann. Und Hugo, er war nie zur Stelle, wenn sie ihn gebraucht hatte! Sogar die Jahre seiner Gefangenschaft kreidete sie ihm jetzt an wie eine Schuld, mit der er ihre Ehe belastet hatte. Er war nicht verläßlich, das war sein Fehler von jeher gewesen.

»Und du!« rief sie. »Du bist auch nicht verläßlich. Mach, daß du aus dem Bett herauskommst, du faules Aas! Was glaubst du, was die gedacht haben, als sie dich da im Bett liegen sahen?«

»Das geht die einen Dreck an, ob ich im Bett liege oder nicht!« rief Mi-Mo. »Überhaupt bin ich die längste Zeit hiergewesen. Fast jeden Tag steht morgens jemand anderes neben meinem Bett. Erst war's die Polizei und jetzt ...«

»Fortgehen? Damit du an nichts gebunden bist! Ich weiß, was du treibst. Du hast Geld in deiner Tasche. Ich habe es gesehen!« Eliese kam mit bösen Augen dicht an Mi-Mos Bett heran. »Du gehst auf den Strich, du elendes Weib! Ich habe es gesehen, in deiner Tasche! Hunderter hattest du da drin, und noch etwas –. Deine teuren Kleider, wo hast du die her? Ich weiß es, aber ich habe mich bis jetzt geschämt, es auszusprechen!«

»Das ist gar nicht wahr, was du da sagst. Ich habe einen Freund, der hat reiche Eltern.«

»Aber was du da in der Tasche hattest, außer dem Geld ...«

»Naja, das braucht man doch, wenn man keine Kinder haben will. Was ist denn dabei? Ich bin doch alt genug!«

»Ich glaube dir nicht«, sagte Eliese müde und setzte sich auf einen Stuhl. Mi-Mo gähnte und begann, sich anzuziehen.

»Sie haben ihn weggeholt«, murmelte Eliese. Nach einer Weile wandte sie sich wie hilfesuchend an ihre Tochter: »Wo werden sie ihn hinbringen? Was glaubst du, wo sie ihn hinbringen?«

»In ein Heim oder so«, sagte Mi-Mo. Sie zog den Reißverschluß ihres Rockes zu und strich die Falten hinten und an ihren Oberschenkeln glatt. »Vielleicht hat er's da gar nicht so schlecht.«

»Er hat's überall schlecht, wo er nicht zu Hause ist!« rief Eliese.

»So besonders gut haben wir es ja zu Hause nicht gehabt.«

»Ich habe immer mein Bestes getan!«

»So«, sagte Mi-Mo, »das war dein Bestes?« Sie stand vor dem Spiegel und kämmte sich das Haar.

Eliese starrte ihre Tochter an. Sie sah die Strümpfe, den teuren Stoff des Rockes. Sie trug eine weiße hauchdünne Bluse, und unter dem Bett standen die Schuhe mit geradezu unanständig hohen Absätzen.

»Du elendes Weib«, murmelte Eliese. Aber in Gedanken entschuldigte sie bereits die Schwäche ihrer Tochter, denn sie sah ihre eigenen Schwächen wiedergeboren, erhöht durch Hugos Anfälligkeit. Sie war unsicher geworden, glaubte halb an die Geschichte mit dem reichen Freund, weil sie daran glauben wollte. Mi-Mo hatte sich verändert. Das Schläfrige, Törichte war aus ihrem Gesicht verschwunden. Es war schärfer geworden, als habe es eine nachträgliche Korrektur erfahren. Das konnte der Einfluß eines Mannes sein –. Sie war froh, daß sie nur eine Tochter geboren hatte.

Sie erinnerte sich an den Vorabend. Da hatte sie sich zu sehr in ihrer Zufriedenheit gesonnt. Und nun wurde sie schon dafür bestraft. Gestern war er gekommen, und heute hatten sie ihn weggeholt – woher wußten die eigentlich, daß er wieder da war?

Vielleicht kann Hugo ihn da 'rausholen. Er muß hingehen. Ich habe ein Recht darauf, mit meinen Söhnen zusammen zu leben – das wird er sagen! Die Kinder werden eingesperrt. Was hat er denn getan? Er wollte nicht zur Schule gehen. Ich bin auch nicht gern zur Schule gegangen. Sie wollen ihn dazu zwingen, um ihn später gebrauchen zu können. Sie wollen ihn ausbeuten, das ist es! Wenn er dumm ist, können sie ihn nicht gebrauchen und auch nicht ausbeuten. Das ist es! Alle Frauen müßten dumme Kinder kriegen – so dumm, daß sie zu nichts zu gebrauchen sind. Dann wären sie machtlos. Sie könnten ihnen nichts beibringen.

Aber so dumme Kinder gibt es nicht. Sie lernen das alles: das Arbeiten und das Schießen. Was ich in der Schule gelernt habe, das habe ich später nicht mehr gebraucht. Höchstens, um Briefe an Hugo zu schreiben. Wenn ich da ein Wort nicht schreiben konnte, habe ich es nachgeschlagen. Dazu wären nicht acht Jahre Schule nötig gewesen. Aber ein paar Jahre sollten Kinder schon zur Schule gehen, denn wenn die Kinder Soldaten sind, müssen sie Briefe schreiben können, damit man weiß, wo sie sind. Hugo hatte ja auch immer viele Fehler in seinen Briefen, als er Soldat war. Das haben sie von Hugo, die Fehler beim Schreiben. Bruno macht keine Fehler. Er ist gescheit! Mit Bruno habe ich Glück. Wie die hier hereinkommen, so, als gehöre alles ihnen, die Festung, das Zimmer und die Kinder. Und man kann nichts tun! Sie legen die Hand darauf! Hugo muß sofort hingehen.

Hugo hatte Max eingeschirrt und gewartet. Um fünf Uhr morgens waren die ersten Lastwagen gekommen. Er hoffte wenigstens auf den Abfall, auf einen Küchenherd oder sonst ein unangenehmes Stück Transportgut, das keinen Platz finden oder vielleicht vergessen würde. Aber seine Rechnung ging nicht auf. Die anderen hatten alles gut vorbereitet und haargenau kalkuliert. Dieser Umzug vollzog sich so reibungslos, als wäre er vorher geprobt worden. Um sieben Uhr rollten die letzten Lastwagen zum Tor hinaus. Es waren alles Leute, die Übung im Umziehen hatten, deren ganzes Leben ein einziger Umzug gewesen war: Sie würden das Umziehen nicht mehr verlernen.

Der Verwalter hatte ein paar Worte mit Hugo gesprochen.

»Es wird leer«, sagte der Verwalter. »Vor dem ersten Frost soll hier geräumt sein. Immerhin sind in den letzten Wochen an die vierhundert Leute weggezogen. Wann werden Sie Max verkaufen?«

»So viele?« sagte Hugo und erschrak zum erstenmal nachhaltig. »Ich glaube nicht, daß geräumt wird. Hier ist schon so viel erzählt worden, und nachher war's nix. Ich werde Max nicht verkaufen.«

»Es ist ganz sicher, daß diesmal geräumt wird«, sagte der Verwalter. »Es ist für Sie nicht mehr viel hier zu holen. Sie haben nicht schlecht verdient, aber jetzt müssen Sie das Geschäft auflösen, wenn Sie ohne Verlust bleiben wollen. Kainrath wird auch bald verschwinden. Er sucht einen Dummen, der ihm sein Geschäft abkauft.« Der Verwalter lachte, fragte dann: »Ist wenigstens eine Wohnung bei Ihrem Verdienst 'rausgesprungen?«

»Nein, wo denken Sie hin! Wir sind doch eine große Familie.«

»Ah, das ist schade. Dann müssen Sie warten, bis Sie drankommen. Ich habe übrigens gehört, Ihr Sohn wäre wieder da. Wo hat er sich denn 'rumgetrieben?«

»Bei seinem Bruder war er, bei Hermann.« Er stand neben Max, hatte die Hand auf seinen Kamm gelegt und fühlte die Wärme des Tieres. Er sah die Silhouette der Festung, die sich wie ein Scherenschnitt gegen den bleichen Himmel abhob. Es war alles wieder in der Schwebe. Es gab Veränderungen, die noch keine endgültige Form angenommen hatten. Man wartete, wußte nicht, ob Gutes oder Schlechtes dabei herauskommen würde. Hugo hoffte noch immer, daß sich für ihn nicht viel verändern würde. Bald nach sieben Uhr fuhr er hinaus. Er hatte kein Ziel. Der Wagen rumpelte über das Pflaster der Straße, dazwischen klapperten die schnellen, elastischen Tritte des Ponys. Das war ein guter Ton. Die Musik seines Lebens. Ein kleines Pferd, ein kleiner Wagen: Es war das schwächere Echo der Geräusche, die er in seinen jungen Jahren gehört hatte. Diese Klänge lebten in seinem Ohr, wie die Farben Grün und Braun vor seinem inneren Auge. Andere Farben und andere Klänge waren immer ein Provisorium, das er nie anerkennen würde – und wenn man ihn dazu zwingen wollte, blieb auch er ein Provisorium, gelähmt von Unbehagen, Widerwillen und Mißmut.

Vor einer Wirtschaft hielt er den Wagen an. Er ging hinein und bestellte Bier und warme Wurst mit Brot. Dort blieb er lange sitzen.

Er trug da einen kleinen Zettel in der Tasche. Eine Reihe von Namen, die alle mit einer Zahl versehen waren: die Schuldner, von denen die wenigsten gewillt waren, eine nennenswerte Abzahlung zu leisten. Sie hatten ihm lange Geschichten erzählt, wenn er sie überhaupt angetroffen hatte. Sie hatten ihn hereingebeten, hier und da auch eine Tasse Kaffee auf den Tisch gestellt, aber dann hatten sie doch nur Erklärungen, Beschwichtigungen und höchstens zwei, drei Mark gegeben. Freundlich waren sie gewesen, und ihre Gründe waren so einleuchtend vorgebracht worden, daß Hugo nicht mit Nachdruck auf seinen Forderungen bestanden hatte.

An die fünfhundert Mark standen noch auf dem Zettel. Er saß bei seinem Bier und überlegte, ob er nicht heute kassieren gehen solle. Aber die Aussicht auf die vielen Treppen, die er würde steigen müssen, und auf die Tiraden von Schulden und augenblicklichen Notlagen überzeugte ihn schnell, daß heute nicht der richtige Tag zum

Kassieren wäre. Doch er faßte einen Entschluß. Er sagte sich: Von jetzt an gebe ich keinen Kredit mehr! Bar müssen sie das Geld auf den Tisch zahlen. Ich will's klimpern hören.

Keinen Kredit mehr!

Er saß einige Stunden vor einigen Glas Bier. Er hatte das Kinn in die Hand gestützt und dachte nach. Und nun kamen sie wieder, die paradiesischen Erinnerungen an den Ort, der Himmelsgasse hieß, und an eine Zeit, die fünfundzwanzig Jahre zurücklag. Er hatte auch den Anflug von Ideen. Reklame mit der Zeitung. Er würde noch einiges unternehmen können. Er saß und hatte das Kinn in die Hand gestützt. Die Vergeblichkeit schien ihm gegenüberzusitzen. Sie war mit am Tisch, und sie war auch in seinem Gesicht.

Am Mittag überfiel ihn Eliese mit dem Verhängnis des Morgens. Sie schrie ihm ins Gesicht: »Du hast keine Gewalt über die Kinder gehabt! Sie sind dir durch die Hände geglitten!«

Er verfärbte sich, brauchte Zeit.

»Was!« sagte er. »Sie haben ihn weggeholt?«

Er saß auf dem Stuhl und hörte einige Minuten ihre Anklagen. Dann faßte er langsam den Gedanken, daß es noch nicht endgültig sei, daß er dabei etwas mitzureden habe. Aber bevor ihn diese Feststellung stärkte, erzählte er ihr, warum er so spät gekommen sei. Er habe kassiert. Ja, er habe schon früh damit angefangen, aber die wenigsten seien daheim gewesen. Zehn Mark könne er ihr jedoch geben. Er versuchte, Eliese mit diesem Zehnmarkschein auf seine Seite zu holen, dann begann er, nach den Einzelheiten zu fragen.

»Sie haben sich ausgewiesen, aber sie haben keinen Grund angegeben. Ein Beschluß oder so was. Albert hat sich gewehrt. Er hat sie gegen die Beine getreten.«

»Hat er sie wenigstens richtig getroffen?« Der Widerstand seines Sohnes beflügelte seinen Zorn

»Sie haben ihm die Handgelenke zusammengepreßt. Ich habe gesehen, daß es ihm weh tat.«

»Sie werden ihn am Ende noch schlagen!« rief Hugo. Sein Verdacht, daß die Bevollmächtigten des Staates ihre Opfer schlügen, blieb unausrottbar.

»Wir gehen sofort!« rief er.

Aber Eliese gab ihm zu bedenken, daß jetzt Mittag sei und daß er etwas essen müsse. Sie planten gemeinsam. Adolf und Hermann sollten mit ihnen auf das Amt gehen. Sie würden zu viert sein. Hugo würde als erster hineingehen. Wo ist mein Sohn?

Er sprang vom Stuhl auf und lief hin und her und schrie, was er dort schreien würde, nachdem er über die Barriere gesprungen und sein Zorn wie die Spitze eines Messers auf den Leiter des Amtes gerichtet wäre. Nach diesen Bocksprüngen seiner Wut und seiner Ohnmacht zitterten ihm die Knie, und er mußte sich setzen. Eliese stellte einen Teller vor ihn auf den Tisch.

Nach dem Essen fuhr er mit seinem Fahrrad allein in die Stadt. Er war hinuntergegangen und hatte das Fahrrad aufgepumpt. In den Schläuchen war keine Luft. Das Rad hatte lange gestanden, die beiden Mäntel waren an den Druckstellen rissig geworden. Er sah es noch rechtzeitig, gerade in dem Augenblick, als der Mantel des Hinterrades zu platzen begann. Er ließ die Luft heraus und überlegte. In der Satteltasche fand er eine Rolle Isolierband und umwickelte zuerst die Reißstellen des Hinterrades und dann die des Vorderrades, die ihm weniger gefährdet schienen.

Das Fahrrad rollte den Berg hinunter. Plupp! Plupp! Plupp! Die geschwollenen Stellen der Reifen schlugen hart aufs Pflaster. Er hoffte, daß die Bandagen hielten und die Luft in den Schläuchen bleiben würde. Er hoffte, daß er den richtigen Mann, die richtigen Worte finden würde, denn darauf hatte er sich schließlich mit Eliese geeinigt: Sie wollten es zuerst im Guten versuchen.

Schlau mußte man vorgehen. Langsam anschleichen und dann zustoßen! Die Wut mußte man tarnen und sich einen Vorschuß an Vertrauen erschleichen –.

Aber wenn sie Albert geschlagen haben, werden sie sich wundern! Adolf, Hermann und ich. Der Wäscheknüppel. Abends, in der Dunkelheit!

Plupp! Plupp! Hinten ein Stoß, vorne ein Stoß. Er klingelte mit der Fahrradklingel. Er bremste und trat wieder in die Pedale, trieb das Rad vorwärts, durch den feindlichen Verkehr. Die Autos, die Motorräder, die Straßenbahnen: feindlich! Zwischen den Häusern, den Fenstern, Rotlicht, Grünlicht: feindlich!

Plupp! Plupp! Hinten ein Stoß, vorne ein Stoß.

Er fragte sich durch das Haus, wartete vor Zimmern, die nicht die richtigen waren. Das Haus hatte Räume ohne Zahl, aber er fand das Zimmer.

Da saßen sie vor ihm. Ja, dachte er, so sehen sie aus. Runde Gesichter, zwei Glatzen und eine Halbglatze. Zwei Brillen und einer ohne Brille. Weiße Kragen haben sie um den Hals. Vom Hals bis zu den Ohren sind sie glattrasiert, elektrisch rasiert.

Er bleibt nur zehn Minuten: fünf Minuten des Jammerns, der bedächtigen, mitleidheischenden Worte; dann fünf Minuten des Zorns und der fatalen Gewißheit.

Sie hätten lange genug zugesehen. Sie hätten schon längst erwogen, Albert in Fürsorge zu nehmen.

Was denn, lebten er und seine Familie nur auf Abruf zusammen? Sie waren so kleine Tierchen in einem Käfig, und die Brillen schauen von oben auf sie herunter und warten darauf, eingreifen zu können. Und wenn sie lange genug zugesehen und erwogen haben, dann greifen sie ein und schaffen ihre barbarische Ordnung.

»Das können Sie mir und meiner Frau doch nicht antun. Wir werden alt. Wir haben nicht viel von unseren Kindern gehabt. Man weiß ja nicht, wie lange man noch lebt, und man will doch zusammen leben.«

»Er wird es gut haben in dem Heim. Die Schule ist gleich dabei. Es gibt gutes Essen und auch Sport und alles, was er braucht.«

»Alles, was er braucht –. Alles, was er braucht?«

»Ja, dort sind geordnete Verhältnisse, Sauberkeit und verständnisvolles, gutgeschultes Personal.«

»Man könnte es doch noch mal versuchen. Albert würde jetzt bestimmt immer zur Schule gehen. Man könnte doch ...«

Die ersten fünf Minuten sind vorbei. Er ist vor ihnen auf dem Bauch gekrochen, und sie hockten da und genossen ihre Wichtigkeit. Und nun erbittert ihn nachträglich, daß er vor ihnen gebettelt und sie erhöht hat.

»Den Grund will ich wissen! Und warum wird er morgens geholt wie ein Verbrecher?«

»Mäßigen Sie Ihren Ton!«

»Ich will meinen Sohn wiederhaben! Wo haben Sie ihn hingeschleppt? Und wie kommen Sie dazu?«

»Die zuständige Fürsorgerin ...«

»Ah, die Leisle, der werde ich die Zähne einschlagen!«

»Man kann nicht mit Ihnen reden!«

»O doch, aber nicht so von oben herunter, versteht ihr! Nicht so, wie ihr euch das vorstellt!«

Albert sei in einem Heim, etwa zwanzig Kilometer von der Stadt entfernt. Genaue Auskunft würde ihm zugestellt. Sie sei schon unterwegs. Man habe mit Frau Starosta auch nicht reden können.

»So, durch die Post kriege ich also mitgeteilt, wo mein Sohn ist! Ihr werdet euer blaues Wunder erleben, wenn er nicht bald wieder daheim ist! Und der Leisle, der werde ich ...«

»Sie haben unserer Mitarbeiterin Schläge angedroht!«

»Und ob! Den Grund will ich jetzt endlich wissen!«

»Herr Starosta, Sie sind ein Trinker! Es gibt zwar schlimmere Trinker, aber immerhin: Sie arbeiten nicht regelmäßig, Sie haben sich jahrelang vor der Arbeit gedrückt. Ihr Sohn geht nicht zur Schule. Er kommt nicht mit und deshalb schwänzt er. Sie unterstützen das noch. Schließlich flüchtet er! Na, und Ihre Tochter – über die hört man auch nichts Gutes. Die Baracken, die Festung, dieses ganze asoziale Milieu. Ihr Sohn lebte in denkbar ungünstigen Verhältnissen. Er ist gefährdet, und deshalb schreiten wir ein. Jetzt ist er noch zu retten. Wenn er ein Verbrecher geworden wäre ...«

»Ihr Hunde!« schreit Hugo und geht auf die Männer zu. »Ihr fetten, gemästeten Schweine! Ich schlage euch zusammen, daß ihr – daß ihr Knochen kotzt!«

Die zehn Minuten waren voll.

Es wurde nicht mehr viel geredet. Man hielt ihn zurück. Es kamen einige Männer, die ihn mit den Armen umschlangen und seine kraftlosen Versuche, zu den drei Schreibtischen zu gelangen, mit Leichtigkeit verhinderten. Er zappelte wie die Fliege im Netz. Sie wickelten ihn auch noch ein in die Fäden ihrer Worte. Er habe versucht, sie zu schlagen! Und er habe einer Mitarbeiterin Schläge angedroht.

»Sie machen sich strafbar! Darauf steht Gefängnis nicht unter einem Jahr: Körperverletzung in Tateinheit mit Beamtenbeleidigung!«

Er stand vor der Tür, hatte nun das Gefühl, daß er von jeher vor der Tür gestanden hatte. Die dahinter waren, bestimmten, hatten ein Recht auf ihrer Seite, das eigens für sie gemacht war: Niemand würde ihm das jetzt noch ausreden können.

Er bestieg unten auf der Straße sein Fahrrad und fuhr zur Festung. Als er bei Eliese im Zimmer erschien, rief er:

»Ich habe ihnen die Meinung gesagt, das konnten sie nicht vertragen!«

Eliese holte aus ihm heraus, wie die Unterredung ausgegangen war. »Man kann nichts gegen sie tun«, sagte er. »Sie haben die Macht. Man kann nichts tun.«

Eliese war jetzt wieder gegen ihn. Sie nahmen es sich gegenseitig übel, daß sie nichts tun konnten.

»Du hast keine Gewalt über die Kinder gehabt. Auf den Ämtern kannst du dich nicht durchsetzen!«

»Ich habe ihnen die Meinung gesagt! Du hättest mich sehen sollen!«

»Jetzt sind nur noch Mi-Mo und Bruno hier. Aber Mi-Mo wird auch eines Tages verschwinden. Sie hat es immer gesagt!«

»Wo ist sie jetzt?«

Das wußte Eliese nicht. Aber sie wußte, daß Mi-Mo erst am Nachmittag aufstand, daß sie sich nachts ins Zimmer schlich und daß sie fast nichts mehr zu Hause aß. Eine Tasse Kaffee mittags, und dann aß sie irgendwo in der Stadt. Aber das sei ihm wohl noch gar nicht aufgefallen. Und auch die teuren Kleider seien ihm wohl nicht aufgefallen. Was bemerkte er überhaupt zur richtigen Zeit?

»Natürlich habe ich das bemerkt, aber hat sie nicht von ihrem Lohn gespart? Und die Kleider, sind die nicht auf Teilzahlung gekauft?«

»Und die Hundertmarkscheine in ihrer Handtasche? Von einem reichen Freund erzählt sie.«

»Und wo ist sie jetzt?« wiederholte Hugo.

»Das weiß ich nicht!« kreischte Eliese. »Vielleicht ist sie auf der Straße, wo die Huren auf und ab gehen!«

Später war Hugo wieder mit dem Fahrrad unterwegs. Er dachte an Mi-Mo. Er hatte seinen Verdacht gehabt, aber so weit war der Verdacht nie gegangen. Tändeleien, eine Liebelei, die Stunde, in der ein Mann sie verführen würde – das hatte er befürchtet. Aber eine Hure? War das möglich?

Er fuhr in der Stadt umher und wußte nicht, wo er sie suchen sollte. Von dieser gewissen Straße hatte er nie gehört. Stimmte es überhaupt? War das nicht auf jeder Straße möglich?

Er fuhr jetzt, in schmierigem Licht, durch Straßen, deren Namen er nicht kannte. Er sah keine Frauen auf und ab gehen.

Das Fahren strengte ihn an. Er keuchte und dachte: Es ist das Herz, das Herz wird schwächer, immer schwächer wird das Herz. Da sind Frauen, aber sie steigen in eine Straßenbahn. Rechts muß ich fahren, immer rechts, daß mich die Autos überholen können. Geht sie nicht dort? Nein, das ist sie nicht. Und überhaupt, wie soll das vor sich gehen? Sie wird sich doch nicht jedem anbieten. Niemals würde sie das tun! Vielleicht ist sie ins Kino gegangen, da kann ich sie natürlich nicht finden. Hier sind zwanzig oder dreißig Kinos. Die Lokale, wo getanzt wird. Aber ich bin nicht rasiert, da kann ich nicht hingehen. Hermann oder Adolf müßten da sein –.

Plupp! Plupp! Hinten ein Stoß, vorne ein Stoß. Er trieb das Rad weiter. Rechts ein Tritt, links ein Tritt.

Ich werde langsamer fahren. Ich kann niemanden nach dieser Straße fragen. Diese Straße gibt es nicht. Eliese hat sie erfunden! Außerdem bin ich müde. Man kann ja doch nichts tun. Da laufen keine Frauen –. Die Straße, wo die …

Es gibt einen lauten Knall, als der Hinterradreifen platzt. Er zuckt auf dem Fahrrad vor Schreck zusammen und spürt, wie er auf die Felge hinuntersackt. Er schiebt das Fahrrad. Er ist müde. Schmutzig sind die Straßen. Er schleppt diesen Tag hinter sich her und denkt an den weiten Weg und an diesen Schrecken in seinen Ohren: Die Straße, wo die Huren auf und ab gehen –

## NEUNZEHNTES KAPITEL

Die Straße lief parallel zur Hauptgeschäftsstraße, aber sie zählte schon nicht mehr zum Zentrum, nicht mehr zu dem Teil der Innenstadt, der die Besucher anlockte. Sie war eine der Tangenten am Kreis des nächtlichen Lebens in dieser Stadt.

Hugo war in ihre Nähe gekommen, und damit in die Nähe seiner Tochter. Er hätte sie sehen können, wenn heller Tag gewesen wäre. Doch die Entfernung zwischen ihnen wuchs schnell, denn sie bewegten sich in entgegengesetzten Richtungen.

Mi-Mo hatte nicht lange gebraucht, um die günstige Lage dieser Straße zu erkennen. Die Laternen standen hier in größeren Abständen. Ihre Lichtkreise berührten sich nicht, ließen unscharfe Zwischenräume, während zwei Reihen dickstämmiger Ulmen wie Postenketten die beiden Gehsteige flankierten und abschirmten. Es war hell genug, die Männer sehen zu lassen, daß sie gut gewachsen war, oder ein Gesicht bei einem schnellen Wort zu erfassen, aber sie konnte wieder in den Schatten zurücktreten und hatte hier nicht das Gefühl, sich gänzlich preiszugeben.

Mi-Mo hatte bald bemerkt, daß auch andere Frauen die Vorzüge dieser Straße zu schätzen wußten, aber das störte sie wenig: Platz schien ihr reichlich vorhanden, für sie und die andern.

In der ersten Zeit war sie beherrscht gewesen von ihren Zielen: der kleinen Wohnung mit gekacheltem Bad und der modernen Küche, wo die Hausarbeit mit ein paar

Handgriffen mechanisch erledigt wurde, von der Sicherheit einer gepflegten Umgebung hatte sie geträumt. Nun hatten diese Ziele allmählich ihre Dringlichkeit eingebüßt: Sie würde zuerst ein kleines Zimmer mieten, um den Schritt aus der Festung, die Trennung von Eliese und Hugo zu vollziehen. Das war notwendig, dieser Tag hatte es endgültig bewiesen. Sie würde frei sein. – Die moderne Wohnung und der Mann, mit dem sie verheiratet wäre – das war jetzt nur noch die weitentfernte Endstation eines Weges, dessen Freuden sie kosten wollte. Sie verließ jeden Abend die Festung und erhoffte sich ein paar Stunden der Freiheit und war gefangen von der Nacht und der nächtlichen Erwartung.

Mi-Mo war verstimmt, weil Eliese ihr nachgespürt hatte. Wo sollte sie das Geld verstecken? Sie hatte es schon in Hundertmarkscheine umgewechselt, damit es nicht soviel Platz einnahm. Sie müßte es in eine Blechschachtel legen. Vielleicht vergraben? Aber dabei konnte sie beobachtet werden.

Mi-Mo hing mit inniger Zärtlichkeit an diesem dünnen Päckchen aus Scheinen. Sie sah darin nicht so sehr irgendeine Geldsumme als vielmehr die Bestätigung ihrer Person, die sich in kurzer Zeit so überzeugend summiert hatte. Sie wollte diese Bescheinigungen ihres Wertes nicht aus der Hand geben. Dabei war sie nicht knauserig; sie gönnte sich etwas. Wenn sie ein Geschäft betrat, um Schuhe oder ein Kleidungsstück zu kaufen, pflegte sie zu sagen: Etwas Teures! In diesen Augenblicken trennte sie sich leicht von einigen Blättern aus dem Bündelchen. Aber die vollkommene Trennung, wenn sie das Geld deponierte oder versteckte, hätte sie als Einbuße empfunden: Sie wollte es bei sich tragen, sich daran erwärmen mit einem fast körperlichen Wohlbehagen.

Das Zimmer muß gemietet werden! dachte Mi-Mo.

Ihre Verstimmung legte sich erst, als sie ein Restaurant betrat und an einem weißgedeckten Tisch Platz nahm. Sie saß mit dem Rücken zum Gastraum; sie liebte es nicht, beim Essen beobachtet zu werden. Während sie sich die Karte ansah, dachte sie an ihren jüngeren Bruder.

Wahrscheinlich ist er jetzt schon in dem Heim. Vielleicht wird er es da ganz gut haben. Ordnung und Sauberkeit und so. Es ist ja auch wahr, er ging einfach nicht zur Schule. Hugo ist schuld daran! Wenn die wüßten, daß er die Baracke angezündet hat! Wahrscheinlich haben sie gedacht, ich wäre häßlich, als sie mich im Bett liegen sahen. Er wird sich daran gewöhnen. Man gewöhnt sich an alles. Gefährliche Anlagen, hat einer gesagt, er muß erzogen werden. Da hat er es doch eigentlich ganz gut, wenn er erzogen wird. Ich war nicht gekämmt, aber man kann ja nicht gekämmt sein, wenn man im Bett liegt und schläft –

Sie aß Schildkrötensuppe, dann Hühnerfrikassee mit Reis und Champignons, danach eine Portion Sahneeis mit Ananasscheiben. Später ging sie ins Kino und kaufte an der Kasse eine Tafel Nußschokolade, die ihr ausgezeichnet schmeckte, während sie auf der Leinwand sah, daß ein Mann seine Frau an einen anderen Mann verlor. Sie ergriff die Partei des Verlassenen.

Kurz nach neun Uhr erreichte sie die Straße, wo die Ulmen standen. Sie war noch leicht ergriffen von der edlen Schwermut des Mannes, der auf seine Frau verzichtete, weil sich herausgestellt hatte, daß er unheilbar erkrankt war. Sie hätte ihn pflegen müssen, unter allen Umständen! Später hätte sie den anderen heiraten können. Sie war nicht ganz zufrieden mit dem Film. Vor allem liebte sie es nicht, Krankheiten auf der Leinwand zu sehen, tröstete sich aber mit der Gewißheit, daß diese Handlung und die Krankheit erdacht waren. Mit dieser Überlegung wischte sie ihre Ergriffenheit fort.

Um elf Uhr hielt der erste Wagen neben ihr. Der Mann verlangte etwas von ihr, auf das sie nicht eingehen wollte.

Er war unflätig.

»Nein«, sagte sie. »Das tue ich nicht; nicht bei einem Fremden.«

Der Mann sprach durch das offene Wagenfenster.

»Nein«, sagte sie. »Nein.«

Sie trat zurück, und der Wagen fuhr an. Weit vorn in der Straße sah sie wie Schemen drei oder vier Frauen stehen. Dort hielt der Wagen und eine Frau stieg ein. Die Weiber, dachte sie, die Weiber!

Zweimal wurde sie angesprochen. Es gab auch Männer, die ohne Wagen kamen, und natürlich viele, die ohne besondere Absicht durch die Straße gingen. Aber man konnte ihnen das nicht gleich ansehen. Es war immer ungewiß, was ein Mann hier wollte.

Sie wartete jetzt, wartete auf das Besondere, das Neue, das Noch-nicht-Gewesene. Sie ging langsam auf und ab, war nicht entmutigt, kannte das Spiel mit der Geduld. Mitunter lief sie in den abschätzenden Blick eines Mannes – angedeutetes Begehren. Sie genoß das Gefühl, eine Frau, ein warmer, weicher Körper zu sein.

Der besonderen Sorte von Frauen wich sie aus, konnte es aber nicht verhindern, daß sie den gleichen Gesichtern zweimal begegnete. Es war etwas in der Haltung dieser Frauen, das sie warnte: die Ungeduld, das Hungrige, die unverhüllte Herausforderung an jedermann. Bei der zweiten Begegnung wurde ihr etwas nachgerufen. Sie sei eine »wilde Biene«, eine von den Nichtregistrierten. Sie ging rasch, wollte nicht mehr an der Gruppe von sechs oder sieben Frauen vorbeigehen. Von jetzt an würde sie auf die andere Straßenseite hinüberwechseln ...

Der Mann war noch jung, und sie war überrascht, daß er so jung war. Sie hatte ihre besten Erfahrungen mit Männern zwischen vierzig und fünfzig Jahren gesammelt, und ihre Hoffnungen hatten sich auf diese Altersklasse spezialisiert.

Er fragte, ob er sie einladen dürfe. Wie lange sie Zeit für ihn habe?

»Eine Stunde«, sagte sie.

»Wir müssen uns doch erst kennenlernen – «

»Aber da vergeht zuviel Zeit.«

Er stellte den Motor ab und stieg aus. »Wie«, sagte er. »Zeit? Kommt es Ihnen denn darauf an?«

Sie betrachtete ihn. Trotz seiner Jugend zählte er zu den Männern, denen sie auf Anhieb vertraute. Für sie gab es zwei Sorten von Männern: die vertrauenswürdigen, sympathischen, denen sie ohne Überlegung folgte, und die unangenehmen, die abstießen und nur mit Überwindung und ganz passiv von ihr ertragen wurden. Bei jedem Partner wog sie blitzschnell das Gesicht, das erste Wort, und die Einstufung erfolgte, ohne einen Gedanken, aus der unkontrollierbaren Neigung oder Abneigung.

»Ja«, antwortete sie. Es komme ihr auf die Zeit an, denn eigentlich sei es ja Zeit, die etwas koste. »Das andere ...«, sagte sie und ließ den Satz in einer Weise offen, die alles mögliche bedeuten konnte, auch Sympathie.

»Dann will ich eben Zeit von Ihnen. Zwei Stunden, drei Stunden. Es wird mir nicht zu teuer. Sagen Sie ...«

»So was«, kicherte sie. »Das ist aber ulkig ...«

Sie dachte an die Zahl. Es war, als legte sie ihre Forderung auf eine Waage, fügte noch eine Portion hinzu, prüfte, mit einem Seitenblick auf ihn, nahm ein Quentchen weg und dann noch eins, ließ auspendeln und las das Ergebnis ab. Sie nannte die Zahl, langsam, wie bedauernd, daß sie ihm zugemutet werden müsse.

Er half ihr in den Wagen, schloß die Türe hinter ihr, kam durch die andere Tür herein, saß vor dem Steuer und öffnete seine Brieftasche, noch ehe er den Wagen wieder anließ. Sie erkannte, daß er die Zahl schnell vergessen wollte. Sie nahm das Geld, aber sie zählte es nicht. Sie steckte es wortlos in ihre Handtasche.

»Es ist wegen meinen Eltern«, sagte sie. »Ich darf nicht so spät nach Hause kommen. Sie wissen es nicht.«

»Ach, sie wissen es nicht –. Ich kenne ein Lokal. Wir tanzen ein bißchen. Zwei, drei Stunden Zeit«, sagte er.

Sie war überrascht und erfreut, ließ es sich gern gefallen, daß er am Tisch in dem Tanzlokal ihre Hand streichelte und seine zärtlichen Fragen stellte. Sie erzählte ihm ihre bescheidenen Lügen. Ihr Vater sei ein kleiner Beamter, allerdings nicht zu klein, und sie habe einen Mann geliebt, den sie nicht habe heiraten dürfen. Ja, die Enttäuschung! Aber sie sei erst zweimal dort in der Straße gewesen. Er spendete sein Mitgefühl, und sie fühlte sich aufgefordert, jetzt diese Geschichte weiterzuspinnen, die er offenbar ohne Vorbehalte glaubte.

In der ersten Zeit der nächtlichen Beschäftigung hatte sie weitaus schamloser gelogen, aber sich dabei etwas übernommen. »Mein Vater ist Politiker«, hatte sie gesagt. »Ich bin so leidenschaftlich ...« Aber als sie dafür einmal ausgelacht worden war, hatte sie erkannt, daß eine geschickte Lüge fast so prunklos wie eine Wahrheit klingen mußte. Er glaubte alles, und das erhöhte ihre Zuneigung für ihn.

Er war der Sohn eines mittleren Geschäftsmannes, wie er sagte. Er hätte sich zwar den Wagen seines Vaters geliehen, aber das Geld selbst verdient; seinen Schilderungen entnahm sie, daß er außerordentlich tüchtig sein mußte. Er kannte auch Frauen, wie er erklärte, aber angesichts der auf Gleichmaß getrimmten Mädchen seiner Bekanntschaft überfiel ihn eine abgründige Müdigkeit. Er liebe nun einmal das Ungewohnte, das Unvorhergesehene –

»Vielleicht gehe ich nach Afrika«, sagte er.

»Das ist aber weit«, bemerkte Mi-Mo.

»Gerade deshalb«, sagte er.

Die Kapelle spielte *I am so lonely in the night* ... Sie tanzten und kokettierten voreinander mit der Tiefe ihres

Gefühls und ihren heimlichen Sehnsüchten und Tränen. Später jedoch legte er die Reihenfolge ihrer Zärtlichkeiten genau fest. Er bestellte die verschiedenen Gänge dieser Liebesmahlzeit, wollte sie aber in einer Weise serviert, als käme alles unvorhergesehen und überraschend.

Danach saßen sie still im Fond des Wagens und spürten die Dunkelheit.

»Vielleicht gehe ich bald nach Afrika«, sagte er.

Aber sie wußte, daß er nie nach Afrika oder anderswohin gehen, sondern hierbleiben und sich mit selbstbezahlten Überraschungen längstbekannte Abenteuer beschaffen würde. Sie hatte das Gefühl, daß er ein bißchen verrückt war und noch allerlei Verrücktheiten begehen würde.

Sie beobachtete ihn verstohlen von der Seite und hatte ihn im Verdacht, daß ihn die Unkosten des Abends nachträglich verstimmten. Es schien ihr jetzt unvorteilhaft, bei den nächtlichen Abmachungen ihre Neigungen zu beteiligen und das Unverbindliche, die besondere Leichtigkeit preiszugeben, die sie befähigt hatten, sich ohne Reue mit Männern zu freuen.

Er fuhr den lautlosen Wagen zurück zur Straße. Ihre Sympathien waren merklich erkaltet. Beim Aussteigen gab es nichts mehr zu sagen. Mi-Mo schaute dem davongleitenden Wagen nach, und als sie sich zum Gehen wandte, begegnete sie vier Frauen. Sie standen und schauten zu ihr hin. Es sah so aus, als ob sie lange vergeblich gestanden hätten, als seien sie überhaupt dazu verurteilt, hier immer vergeblich zu stehen.

»Ich sage, das ist sie!« rief eine der Frauen. »Ich erkenne sie wieder!«

Es war zu spät, ihnen auszuweichen.

»Das Dreckmensch!« riefen sie. »Das Dreckmensch serviert uns die Freier ab!«

Das war eine Münze, auf die Mi-Mo nicht herausgeben

konnte. Bei Angriffen oder Beschimpfungen war sie von jeher ungelenk gewesen.

»Lassen Sie mich in Ruhe«, sagte sie. »Ich kann doch hier gehen. Jeder darf hier gehen –«

»Du verdammte Biene, du gehst hier wild auf den Strich!«

»Wir schlagen dir die Fresse ein!«

Sie riefen durcheinander, und ihr Zorn schien sich zu steigern.

»Willst du uns weismachen, daß du registriert bist?«

»Absahnen will sie! Uns die Freier abstauben! – Schnappt uns die Freier weg! Dabei habe ich so lange keinen Kerl mehr gehabt, daß ich es fast umsonst machen muß!«

Die drei lachten über diesen Witz der vierten. Sie erkannten die Schwäche ihres Opfers und waren entschlossen, es mit Vergnügen hinzurichten. Sie versperrten ihr den Weg. »Lassen Sie mich gehen«, sagte Mi-Mo kläglich. »Ich bin eine anständige Frau! –«

»Wo ist deine Karte, du Mistbiene?«

»Was für eine Karte?«

Sie beging den Fehler, sich an ihnen vorbeidrängen zu wollen. Sie hielten sie jetzt fest.

»Lassen Sie mich los!«

»Hiergeblieben wird, wenn ein paar anständige Frauen mit dir reden wollen!« – »Jawohl! Wir sind anständige Frauen! Bei uns kann sich ein Mann nichts holen!«

»Wahrscheinlich ist die schon so verseucht, daß man bei der die Gonokokken mit dem Schmetterlingsnetz fangen kann!«

Mi-Mo schaute hilfesuchend auf einige Zuschauer, die aber nicht daran dachten einzugreifen, sondern amüsiert abwarteten. Sie zerrte, versuchte, sich loszureißen. Eine der Frauen begann, mit der Hand nach ihr zu schlagen. Die anderen fielen ein. Sie rissen Mi-Mo an den Haaren und klopften auf sie los. Sie preßte ihre Handtasche fest an den Körper, hatte so nur eine Hand frei, mit der sie sich wehren und schützen konnte. Das Geschrei der Frauen füllte die nächtliche Straße.

Mi-Mo sah plötzlich einen Schatten an ihrer Seite und glaubte, einer der umstehenden Männer habe schließlich ihren Schutz übernommen. Aber dann hörte sie die Stimme, sah, wie eine gewaltige Ohrfeige zu ihrer Verteidigung ausgeteilt wurde, und rief: »Dora!«

»Wollt ihr die Kleine in Ruhe lassen, ihr verdammten Weiber!«

Mi-Mo stand verblüfft. Ja, das war Dora, die in der Festung gewohnt und mit ihr in der Sauerkrautfabrik gearbeitet hatte.

Die Frauen ließen von Mi-Mo ab. Sie standen schwer atmend.

»Das ist eine von denen, die uns das Geschäft kaputtmachen!«

»Das bildet ihr euch ein, ihr Knattertüllen!« rief Dora. »Bei euch beißt bloß keiner mehr an, weil ihr alte Zimtzicken seid!«

Sie wollten nicht so ohne weiteres das Feld räumen, standen wie knurrende Tiere, die auf einen Fehler, auf eine Blöße des Stärkeren hoffen.

Dora hatte einen Schuh ausgezogen, war bereit, mit dem Absatz zuzuschlagen, schwang den Schuh in der Hand und rief:

»Wollt ihr noch was? Dann kommt 'ran. Aber ihr kennt mich!«

Die Angriffslust der Frauen verwandelte sich sichtbar in Unentschlossenheit und dann in ein zahmes Räsonieren.

»Mach keinen Ärger, Dora, zieh deinen Schuh wieder an. Wir haben der Kleinen halt mal beigebracht, daß sie sich registrieren lassen muß.«

»Wir haben dir doch nicht weiter weh getan, oder?«

fragten sie Mi-Mo. »Wenn du auf die Straße willst, mußt du das vertragen können.« – »Sie hat ja nicht mal ein blaues Auge –. Aber mir, Dora, mir hast du eine geknallt. Guck nur, hier, da bin ich morgen grün und blau.« – »Ja, wo die Dora hinhaut, da wächst kein Gras mehr. – Nimmste 'ne Zigarette?«

Sie nahm eine Zigarette aus der Schachtel, ließ sich Feuer geben.

»Also gut«, sagte Dora nach dem ersten Zug. »Ihr wißt, wie ihr dran seid! Jetzt haut ab!«

Sie zündeten Zigaretten an und trollten sich. Einige Männer begannen zu lachen.

»Was lacht ihr?« rief Dora. »Ihr Scheißkerle hättet auch noch zugesehen, wenn sie die Kleine halb totgeprügelt hätten! Ihr habt wohl gehofft, sie würden sich am Boden wälzen und ihr könntet mal ihren Hintern gratis sehen! Los, verschwindet, ihr Säue!«

Es gab keinen Widerspruch. Die Männer schauten sich noch ein paarmal um, aber sie gingen.

»Die Mi-Mo –. Das ist ein Wiedersehen, was! Wie kommst du denn hierher?« fragte Dora.

»Daß es so was gibt!« jammerte Mi-Mo.

»Da bin ich wieder mal richtig gekommen!«

»Ach, Gott, ja, ich bin dir ja auch so dankbar!«

»So! Na schön. Also du läufst hier? Seit wann denn? Hör zu, du mußt dich wirklich registrieren lassen. Das geht nicht, daß du hier als wilde Biene 'rumschwirrst. Wenn du deine Karte hast, kann dir niemand mehr an den Wagen pissen! Ich hatte im Anfang auch Schwierigkeiten, aber da gab's Funken –. Du stehst also nicht mehr am Krauthobel? War zu anstrengend, was? Das habe ich auch gesagt. Ich will mir noch schnell ein dreistöckiges Häuschen anschaffen, ehe ich zu alt werde. Noch zwei, drei Jahre. – Wie geht's daheim? Wer ist denn noch dort in der Festung?«

»Und dein Herbert?« fragte Mi-Mo ein wenig später.

»Wir haben uns getrennt«, erwiderte Dora, während sie prüfend in ihren Handspiegel schaute und sich das Haar ordnete. »Ja, das Gemeinste, was es gibt, sind Huren, die merken, daß sie alt werden. – Ich denke, mich laust der Affe, wie ich dich da in dem Tumult erkenne.«

Sie gingen langsam weiter. Dora gab Ratschläge. Sie schwätzten, fragten, erörterten, waren wie zwei Vertraute, die sich nach langer Zeit in einem fremden Land wiedergetroffen hatten. Dieses Gefühl ihrer Verbundenheit war männlich wie Freundschaft, hatte etwas von der Kumpanei der Diebe oder der Soldaten oder anderer Minderheiten, die sich in der Gefahr stützen. Mi-Mo fühlte eine fast zärtliche Dankbarkeit für Dora, die sich an dieser Dankbarkeit der jüngeren erwärmte und sich ganz selbstverständlich zu Mi-Mos Schutz verpflichten ließ. Sie schlossen ihr Bündnis auf dem Wege durch die Straße, wo sie gemeinsam gefochten und gesiegt hatten.

»Ich suche ein Zimmer«, sagte Mi-Mo. »Hugo macht Ärger.«

»Laß dir nichts gefallen«, erwiderte Dora. Sie meinte, sie könne Mi-Mo ein Zimmer in dem Haus besorgen, in dem sie jetzt wohnte. Es würde allerdings noch ein paar Tage dauern und auch einiges kosten. Sie gab ihr die Adresse, schrieb sie mit dem Augenbrauenstift auf ein Stück Papier. Außer Dora wohnten dort noch drei Frauen aus der Branche. Eine davon würde ausziehen, wenn man sie etwas dabei verdienen ließe. Das Zimmer neben Dora. Das Haus wäre in Ordnung, niemand würde sich da um einen kümmern. Hohe Miete und völlige Freiheit –

»Ich muß jetzt gehen«, sagte Mi-Mo. »Ich komme morgen zu dir.«

In einer Seitenstraße bestieg sie ein Taxi.

»Mach's gut, mein Mädchen«, sagte Dora und streichelte ihr die Wange.

Mi-Mo hoffte, sie würde sich unbemerkt von Hugo und Eliese ins Bett schleichen können. Aber Hugo war zu ihrem Erstaunen noch auf. Er hatte an Albert geschrieben. Am späten Nachmittag war der Verwalter gekommen und hatte einen Brief abgegeben, den die Großmutter gleich für sich in Anspruch genommen, der sich dann aber als amtliches Schreiben erwiesen hatte, in dem unter anderem die neue Adresse Alberts angegeben war.

Der Brief an Albert war Hugo schwergefallen. Eliese hatte von Zeit zu Zeit vom Bett aus gefragt: »Was hast du jetzt geschrieben?« Er hatte dann die jeweiligen Sätze vorgelesen, und über einige davon hatten sie sich gestritten. »Jetzt steht's da«, hatte Hugo gesagt, »und jetzt wird's nicht mehr geändert!«

Hugo fragte streng, wo Mi-Mo herkomme. Und was sie in ihrer Tasche habe.

»Ich bin alt genug!«

»Ich habe dich gesucht, aber du warst nirgends zu finden!« Er stand vom Stuhl auf und ging dicht an seine Tochter heran. »Gehst du, dich verkaufen? Wo treibst du dich 'rum? Und wie kommst du an das viele Geld? Den Hals werde ich dir 'rumdrehen!« schrie er.

»Nicht so laut!« zischelte Eliese vom Bett her.

»Ich habe einen Freund!«

»So«, sagte Hugo, »und der hat das viele Geld? Zeig deine Tasche her!«

»Die geht euch nichts an! Ihr wollt ja doch nur Geld von mir!«

»Ich weiß, daß du deine Eltern nicht unterstützen willst! Genau wie die andern! Nur Undank habe ich von meinen Kindern geerntet! Aber jetzt ist es genug! Du gehst wieder arbeiten und abends kommst du mir nicht vor die Tür!«

»Ich werde hier ausziehen«, sagte Mi-Mo ruhig, und Hugo hörte ihre Entschlossenheit.

»Ausziehen?« fragte er entsetzt. »Ausziehen?«

»Ja!« rief sie. »Ich habe es satt, mir sagen zu lassen, ich ginge auf die Straße. Mein Freund ...«

»Sie hat's gesagt.« Er deutete auf Eliese. »Sie hat's gesagt!«

»Hört jetzt auf mit dem Krakeel!« rief Eliese. »Morgen ist auch noch Zeit!«

»Ich will mich hinlegen. Mach das Licht aus!« befahl Mi-Mo. Sie hatte gesehen, daß sie Hugos Zorn mit der Drohung, auszuziehen, gebändigt hatte. Sie hatte jetzt die Oberhand.

Hugo war müde. Dieser Tag lag wie ein Berg auf ihm. Und vielleicht hatte sie wirklich einen reichen Freund? Er hatte schließlich nie recht glauben können, daß sie auf die Straße ging. Nein, das konnte nicht sein –

»Nur Undank«, murmelte er. »Nur Undank. Und was haben wir alles für euch getan. Du hast also einen reichen Freund?«

»Ja. Übrigens, morgen gebe ich euch fünfzig Mark.«

»Warte«, sagte Hugo. »Ich lese schnell noch den Brief durch. Er ist an deinen Bruder. Dann kannst du das Licht ausmachen.« Er begann zu lesen. Am Ende wurde er fast zu Tränen gerührt, als er die Sätze las: »... sie haben gesagt, ich wäre ein Trinker, aber dabei weißt du doch, daß dein Vater nie mehr als fünf, sechs Glas Bier getrunken hat. Und von wegen Mi-Mo, wo die doch fleißig arbeitet und überhaupt alles in Ordnung ist bei uns. Aber das brauchen wir uns nicht zu gefalen zu gelasen und ich werde die Schritte ergreifen an unser Recht in die Tat umzusetzen. Weil wir doch immer benachteiligt wurden und diese Ungerechtigkeit an den Himmel stinkt und wo wir doch krank sind. Deiner Mutter tuts ja auch wieder im unter Leib weh. Aber wir werden keine Mühen zurückschreken und alle Unkosten in die Wege legten um dich wieder zu holen. Ich berufe mich auf meine Kombedendsen denn da gehörst du hin wo wir auch sind. Wir sprechen immer über dich.

Dein geliebter Vater und Mutter.«

Er legte das Schreiben zur Seite und hoffte, daß maßgebliche Persönlichkeiten es lesen würden.

Eigentlich wollte er Mi-Mo noch einmal fragen, ob sie wirklich ausziehen wolle, aber er war müde, verschob es auf morgen und schaltete das Licht aus. Mi-Mo entkleidete sich im Dunkeln. Ihre Tasche nahm sie mit ins Bett.

## ZWANZIGSTES KAPITEL

Hugo war überrascht, als Viktor ins Zimmer trat. Es war mitten in der Woche und früher Nachmittag. Viktor war sonst nur am Wochenende in die Festung gekommen.

»Es hat zu stark gefroren«, sagte Viktor. »Wir können jetzt keine Kabel legen. Der Schnee bleibt liegen. Wir gehen an eine andere Stelle.«

»Wollen wir Skat spielen?« fragte Hugo.

»Hast du nichts zu tun?«

»Nein, leider nicht. Morgen fahre ich den Schulz hier 'raus. In einer Woche kommt der Jescheck dran. Dann wieder nichts. Wir könnten Skat spielen.«

»Es geht nicht, Alwina ist nicht da. Ich glaube auch nicht, daß sie zu Mittag hier war. Es brennt kein Feuer im Herd. Ihr habt sie nicht gesehen?«

»Kein Feuer? Nein, gesehen haben wir sie nicht.«

»Ich gehe jetzt erst mal ein Feuer im Ofen anmachen. Komm nachher mal 'rüber, ich hätte da was mit dir zu reden.«

Viktor erhob sich schwerfällig. Als er die Tür von draußen geschlossen hatte, sagte Eliese: »Bei der Kälte kein Feuer. – Ganz bestimmt war sie auch in der Nacht nicht drüben!«

»Das geht uns nix an.«

»Jetzt ist es so weit! Du wirst sehen, sie hat ihn verlassen! Mit dem Vertreter, der immer zu ihr kam!«

»Woher weißt du denn das?«

»Das weiß doch fast jeder, daß der Vertreter etwas oft zu ihr kam!«

»Halte dich aus den Schwätzereien raus! Ich will keinen Streit mit Viktor!«

Hugo ging schon hinüber, als es drüben noch kalt war. Viktor saß neben dem Ofen und starrte vor sich hin. Er hatte noch seine dicke Joppe an, den Schal um den Hals und den Hut auf dem Kopf.

»Hugo«, sagte er, »wir kennen uns schon lange –. Was weißt du?«

»Ich?«

»Jemand, der etwas wußte, hat mir am Sonntag einen Wink gegeben, verstehst du. Du wohnst nebenan, du siehst sie am Tag –. Du wirst gemerkt haben, daß es in der letzten Zeit mit uns nicht mehr in Ordnung war.«

»In der letzten Zeit hatte ich viel Ärger. Erst war der Albert vermißt, dann haben sie ihn mir weggeholt, das Geschäft geht nicht mehr. Und Mi-Mo – ausziehen will sie! Ich hatte genug mit uns zu tun –«

»Ja, ich weiß, aber Eliese hat doch Kontakt mit ihr. Sie sieht doch auch, was hier am Tag vorgeht. Hol sie 'rüber, Hugo, ich will das nicht vor deinem Bruno und der Alten bereden!«

Eliese stand mit verschränkten Armen vor Viktor. Sie zeigte ihre Kummermiene.

»Sag die Wahrheit!« grollte Viktor.

»Ich weiß nichts«, sagte sie, »jedenfalls nicht mehr als alle wissen!«

»Und das wäre?«

»Da war so ein Vertreter ein paarmal hier, aber sonst weiß ich nichts.«

»Ja, das Silberbesteck und das Porzellan ...« Viktor nahm den Hut herunter und stand auf. »Sie hat von Trennung gesprochen –. Ihr seht, es trifft mich nicht gar so plötzlich. Ich dachte immer, sie wäre nicht von der Art. Nein«, sagte er sinnend, »nicht von dieser Art –«

»Soll ich dir eine Tasse Kaffee machen?« fragte Eliese.

»Wie geht es Albert? Hat er geschrieben?« Er stand mit dem Rücken zu ihnen und starrte zum Fenster hinaus.

»Ja«, sagte Hugo. »Geschrieben hat er. Es geht ihm gar nicht so schlecht. Aber du weißt ja ...«

»Eine Tasse Kaffee –«, sagte Eliese beklommen.

»Wir kennen uns seit langem, nicht wahr? Es ist ein Zufall, daß wir uns wiedergetroffen haben und nebeneinander wohnen. Kannst du dich erinnern, Hugo, Bäckermeister Hirt hatte eine Tochter, Frieda hieß sie. Die hätte ich heiraten sollen, aber ich wollte nicht. Ich bin früh von daheim fortgegangen. – Alwina paßte nicht zu mir. Ich hätte sie ja auch nie gekriegt, wenn nicht die Umstände ... So, es geht Albert gut, das freut mich. Eine Tasse Kaffee, ja –«

Viktor stand noch immer am Fenster, setzte sich erst, als Eliese mit dem Kaffee kam. »Ich muß morgen wieder weg«, sagte Viktor. »Am Samstag komme ich zurück.«

Viktor rührte in der Kaffeetasse und sagte nichts weiter. Er sagte auch nichts, als die Tür aufging und Alwina hereinkam. Er schaute sie an, doch ohne jeden Ausdruck von Überraschung oder Vorwurf.

»Ja, dann wollen wir mal gehen«, sagte Eliese. »Ich habe ihm schnell eine Tasse Kaffee gemacht«, wandte sie sich an Alwina.

»Ich hatte nicht mit dir gerechnet. Ich dachte, du kämst erst am Samstag. Es war kalt hier, nicht? Du hast Feuer gemacht.« Alwinas Gesicht glühte. Sie stand in der Nähe der Tür und wartete.

»Ich muß 'rüber«, sagte Eliese. »Komm, Hugo.«

»Wartet noch!« sagte Viktor. »Eliese, da in dem Schrank liegt ein Silberbesteck, vierundzwanzigteilig, das schenke ich dir. Geh und hole es da 'raus!«

»Ich? Aber ...« Eliese stand mit vor Erstaunen geöffnetem Mund.

»Wenn du es nicht nimmst, werfe ich es in den Ofen!«

»Aber Viktor«, sagte Eliese vorwurfsvoll.

»Im Küchenschrank steht ein Porzellangeschirr für sechs Personen. Nimm es 'raus! Es ist von meinem Geld gekauft, das schenke ich dir auch.« Viktor sprach ruhig, ohne jede Erregung. Eliese schaute auf Alwina, die jetzt mit blutleerem Gesicht nach ihrem Mann blickte. Hugo zuckte mit den Schultern.

»Hugo«, sagte Viktor, »was waren meine Eltern für Leute? Meine Familie, in welchem Ansehen stand sie im Dorf?«

»In gutem Ansehen«, sagte Hugo zögernd und blickte Viktor verwundert an.

»Sag es noch einmal!«

»Ihr standet in gutem Ansehen.«

»Und waren wir alle ehrlich?«

»Ja, ihr wart alle ehrlich.«

»Nimm das Geschirr, ehe ich es auf den Boden schmeiße! Und auch das Besteck!«

»Aber das geht doch nicht!« Eliese wand sich in Verlegenheit.

»Tu, was er dir sagt«, riet Alwina. »Er wird es wahrmachen. Ich weiß. Jemand hat über mich geredet. Er glaubt den anderen mehr als mir. Nimm das Zeug!«

Alwina öffnete den Schrank und nahm die Besteckkästen heraus, holte dann das Porzellangeschirr. Sie half beim Tragen, ging zweimal hin und zurück.

Eliese flüsterte in ihrem Zimmer: »Ich gebe es dir wieder, sobald ihr euch einig seid.«

»Nein, das nimmt er nie wieder!«

»Ich habe ihm nichts gesagt«, flüsterte Eliese, aber Alwina antwortete nicht. Sie schien gar nicht gehört zu haben, schaute über Eliese hinweg mit fremden Augen und ging hinüber zu Viktor, mit diesem Gesicht, das abweisend war wie eine verschlossene Tür.

Nachdem Hugo und Eliese gegangen waren, sagte Viktor: »Der Vertreter –. Was ist mit ihm? Du wirst mir die Wahrheit sagen!«

»Er war ein paarmal hier.«

Viktor saß, Alwina stand halb von ihm abgewandt. Ihr Gesicht war trotzig. Er konnte den Entschluß zum Widerstand darin erkennen.

»War er – war er in der Nacht hier?«

»Nein!«

»Bist du in der Nacht bei ihm gewesen?«

»Nein!«

»Was ist gewesen?«

»Nichts ist gewesen. Er gefiel mir; die Art, wie er lebt, gefiel mir oder wie er mit einer Frau zusammen leben würde. Draußen – nicht in diesem Gefängnis! Ich weiß, was du denkst, aber du hast dich getäuscht! Ich habe hier in dieser Zelle gesessen, und du warst nie da! Und dann kam er ein paarmal. Er war nicht so grob wie du, nicht so hart und auch nicht so fremd. Aber es ist nichts zwischen uns gewesen. Du hast nichts mehr von mir erwartet, aber er hat gesagt: ›Ich weiß, wie du sein könntest.‹ Du hast mich geschlagen! Und jetzt hast du mich vor Hugo und Eliese gedemütigt! Du hast mich so oft gedemütigt, daß ich kein Wort mehr mit dir reden konnte, daß ich es einfach nicht mehr fertigbrachte.«

»Du hast mich gehaßt?«

»Ja, vielleicht habe ich dich manchmal gehaßt – dich und diesen Irrtum in unserer Ehe! Ich habe auch deine guten Seiten gesehen; aber das war nicht genug!«

»Ich weiß, wie du sein könntest«, wiederholte Viktor langsam.

»Ja. Und jetzt hast du einem Schwätzer mehr geglaubt als mir!«

»Wie weit bist du gegangen?«

»Ich habe nichts getan, was ich mit diesem Ring nicht

verantworten könnte!« Sie hob die rechte Hand, zeigte den Finger mit dem Trauring. Viktor starrte den Ring an.

»Bist du wegen des Ringes nicht fortgegangen?«

»Nein, weil ich glaubte, es würde besser mit uns, wenn wir hier auszögen. Beinahe wäre ich fortgegangen. Ich war in seiner Wohnung. Nicht jetzt, sondern schon vor ein paar Tagen. Und als ich die Wohnung sah, dachte ich, es wäre ungerecht vor mir, dich zu verlassen, ehe ich nicht versucht hätte, mit dir in einer solchen Wohnung zu leben. Wir sind doch alle abhängig von den vier Wänden, in denen wir uns aufhalten müssen! Ich wollte es noch einmal versuchen! Ich habe ihm das gesagt. Dann bin ich allein hierhergegangen.«

»Und war das alles?«

»Ja, das war alles, und es ist jetzt schon ein paar Tage her! Es ist ausgemacht, daß wir uns nicht wiedersehen!«

Viktor erhob sich vom Stuhl. Sie standen sich gegenüber. »Wenn du dich von mir trennen wolltest, würde ich nicht versuchen, dich zu halten. Was du mir da vorgehalten hast – vielleicht ist was dran. Wir hätten darüber reden müssen. Als ich heute kam, sah es so aus, als ob du fortgegangen wärst. Aber dann sah ich, daß deine Sachen noch hier waren. Es sah so aus, als hättest du die Nacht nicht hier verbracht.«

»Ich war am frühen Morgen auf dem Arbeitsamt. Ich habe eine Stelle in einer Bank angenommen. Ich bin dort gewesen, es ist leichte Arbeit. Ich werde angelernt.«

»Bei einer Bank?«

»Ja, ich werde arbeiten gehen. Das Geld werden wir zurücklegen. Wir werden ausziehen, wie die anderen auch, die jetzt alle weggehen!«

»Ja«, sagte er. »Wir werden ausziehen.«

Hugo und Eliese hatten drüben darauf gewartet, etwas von der fälligen Auseinandersetzung zu hören. Hugo hatte angenommen, Viktor würde Alwina prügeln. »Ruhe!« hatte er gerufen. »Seid mal still, man kann ja nichts hören!«

Eliese betrachtete das Besteck und das Porzellan. Die Großmutter und Bruno prüften die glänzenden Gabeln und Löffel, mit denen noch niemand gegessen hatte.

»Schön wär's ja«, sagte Eliese, »wenn das uns gehören würde.«

»Leg das Zeug weg, und bilde dir nicht ein, es gehört dir!« rief Hugo. »Seid doch mal still!«

Er war verblüfft, als Viktor kam und ihn zum Skat spielen holte. Viktor und Alwina erhofften von den Karten eine Ablenkung, einen Zeitgewinn. Sie waren jetzt wie Menschen, die aus ihren alten in neue Kleider geschlüpft waren und sich darin noch ungelenk bewegten. Sie waren beide verletzt, aber sie hofften auf die Heilung.

Beim Kartenspiel waren sie unaufmerksam.

»Ihr habt keine Lust«, sagte Hugo.

»Doch, doch«, erwiderte Viktor, legte jedoch später ganz unvermittelt die Karten auf den Tisch.

»So schlecht habt ihr noch nie gespielt. Na ja, ein kleiner Streit, das legt sich.« Hugo wollte noch einige Erfahrungen aus seiner langjährigen Ehe anbieten, fand jedoch kein Echo. Als er wieder drüben bei Eliese saß, sagte er: »Sie gefallen mir nicht. Hocken sich gegenüber und sagen kein Wort. Sie sind von der Sorte, die alles in sich hineinfrißt.«

»Was werden sie jetzt tun?« fragte Eliese.

»Ins Bett werden sie gehen. Viktor muß morgen zur Arbeit.«

»Na ja«, murmelte Eliese. »Im Bett kommt alles wieder in Ordnung.«

»Sie horchten ein paarmal nach drüben, hörten nichts und vergaßen, daß Viktor und Alwina drüben lagen.

Sie lagen nebeneinander in der Dunkelheit. Plötzlich sagte Viktor: »Du warst bei ihm in der Wohnung.«

Sie horchte auf, erkannte seinen Zweifel. Sie sagte: »Ich dachte, wir hätten uns ausgesprochen.«

»Er hat ›du‹ zu dir gesagt, nicht wahr?«

Alwina hatte das Gefühl, daß in der Tiefe, unter der geglätteten Oberfläche, sich wieder zu rühren begann, was sie bereits gebannt glaubte. Und auch sie zweifelte jetzt ... »Ich dachte, du könntest die Wahrheit ertragen«, sagte sie.

Am Morgen begegneten sich Viktor und Hugo unten im Hof. Hugo hatte Max gefüttert und den Wagen aus der Halle hervorgezogen.

»Ich transportiere jetzt die Klamotten vom Schulz in die Stadt«, sagte er. »Wie ist es, seid ihr euch einig geworden?«

»Sicher, sicher«, erwiderte Viktor.

»Dann bringen wir euch das Besteck und das Porzellan wieder 'rüber.«

»Nein«, sagte Viktor. Das Zeug gehört jetzt Eliese, ich will es nicht mehr!«

»Du überlegst es dir bestimmt noch.«

»Das ist überlegt, Hugo.«

»Du könntest es ja verkaufen. Eliese bringt es 'rüber.«

»Du weißt, was ich damit mache, wenn ich das Zeug noch einmal sehe!«

Wir reden noch mal drüber. Wann kommst du wieder?«

»Am Samstag.«

Viktor ging über den Hof und zur Festung hinaus. Hugo hörte seinen Schritt verklingen, als er an der Tür stand, um hinaufzugehen zu Schulz. Hugo hörte den Schritt, den er gut kannte. In all den Jahren hatte sich Viktors Gangart nicht geändert. Hugo spürte den Frost auf der Haut. Er schaute einen Augenblick über den Hof, auf dem Schnee lag. Er dachte, daß es hier leer und still sein würde wie jetzt. Aber er dachte auch, daß ihn niemand vertreiben könnte, wenn er sich weigerte, hier wegzugehen.

»Es ist kalt«, sagte Schulz. »Wenn wir aufgeladen haben, trinken wir noch einen Schnaps beim Kainrath. Zum Abschied.«

»Zum Abschied, ja«, sagte Hugo. »Ich habe so manchen gehen sehen.«

»Ihr kommt auch noch dran. Es sind viele Leute eingewiesen worden.«

»Das waren kleine Familien, zwei, drei Leute. Unser Antrag ist für acht Personen damals eingereicht worden. Für solche Familien haben die nichts.«

»Du mußt den Antrag ändern lassen!«

»Warum denn«, sagte Hugo. »Warum denn? Ich kann hier nicht weg. Hier habe ich mein Geschäft.«

Sie arbeiteten zu dritt. Ein Sohn von Schulz war nicht in die Fabrik gegangen, um beim Umzug helfen zu können. Hugo streifte in Gedanken seine Söhne. Sie haben sich aus dem Staub gemacht!

Sie zerlegten die Betten, die Schränke und trugen die Einzelteile hinunter zum Wagen. Dann und wann blieben ein Mann oder eine Frau, die jetzt zur Arbeit gingen, stehen. Sie schüttelten Schulz die Hand; schließlich habe man hier ja lange zusammengelebt.

»Jaja«, sagte Schulz, »seit damals, als die Baracke abbrannte.«

Das erste Glas tranken sie schweigend. Sie hoben an, warfen die Köpfe zurück wie trinkende Hühner, stürzten den Schnaps hinunter und setzten die leeren Gläser fast zur gleichen Zeit hart auf die schmale Holztheke. Kainrath schenkte wieder ein. Sein Gesicht wirkte zerknittert, war noch schwer vom Schlaf.

»Wir haben dich aus den Federn geholt?« fragte Schulz.

»Ausverkauf!« Kainrath wies mit der Hand in seinen leeren Laden. Noch immer roch es hier nach Gewürzen. »Was soll ich noch früh aufstehen! Der Rest hier wird verkauft, dann wird der Laden geschlossen. Meine Frau und Johann ziehen in vierzehn Tagen in die neue Wohnung.«

»Und ins neue Geschäft. Ein Geschäft ist ja immerhin für dich in der Festung herausgesprungen.«

»Sicher. Aber ich bin nicht der einzige, der hier ein Geschäft gemacht hat.«

»Wer denn noch?« fragte Schulz.

»Hugo«, lächelte Kainrath.

»Ich?« rief Hugo. »Das war einmal! Es geht uns jetzt nicht gut.«

»Aber wenn alles hier beim alten geblieben wäre, hättest du das beste Geschäft gemacht. Ums Haar, Hugo, ums Haar wärst du ein wohlhabender Mann geworden. Ich weiß doch, was du am Anfang verdient hast!«

»Das beste Geschäft hast du gemacht, Kainrath«, sagte Schulz.

»Du bist doch auch fein 'raus, hast deine Söhne, die mitverdienen, ziehst heute in die neue Wohnung, deine Tochter ist gut verheiratet. Ja, die Edeltraut, die hat's nicht schlecht, wie?«

»Aber was das alles kostet«, sagte Schulz. »Es geht einem durch die Finger, und es bleibt nichts hängen, kein Pfennig!«

»Ich habe kein Glück gehabt«, sagte Hugo. »Sie haben den Albert weggeholt.« Er blätterte gedankenlos in Zeitungen, die auf der Theke lagen. »Hermann und Adolf, na ja. Und Mi-Mo. Und das Geschäft. Nein, es geht uns nicht gut.«

Hugo blätterte wieder eine Seite um. Schulz legte die Hand darauf und sagte: »Laß sehen, was sind das für ...«

»Das? – Schlimme Gesichter sind das.«

Schulz betrachtete die Abbildungen. Er prüfte sie: bekannte Gesichter, in denen er nichts finden konnte als Dünkel, Dummheit und Niedertracht.

»Ja«, sagte er. »Schlimme Gesichter.«

Sein Sohn blickte ihm über die Schulter und nickte.

»Eines Tages werden die uns das Wasser teuer verkaufen«, seufzte Schulz.

»Und was werden wir tun?« fragte Hugo.

»Nichts«, lächelte Kainrath. »Wir werden es kaufen.«

»Nein«, drohte Hugo. »Eines Tages wird man die alle zum Teufel jagen!«

»Du nicht, Hugo«, sagte Kainrath. »Du wirst niemanden zum Teufel jagen. Man muß mitmachen und die Hand aufhalten. Du siehst die Dinge falsch: immer von ganz unten.«

»Wie soll ich sie denn sonst sehen?« fragte Hugo. »Ich bin doch ganz unten!«

Am späten Nachmittag kehrte Hugo zurück. Es hatte wieder geschneit, und er hatte sich einige Male den Schnee von den Kleidern klopfen müssen. Er hatte geholfen, die neue Wohnung einzurichten, war mit Schulz in den nach Farbe riechenden leeren Räumen umhergegangen und hatte sich alles genau angesehen. Sogar die Wasserhähne hatte er aufgedreht und auf der Toilette die Spülung ausprobiert. Ihre Stimmen waren schallend von den nackten Wänden auf sie zurückgefallen. Hugo war hungrig geworden auf eine Wohnung wie diese, begehrte sie jetzt heftig und mit einem Anflug von Neid, obwohl er sich sagte, er gönne es den andern, daß sie anständig lebten.

In der Festung sprach er nicht viel von der Wohnung, und Eliese schien auch nicht neugierig zu sein. Von Albert war ein Brief gekommen.

»Die Mutter hat wieder gedacht, der Brief wäre für

sie«, sagte Eliese. ›Ein Brief an mich! An mich!‹ hat sie gerufen. Ich habe ihr's erst vorbuchstabieren müssen.«

»Warum glaubst du denn nicht, wenn Eliese dir sagt, der Brief ist nicht für dich? Du kannst doch gar nicht richtig lesen«, rief Hugo nach hinten.

»Nix, nix«, murmelte die Alte und wackelte mit ihrem Unterkiefer, als kaue sie an unhörbaren Worten.

Albert schrieb: »Wie gern wäre ich wieder in der Festung ...« Er ginge in dem Heim zur Schule und schlafe in einem Saal mit fünfzehn Jungen. Das Essen wäre nicht schlecht. Es seien auch noch ältere Jungen da, die dort einen Beruf erlernten. »... und kann ich vielleicht hier Elegtriger werden ...« Aber viel lieber käme er wieder nach Hause, und ob schon alles in die Wege geleitet sei. Er habe nämlich gleich dem Heimleiter gesagt, daß er nicht lange dableiben könne, weil Hugo ihn im Geschäft brauche. Wie es Max ginge. Und ob Hermann wieder einmal dagewesen sei, denn der Schillinger, »was die Tombola hat«, wollte ihn ja wieder zum Lose verkaufen nehmen, aber wenn er nun doch »Elegtriger« werden müsse, dann ginge das ja nicht ...

»Wir fehlen ihm!« sagte Hugo.

»Ja, er hängt an seinen Eltern«, stimmte Eliese zu.

»Hast du das Mi-Mo gezeigt?«

»Sie hat den Brief gelesen, ist aber dann bald fortgegangen.«

Sie lobten ihren Sohn Albert, sprachen von ihm wie von einem Verblichenen, der all seine Schattenseiten mitgenommen hatte, so daß nur strahlende Vorzüge sichtbar blieben. Sie besprachen die Möglichkeiten, ihn dort herauszuholen, aber sie spürten doch, daß ihre Gegenwehr lahm geworden war.

»Elektriker«, sagte Hugo, »das ist gar nicht schlecht.«

»Jaja«, murmelte Eliese. »Aber das hätte er ja auch hier lernen können.«

»Er war beliebt«, sagte Hugo. »Sie fragen alle nach ihm. Edeltraut hat mich gleich gefragt, als sie in die Wohnung kam. Schulz und Kainrath sprachen auch von ihm, und gestern hat Viktor ...«

»Viktor ist drüben«, warf Eliese ein.

»Er wollte doch erst am Samstag wiederkommen!«

»Nein, er kam sehr früh zurück. Du warst eine Stunde fort, da kam er wieder.«

»Dann ist er nicht arbeiten gegangen«, sagte Hugo nachdenklich.

»Er brüllte mit ihr 'rum, aber sie ist ihm nichts schuldig geblieben. Einmal hat es gepoltert, als hätten sie sich geschlagen. Warte, ich will mal hören.« Sie ging zur Wand und lauschte. »Sie sprechen miteinander – aber nicht sehr laut.«

»Sie werden sich wieder geeinigt haben«, sagte Hugo.

Eliese trat von der Wand zurück. »Gestern abend«, sagte sie, »das war ein Auftritt! Und ganz ruhig war er dabei. Gestern war er groß.«

»Und heute ist er klein – sonst wäre er nicht schon nach einer Stunde wieder zu ihr hineingelaufen.«

Sie sprachen wieder von Albert. Sie rechneten, daß er drei Jahre lernen müsse. Danach würde er sicherlich aus der Anstalt entlassen.

»Drei Jahre, das ist nicht sehr lange«, meinte Hugo.

»Drei Jahre«, widersprach Eliese heftig, »das ist eine Ewigkeit!«

Als sie beim Essen saßen, zusammen mit Bruno und der Großmutter, hörten sie es drüben laut werden. Sie legten die Gabeln auf die Teller, hoben die Köpfe und horchten. Aber es war schon wieder still.

Sie haben den nächsten Bissen noch nicht richtig auf der Gabel, als Viktor in der Tür steht.

»Hugo!« sagt er. »Hugo!« Seine Stimme klingt kehlig. Er steht an der Tür, die er weit aufgerissen hat. Er sagt nichts weiter, aber aus seinem Gesicht, aus seiner Haltung bricht die Bitte, ein fast gewalttätiges Flehen, das keinen Aufschub duldet. Sie sind noch nicht drüben, als Viktor Hugos Arm umkrallt: »Ich habe sie nur am Hals gepackt, und jetzt bewegt sie sich nicht mehr! Wir haben uns gestritten.«

Hugo tritt ins Zimmer. Sie liegt am Boden. Er sieht sofort, daß sie tot ist, geht hastig wieder aus dem Raum. Viktor hinter ihm her. »Hugo!« ruft Viktor. »Hugo!«

Als Hugo nicht auf ihn hört, steht er eine Sekunde unschlüssig und läuft dann hinter ihm her, zu den Starostas, wo Hugo gerade sagt: »Er hat sie totgemacht!«

Viktor steht auf der Schwelle. Sie starren ihn an. Er macht eine Bewegung, eine hilflose Gebärde mit der Hand, die wie der Versuch einer kaum gewagten, nicht verstandenen Entschuldigung in sich zusammenfällt. Sie nehmen ihn nicht an. Ihr Schreck ist spröde wie Glas. Eine durchsichtige Wand, hinter der er steht, langsam erkennend, wissend, daß sie ihn nicht aufnehmen können. Dann ist er weg, wie fortgewischt aus dem Rahmen der Tür.

Drüben im Zimmer spielt das Radio leise den langsamen Walzer: *Ich tanze mit dir in den Himmel hinein ...*

Sie stehen vor ihr, schauen auf sie hinunter. Hugo und Eliese legen sie auf das Bett. Alwina. Sie haben sie gekannt. Es war das Antlitz einer Statue.

Hugo hatte Bruno zum Verwalter geschickt. Der Mann kam, ging und telefonierte.

Als unten der Wagen der Polizei vorfuhr und die kühlen Gesichter der Beamten im Zimmer auftauchten, hatten sich schon zwei Dutzend Neugierige vor der Tür versammelt.

»Es war ein Unfall!« stammelte Hugo.

Er beantwortete Fragen, die er gleich wieder vergaß.

Es mußte ein Unfall sein, ein Zufall, ein Unglücksfall. Er wußte genau, daß es ein Unfall war. Ihm war, als habe sich ein Krater geöffnet, an dessen Rand er verstört umherlief.

Der Arzt sagte etwas von Reflextod. Die unbewegten Gesichter fragten nach Viktor. Sie suchten ihn eine Viertelstunde. Hugo lief mit ihnen über den Hof und durch die verschiedenen Räume der Festung.

»Viktor!« rief er. »Viktor!«

Sie fanden ihn erst am Morgen. Er war von Hugos Tür zum Turm gelaufen, war hinaufgegangen, hatte auf der Brüstung gestanden, solang wie ein Mann braucht, um »Herrgott!« zu sagen. Dann hatte er den Schritt hinausgetan in den leeren Rachen der Dunkelheit.

Sie sahen, daß er am Boden noch gelebt hatte. Er hatte eine blutige Spur durch den Schnee hinter sich hergezogen, war auf dem Bauch in einen Winkel des Hofes gekrochen, wo schützende, halbhohe Büsche standen: Es war, als habe er in einer letzten Scham dort seinen Tod verbergen wollen.

## EINUNDZWANZIGSTES KAPITEL

In dieser Woche sprachen sie alle von Viktor und Alwina. Sie verstanden es nicht, fanden es ganz und gar unpassend: dieser doppelte Tod schien ihnen geradezu töricht. Sie wollten den Schrecken wie eine Rechnung auflösen, wollten Ursache und Wirkung getrennt nach Hause tragen; sie suchten die Deutung, die sie hätten verstehen und schließlich vergessen können.

Kainrath mußte – was er nicht vorgehabt hatte – bei seinem Lieferanten doch noch eine größere Sendung Bier bestellen. Es gab Bier und Gespräche für eine Woche. Auch für Hugo ergaben sich Vorteile, die er nicht angestrebt hatte. Er war zu einem Mann mit Stimme geworden, wurde mitunter gerufen und mußte erzählen, wobei ihm jeweils zwei oder auch mehrere Flaschen Bier aufgedrängt wurden, die er während seiner Darstellungen und der anschließenden Diskussionen leerte. Immer wieder sagte er: »Es war ein Unfall. Viktor war kein Mörder!«

Aber warum er dann gleich nach der Tat vom Turm heruntergesprungen sei?

»Aus Verzweiflung«, sagte Hugo.

Er liebte diese Frage nicht, denn sie berührte seine Vorstellung, Viktor sei zu ihm herübergekommen, weil er sich von ihm die Bestätigung eines Unfalls und seiner Schuldlosigkeit erhoffte. Hugo quälte der Gedanke, daß vielleicht ein einziges Wort von ihm genügt hätte, die Tragödie zu halbieren.

Für die Zeitungen war es Mord. Die Festung war

abgebildet, der Turm, von dem der Mörder heruntergesprungen war. Die beiden Gesichter: Der Mörder! Die Ermordete! Die Möglichkeit eines unbeabsichtigt harten Zupackens von Händen, die an schwere Arbeit gewöhnt waren, wurde nur angedeutet. Sie kamen nicht sehr gut weg in den Zeitungen, Viktor und Alwina.

Der Vertreter kam und hielt eines der Blätter in der Hand. Er stellte Fragen, begegnete aber der vereinten Ablehnung von Hugo und Eliese. Er sei verhört worden, sagte er. Dann saß er schweigend und schüttelte von Zeit zu Zeit den Kopf.

»Es war ein Unfall!« sagte Hugo wie immer, nur diesmal in barschem Ton. »Man konnte nichts dagegen tun.«

Auch in einem Brief an Albert schrieb er davon. Er habe leider nichts tun können, obwohl es nur einen oder zwei Meter neben ihm geschehen sei. Von den Hintergründen schrieb er nichts, auch nichts von Bemühungen, Albert aus dem Heim nach Hause zu holen.

Nachdem Hugo den Umschlag beleckt und zugeklebt hatte, sagte er: »Albert wird sich freuen. Ich weiß doch, wie man auf Post wartet.«

Der Brief war eine unerwartete Enttäuschung für Albert und gab den Anstoß zu ersten Erwägungen einer Flucht. Der Gedanke daran war schon vorher in ihm wach geworden, aber er hatte nur damit gespielt: Daran zu denken, war eine geheime Genugtuung, ein Gegengewicht gegen die erdrückende Übermacht. Er hatte sich berauscht an den Möglichkeiten, an dem Ärger, den er ihnen bereiten würde. Und sicher würde seine Flucht auch vorgesetzten Stellen bekanntwerden, worauf dann der Heimleiter zerknirscht vor seinem Nächsthöheren stehen würde, um sich seine Unfähigkeit bescheinigen zu lassen. Aus diesen Gedanken bezog er verborgene Freuden, die ihn zusammen mit den Hoffnungen, die er auf Hugo setzte, bisher daran gehindert hatten, die Flucht tatsächlich vorzubereiten.

Nun aber schrieb Hugo, Elektriker sei kein schlechter Beruf. Nein, im Gegenteil, ein großes Glück sei das, so etwas lernen zu dürfen. Man würde ihn ja besuchen können, so daß ihm der Aufenthalt dort bestimmt nicht so schwerfallen würde. Im Augenblick sei nichts zu machen. »Die haben das schon so gedreht, daß man nicht weiß, wo da der Kopf und der Schwanz ist, aber ich habe ihnen ja schwer die Meinung gesagt. Und was ihnen gar nicht gefallen hat, weil sie so was noch nie gehört haben und es sich merken können. Aber dein Vater läßt sich ja nichts von denen gefallen ...«

Die Vorstellung, daß Viktor und Alwina tot waren, trug Albert als eine dumpfe Beklemmung mit sich herum: Es war noch kein Schmerz, sondern das irritierende Gefühl, daß er sie nie wiedersehen würde und es nun versäumt habe, sich von ihnen zu verabschieden. In diese Regungen mischte sich ein Anklang von Vorwurf gegen sie, die es vorgezogen hatten, aus seinem Leben zu verschwinden. Dabei war er doch ganz sicher gewesen, sie bei seiner Heimkehr anzutreffen, neben Vater, Mutter und Geschwistern, und auch aus ihren Gesichtern abzulesen, daß er erwartet und wiederaufgenommen wurde.

Viktor – das war der »Onkel« gewesen: der Ersatz eines Onkels und in Alberts Augen etwas wie die Entschuldigung seines Vaters und all der Männer, die nicht viel wert gewesen waren.

Der Schmerz kam später, als ihn einer der Zöglinge, dem er von dem seltsamen Sterben Viktors und Alwinas erzählt hatte, auf die Zeitung hinwies, die in der Besuchshalle zwischen anderen Zeitungen auf einem der Tische lag. Er holte sie sich heimlich und las sie auf der Toilette, wo der Verlust und die Tränen blitzartig über ihn kamen.

Mit diesen Tränen erledigte er gleich allerlei andere Schmerzen. Ein Bruchteil davon floß für Edeltraut, einiges davon war Heimweh, der Rest gehörte Viktor und Alwina.

Er riß das Zeitungsblatt heraus und trug es bei sich, bis es ihm bei einer Visitation von einem Erzieher aus der Tasche gezogen und um die Ohren geschlagen wurde. Schweigend stand er vor dem Erzieher und schaute zu Boden. Danach schlich er wieder zur Toilette und schloß die Tür hinter sich ab. Die Toilette war der Ort seiner Zuflucht, der einzige Platz, wo er ihnen und ihren Prüfungen für kurze Zeit entgehen konnte.

Er begehrte nie gegen eine Anordnung auf, wie es die älteren Zöglinge mitunter taten; der Druck seiner neuen Umgebung hatte genügt, ihn zu ducken, ihn vorsichtig zu machen und mit einer fast tierhaften Wachsamkeit auszurüsten. Er witterte die Bedrohungen, erfaßte das bis ins kleinste ausgearbeitete System der gegenseitigen Bespitzelung, auf dem die Ordnung des Heimes zu beruhen schien.

Es gab kleine Gruppen. Da war die Tischgesellschaft, sieben oder zehn Mann an einem Tisch – und der Tischälteste meldete jeden Verstoß. Im Schlafsaal wurden fünfzehn Zöglinge von einem Stubenältesten regiert, der emsig in den Schwächen seiner Untergebenen stocherte. In der Schule gab es die Vertrauensschüler. Die Erzieher waren meist junge Männer, außer zwei alten, die Hilfsdienste versahen. Über allem stand der Heimleiter, ein Mann, der nachsichtig lächelnd umherging, aber alle Verstöße und Vergehen unerbittlich nach einer von ihm geführten Skala mit Strafen belegte. Die Vertrauten – die Verräter, wie die anderen sagten – sonnten sich in seinem Wohlwollen und begegneten dafür der schweigenden oder auch lauten Abneigung der weniger Beliebten, deren ungünstige Prognosen – wie sie alle wußten – fein säuberlich in den Akten lagen und ihre Schatten noch weit in das Leben der so Gezeichneten werfen würden.

Albert zählte zu der Gruppe der Schulpflichtigen. Die anderen waren Lehrlinge oder Landarbeiter. Man sagte, die Landarbeiter hätten wenig Aussicht auf Entlassung, weil die Beschaffung von Arbeitskräften so schwierig sei. Es gab verschiedene Berufe, in denen die Zöglinge ausgebildet werden konnten. Daß Albert nach seiner Schulentlassung Elektriker werden könne, hatte er zwar gehört, doch es war ihm von keiner offiziellen Seite bestätigt worden. Und nun hatte Hugo gleich diese Möglichkeit aufgegriffen und sich davon begeistern lassen, als wäre es ein Geschenk des Himmels, hier Elektriker zu werden. Von Hugo war nichts zu erwarten!

Aus der kalten Ordnung dieses Hauses hatte sich Albert zurückgewünscht zu seiner Mutter und auch in die Nähe von Hugos erwärmender Schlampigkeit und seiner harmlosen Wutausbrüche. Früher hatte ihn manchmal eine jäh aufschießende Feindschaft von ihm getrennt. Die Entfernung hatte ihn wieder zum Vater gemacht, an den er mit Hoffnung hatte denken können. Nichts war von Hugo zu erwarten.

Albert schrieb einen vorwurfsvollen Brief. Er verbreitete sich über Hugos Fehler; am meisten nahm er ihm übel, daß er damals nicht rechtzeitig zu ihnen heimgekehrt sei. Er war erst gekommen, als sie ihn in Gedanken längst zu Grabe getragen hatten. Und was hatte er dann getan? »Gearbeitet hast du auch nicht gern, deshalb hast du immer in der Baracke gesessen und Karten gespielt ...« An dieser Stelle dämmerte es ihm, daß es unklug war, allzu viele Fehler seines Vaters zu beschreiben, wenn er sich nicht selber in die Hände der Feindlichen spielen wollte. So beschränkte er sich darauf, Hugo nur noch vorzuwerfen, daß er ihn nicht aus diesem Heim geholt hatte, wo ihm aber auch gar nichts gefiele.

Am Nachmittag wurde er zum Heimleiter gerufen. Albert stand vor dem Schreibtisch in dem geräumigen Zimmer mit den hohen Bücherregalen. Er schaute zu Boden und wartete.

Der Heimleiter lächelte freundlich, doch Albert beeindruckte das nicht. Alle sagten es: die gewinnende Miene gehörte zu seinem Geschäft. Und zu seinem Geschäft gehörte es, sie zu gewinnen. Sie sagten, er verdiene allerhand Geld damit.

»Der Brief«, sagte der Heimleiter. »Nicht wahr, so einen Brief wollen wir doch lieber nicht schreiben. Wir schreiben einen neuen. Was meinst du dazu?«

»Er hat es mir doch versprochen, daß er mich hier 'rausholen will.«

»Es gefällt dir hier nicht?«

Albert schaute zu Boden.

»Weißt du, was ich glaube? Ich glaube, es ist ein großes Glück für dich, daß du hierhergekommen bist. Wir werden uns hier einleben. Und wir werden einen neuen Brief schreiben, nicht wahr?«

»Ja«, piepste Albert. Einmal hatte er für kurze Zeit bei einer Frau die Rolle des Mannes übernehmen dürfen. Er war kühn gewesen. Ihm schien, das war vor vielen Jahren.

»Wir wollen also auch in Zukunft vernünftig sein. Ich wußte ja, daß wir das einsehen würden. Es gibt viele Wege und natürlich auch Strafen. Weißt du, Strafen hängt zusammen mit Straffen, das verstehen wir? Etwas geradebiegen.«

Der Mann lächelte ihm zu, aber Albert witterte hinter seiner Höflichkeit einen kühlen Willen, der scharf werden konnte wie eine Klinge. Das war ein Mann, so schien es Albert, der Kinder aus fremden Familien herausbrach wie Zähne aus blutendem Gaumenfleisch.

Stumm stand er im Zimmer. Die vielen Bücher, der Schreibtisch, dahinter der Mann, der in der Anmaßung seiner Intelligenz auf ihn herunterlächelte. Albert schauderte vor der Übermacht.

Auf Hugo machte dieser Mann einen überwältigenden Eindruck. Hugo war zu Besuch gekommen, weil unter dem Brief Alberts eine kleine Anmerkung gestanden hatte, in der er gebeten wurde, seinen Sohn Albert doch einmal zu besuchen. Man erhoffte davon eine Auflockerung des verschlossenen Zöglings Albert Starosta.

Hugo war mit dem Fahrrad gekommen.

»Bei dieser Kälte?« fragte Albert.

»Die Fahrt hin und zurück wäre teuer gekommen«, sagte Hugo. »Ich habe dafür einen neuen Fahrradschlauch gekauft. Ja, der alte war geplatzt. So schlimm war es nicht, mir wurde ganz schön warm auf der Fahrt. Sicher willst du hören, wie es mir geht. Also, ich habe in der letzten Zeit wieder Schmerzen. Es ist zuerst ein Stich ...«

Sie saßen sich in der Halle gegenüber. Es war Besuchstag. Außer ihnen waren noch etwa zwanzig Personen im Raum: Zöglinge und deren Eltern. Hugo hatte unruhige Augen. Ihre Blicke streiften sich und erkannten die gegenseitige Verlegenheit.

»Du wolltest mich doch bald hier 'rausholen«, sagte Albert. »Ich will 'raus hier. Hier ist es nicht gut!«

»Jaja, natürlich«, erwiderte Hugo. »Ich habe alles versucht. Das Geschäft, weißt du, es geht nicht mehr so richtig. Stell dir vor, sie wollten uns wieder in Baracken einweisen, aber ich habe mich geweigert!«

»Viktor«, sagte Albert.

»Ach ja, das war schlimm.« Er schaute umher und seufzte. Dann fügte er hinzu: »Es war ein Unfall!«

Der Heimleiter betrat den Raum. Er ging von Gruppe zu Gruppe, schüttelte Hände, sagte freundliche Worte, führte sein Wohlwollen vor.

»Es geht ihm gut. Es geht ihm gut. Ja, wir werden uns einleben. Wir haben uns schon eingelebt, nicht wahr?«

Albert hörte diese sich wiederholenden Worte in seiner Nähe. Die Worte kamen auf ihn zugekrochen. Er saß auf seinem Stuhl und begann zu schwitzen, dachte, daß sie nun an die Reihe kämen. Er sah Hugos zerbeulten Hut und wünschte, er hätte wenigstens diesen gräßlichen Hut zu Hause gelassen. Dann antwortete Hugo, und nun schämte sich Albert für seinen Vater, weil er keine Zähne hatte und beim Sprechen zischelte.

»Nein, bis jetzt keine Klagen. Wird sich einleben, wir waren ganz manierlich. In der Schule sind wir mit ihm zufrieden. Er ist nicht dumm, wir werden ...«

»Aber daheim ist daheim«, sagte Hugo. »Er war immer ordentlich, aber weil ich Streit mit der Fürsorgerin ...«

Die Krawatte sitzt schief. An den Hosen hat er noch die Fahrradspangen. Die hätte er doch wenigstens abnehmen können! Und der andere sieht das ganz genau. Die Mutter hätte ihm doch sagen können, wie man sich anzieht für einen Besuch! Mit dem Fahrrad bei dieser Kälte.

»Wissen Sie was?« sagte Hugo. »Am besten, Sie geben ihn mir wieder mit. Geben Sie Ihrem Herzen einen Stoß. Aber warum denn nicht? Sie sagen ja selber, daß er sich gut in die Ordnung ... Wieso? Sie sind doch der Mann, der zu sagen hat. Er wird fleißig in die Schule gehen. Also Chef, ich kann Ihnen garantieren. Der Junge hängt an seinen Eltern, kann ich Ihnen sagen!«

»Herr Starosta, Sie werden sehen, in Zukunft wird sicher ohnehin ein Schultypus überwiegen, bei dem Kinder auch im Schulheim wohnen und essen.«

»So?« sagte Hugo.

»Ja, es ist anzunehmen. Die Entwicklung dürfte dahin zielen, daß die Erziehung – natürlich in Kontakt mit den Eltern – immer mehr in die Hände des Staates gelegt werden wird, ganz gleich, ob die Kinder Söhne von Generaldirektoren oder ... oder ... Was sind Sie doch gleich von Beruf?«

»Transportunternehmer!«

»Ja, oder ob sie die Söhne von Transportarbeitern sind. Und sehen Sie, nicht viel anderes geschieht letzten Endes jetzt mit Ihrem Sohn.«

»Transportunternehmer!«

»Aha! – Sehen Sie, in Amerika hat man solche Schulen schon lange. Und wir ...«

»So!« sagte Hugo.

»Wir werden uns eingewöhnen, nicht wahr! Wir werden hier die Schule beenden und dann ...«

»Ein freundlicher Mann«, flüsterte Hugo. »Hast du gesehen, beinahe hätte ich ihn so weit gehabt ... Den mache ich noch weich. Eines Tages nehme ich dich gleich von hier mit nach Hause. Ich weiß, wie man denen kommen muß.«

Zwei Tage nach dem Besuch Hugos kam ein Brief von Eliese. Albert erhielt ihn morgens. Es beruhige sie sehr, daß es ihm so gut gehe, schrieb Eliese. Es sei doch ein großes Glück, daß er dort so freundliche, ihm wohlgesinnte Menschen angetroffen habe. »... und wie habe ich mich gefreut, als mir Hugo erzählte, du würdest nicht mehr lange bleiben müssen. Wir werden dann ja nicht mehr hier wohnen, wenn du kommst. Die Leute werden in neue Baracken eingewiesen. Hugo will nicht, aber er muß. Und wenn es ganz neue Baracken sind, da ist es nicht so schlimm. Das Pony muß er verkaufen, das will er auch nicht und muß doch, weil es uns arm frißt und er nichts mehr damit verdient. Die Großmutter hatte gestern wieder einmal vergessen, daß du fort bist. Sie fragte nach dir und warum du nicht zum Essen kämst. Die neue Adresse schreibe ich gleich, wenn wir umgezogen sind. Es ist jetzt leer geworden, und Mi-Mo will auch ausziehen, aber ohne uns ...«

Albert trug den Brief in der Tasche und dachte daran,

daß er nicht mehr zur Festung zurückkommen würde. Dort hatte er sich eingelebt, kannte den Geruch der Mauern, die versteckten Gänge und Räume. Seine Gedanken waren jeden Tag auf dem Weg dorthin gewesen. Er hatte es vor sich gesehen, wie er heimkehrte, durch den Torbogen –. Nun war die Festung für ihn wie zugemauert. Stumm würde sie oben am Hügel liegen – und innen drin das Bett in der Pulverkammer –. Albert las den Brief dreimal. Der Entschluß zur Flucht gärte in ihm.

Albert flüchtete kurz vor dem Mittagessen. Einer der Alten vom Hilfspersonal stand vor dem Tor und sah, wie Albert davonrannte. Der Mann lief auf seinen krummen Beinen, schaftstiefelig, hinter ihm her und rief: »Ei, so bleiben doch hier! So bleiben doch hier! Mir nen doch au' heut so e gutes Erbsensüppchen!«

Aber die Aussicht auf eine gute Erbsensuppe konnte ihn nicht halten. Er rannte mit gesenktem Kopf in scheinbar blinder Flucht davon. Es war etwas Wildes in diesem plötzlichen Ausbruch: unnachgiebig, ungezähmt, jäh wie ein Tier, nur auf die Schnelligkeit seiner Beine hoffend, erklärte er ihnen seine Feindschaft. Die Zöglinge und Aufseher, die ihn vom Heim aus sahen, lachten. Für die Erfahrenen war diese Flucht erheiternd wie der tolpatschige Versuch eines jungen Hundes, seinem Herrn zu entlaufen.

Als sie jedoch sahen, daß er von der Straße abbog, in Richtung eines kleinen Wäldchens weiterlief und darin verschwand, wurde ihnen klar, daß doch so etwas wie die Winzigkeit eines Planes im Hirn des entsprungenen Zöglings vorhanden gewesen sein mußte.

Hinter dem Wäldchen führte die Autobahn vorbei. Albert wußte es, und auch die Erzieher dachten daran. Sie telefonierten; aber als ein Wagen der Polizei die Strecke abfuhr, war Albert schon fast in der Stadt. Ein Auto hatte gehalten, er war zugestiegen. Für den Weg zur Festung brauchte er knapp zwei Stunden.

Er ging durch den Torbogen, stieg leise die Treppen hinauf und schlich vor die Tür des Zimmers, wo er Eliese gerade rufen hörte: »Erhebe dich jetzt endlich aus dem Bett, du faules Luder!« Er erkannte, daß sie Mi-Mo beschimpfte und daß niemand dort saß und darauf wartete, ihn wieder zurückzubringen.

Die benutzten Teller standen auf dem Tisch. Hugo lag oben auf seinem Bett und schlief. Eliese, die Großmutter und Bruno blickten erstaunt auf, als Albert eintrat. Bei der Begrüßung erwachte Hugo, und auch Mi-Mo richtete sich im Bett auf und schaute mit dummen Augen umher, bis sie begriffen hatte, daß Albert gekommen war.

»Ja«, sagte Albert, »ich bin wieder da!« Er grinste sie an, ließ sich auf einen Stuhl fallen. Sein schiefes Ohr glühte, betonte die Blässe seines Gesichts.

»Und deine Sachen?« fragte Eliese nach den ersten aufgeregten Worten.

»Ich habe ja gesagt, daß er bald mal auf Urlaub kommen würde!« rief Hugo.

»Meine Sachen sind noch dort«, sagte Albert. »Ich bin nicht entlassen, ich bin auch nicht auf Urlaub –«

»Ja, was denn –?« fragte Hugo.

»Ich bin fortgelaufen! Und ich gehe nicht mehr hin, daß ihr es wißt!« Er sprang von seinem Stuhl auf, deutete auf Hugo: »Er hat euch wieder angeschwindelt! Es ist mir nicht gut gegangen! Und die Leute waren nicht freundlich! Und das Essen ... Ich gehe nicht mehr da hin!«

»Aber das war doch so ein freundlicher Mann –«

»Ich habe dir gesagt, daß es nicht gut dort war! Hat er euch das nicht erzählt?«

Nein, das hatte Hugo nicht erzählt. Gepriesen hatte er das Heim, in den Himmel gehoben hatte er es. Als er endgültig erkannt hatte, daß er machtlos war, hatte er die Maßnahme gegen seinen Sohn zu loben begonnen. Es war ihm nie ganz wohl dabei gewesen.

Eliese maß Hugo mit wütenden Augen. Und dann klagte sie ihn an, seine Faulheit, seine Verlogenheit, seine Feigheit – sie entblößte ihn, bis er das Gefühl hatte, nackt vor seinen Kindern zu stehen. Nicht den letzten Fetzen wollte sie ihm lassen, mit dem er seine Blöße hätte decken können. Er kämpfte um diesen Fetzen und rief: »Ich bin ein kranker Mann!«

Aber Eliese schrie weiter. »Er tut nichts mehr. Den ganzen Tag liegt er oben auf seinem Bett! Und was sagt er? Er sagt: Ich mache Augengymnastik! Ja, da hat er sich ein Buch gekauft, dafür hatte er noch Geld! Zehn Mark hat das gekostet!«

»Aber daß ich mit dem Buch für Augengymnastik das Geld für eine Brille gespart habe, das erzählst du nicht!«

»Er lügt!« sagte Eliese mit Bitterkeit. »Aber er hat mich ja dreißig Jahre lang frech belogen. Auf den Ämtern, wo er hätte lügen müssen, da hat er gekuscht «

»Das ist nicht wahr!« rief Hugo von seinem Bett herunter. »Ich habe auch auf den Ämtern gelogen!«

»Du wirst es erleben, Albert, sie werden dich holen. Und er – er wird nichts dagegen tun!«

»Das wollen wir abwarten! Ich werde sie hier hinauswerfen!«

»Ich habe Hunger«, sagte Albert müde.

Es war nur noch ein Rest Suppe im Topf – Erbsensuppe.

Eliese trat an Mi-Mos Bett. Hugo, der von oben heruntergestiegen war, folgte ihr. »Gib mal Geld her«, sagte Eliese. »Ja, gib uns was«, pflichtete Hugo bei, in der Hoffnung, diese Unterstützung ihrer Forderung würde Eliese versöhnlicher stimmen.

Sie schielten alle nach Mi-Mo, warteten auf die Tasche, die Mi-Mo jetzt unter der Bettdecke hervorholte. Die Großmutter und Bruno kamen herbei und stellten sich neben Eliese und Hugo. Mi-Mo drehte ihnen den Rücken zu, schirmte ihre Tasche gegen die Blicke ab.

»Was ich denen in der letzten Zeit schon gegeben habe!« jammerte sie und zog einen Zwanzigmarkschein hervor, den Eliese ohne Dank in Empfang nahm.

Hugo erbot sich, die Besorgung zu machen, und wollte schon nach dem Schein greifen, aber Eliese strafte ihn mit einem Blick, vor dem er sich zurückzog. Sie schickte Bruno nach Wurst und Käse und Brot. Albert saß vor seinem leeren Teller und sagte nichts.

»Kainrath hat nichts mehr in seinem Laden«, sagte Eliese. »Bruno ist in einer Viertelstunde wieder zurück, dann mache ich dir belegte Brote.«

»Ja, in einer Viertelstunde ist Bruno wieder da«, echote Hugo. »Deine Schuhe, wie sehen die denn aus?«

»Ich bin über freies Feld gelaufen.«

»Zieh sie aus, ich werde sie mal putzen«, sagte Hugo. Albert folgte nur widerstrebend, aber Hugo bestand darauf, die Schuhe seines Sohnes zu putzen. »Über freies Feld bis du gelaufen? Haben sie dich verfolgt?«

»Bald werden sie dich holen«, sagte Eliese.

»Sie werden mich nicht finden! Ich werde mich verstekken und nur zum Essen hierherkommen.«

»Verstecken? Ach Gott«, seufzte Eliese.

»Ja, hier in der Festung, ich kenne da ...«

»Das kommt nicht in Frage«, sagte Hugo. »Jetzt bist du hier, und jetzt bleibst du auch hier! Ich bin der Vater, ich habe zu bestimmen, was mit meinen Kindern geschieht!«

Er ereiferte sich, während er Alberts Schuhe putzte. Er warb mit dieser Verheißung seines Widerstandes um die verlorene Gunst der Familie; er bot sie an als Wiedergutmachung für Dinge, an denen er doch, wie ihm schien, schuldlos war. Wer hatte voraussehen können, daß die Festung geräumt würde, kaum nach der Geschäftseröffnung? Und daran lag alles! Sie nahmen es ihm übel, daß sein Geschäft nicht mehr ging. Sie hatten ihm ihren

Respekt im gleichen Tempo entzogen, in dem sein Unternehmen geschrumpft war!

Er begann zu erwägen, welche Aussichten er hatte, seinen Sohn zu verteidigen. Was wollten sie machen, wenn er an der Tür stehen und einfach niemanden hereinlassen würde? Sie würden die Tür eine Weile belagern, dann aber aufgeben. Oder –?

»Es wird natürlich nicht so einfach sein«, sagte er mit einem Gesicht, als ginge er schweren Stunden entgegen, sei jedoch bereit, sich für die Seinen zu opfern.

»Es ist unmöglich«, sagte Eliese.

»Wo hast du den Wäscheknüppel?« fragte er. »Hier, neben der Tür werde ich stehen! Nur über meine Leiche!«

In der nächsten Stunde redete er sich in brennenden Zorn gegen die Ungerechtigkeit, die man ihm von jeher angetan habe.

Eliese und Albert warteten eine Weile, daß sein Grimm sich wie üblich in Nichts auflösen würde. Aber dann hatten sie den Eindruck, daß er sich tatsächlich zu einem Entschluß aufgerafft hatte, und ließen sich halbwegs überzeugen. Sie glaubten nicht, daß Hugos Widerstand die Beamten in die Flucht schlagen würde, aber sie hofften, er würde damit veranlassen, daß der Beschluß höheren Orts vielleicht noch einmal überprüft würde. Man konnte das ja nicht wissen, vielleicht würden sich die Leute umstimmen lassen.

Als Hugo bemerkte, daß seine Familie ihn ernst nahm, zumindest eine geringe Hoffnung an ihn knüpfte, rückte er seinen Stuhl neben die Tür. Er saß dort mit dem Wäscheknüppel zwischen den Knien und wartete.

»Das wird ein schönes Theater geben«, sagte Mi-Mo, die sich in einer Ecke des Zimmers angekleidet hatte. »Ich gehe fort, ich will nicht dabei sein.«

»Geh mir aus den Augen, du Dirne!« rief Hugo mit

dem Pathos eines Opernhelden hinter seiner Tochter her, als sie sich an ihm vorbeidrückte.

Er verbat sich alle Zweifel, die von Eliese und Albert geäußert wurden, und blieb beharrlich neben der Tür sitzen. Er schwelgte jetzt in heroischen Träumen, saß neben der Tür bis spät in die Nacht und wartete auf seine Gelegenheit.

Sie kamen morgens um sieben Uhr. Zwei Zivilisten. »Aufmachen!« riefen sie durch die verschlossene Tür. »Aufmachen! Wir wissen, daß Ihr Sohn seit gestern hier ist!«

»Ihr bleibt draußen, ihr Schweine!« rief Hugo und zog sich vor der Tür fertig an.

»Haben Sie das gehört?« sagte einer der Beamten zum anderen. »Das werden wir uns merken!«

»Hahaha!« lachte Hugo. »Das könnt ihr euch getrost merken! Wenn ihr 'reinkommt, schlage ich euch den Schädel ein. Mein Sohn bleibt hier, und niemand wird ihn hier wegholen!«

Sie flüsterten draußen, Hugo konnte sie nicht verstehen. Eliese, Albert, Bruno und die Großmutter waren zu ihm getreten. Mi-Mo lag im Bett und sagte: »Jetzt geht es los, das Theater, wäre ich doch nur schon ausgezogen –«

»Aufmachen!« riefen sie draußen und pochten gegen die Tür. »Wir haben Polizeigewalt!«

Hugo rief, mit dem Gesicht nahe am Türspalt, hinaus: »Einen Dreck habt ihr! In meiner Stube habt ihr einen Dreck!«

Er schaute sich triumphierend nach Eliese und Albert um. Er sah ihren Respekt, und das beflügelte seine Phantasie: »Da draußen habt ihr Polizeigewalt, aber in meiner Stube habt ihr einen Scheißdreck!«

Er spürte die Woge des lang entbehrten Triumphes. Sie blickten zu ihm auf, erwarteten etwas von ihm, Albert,

Eliese, Bruno, die Großmutter und Mi-Mo und ihm schien, er könne in diesen Minuten ausgleichen und nachholen, was er in Jahren versäumt hatte.

Die beiden Männer warfen sich krachend gegen die Tür. Hugo sah, daß sie die Tür eindrücken würden.

»Seien Sie vernünftig, Herr Starosta! Machen Sie auf und geben Sie Ihren Sohn heraus! Wir haben Polizeigewalt!«

»Nur über meine Leiche!« schrie Hugo durch die Tür, die sich unter einem zweiten Anlauf nach innen bog.

Er sah die bangen Gesichter seiner Familie, erkannte, daß er jetzt handeln mußte, fühlte, daß dies seine Stunde war.

Leise schloß er auf. Dann stand er mit dem Knüttel und wartete. Die Männer nahmen einen Anlauf. Sie fielen durch die aufspringende Tür über die Schwelle in das Zimmer. Hugo schwang den dicken Prügel.

»Polizeigewalt!« schrie er. »Polizeigewalt!« Bei jedem Ruf sauste der Prügel herunter. »Polizeigewalt! Und Polizeigewalt!«

Zwei Hüte kullerten über den Boden, aber die Beamten vergaßen, danach zu greifen. Sie flohen durch die Tür hinaus, wo fünf, sechs Lauscher erschreckt auseinanderstoben.

»Polizeigewalt! Polizeigewalt!«

Er trieb sie mit dem Prügel vor sich her über die Galerie. Er traf den hinteren mit solcher Wucht aufs Gesäß, daß er einen Luftsprung machte.

»Polizeigewalt!«

An der schmalen Treppe behinderten sie sich gegenseitig.

»Polizeigewalt! Polizeigewalt!«

Sie polterten die Treppe hinunter, rannten über den Hof. Hugo kam zurück, schwang noch immer den Knüttel, lief in seinen schlotternden Hosen und mit seltsam starren

Augen auf die Neugierigen zu, die sich vor seiner Tür angesammelt hatten.

Sie begannen, sich zurückzuziehen, erst langsam, noch ungläubig, dann hetzten sie vor ihm her, in wilder Flucht. Ein Mann schrie: »Er ist verrückt geworden! Vorsicht, er ist verrückt!«

»Polizeigewalt!« schrie er und schlug gewaltige Hiebe in die Luft.

»Hugo!« rief Eliese. »Hugo! – Mein Gott, jetzt ist er übergeschnappt!«

Er jagte sie mit dem Knüttel bis hinunter zum Turm, um die Ecke, bis in den anderen Flügel. Dann kam er zurück.

Eliese steht in der Tür. Sie sieht in an, sieht ihn kommen, in Hosenträgern, in der Hose, die für einen stärkeren Mann gearbeitet ist. Sie kennt seine Schwächen und die Schwächen seiner schlotternden Hose, aus der ihn, wie Viktor einmal gesagt hat, ein starker Wind hinausblasen könnte. Er geht mit Stolz, trägt in der Hand den Wäscheknüttel und räuspert sich würdevoll, während er ins Zimmer tritt mit einem Gesicht, als würde die wehende Fahne seines Sieges vor ihm hergetragen.

Sie sieht ihn an. Sie ist erschrocken – nicht allein über seine Gewalttat, sondern auch, weil die Möglichkeit dieser Tat in ihm war und weil sie das dreißig Jahre lang übersehen hat.

## ZWEIUNDZWANZIGSTES KAPITEL

Sie hörten die Wagen schon von weitem. Zwei Wagen, die dicht hintereinander in den Hof huschten, wo sie scharf bremsten und das Heulen ihrer Sirenen wie ein klägliches Seufzen erstarb. Die Wagen standen nebeneinander, zwillinghaft, spieen zu gleicher Zeit je vier Polizisten aus den aufschnellenden Türen.

»Sie kommen!« rief Hugo. Er war vom Stuhl aufgesprungen.

»Hugo!« flehte Eliese, aber er war schon nicht mehr erreichbar für ihre Stimme.

»Das Bett!« rief er. »An die Tür! Den Tisch, den Schrank!«

Er arbeitete mit diesem seltsam fanatischen Gesicht, das gegen jeden Widerspruch verschlossen war. Sie halfen ihm: Albert, Bruno und die Großmutter. Eliese stand mit widerwilligem Staunen.

Mi-Mo war aus dem Bett gesprungen, das Hugo und Albert an die Tür herangeschoben hatten. »Ich bin doch noch im Nachthemd!« rief sie. »Wenn die hereinkommen ... Ich bin doch noch im Nachthemd!«

Sie pochten draußen gegen die Tür. »Herr Starosta! Nehmen Sie Vernunft an! Das ist Widerstand gegen die Staatsgewalt!«

Hugo, Albert, die Großmutter und Bruno bauten ungerührt an dem Berg aus Möbeln, den sie vor die Tür geschichtet hatten.

Eliese schlug die Hände vors Gesicht: »Das gibt ein Unglück!«

Sie jammerte auch um die Möbel und erinnerte an das kostbare Porzellan, das in dem Schrank lag.

»Wo sind denn meine Kleider?« rief Mi-Mo.

»Nehmen Sie Vernunft an, Herr Starosta, Sie werden sich verantworten müssen!«

Sie versuchten es gütlich, sprachen von Albert, den er herausgeben müsse. Er baute weiter an dem Turm seines Widerstandes.

Er hörte das Summen von vielen Stimmen, dachte, daß sie draußen standen mit hungrigen Augen und Ohren – die Zuschauer, die Unbeteiligten.

»Herr Starosta, wenn Sie tätlich werden, müssen wir von der Waffe Gebrauch machen!«

»Mörder!« schrie Hugo. »Mörder!«

Seine Stimme überschlug sich, und von draußen antwortete das Gelächter der Menge. Es waren nur noch dreißig bis vierzig Leute in der Festung, aber sicher standen alle, die heute nicht arbeiteten, auf der Galerie. Ihr Lachen irritierte ihn, weckte die ersten Zweifel, die jedoch sofort von seiner Wut erstickt wurden.

»Hugo!« rief draußen eine Stimme. »Du kannst doch nichts gegen sie tun! Es sind acht Polizisten. Bist du denn ganz und gar verrückt geworden!«

Das ist Kainrath, Kainrath, Kainrath – wie ein Echo klang dieser Satz durch seine Gedanken. Er stand mit dem Wäscheknüttel neben der Tür, die ganz plötzlich aufbrach, aber von den Betten, dem Schrank, dem Tisch und den Stühlen daran gehindert wurde, nach innen zu fallen. Sie stemmten sich gegen den Druck.

»Nicht nachgeben!« rief Hugo.

Sie keuchten, schlossen mit äußerster Anstrengung den Spalt der Tür, die plötzlich wieder im Rahmen zu sitzen schien. Hugo wuchtete sein Gewicht gegen das Bett. Die Großmutter war neben ihm, hatte den Kopf zwischen die Arme gebeugt und drückte mit stummer Verbissenheit.

Mi-Mo half nun auch; ihre Kräfte wurden von der Tatsache gesteigert, daß sie noch im Nachthemd war – der Gedanke, von den andern so gesehen zu werden, war ihr schrecklich, denn es war kein besonders schönes Nachtgewand.

Sie wurden hin und her geschüttelt, schoben drückten, glitten mit den Füßen über den Boden und mußten Zentimeter um Zentimeter nachgeben. Hugo sah den Spalt.

»Drückt!« rief er. »Drückt!«

Er stach mit seinem Prügel wie mit einer Lanze durch den Spalt und traf einen Polizisten in die Rippen. Aber dann spürte er, wie der Knüttel ergriffen und hinausgezogen wurde: Das Stück, das er umklammert hielt, wurde kürzer und kürzer. Albert sprang hinzu, und sie konnten für einen Augenblick das sichtbare Stück wieder verlängern, bis es ihnen mit einem mächtigen Ruck aus den Händen und durch den Spalt hinausgerissen wurde.

»Mein Stock!« rief Hugo. Draußen antwortete das Gelächter der Zuschauer.

Während dieses Tauziehens durch die Türspalte hatte der Druck gegen die Tür nachgelassen. Die Alte war an den Herd gelaufen und hatte die Kohlenschaufel geholt. Sie kam und schlug damit wild gegen den Spalt, als könne sie damit noch die Hände treffen, die den Stock hinausgezogen hatten.

»Nehmen Sie jetzt Vernunft an! Herr Starosta!«

»Nur über meine Leiche!« schrie Hugo.

Er sah den Spalt wieder klaffen, sah, daß er bereits den Kopf hätte durchstecken können. Während er sich mit dem Rücken gegen das Bett stemmte, blickte er umher, suchte eine neue Waffe. Ratlosigkeit stand jetzt in seinen Augen. Dann sah er die Kohlenschaufel. Ein wenig später schleuderte er die Glut, die er mit der Schaufel aus dem Herd genommen hatte, durch den Spalt hinaus. Er sah, wie die Uniformierten auseinanderliefen. Die Tür schloß sich wieder. Er lauschte auf Schmerzensschreie, hörte aber nur das Gelächter der Leute.

Die Tür war frei. Er ließ mißtrauisch von dem Bett ab. Sie blickten sich an. Draußen rief eine Stimme: »Hugo, jetzt hast du sie in die Flucht geschlagen! Hugo, der Feuerspeier!«

Es vergingen einige Minuten. Die Alte kauerte vor dem Herd und entfachte neues Feuer aus dem Rest der Glut. Hugo lauschte nach draußen.

»Jetzt hecken sie etwas aus –«

Er war seines Erfolges nicht mehr ganz sicher, blickte besorgt auf Bruno.

»Wäre ich nur von hier weggezogen!« klagte Mi-Mo. »Wo sind denn meine Kleider?«

Als Hugo die Sirene im Hof hörte und den lauten Reden der Gaffer entnahm, daß es nicht ein Wagen der Polizei, sondern ein Löschzug der Feuerwehr war, dachte er zunächst an einen Brand. Dann tauchte ein Gedanke in ihm auf, den er nicht auszudenken wagte, der aber von Albert ausgesprochen wurde: »Die wollen mit Wasser hier hereinspritzen –«

Sie blickten sich an wie Verschüttete, die auf Klopfzeichen hoffen. Draußen redeten sie von Anschlüssen. Es wurde etwas über den Boden geschleift. Sie standen hinter der Tür und wußten, daß es die Schlange eines Wasserschlauches war, die da über den Boden bis zu ihrer Tür hinkroch.

»Die wollen uns naßspritzen!« schrie Mi-Mo auf. Sie rückte von Hugo ab, hielt den Mund dicht an die Tür und rief: »Ich ergebe mich!«

Hugo riß sie am Arm zurück. »Schrei nicht so! Hör nur, wie die lachen –«

»Herr Starosta, zum letzten Male! Nehmen Sie Vernunft an! Geben Sie den Jungen heraus!«

»Nur über meine Leiche!«

Sie wurden in einer knappen Minute aus ihrem Zimmer hinausgespritzt.

Obwohl sie um jeden Zentimeter kämpften, wurde die Tür aufgeschoben, weit genug, daß ein Mensch durch den Spalt gehen konnte. Dann rauschte der Strahl ins Zimmer, spielte über die Wände und warf seine platschenden Wassermassen auf sie herunter. Sie waren eingehüllt in Wasser, wurden von den aufschäumenden Wirbeln bedeckt. Sie konnten der Flut nicht entgehen, diesem tänzelnden Strahl, der von eigenwilligem, feindlichem Leben erfüllt zu sein schien.

Die Tür wurde vollends aufgeschoben, und nun wurden sie einer nach dem andern aus dem Zimmer gespült.

Zuerst traf es Mi-Mo, die laut schreiend an der Tür erschien und ständig wiederholte, sie sei doch nur im Nachthemd. Der dünne Stoff klebte an ihrem Körper, so daß sie so gut wie nackt war. Als sie die vielen lachenden Gesichter erblickte, wollte sie wieder ins Zimmer flüchten, doch die Wucht des Strahls drängte sie ab, traf sie kurz in den Rücken und tiefer, zwischen die Beine, so daß sie sich in widerwilligen kleinen Sprüngen in Bewegung setzen mußte. Für den Bruchteil einer Sekunde sah es aus, als reite sie auf dem Strahl die Galerie hinunter.

Die Großmutter erschien mit triefenden Röcken und der zum Schlage erhobenen Kohlenschaufel in der Tür. Sie wurde von der weißen Gischt gepackt, herumgedreht und umgeworfen. Am Boden schien sie wie ein Bündel Kleider, das von der Tür weggeschwemmt wurde.

Bruno und Eliese hielten sich an der Hand. Sie waren klatschnaß, konnten aber dem Strahl entgehen. Albert kam heraus, fiel gleich um und wurde vor die Füße seiner Großmutter gerollt, die sich gerade wieder aufgerappelt hatte.

Dann erschien Hugo in der Tür. Die Wut stand wie ein Irrlicht in seinen Augen. Es hatte den Anschein, als wollte er mit dem Strahl kämpfen. Er schlug einen Boxhieb ins kalte Nichts, wurde gepackt, herumgerollt, lag mit dem Gesicht nach unten. Der Strahl fuhr über seinen Rücken, in den Bund seiner Hose und blähte sie auf zu einem gewaltigen Gesäß, aus dem genau an der richtigen Stelle hinten eine Fontäne hinausfuhr.

Als das Rauschen plötzlich verstummte und nur noch das brüllende, glucksende Gelächter der Zuschauer hörbar war, packten sie Hugo: vier, fünf, sechs Polizisten. Sie drehten ihm die Arme nach hinten, ein wenig mehr, als notwendig war, und hielten ihn fest.

»Ihr Hunde!« schrie er. »Ihr Hunde!«

Sein Mund geiferte. Hugo zappelte in ihren Händen, warf die Männer hin und her. Sie hantierten an ihm herum, mußten nachgreifen, neue, härtere Griffe ansetzen.

Bruno stand neben seiner Mutter. Das Entsetzen leuchtete aus seinem Gesicht. Er stand und sah die ringenden, keuchenden Männer, die über seinem Vater waren, als wollten sie ihn unter sich begraben –

Als Hugos Gesicht, zu einer wilden Grimasse verzerrt, die wieder Lachstürme entfesselte, am Boden zwischen den Beinen eines Polizisten erschien, trat Kainrath heran. Er beugte sich zu ihm herab und rief: »Laß den Blödsinn, Hugo! Du kannst ihnen nicht mehr auskommen!«

Hugo sah ihn an, lag ruhig, so daß die Polizisten ihren Griff lockerten. Er schien zu überlegen.

»Hört jetzt auf«, sagte Kainrath. »Er ist jetzt vernünftig!«

Sie ließen ihn aufstehen, und er tastete an sich herum, sah, daß seine Hosenträger zerrissen waren.

»Ich muß mich setzen«, keuchte er. Er ging vor ihnen her ins Zimmer, stellte einen Stuhl auf, von dem das Wasser in Bächen ablief, setzte sich und holte erschöpft Atem. Plötzlich rief er vorwurfsvoll: »Ihr habt meine Hosenträger kaputtgemacht!«

Mi-Mo erschien; sie hatte einen geliehenen Mantel umhängen. Ihre Zähne klapperten gegeneinander. Albert und Hugo durften sich trockene Kleider anziehen. Eliese weinte. Bruno stand neben der Tür. Die Großmutter blieb draußen. Sie schaute herein, betrat aber das Zimmer nicht, solange die Polizisten darin waren. Hugo sagte kein Wort, als er zwischen den Uniformen zu den Wagen hinuntergehen mußte.

Albert mußte mit. Er dachte an die Feuerwehr. Das war eine besondere Fügung, die Sache mit der Feuerwehr, die nur er verstand. Das war die Rechnung für die alte Sünde, die er jetzt begleichen mußte.

Hugo kam am nächsten Morgen allein zurück. Er sprach nicht viel, schaute umher, sah, daß Eliese und die andern wieder Ordnung geschaffen und das Wasser hinausgefegt hatten, dessen Reste noch in Pfützen auf der Galerie standen.

»Wo ist Albert? Wieder in dem Heim? Und wo bist du in der Nacht gewesen?« fragte Eliese.

»Natürlich ist er wieder im Heim. Wo ich gewesen bin, das geht euch nichts an!« erwiderte er kurz und stieg zu seinem Bett hinauf. Er schlief bis zum Mittag, dann stand er auf, saß vor sich hinbrütend im Zimmer, das er mit seinem Mißmut füllte. Quer durch den Raum war eine Leine gespannt, auf der Kleider und Wäsche zum Trocknen hingen.

Sie sprachen von Albert. »Was werden sie mit ihm machen?« fragte Eliese.

Das war in der gleichen Stunde, in der sie Albert aus dem Heim hinausführten in ein anderes, für renitente Zöglinge. Die beiden Häuser lagen nur eine Viertelstunde auseinander. Über der Tür des Speisesaals war eine Spruchtafel angebracht: »Wie man sich bettet, so liegt man.« Er las es und erinnerte sich an die Worte, die auf ihn heruntergeregnet waren an diesem Morgen, Worte, die er wie eine Last mit sich herumschleppte: »Jetzt kommst du hier nicht mehr heraus, du verwahrloster Bursche – bis zu deinem einundzwanzigsten Jahr! Eine frühere Entlassung werden wir auf jeden Fall verhindern! Du brauchst nicht zu hoffen.« Und Albert gehorchte – er hoffte nicht mehr, würde auch später nicht viel hoffen.

In der Festung lief die Großmutter im Zimmer auf und ab und preßte wieder die Hand an ihren Leib. Sie hustete rasselnd, spie dann und wann in ihr Taschentuch.

»Daß du ja nicht auf den Boden spuckst!« sagte Hugo.

»Das Porzellan!« klagte Eliese. »Das schöne Porzellan ist ganz zerbrochen!«

»Was willst du!« fuhr Hugo sie an. »Du hast doch noch das Silberzeug!«

Später reparierte er die Tür. Er schlug ein paar Nägel ein, wo vorher Schrauben gesessen hatten.

Kainrath kam vorbei. Er lachte. »Das war ja ein Schlamassel. Du hast glühende Kohlen auf ihren Häuptern gesammelt. Aber wie sie dich dann in die Hosen spritzten, Hugo ...«

Hugo setzte sich wieder an den Tisch. »So«, sagte er, »das hat dir wohl gefallen!« Er hatte die Arme verschränkt und schaute dumpf vor sich hin. Kainrath beeilte sich zu sagen: »Aber die beiden ersten, die hast du ganz anständig verdroschen. Wie die Hasen sind sie gesprungen!«

In Hugo erwachte ein Fünkchen Interesse. Kainrath sah es, und nun wollte er wissen, warum Hugo die andern mit dem Knüttel bis in den nächsten Flügel gejagt hatte. Eliese schaute auf, beobachtete ihren Hugo. Auch sie wollte die Antwort hören, die Erklärung. Aber Hugo wußte keine Antwort. Er erinnerte sich nur noch an diesen

Rausch seiner plötzlichen Macht, an diesen ersten und einzigen Sieg in der Niederlage, den er in Gedanken wieder und wieder genießen würde.

»Es hat hier immer nur gesiedet und gebrodelt«, sagte Kainrath. »Aber jetzt ist es gleich zweimal richtig übergekocht. Erst die Geschichte mit Viktor und nun deine Schlacht.«

»Ich habe sie anständig verdroschen, nicht wahr?«

»Und ob«, antwortete Kainrath, »anständig, sehr anständig!«

Der Besuch Kainraths hatte Hugo heiter gestimmt. Es war ihm gestern einiges eröffnet worden, das ihn nachdenklich gemacht hatte. Die Prügelei würde Folgen haben. An diesen möglichen Folgen hatten seine Gedanken herumgeknabbert. Aber nun war Kainrath vorbeigekommen und hatte ihn als Sieger gefeiert.

Vollends lebhaft wurde Hugo, als am Nachmittag ein Reporter und ein Fotograf an seine Tür klopften.

»Von der Zeitung?« fragte Hugo und blickte sie lauernd an. Ja, sie seien vorbeigekommen, um hier mehr über den Zwischenfall zu erfahren. Sie hätten davon im Polizeibericht gelesen, aber man wisse ja, daß die Polizei so etwas oft einseitig darstelle. Immerhin sei es interessant, daß ein Mann sich gegen den Staat zur Wehr setze, nach dem Motto: »Mein Heim ist meine Festung.« Schließlich könne man verstehen, daß er seine Kinder nicht gern in fremde Hände geben wolle. Sein Kampf habe sozusagen etwas Tragisches. Bemerkenswert übrigens die solidarische Haltung der gesamten Familie, diese gewissermaßen patriarchalische Einstellung. Jedenfalls sei es ihnen ein Vergnügen, einen Mann kennenzulernen, der gegen ein Dutzend Polizisten und einen Löschzug der Feuerwehr zu seiner Meinung gestanden habe. Das sei in diesem Lande ziemlich einmalig. Wirklich, in diesem Lande der Ducker außerordentlich beachtenswert.

Sie waren vorher beim Verwalter gewesen und hatten dort alles über Hugo und den Vorfall erfragt. Aber sie ließen Hugo jetzt reden, der fast jeden Satz mit den Worten »Ich habe ...« begann. »Ich habe mir geschworen, meinen Sohn hier zu behalten. Ich habe ihnen gesagt: Nur über meine Leiche. Ich habe hier gestanden. Ich habe gesagt: Polizeigewalt? Nicht in meiner Stube. Ich bin Fuhrunternehmer. Ja, ich habe fünf Kinder. Vier Söhne, alle sehr fleißig. Und eine Tochter. Ja, auch fleißig! Wer hat denn hier zu sagen? Ich habe hier zu sagen, sonst niemand! Ja, und meine Mutter ist fast sechsundachtzig. Natürlich! Sie haben sie mit dem Schlauch gespritzt, umgefallen ist sie! Ja, und ob die was mitgemacht hat! Auf der Flucht, da konnte sie nicht mehr laufen. Von den Wagen ist ja keiner 'runtergegangen und hat ihr Platz gemacht. Da hat man sie mit einem Strick an den Wagen gebunden, rechts und links gehalten. Unten die Beine liefen ganz von selbst. Nicht wahr, Mutter, die Beine liefen ganz von selbst? Nur übers Haff, da war sie eingeschlafen. Aber auf dem Eis, das ging ganz gut. Der Wagen hat sie hinter sich hergezogen wie einen Schlitten. Hier, meine Frau hat's gesehen. Ein Bild? In die Zeitung?«

Die Großmutter wollte nicht fotografiert werden. Sie hatten alle schon ihre gestrige Stellung eingenommen, um die der Reporter gebeten hatte.

»Komm, Mutter, du sollst in die Zeitung. Was denn, du warst doch noch nie in der Zeitung! Komm schon! Sie will nicht«, sagte er. Sie redeten vergeblich auf die Großmutter ein, bis Hugo mit einem Blinzeln sagte: »Sie spart auf ihren Sarg.« Er blinzelte noch ein paarmal.

Nachdem der Reporter ein Fünfmarkstück hervorgeholt hatte, das sie in Empfang nahm, war sie bereit, sich einzureihen.

»Du hierher, Mi-Mo! Bruno, du hast dort gestanden.

Ich habe hier gestanden. Und du, Mutter, nimm wieder die Kohlenschaufel! Nur schade, daß Albert fehlt.«

Die Perspektive sei nicht gut, meinte der Fotograf. Zu wenig Raum, aber es ging gerade noch. Sie hatten den Tisch vor die Tür geschoben und zwei Stühle daraufgestellt. Und nun zeigten sie wieder die Kampfgesichter. Aber Hugo unterbrach noch einmal. Er wollte schnell eine Krawatte umbinden, denn mit Krawatte mache sich das Bild in der Zeitung doch besser. Aber davon wollten die beiden nichts wissen.

Achtung. Blitzlicht.

»Na ja, ohne Krawatte«, sagte Hugo. »Aber schreiben Sie, daß ich Fuhrunternehmer bin. Zwei meiner Söhne, die nicht auf dem Bild sind, haben es schon zu was gebracht, und mir geht es auch wieder besser. Jawohl, das war genau hier nebenan. Er ist dann vom Turm 'runtergesprungen. Ja, es hatte geschneit, aber am nächsten Tag gab's Tauwetter. Die Spur konnten wir noch sehr gut erkennen.«

Die beiden Männer verabschiedeten sich.

»Übrigens«, sagte Hugo an der Tür, »und meine Hosenträger haben sie auch kaputtgemacht.«

Die Zeitung brachte das Bild und einen kleinen Artikel. Das Bild trug die Unterschrift: *Der Rebell und seine Mannschaft*. Der Artikel hieß: *Die Festung in der Festung*. Auf die allen erinnerliche Tragödie in der Festung sei nunmehr die Komödie gefolgt. Ein Mann und seine Familie hätten der Gewalt des Staates getrotzt. Der Anlaß sei der Sohn des Mannes gewesen, ein nach Hause entlaufener Fürsorgezögling, der von seinen Eltern und Geschwistern und von seiner Großmutter gegen den Zugriff der Polizei verteidigt worden sei. Einem Dutzend Polizisten sei es nicht gelungen, diesen Familienwiderstand zu brechen. Dazu sei erst ein Löschzug der Feuerwehr nötig gewesen. Die Familie habe sich hinter der verbarrikadierten Tür mit Stockhieben und glühenden Kohlen verteidigt. Ein regelrechtes Gefecht sei entbrannt, wobei sich das Wasser aus dem Feuerwehrschlauch schließlich als stärker erwiesen habe. Freilich entbehre diese Wasserschlacht um einen Mann mit patriarchalischen Anschauungen, der von der Unantastbarkeit seiner Wohnung und dem Recht, seine Kinder selber zu erziehen, überzeugt gewesen sei, auch nicht einer gewissen Tragik, zumal hier zweifellos mit Kanonen auf Spatzen geschossen worden sei. Rund zwanzig Mann, Polizei und Feuerwehr, hätten eingesetzt werden müssen, um einen unbewaffneten Familienvater zu überwältigen, dessen ganze Streitmacht aus zwei Kindern und drei Frauen bestanden habe – wobei zu beachten sei, daß die älteste der Frauen sechsundachtzig Jahre zähle.

»Sie haben nichts davon geschrieben, daß ich Fuhrunternehmer bin«, sagte Hugo. Es gab auch noch andere Dinge, die er in dem Artikel vermißte, aber mit dem Bild war er zufrieden.

»Bin ich nicht gut getroffen?«

Auch die Bildunterschrift gefiel ihm. Sie reizte zu Vergleichen, erinnerte ihn an Andreas Hofer oder den andern, der den Apfel vom Kopf seines Sohnes heruntergeschossen hatte. In Gedanken schmuggelte er sich in die Reihen jener unnachgiebigen Männer, von denen er nur wußte, daß sie gegen irgend etwas getrotzt hatten. Ihm schien jetzt, er habe ein kühnes, stolzes Leben geführt. Er hatte sich wieder ein neues Gesicht zugelegt.

Im Gefühl seiner bestätigten Würde stolzierte er durch die Festung und suchte sich mitzuteilen.

Kainrath war nicht da. Er wohnte schon in der Stadt, kam nur noch hierher, um seinen Laden auszuverkaufen. Mit den andern hielt er keine Fühlung, und außerdem hatten sie auch zu sehr gelacht. Nachdem er sich darüber klargeworden war, daß er jetzt keine Zuhörer finden würde, begann wieder das leise Nagen seiner Gedanken. Er prüfte die Folgen, deren Möglichkeiten zu bedrohlichen Bildern gediehen. Er sagte sich, daß er nichts fürchte, daß er nie etwas gefürchtet hätte. Aber es kam da etwas auf ihn zu: Sie flochten schon im geheimen an seiner Schlinge. Er empfand diese Gedanken als äußerst störend, sie waren wie nervöse Zuckungen, die sein neues Gesicht entstellten.

Nachdem er Max, den Bruno täglich spazierenführen mußte, gefüttert hatte, ging Hugo hinauf ins Zimmer.

»Hat jemand nach mir gefragt?«

»Nein«, sagte Eliese. Sie deutete mit einem Kopfnicken nach der Großmutter, die bereits in ihr Bett gekrochen war: »Sie will nichts essen.«

»Warum willst du denn nichts essen?« rief Hugo, aber die Großmutter drehte sich auf die Seite und antwortete nicht.

»Alte Leute brauchen nicht mehr soviel zu essen«, sagte Hugo.

Am nächsten Morgen lag sie im Bett und bewegte sich nicht.

Eliese hatte sie angerufen, und die Großmutter hatte nicht geantwortet. Bruno ging zur Schule und Hugo rauchte einen Zehner-Stumpen. Eliese sagte: »Sie muß was essen!«

»Mutter!« rief Hugo. »Willst du immer noch nichts essen?« Er wartete auf eine Antwort. »Sie will nicht«, sagte er schulterzuckend und begann, in der Zeitung von gestern zu lesen; zuerst die Bildunterschrift, dann wieder den Bericht. Er las die Zeitung aus.

Später sagte Eliese noch einmal, die Mutter müsse etwas essen. Er achtete nicht darauf, hatte auch nicht im Sinn, seine Mutter mit dem Essen zu behelligen. Er wußte, wie sie reagierte, wenn sie sich bedrängt fühlte, wenn jemand ihr seinen Willen aufreden wollte. Er hatte keine Lust, von ihr angespuckt zu werden. Er zündete seinen zweiten morgendlichen Stumpen an.

Plötzlich stieß Eliese einen kleinen Schrei aus.

»Hugo!« Sie stand neben dem Bett, ihre verstörten Augen flackerten. »Sie ist ganz steif.«

»Was?« rief er aufspringend. »Ist sie tot?«

Mi-Mo schnellte mit einem Satz aus dem Bett. Hugos letztes Wort war in ihr Ohr gedrungen und zu einem Dröhnen angeschwollen.

»Uh! Sie ist tot«, sagte sie. Sie stand mit verkrampftem Gesicht an der Tür und begann wie vor zwei Tagen, mit den Zähnen zu klappern. Mit Grauen dachte sie, in dieser Nacht sei der Tod ganz dicht an ihr vorübergeschlichen. In ihrer Vorstellung war er der Knochenmann, die schreckliche Berührung, der pestilenzialische Anfasser.

»Ausgerechnet jetzt muß sie sterben!« rief Hugo. »Wo wir gerade genug Scherereien haben!«

Der Arzt, der später erschien, um den Totenschein auszustellen, sagte, sie sei schon am Abend tot gewesen. Sie war auf eine lautlose, heimliche Art gestorben.

Hugo und Eliese trugen die Leiche hinüber ins leere Zimmer, wo Viktor und Alwina gelebt hatten, und Eliese entkleidete sie. Dabei fand sie das Geld. In einer Art Schärpe, zwischen zwei Unterröcken, die sie auch im Bett getragen hatte, waren die Zwei- und Fünfmarkstücke eingenäht. Für Geldscheine hatte die Großmutter an diesem Silbergürtel ein Täschchen angebracht, worin Eliese etliche Banknoten fand, von denen sie gleich eine in ihrer Schürze verschwinden ließ.

»Heb mal, wie schwer das ist«, sagte Eliese zu Hugo. Sie zählten die Geldscheine, außer dem einen, den Eliese aufbewahrte, wie sie zu sich selber gesagt hatte, und fanden auch etwas Geschriebenes; aber es war nicht mehr zu entziffern.

»Die Feuerwehr«, sagte Hugo. »Sie haben das naßgespritzt.«

»Wir müssen den Stoff auftrennen«, sagte Eliese. »Ich gehe mal 'rüber. Die Schere ... Sieh nach, sie muß noch mehr haben!«

Er begann unterdessen, die Silberstücke mit dem Taschenmesser herauszuschneiden; zwei davon steckte er hastig in die Tasche. Dann kam Eliese wieder.

»Hast du auch nichts weggenommen, während ich drüben war?«

»Eliese!« sagte er gekränkt. »Das ist das Sterbegeld meiner Mutter!«

In den nächsten Tagen war Hugo mit den Vorbereitungen für die Beerdigung beschäftigt. Er hätte nie gedacht, daß das so viel Arbeit machte. Ein Bestattungsinstitut übernahm die Einsargung. Dabei stellte er verblüfft fest, daß es Beerdigungen erster, zweiter und minderer Klassen gab. Es war die Vielfalt der Möglichkeiten, die ihn überraschte. Er stand im Sarglager der Firma.

»Den Sarg vielleicht ein bißchen billiger. Nein, nicht so billig. Ja, das wäre recht.«

Ob ein Bläserchor blasen solle?

»Nein, kein Bläserchor.«

»Vielleicht ein Geiger?«

»Nein, nein.«

»Ein Sänger, eine Sängerin, Altstimme?«

»Eine Sängerin?« Hugo überlegte.

»Ja, im Preis inbegriffen. O *Ewigkeit du Donnerwort,* oder *Ich bin ein Gast auf Erden und hab' hier keinen Stand* ... Oder O *Welt, ich muß dich lassen* ... – *Alle Menschen müssen sterben, alles Fleisch ist gleich wie Heu* ...«

Hugo zögerte: »Vielleicht *Alle Menschen* ...«

»Schön, schön, das ist sehr erhebend. Sie werden zufrieden sein!«

Er ging nachdenklich durch die Tür dieses notwendigen Unternehmens hinaus, hatte noch den Geruch der gebeizten, feierlichen Holzkisten in der Nase. Er stieg nicht auf sein Fahrrad, sondern schob es langsam durch die Straßen, stieg viel später auf. Die ersten Quellen seiner Trauer waren aufgebrochen.

Der Pfarrer fragte nach der Verstorbenen, wollte ihr Leben erfahren.

»Also, sie war sechsundachtzig Jahre alt«, sagte Hugo. »Manchmal war sie nicht mehr so ganz richtig, aber sie hat noch alles verstanden. Sie war noch munter. Aber vor ein paar Tagen wurde sie von der Feuerwehr naßgespritzt. Nein, die Polizei hatte das angeordnet. Die Aufregung, hat der Arzt gesagt. Ja, in der Zeitung, das sind wir. Ja, ich bin der Mann aus der Festung.«

Als er hinausging, wischte er sich mit dem Taschentuch über die Augen. Sie hätte noch zehn Jahre leben können. Bei uns hat sie es gutgehabt. Sie hat noch alles gegessen. Die Polizei anklagen. Sie haben sie umgebracht! Die Mörder! Aber denen passiert nichts.

Auf dem Weg zur Festung hatte Hugo Starosta eine Idee. Die Zeitung! Er fragte den Verwalter, ob man die Zeitung anrufen könne. Ob er das für ihn machen wolle. Das Sprechen würde er dann selber besorgen.

Er nahm den Hörer aus der Hand des Verwalters: »Ich bin der Mann, der in Ihrer Zeitung abgebildet ist!«

»Welcher Mann?«

»Der Mann aus der Festung.«

Dieses Gespräch hatte Wirkungen. Einen Tag vor der Beerdigung stand im lokalen Teil des Blattes, daß die erwähnte sechsundachtzigjährige Frau, die an der »Zimmer-Revolte« in der Festung beteiligt gewesen sei, verstorben wäre, wahrscheinlich an den Folgen der rohen Behandlung durch die Polizei.

Es wurden Telefongespräche geführt, von denen Hugo Starosta nie erfuhr. Telefongespräche, die auf dem Weg der Instanzen nach oben kletterten. Im letzten und entscheidenden Gespräch sagte ein Mann, man müsse die Anzeige zurückziehen: der Kerl aus der Festung sei äußerst raffiniert vorgegangen. »... wenn wir ihn auf die Anklagebank bringen, würde das allgemeine Empörung auslösen. – Seine Mutter ... Ich bin bereits zweimal wegen dieser Sache am Telefon beschimpft worden –. Anonym –. Ja – zurückziehen!«

Es gab Beileidsbesuche. Selbst einige Männer und Frauen, die schon vor längerer Zeit hier ausgezogen waren, kamen und schüttelten Hugo die Hand.

Er schrieb einen Brief an das Heim. Albert müsse zur Beerdigung kommen. Eilbrief! Die Antwort kam per Telegramm. Genehmigt!

Was sollte er anziehen? Hugo hatte noch eine schwarze Hose, aber keine passende Jacke. Hätte er sich nur den blauen Anzug machen lassen. Jescheck! Der ehemalige Offizier besaß einen Cut. Seine Frau hatte das Stück gerettet, Hugo hatte es beim Umzug gesehen. Ein Schwalbenschwanz, wie er sagte. Ein Cutaway, wie Jescheck sagte.

Hugo fuhr mit dem Fahrrad zu ihm hin. Der Mann saß über seinen Briefmarken.

»Gib ihm den Cut«, sagte er zu seiner Frau.

»Wollen Sie auch den steifen Hut?« fragte die Dame.

Ja, eine Melone, das war notwendig zu dem Schwalbenschwanz. Der Cut müsse gebügelt werden. Er möge ihn nach der Beerdigung zurückbringen.

Eliese und Mi-Mo brauchten schwarze Strümpfe. Und die Kränze. Wenigstens zwei mußten sie noch beisteuern. Der Rest kam vom Institut, im Preis inbegriffen –

»Eliese, du mußt mir was geben.« Er kämpfte mit seinem Gewissen: »Ich gebe auch zehn Mark.« Er zog die beiden Fünfmarkstücke hervor. Eliese ging zum Schrank und brachte einen Zwanzigmarkschein. Es war der Schein aus ihrer Schürze.

»Mi-Mo, fahr zu Adolf und Hermann. Sie müssen auch was geben.«

Kainrath saß im Zimmer. Seine Frau und sein Sohn waren mitgekommen, und die Blicke des Sohnes hingen an Mi-Mo.

»So ein Unglück! Sie hätte noch gut zehn Jahre leben können –«

»Sie hat noch alles gegessen, und die Verdauung war auch noch gut –«

»Jajaja, jajaja –«

Sie ist nicht mehr da. Das Bett steht leer. Hier ist sie immer herumgekrochen. Die Seite hat sie sich gehalten, und gespuckt hat sie ein paarmal. Morgen in die Erde. Zwei Kränze. Und die Kränze vom Institut. Es gibt eine große Beerdigung. Die vielen Leute. Sie war doch beliebt –

Albert kam am Abend. Er redete nicht viel, saß mit seinem blassen Gesicht und dem schiefen Ohr am Tisch.

»Du mußt wieder hingehen«, sagte Eliese. »Nicht wahr, du wirst wieder hingehen?«

»Jaja.«

Am Morgen kam Hermann und bald darauf Adolf, der seine Frau entschuldigte. Adolf trug einen dunklen Anzug, eine schwarze Krawatte, am Mantel den Trauerflor. Er sah nach etwas aus. Sie dachten es alle. Hugo blickte fast schüchtern auf diesen Sohn.

Hermann grinste, sagte dann: »Du kannst doch zu dem Frack da kein kariertes Hemd tragen.« Er nahm ein Taxi und holte ein weißes Hemd für Hugo, das er ihm gleich schenkte. Die schwarze Hose, der Cut, die Melone, der Regenschirm für den vornehmen Herrn.

»Jetzt sieht er aus wie Charly Chaplin!« sagte Hermann. »Laß wenigstens den Regenschirm weg!«

»Sei nicht so frech zu deinem Vater!« sagte Eliese. Eliese flüsterte, als Hugo gerade einmal draußen war »Der Max muß hier weg. Er will sich nicht von ihm trennen, aber es hilft ja nichts. Was soll er denn hier noch 'rumstehen? Kannst du nichts unternehmen?«

»Zum Roßschlächter?«

»Nein, ach nein, das auf keinen Fall!«

»Ich kenne da einen«, sagte Hermann, »der macht auf den Märkten gebrannte Mandeln. Der Bruder von dem hat drei Pferde und so einen Zirkus mit Sägmehl, du weißt schon. Einmal reiten, fünfzig Pfennig. Den Bruder kenne ich gut von der Schiffschaukel her. Vielleicht ...«

»Es muß heimlich geschehen. Er darf es nicht wissen –«

Hugo kam wieder und setzte sich zu ihnen, er hatte schon die Melone auf und hielt den Schirm zwischen den Knien.

»Steh doch auf, Hugo, und laß die Leute sich setzen!« Es waren nicht genug Stühle da: Aus der Festung waren einige Männer und Frauen gekommen.

»Jaja«, sagte Hugo und stand auf. »Also, Albert und Bruno, ihr tragt die Kränze. Dann gibst du mir deinen Kranz, und ich lege ihn nieder. Eliese«, flüsterte er, »gib mir ein Taschentuch, ich glaube, ich muß weinen –«

»Nimm doch den Hut 'runter, die Beerdigung ist doch erst in zwei Stunden.« Sie schoben ihn herum wie eine Puppe, die überall im Weg war, sahen ihm alle zu, wie er von Zeit zu Zeit begann, unter dem steifen Hut vor sich hinzuflennen.

Es war eine große Beerdigung. Viele Leute waren gekommen. Der Pfarrer sprach von der Familie der Verblichenen. Von den Söhnen, die gefallen und gestorben waren. Von dem Mann, den sie nie vergessen hatte. Von der Heimat, an die sie gedacht hatte. Und von der ewigen

Heimat, in die sie nun eingegangen war. Ein schweres Leben, das der Herr nun sanft in seine Hand genommen habe.

Hugo wartete auf die Anklage gegen die Polizei und die Feuerwehr, aber der Pfarrer erwähnte das mit keinem Wort. Doch dann sagte er, sie habe zu den Menschen gezählt, die Unrecht leiden, aber nicht Unrecht tun. Und an dieser Stelle glaubte Hugo, eine Spitze gegen Polizei und Feuerwehr herauszuhören. Sehr gut, dachte er, sehr gut!

Das Gold werde im Feuer erprobt, der gottgefällige Mensch im Ofen der Trübsal. »Armut hier, macht dorten reich. Tränensaat, die erntet Lachen.« Und sehr schön sagte der Mann im Talar, wie sie geachtet und geliebt von ihrer Familie gelebt habe. Dann sang die Frau mit der Altstimme: *Alle Menschen müssen sterben, alles Fleisch ist gleich wie Heu ...*

Sie sang ergreifend, und Hugo verbarg sein Gesicht hinter dem Taschentuch. Als der kleine Wagen mit dem Sarg hinausgeschoben wurde, vergaß er seinen Regenschirm, den er hinter sich an die Banklehne gehängt hatte. Er bemerkte es erst, als sie schon auf die Grube zugingen, und beschloß, ihn später zu holen.

Ja, es war eine große Beerdigung, und es liefen viele Leute in dem Zug mit, die Hugo nicht kannte.

Als sie vom Grab zurückkamen und Hugo in der Trauerhalle nach seinem Schirm suchte, war er nicht mehr dort. Er fragte die Friedhofsbeamten, aber niemand hatte seinen Schirm gesehen.

Der Trauerzug hatte sich zerstreut. Draußen warteten nur noch die Familie und die nächsten Bekannten auf ihn. Er kam heraus und sagte erschüttert: »Er ist nicht mehr drin!«

Das fanden alle unerhört. Er ging mit Eliese an der Spitze des kleinen Zuges, die Rockschöße wehten um seine Beine. Die anderen gingen hinter ihnen her, und während des langsamen Schreitens sprachen sie von dem Schirm. Der gute Schirm!

Hinten gingen Johann und Mi-Mo. Und Johann flüsterte Mi-Mo eine Frage zu.

Mi-Mo antwortete: »Schämst du dich denn nicht, bei einer Beerdigung davon zu sprechen!«

»Die Beerdigung ist doch schon vorbei«, sagte Johann.

In der Festung öffnete Kainrath eine Flasche Weinbrand, die er mitgebracht hatte. Und während sie sich zutranken und Hugo daran dachte, daß er sogar während der Beerdigung seiner Mutter bestohlen worden war, kam der Briefträger und brachte einen Brief.

Hugo schaute ungläubig auf die Adresse und auf den Absender. Die jüngere Schwester seiner Mutter hatte geschrieben. Er hielt den Brief in der Hand, scheute sich, ihn zu öffnen. »Ihr ganzes Leben hat sie auf diesen Brief gewartet«, sagte er. »Jetzt ist sie tot, und jetzt kommt der Brief –«

## DREIUNDZWANZIGSTES KAPITEL

Mi-Mo hatte die Festung verlassen. Sie wohnte jetzt in dem Haus der hohen Mieten und der völligen Freiheit. Ihr Zimmer lag neben dem Zimmer Doras; die beiden Räume hatten einen gemeinsamen Eingang. Es war geräumig, gediegen eingerichtet, ein Zimmer zum Wohlfühlen –

Sie hatte auf einen Tag gewartet, an dem Hugo nicht in der Festung war. Dann hatte sie ihre Sachen gepackt. Eliese hatte mit fruchtlosen Worten versucht, sie zurückzuhalten. Bruno hatte geweint. Es werde jetzt ganz leer im Zimmer, hatte er gesagt.

»Ich komme doch manchmal zu Besuch«, hatte Mi-Mo erklärt. »Ihr werdet auch nicht mehr lange hierbleiben.«

Sie hatte sich nicht halten lassen, obwohl sie eine gewisse Beklemmung spürte, als sie die Holztreppe hinunterging, noch den demütig-vorwurfsvollen Blick ihrer Mutter vor Augen.

Natürlich würde sie zu Besuch kommen. Und Bruno würde sie auch nicht vergessen. Sie würde ihm mancherlei zukommen lassen. Er hatte ein gutes Zeugnis aus der Schule nach Hause gebracht. Später würde sie genug Geld haben, um ihm vielleicht den Besuch einer besseren Schule zu ermöglichen. Er war der einzige aus der Familie, der ihr fähig schien, eine solche Schule zu besuchen. – Sie beschwichtigte die leise Stimme der Vorwürfe mit Versprechungen für die Zukunft, während sie über den Hof, durch den Torbogen und dann zur Straßenbahnhaltestelle ging.

Aber das Wispern des Tadels war noch in ihr, als sie schon bei Dora im Zimmer saß, als sie längst ihre Kleider in den neuen Schrank gehängt und ihre Wäsche in das Wäschefach eingeräumt hatte.

»Nein«, sagte sie. »Was ich da alles erlebt habe, in der letzten Zeit –«

»Stell das Radio ein, Schätzchen«, sagte Dora gähnend. »Jetzt hast du's gut.«

»Alles in der letzten Zeit«, sagte Mi-Mo. »Früher ist nie so viel passiert.«

»Früher ist auch was passiert, da war es nur nicht bei euch oder direkt nebenan. Früher hast du es bloß nicht bemerkt. Stell das Radio ein bißchen lauter.«

Die Männerstimme sang: *Warum woinst du, kloines Herz* ... Mit Saxophon und gestopfter Trompete.

»Jetzt haben wir's gut«, sagte Dora.

Am Tag saßen sie in dem Zimmer, Mi-Mo meist bei Dora. Mitunter klingelte es, und Dora sagte dann: »Geh jetzt 'rüber, ich kriege Besuch. Wenn er fort ist, klopfe ich an die Wand –«

Für Mi-Mo kam noch kein Besuch. »Du mußt dir feste Kunden heranziehen«, sagte Dora. »Du sagst, wann du tagsüber zu erreichen bist. Die tanzen dann schon an.«

Unter den Besuchern, die zu Dora kamen, war mitunter auch ihr eigener Mann.

»Ich dachte, ihr hättet euch getrennt?«

»Na ja, manchmal darf er noch kommen«, sagte Dora. »Aber nicht öfter als zweimal im Monat. Wenn er öfter käme, ginge er mir auf die Nerven. Es ist Schwäche, aber ich bin nun mal gutmütig –«

»Was sagt er denn?« fragte Mi-Mo verblüfft.

»Was Herbert sagt? Wenn er satt ist, sagt er: Kommst du nicht wieder zurück?« Sie äffte ihren Mann nach: »Kommst du nicht wieder zurück? Nicht wieder zurück?«

Eines Tages hörte Mi-Mo das auch von ihm selber. Dora

klopfte an die Wand, und als Mi-Mo ins Zimmer kam, saß Herbert in einem Sessel.

»Sie sind auch hier? Ja, richtig, meine Frau hat es mir erzählt.«

Seine Augen waren rot umrandet, als habe er geweint. Mi-Mo beschlich ein Gefühl des Ekels, als sie sich vorstellte, wie er mit diesem Gesicht zwischen den Brüsten Doras gelegen und sich ausgeweint hatte.

»Ja, ich habe Ihr Bild in der Zeitung gesehen«, sagte er. »Und Ihre Großmutter ... Das mit Viktor und Alwina, das war schlimm. Das paßte gar nicht zu denen. Zu uns hätte das besser gepaßt –«

»Nun verschwinde schon«, sagte Dora. »Ich habe noch einiges zu tun!«

Dann sagte er es: »Kommst du nicht wieder zu mir zurück?«

»Siehst du, jetzt gehst du mir wieder auf die Nerven«, sagte sie. »Du bringst es noch so weit, daß ich gar nicht mehr aufmache, wenn du kommst!«

»Fräulein Starosta«, er wandte sich hilfesuchend an Mi-Mo, »sagen Sie ihr doch, daß sie wieder zurückkommen soll –«

Mi-Mo wurde verlegen. Außer dem Ekel spürte sie einen Funken Mitleid, und das verwirrte sie. Sie war froh, als er schließlich ging.

»Warum läßt du dich nicht scheiden?« fragte sie.

»Er würde überschnappen. Vielleicht gehe ich wieder zu ihm zurück, wenn ich alt bin. Im Alter könnte ich ihn ertragen, aber nicht jetzt. Ich weiß, du staunst, weil ich so gutmütig bin –«

»Und warum hast du ihn überhaupt geheiratet?«

»Früher war er nicht so. Merk dir mal: Männer, die aus schlechtem Stoff sind, werden schnell faulig, wenn sie vom Leben in die Zange genommen werden.«

»Ist er denn in die Zange genommen worden?«

»Schätzchen, in der Festung war keiner, auf dem nicht herumgetrampelt worden ist.«

»Und waren sie alle faulig?«

»Nicht alle, nein. Viktor zum Beispiel, das war guter Stoff.«

»Und die Frauen?«

»Ach was«, sagte Dora. »Frauen vertragen alles. Frauen sind stärker als Männer. Hör mal, es hat geklingelt draußen. Sieh nach, wer es ist.«

Ab und zu kam jetzt Besuch für Mi-Mo. Ihr Zimmer war am Tag noch nicht voll ausgenutzt, wie Dora sagte. Doch Mi-Mo war zufrieden. Das Zimmer brachte Annehmlichkeiten in der Nacht. Es war nicht mehr nötig, in der Kälte auf und ab zu laufen. Sie saß mit Dora in einem kleinen Café in der Nähe der Wohnung und ließ sich zwei-, dreimal während der Nacht erwählen.

Es waren immer einige Frauen dort, die an den Tischen saßen und nach der Tür blickten. Bis fünf Uhr morgens beobachteten sie die Bewegungen des Türvorhangs, der den Eintretenden jedesmal schon ankündigte, ehe er sein Gesicht zeigte. Es war das alte Spiel mit der Geduld, aber es war jetzt angenehmer, behaglicher.

Mi-Mo erwartete noch immer das Neue, das noch nie Gewesene. Sie war wählerischer geworden; sie liebte jetzt Männer mit starken Backenknochen und straffer Haut, mit Konturen im Gesicht. Wenn sie einen Mann sah, wußte sie meist schon im voraus, wie er in der Liebe sein würde; sie hatte gelernt, das zu entziffern, aus den Zügen um Nase, Mund und Kinn, aus unmerklichen Zeichen im Antlitz des Mannes.

»Blödsinn!« sagte Dora. »Du willst dich noch begeistern. Ich weiß schon, auf welche Sorte du spannst!«

Aber von dieser Sorte kamen nur wenige. Bei den meisten dachte sie: schlechter Stoff ...

Mi-Mo war die Jüngste in dem kleinen Café, und die Frauen sagten »Kindchen« zu ihr. Dora hatte sie eingeführt: »Daß ihr es wißt, sie steht unter meinem Schutz! So, und jetzt möchte sie euch eine Runde spendieren! Die Kleine hat nämlich gerade einen Mordsfreier ausgenommen –«

»Aber das stimmt doch gar nicht«, flüsterte Mi-Mo.

»Halt schon die Klappe, du dummes Tier, das macht man so zur Einführung! Jetzt denken sie, du wärst helle. Schnell gelernt hast du ja, doch, du hast dich entwickelt, aber helle bist du nicht! Ich bin nicht immer hier. Sie müssen Respekt vor dir haben, sonst stecken sie dich in die Tasche!«

Sie wurde respektiert. Die Frauen sprachen fast alle von dem Mann, den sie einmal geliebt hatten, vor Jahren. Das war immer ein Mann von außerordentlichen Qualitäten, ein Mann, der aus ihren Erzählungen aufragte wie ein Denkmal, zu dessen Füßen sie nach dem zehnten Kognak ihre aus Wehmut und Lügen geflochtenen Kränze niederlegten.

Sie waren alle nicht frei davon. Sie priesen und dramatisierten die Vergangenheit, das Verlorene, und gaben sich dann wie Überlebende, die von einer Katastrophe aus einem besseren Dasein hinausgespült worden waren. Immer wieder versuchten sie, ihre Herkunft leuchten zu lassen. Sogar Dora sprach von ihrem Mann als einem »Studierten«. »Er ist Apotheker«, sagte sie. Und dann, zu Mi-Mo gewandt, als wolle sie ihr auch etwas zukommen lassen: »Wenn dein Vater wüßte, daß du hier bist –. Ja«, sagte sie, »der Vater der Kleinen sitzt in der Regierung. – Wenn der das wüßte!«

»Er ist Beamter«, pflichtete Mi-Mo bei. »Natürlich kein sehr hoher.«

»Sei nur nicht so verstockt«, sagte Dora. »Na ja – sie will nicht, daß man erfährt, wer ihr Vater ist!«

Dora war für eine Trennung zwischen den jungen und den älteren Frauen. Diese Trennung wurde auch meist bis um Mitternacht eingehalten. Die jungen, teuer gekleideten und gut verdienenden Frauen wollten unter sich sein. Aber nach Mitternacht mengten sich die alten dazwischen, obwohl Dora und auch einige andere protestierten.

»Die sollen uns vom Hals bleiben!« sagte Dora. »Es läuft ja doch darauf hinaus, daß sie uns anpumpen! Und wenn sie nichts kriegen, erzählen sie lange Geschichten und flennen!«

»Die Alten«, sagte Mi-Mo, »die weinen alle –«

»Kümmere dich nicht drum!« befahl Dora. »Es ist ganz gut, daß sie weinen, das wird später sowieso ihre einzige Freude!«

Im Café sprachen sie wie die anderen oft von ihrer erdachten Vergangenheit, im Zimmer jedoch oft von der Zukunft.

Dora sagte: »In zwanzig Monaten zahle ich das Haus an!«

Sie hatte sich bereits informiert, in welcher Höhe sie eine Hypothek aufnehmen könne. Ihre Pläne waren fest umrissen. Mi-Mo schien das zu schwierig. Das Geschäft mit dem Haus war so unübersichtlich. Man mußte da einiges wissen: Hypotheken, Steuer, Hauszins. »Ich will kein Haus«, sagte sie. »Mir genügt eine schöne Wohnung. Dann werde ich heiraten –«

»So was Einfältiges!« sagte Dora. »Ich bin zehn Jahre älter als du; wenn ich dein Alter hätte, würde ich mir noch drei Häuser anschaffen! Du dummes Tier, drei Häuser!«

»Sag das doch nicht immer zu mir!«

»Schätzchen, du weißt doch, wie ich es meine. Los, hol Kuchen mit Schlagsahne, ich mache schon derweil den Kaffee!«

Manchmal sprachen sie von der Festung, lullten sich

dabei ein in ihre Behaglichkeit, die sie doppelt schätzten, wenn sie an die Festung dachten. Es schien Mi-Mo, sie habe sich fortgeschlichen, auf die bessere Seite des Lebens hinübergerettet. Aber drüben waren noch die andern.

»Ich muß sie mal besuchen«, sagte Mi-Mo. »Aber ich weiß genau, wie das wird. Ich werde nur Vorwürfe zu hören kriegen –«

Den Gedanken, vor Hugo und Eliese als Angeklagte in dem kleinen Zimmer zu sitzen, empfand sie als eine Belastung. Sie wehrte sich dagegen und sagte: »Ich schicke ihnen Geld.«

»Ja«, pflichtete Dora bei. »Laß ihnen was zukommen.«

Nachdem sich Mi-Mo dreimal gegen die erahnte Anklage gewahrt und ihnen jedesmal etwas hatte zukommen lassen, schien ihr, sie habe ihre Buße nun im voraus entrichtet und könne jetzt vor ihnen auftreten. Schließlich war sie zu nichts verpflichtet. Und außerdem hatte sie in einigen Wochen mehr für die Familie getan, als ihre Brüder zusammen in einem Jahr. Sie hatten sich aus dem Staub gemacht. Und Albert würde eines Tages auch seine Wege gehen, wenn er aus dem Heim zurückkäme. Nur Bruno würde da sein, zwischen den beiden Alten, aber der verdiente ja noch lange nichts. Sie würden denken, sie habe das Geld geschenkt bekommen. Aber sie hatte dafür gearbeitet, und wie ihr schien, war es nicht immer leichte Arbeit gewesen.

Sie fuhr an einem Nachmittag zur Festung hinaus. Als sie in das Zimmer trat, sagte sie gleich nach der Begrüßung: »Habt ihr das Geld erhalten, das ich euch geschickt habe?«

Jaja, es war angekommen. Sie bestätigten es mit einem etwas säuerlichen Dank, in dem sie die nicht gewagten Vorwürfe leise anklingen ließen.

»Und Adolf und Hermann, haben die etwas geschickt?«

Nein, Adolf nicht und Hermann nicht.

»Seht ihr«, sagte sie.

Das Geld hatte für sie gewirkt. Sie war ihnen jetzt überlegen durch das Geld. Aber während sie vor ihnen saß, beschlich sie eine Art Bängnis, als habe sie die drei auf einer verlorenen Insel zurückgelassen, und sei nun gekommen, um zu sehen, wie sie hier noch umherkrochen, auf seltsame Weise noch am Leben waren.

»So plötzlich«, sagte Hugo. »Du bist so plötzlich fortgegangen –«

»Ich hatte oft genug gesagt, daß ich fortgehen würde.«

»Jaja, das ist wahr«, sagte Hugo. »Nicht nur du, auch die andern. Ihr seid alle plötzlich fortgegangen. Wir waren eine große Familie –«

Sie wußte, woran er dachte. Adolf, Hermann, Albert, die Großmutter ... Und Kainrath, Viktor, Alwina, Schulz ... All die Namen, die hier an Türen gestanden hatten. Es war alles angekündigt gewesen. Aber jetzt war es doch sonderbar plötzlich leer geworden. Sie wußte, daß er das meinte. Sie hatte das Gewesene auch gespürt, als sie über den Hof gegangen und der Klang ihrer Schritte aus der Stille auf sie zurückgefallen war.

»Es sind noch drei Familien hier. Wir hätten schon gehen können, aber er will nicht«, sagte Eliese.

»Wohin?« fragte Mi-Mo.

»Sie haben da eine Siedlung mit Holzbaracken gebaut. Er will nicht«, sagte Eliese. »Kannst du dir vorstellen, es waren zwei Männer von einem Amt hier, die haben sich das Maul fusselig geredet. Herr Starosta hinten, Herr Starosta vorn. Er sitzt da und sagt: ›Ich will nicht!‹ Es hat ausgesehen, als hätten sie Angst vor ihm gehabt. Kannst du dir das vorstellen? Ja, und dann ist er aufgestanden und hat Max gefüttert, und sie sind neben ihm hergelaufen und haben weitergeredet.«

»Und dann haben sie den Hut vor ihm gezogen!« rief Bruno.

»Jawohl, sie haben den Hut vor mir gezogen«, sagte Hugo. »Wo wohnst du jetzt? Die Straße, die Hausnummer?«

Die Schilderung seiner Frau hatte Hugo an Max erinnert. Und nun ging er, um Max zu füttern. Bruno lief mit ihm hinunter. Die Adresse hatte sich Hugo aufgeschrieben. Er wolle einmal zu Besuch kommen.

»Er wird komisch«, sagte Eliese, als sie allein waren. »Das wird doch hoffentlich nicht schlimmer. Hör mal, du machst doch nichts Unrechtes? Und das viele Geld, ach Gott, aber wir konnten es gut gebrauchen. Er tut nichts mehr, gar nichts. Mit Bruno geht er spazieren, dann kommt er und setzt sich hin und sagt nichts. Er wird komisch. Er wäscht sich auch nicht mehr, wenn ich es ihm nicht sage. Was soll man denn da machen? Am Sonntag sage ich zu ihm: Willst du dich nicht waschen und rasieren und ein frisches Hemd anziehen? Und er sagt: ›Das bißchen Dreck. Das bißchen Dreck.‹ Und nachher steht er unten im Hof, eine Stunde steht er da und guckt so vor sich hin. Dann kommt er herauf und holt den Besen und fängt an, vor dem Stall zu kehren. Stell dir vor, am Sonntag fängt er an zu kehren. Und den Max will er auch nicht hergeben. Er verdient nichts mit ihm, gar nichts, aber fressen tut der Gaul. Bruno muß ihn herumführen, daß er nicht steif wird. Neulich hat er wieder mal eingespannt und ist ein paar Stunden in der Stadt 'rumgefahren. Einfach so mit dem leeren Wagen durch die Straßen. Den Max wird Hermann holen in den nächsten Tagen, nachts, damit er es nicht merkt. Hermann kennt da jemand, der macht gebrannte Mandeln auf dem Rummelplatz. Der Bruder von dem hat so einen kleinen Reitstall: Einmal reiten fünfzig Pfennig. Den Max nimmt er für die Kinder. Aber er will nur zwei Zentner Zucker für ihn geben, weil er jetzt den Zucker nicht braucht für die gebrannten Mandeln. Was sollen wir nur mit dem vielen

Zucker machen? Hermann will mal sehen, ob Kainrath den Zucker vielleicht nimmt –. Das wird ein Theater geben, wenn er merkt, daß Max nicht mehr da ist! Wir haben uns schon was ausgedacht. Wir sagen, es hat ihn jemand gestohlen, aber zur Polizei kannst du nicht gehen, weil du dein Geschäft nicht angemeldet und auch keine Steuern bezahlt hast. Wenn die das merken, wirst du eingesperrt. Und gestern hat er gesagt: ›Jetzt werden sie mich bald holen kommen!‹ Er denkt, er muß noch vor Gericht. Glaubst du, daß er noch vor Gericht muß wegen der Sache von neulich? Hör mal, du machst doch nichts Unrechtes? Der Schulz war auch mal da zu Besuch. Seine Edeltraut kriegt im Sommer was Kleines. Der Schulz hat sich bitter beklagt über seine Wohnung. In den Wänden wären Risse drin. Jetzt schon Risse. Wie wohnst du denn?«

Hugo und Bruno kamen zurück. »Im Frühjahr wird's besser«, sagte Hugo. »Ich hab' da eine Idee –«

Ehe Mi-Mo ging, öffnete sie ihre Tasche. Sie nahm drei Geldscheine heraus, legte je einen Fünfzigmarkschein vor Eliese und Hugo auf den Tisch und reichte zehn Mark Bruno, der betroffen auf den Geldschein blickte.

»Einteilen«, sagte sie. »Ich komme bald wieder.«

»Ah, das ist schön, daß du an deinen kranken Vater denkst«, sagte Hugo.

»Es fehlt ihm gar nichts!« tadelte Eliese.

»Du gehst doch wohl arbeiten?« Hugo schaute Mi-Mo an.

Natürlich gehe sie arbeiten, aber sie habe außerdem noch ihren Freund.

»Ich komme dich mal besuchen, samstags, wenn du nicht arbeitest. Als was arbeitest du?«

In der Fabrik. Sie habe da eine bevorzugte Stellung durch ihren Freund erhalten. Sie müsse nur eine Tür auf- und zumachen. Beim Chef, wenn die Kunden kämen.

»Das ist ja allerhand. Albert hat auch geschrieben. Ja, es geht ihm gut. Ihr werdet sehen, ihr bringt es alle noch zu was!«

Als Mi-Mo über den Hof ging, vorbei an dem Schild *Hugo Starosta, Transportunternehmen,* sagte Eliese gerade: »Sie läßt uns nicht im Stich. Sie hat ein Herz. Und schlau ist sie geworden. Man sieht ihr direkt an, wie schlau sie geworden ist.« Sie glaubte nicht, was Mi-Mo erzählt hatte, aber sie redete sich ein, daß sie es glaubte. Bei ihrer Tochter sei so etwas wie eine verspätete Intelligenz erwacht, redete sie sich ein, eine Schlauheit, die sie immer übersehen oder unterschätzt habe.

Meine Tochter! dachte Hugo, während er den Schein in das Uhrtäschchen seiner Hose steckte. Er saß am Tisch und schmunzelte vor sich hin. Dann lacht er leise, für sich allein: »He, he, hehehe.« Ja, sie hatten es zu etwas gebracht. Sie würden es alle zu was bringen. Aber Bruno würde sie überflügeln. Keins von seinen Kindern hatte so leicht gelernt wie Bruno. Und jetzt fragte er, was es heute in der Schule gegeben habe, in der ersten, der zweiten, der letzten Stunde. In der letzten Stunde war Religionsunterricht.

»Und was hat es da gegeben?«

»Eine Wiederholung. Die Geschichte mit den Kindern ... ›Lasset die Kindlein zu mir kommen ...‹«

»Ah«, sagte Hugo, »das ist schön. Ja, das ist wirklich sehr schön –«

»Was hat er denn gesagt, der alte Trottel?« fragte Dora, als Mi-Mo zurückkam. »Hier hat es eine kleine Aufregung gegeben, während du weg warst. Ich habe Herbert hinausgeworfen. Er hat angefangen zu spinnen. Von Viktor und Alwina hat er gefaselt. Die Sache mit den beiden muß ihm zu Kopf gestiegen sein. Ein bißchen was gesoffen hatte er auch. Und da holt er plötzlich ein Messer heraus, steht vor mir und sagt: ›Denk an Viktor und Alwina!‹

Aber zugestochen hat er nicht. Dazu hat der nicht die Kraft!«

»Mein Gott«, sagte Mi-Mo. »Ein Messer –«

»Ich habe ihm eine saftige Ohrfeige gegeben! Jetzt kommt er mir nicht wieder hier herein! – Und was war in der Festung?«

Mi-Mo sagte: »Hugo will mich besuchen kommen –«

Die Möglichkeit dieses Besuches beunruhigte sie. Sie wünschte sich jetzt einen Freund, den sie ihm hätte zeigen können. Sicher würde Hugo hierherkommen, das gepflegte Zimmer sehen und nach dem Freund fragen. Hugo hatte sich verändert, er schien ihr mürbe, mit einer bleiernen Müdigkeit beladen, aber trotzdem würde er auf die Dauer nicht an einen Freund glauben, den er nicht selber gesehen hatte. Er war ja immer schon mißtrauisch gewesen. Sie erinnerte sich an seine unbequemen Schnüffeleien, an die plötzlichen Überfälle seines Verdachts, die sie nicht sehr gefürchtet, aber als sehr lästig empfunden hatte.

Sie solle nicht so viel Aufhebens machen, sagte Dora. Was ginge es denn Hugo an, wie sie ihr Geld verdiene! Habe er denn viel getan für sie?

Gewiß hatte Hugo nicht viel getan, aber sie hatte seine Verluste mit erlebt, die Vergeblichkeit seiner schwächlichen Bemühungen. Sie hatte die Kette von Niederlagen gesehen, in die er sich verwickelt hatte. Sie fühlte sich als Tochter Hugos; die Trennung hatte ihn nahegerückt. Und sie sah ihn aus ihrer neuerworbenen Kenntnis des Männlichen, das ihr naturhaft mit Schwächen belastet schien. Sie hatte gelernt, sich auf männliche Wünsche einzustellen, zu reden, wie es gewünscht wurde, sich zu kleiden, zu gehen und gewisse Arbeiten der Liebe auf sich zu nehmen, wie es gewünscht wurde, von den Männern die sie begehrten. Sie prahlten in ihren Maßanzügen und hingen dann diese Uniformen des Erfolges an ihren Bettpfosten. Sie alle waren dem Gesetz des Bettes unterworfen, wie sie es nannte, und sie war etwas wie ein Teil dieses Gesetzes. Sie herrschte, und ihr Triumph war, daß sie sich dabei als Tochter Hugos fühlte – Hugos, der nicht zu den Maßbekleideten zählte. Sie übertrug einen Teil ihres Triumphes auf Hugo; sie beteiligte ihn, als bestände dazu eine Verpflichtung, nicht in ihren Gedanken, sondern in der Erinnerung ihres Gefühls.

»Ich will nicht, daß er es erfährt«, sagte Mi-Mo. »Ich will es nicht!«

»Schätzchen«, sagte Dora, »eines Tages wird er's doch erfahren. Du weißt doch, wie das so geht. Du wirst gesehen, Hugo hört davon und so weiter –. Es ist alles Zufall.«

»Ich will nicht, daß er davon hört!«

Sie habe da einen Kunden, sagte Dora, der sei Fotograf.

Ein Bild ... Vielleicht würde Hugo an ein Bild glauben.

## VIERUNDZWANZIGSTES KAPITEL

Dora brachte fünf Bilder, unter denen Mi-Mo die Auswahl hatte. Sie entschied sich für einen dunkelhaarigen, ernstblickenden jungen Mann.

»Das kommt in einen Rahmen, und dann stellen wir es hier auf. Ich schreibe noch eine schöne Widmung drunter«, sagte Dora. »Was soll ich schreiben? Meiner Mi-Mo ... Oder: Meiner treuen, lieben Mi-Mo ...?« Dora lachte. »Warte, ich muß erst mal probieren.« Sie schrieb die Worte einige Male, ehe sie sie unter das Bild setzte.

»Wie soll er denn heißen? Otto, Fritz, Jürgen, Joachim oder ...?«

Sie überlegten. Mi-Mo fand »Edwin« außerordentlich glaubwürdig.

»Edwin, ja, das ist gut. Dein Edwin ...«

Das Bild stand auf der Musiktruhe. Sie sah es, wenn sie zu Bett ging und wenn sie gegen Mittag erwachte. Es gab Männer, die nach dem Bild fragten. »Mein Verlobter«, sagte sie und erzählte, daß er im Ausland lebe. Er sei Taucher. Sie schilderte einige Male die Eigenschaften dieses Mannes mit solcher Begeisterung, daß sich einmal ein Besucher vom Bett erhob und das Bild mit dem Gesicht zur Wand drehte. Das machte sie etwas vorsichtiger und von da an erzählte sie maßvoller. Aber das Bild begann in ihr zu leben: ein verborgenes Leben mit Namen Edwin.

Als Hugo zu Besuch kam, konnte sie mit Überzeugung von Edwin sprechen. Hugo stand im Zimmer und blickte sich um. »Donnerwetter«, sagte er andächtig. »Donnerwetter ...«

Sie zeigte ihm das Bild: »Das ist er, das ist mein Freund.«

Er hörte ihr zu und bedauerte, daß es jetzt in der Festung niemanden mehr gab, dem er vom Aufstieg seiner Tochter erzählen konnte.

Immerhin konnte er beim Verwalter vorbeigehen und dort ein wenig vom Verlobten der Tochter berichten. Natürlich war der Verwalter kein Ersatz für seine angestammten Bekannten, aber er war der letzte Mann dort, mit dem sich ein Gespräch lohnte.

Hugo sitzt in einem Sessel. Er hat die Fahrradspangen an den Hosen, hält seinen alten Hut in der Hand. Mi-Mo schenkt ihm ein Glas Kognak ein.

»Ah«, sagte er, »einen Schnaps hast du auch für deinen Vater ...«

Mi-Mo erzählt, daß Edwin eigentlich nicht davon begeistert sei, sie in der Fabrik zu wissen, obwohl er ihr diese bevorzugte Stellung vermittelt habe. Aber sie habe sich entschlossen, doch ein wenig zu arbeiten.

»Er sagt immer: ›Ich habe genug Geld; du sollst nicht arbeiten gehen ...‹ Er ist jetzt beim Schneider zur Anprobe.«

»So«, sagt Hugo. »Du, er kommt doch wohl nicht gleich?« Er schaut auf seinen Hut, auf die Hose, und nimmt die Spangen ab, steckt sie aber gleich wieder an, als er sieht, daß es die Spangen sind, die seiner Hose so etwas wie eine Form geben – die Fahrradform.

»Nein, er kommt erst in zwei Stunden wieder zurück«, sagt Mi-Mo.

»So, dann bleibe ich noch ein bißchen. Zur Anprobe ist er? Er geht wohl oft zum Schneider?«

Er will fragen, ob er nicht vielleicht einen abgelegten Anzug von Edwin haben könnte. Aber er verkneift sich die Frage, will sie später stellen, beim zweiten oder dritten Besuch. Was macht es dem denn aus, wenn er einen oder auch zwei seiner abgelegten Anzüge herausrückt? Wenn er nicht die richtige Größe hat, kann man die Sachen ja ändern lassen. Was tut so ein Mann eigentlich mit seinen abgelegten Schuhen und Hemden und Anzügen? Er sieht da eine Quelle, die für ihn fließen wird ... Noch nicht, noch nicht, erst beim zweiten Besuch Ein wenig bedrückt ihn die Vorstellung, daß es junge Männer gibt, deren abgelegte Kleider er sonntags tragen würde. Glücksmenschen!

»Was hast du ihm denn von deinem Vater erzählt?«

Mi-Mo spricht von der Gefangenschaft und von den Umständen.

Hugo nickt ihr beifällig zu. Ja, das hatte sie ganz gut gemacht.

»Am besten nimmst du ihn erst mal mit zu Adolf. Da sieht er, daß es auch einer von uns zu was gebracht hat ... Jetzt noch nicht in die Festung! Erst im Frühjahr. Ich habe nämlich eine Idee mit Max. Im Frühjahr wird's besser ...«

»Was ist mit Max?« fragt sie vorsichtig. »Wie geht es ihm?«

»Max geht es prima, er ist schön rund. – Ja, du nimmst ihn erst mit zu Adolf. Du kannst ihm auch sagen, Gespannführer wäre gar kein schlechter Beruf. Wenn man natürlich kein Gespann hat, ist es ein schlechter Beruf ... Aber ich habe eine Idee, im Frühjahr ... Du kannst ihm ruhig sagen, mein Vater ist Transportunternehmer. So, sein Vater hat das viele Geld? Da wird er dann ja alles erben ... Ob er dich heiratet? Wenn du ein Kind von ihm hättest ... Ich meine, du bist ja alt genug, wir können ruhig offen darüber sprechen. Von so einem Mann ein Kind zu kriegen, das ist immer gut ... Ah, ja, das ist recht, noch einen Schnaps für deinen Vater ... Merkt er das denn nicht? Vielleicht weiß er, wieviel in der Flasche gewesen ist? So, dann schenke mir noch einen ein. Raucht er auch

Zigarren? Nur Zigaretten? Ja, die meisten jungen Leute rauchen ja Zigaretten. Du meinst also, er hat sich nicht gemerkt, wieviel in der Flasche ... Ja, noch einen kannst du mir geben. Ich werde jetzt öfters mal samstags kommen. Du kannst mir einen Wink geben, wann er nicht hier ist.«

Als er das gesagt hatte, war er ihr schon wieder ein wenig lästig. Seine Gegenwart hatte das Gefühl der Zusammengehörigkeit wieder zerstreut. Sie begleitete ihn zur Tür. Ja, im Frühjahr würde sie Edwin das erstemal in die Festung bringen.

»Und was hat er zu dem Bild gesagt?« fragte Dora.

»Er hat es geglaubt«, sagte Mi-Mo, nachdenklich auf das Bild schauend. Sie begann, an der unglücklichen Liebe zu Edwin zu leiden. Aber sie wollte diesen intimen Schmerz nicht verlieren. Sie würde sich nun vorstellen, daß es Edwin wäre, den sie nachts mit aufs Zimmer nähme. –

Zwei Wochen nach dem Besuch Hugos kam eine Karte. Eliese hatte geschrieben und bat Mi-Mo, sie solle in der Festung vorbeikommen. Es sei dringend!

»Was denn«, sagte Dora. »Du hast ihnen doch was zukommen lassen?«

»Natürlich«, erwiderte Mi-Mo. »Erst gestern. Ich weiß nicht, was da sein könnte –«

»Du mußt hingehen«, sagte Dora. »Wenn er was gemerkt hat, dann sag: ›Was wollt ihr? Ihr lebt doch von mir!‹ Da werden sie gleich umstecken –«

Sie brauchte das nicht zu sagen, war froh, es nicht sagen zu müssen, als sie in der Festung im Zimmer saß. Max war fortgeholt worden, und Hugo hatte sich danach ins Bett gelegt und wollte nicht mehr aufstehen.

Eliese jammerte: »Am Abend war er noch da, aber am Morgen war er fort. Zur Polizei kann er nicht gehen, weil er sein Geschäft nicht angemeldet hat. Ins Zuchthaus würden sie ihn stecken! Max ist gestohlen worden –«

»Pscht!« zischelte Hugo von oben herunter und machte eine heftige Bewegung mit der Hand, die Eliese zu schweigen befahl. Eliese stand im Zimmer und blinzelte mit einem Auge. Bruno saß am Tisch und hatte ein Schulheft vor sich liegen. Oben in seinem Bett lag Hugo und schaute herunter.

»Seit einer Woche liegt er im Bett«, klagte Eliese. »Er will nicht mehr aufstehen! Rede doch mit ihm. Das geht doch nicht, daß er einfach im Bett liegenbleibt. Da kommt er ja ganz von Kräften! Ich habe an dich geschrieben; Adolf oder Hermann wären wohl nicht gekommen. Du mußt mit ihm reden!«

»Hugo«, sagte Mi-Mo. »Hugo, du mußt aufstehen –«

»Nein«, antwortete er von oben. »Gib dir keine Mühe, ich bleibe im Bett liegen. Es ist mir ganz egal was jetzt geschieht, ich bleibe in meinem Bett!«

»Hugo«, sagte Mi-Mo, »das geht doch nicht. Liegt er wirklich schon eine ganze Woche im Bett?« wandte sie sich an Eliese.

»Eine ganze Woche! Er steht nur auf, um zu pinkeln.«

»Das verstehe ich nicht«, sagte Mi-Mo. »Was willst du denn im Bett?«

»Liegen!« rief Hugo. »Liegen!«

»Aber wie lange denn?«

»Von jetzt an immer!«

»Mi-Mo, gestern habe ich einen Arzt geholt, der mußte sich auf den Stuhl stellen, daß er an ihn 'rankam. Er hat ihn untersucht. Dann hat er die Schultern gezuckt und gesagt: ›Er will nicht, es fehlt ihm nichts, aber er will nicht.‹ Vielleicht ist in der letzten Zeit zuviel passiert. Und mit der Polizei, da steht noch was aus. Er hat doch die zwei Beamten verprügelt. In der letzten Zeit ist viel passiert.«

»Es ist immer viel passiert, nicht nur in der letzten

Zeit!« rief Hugo von oben. »Aber jetzt habe ich es satt! Jetzt bleibe ich in meinem Bett!«

»Er wollte zur Polizei gehen«, sagte Eliese, »aber das hätte doch keinen Sinn gehabt, weil er das Geschäft doch nicht angemeldet und auch keine Steuern bezahlt hat. Und wo er sowieso bei ihnen bekannt ist, von ...«

»Pscht!« zischelte Hugo wieder ärgerlich und bedeutet ihr zu schweigen. Sie schauten ihn verwundert an.

Später standen Mi-Mo und Eliese draußen auf der Galerie, wo die peinliche Erinnerung durch Mi-Mos Gedanken huschte, daß sie hier zur allgemeinen Belustigung, nur mit dem Nachthemd bekleidet, von der Feuerwehr naßgespritzt worden war.

»Wie entsetzlich still es hier ist«, sagte sie.

»Ja, es sind nur noch zwei Familien hier. Wir und noch zwei ältere Leute, ein Ehepaar, aber die gehen auch schon morgen. Alle andern sind fort. Es kommt auch niemand mehr.« Eliese seufzte: »Wenn ich gewußt hätte, daß es ihn so trifft, hätte ich es nicht getan. Du hättest ihn sehen sollen! Wie ein Verrückter ist er in der Festung 'rumgerannt und hat Max gesucht. Sogar auf den Turm ist er hinaufgestiegen. Dann wollte er zur Polizei, und wir mußten ihn zurückhalten. Nachher ist er mit dem Fahrrad unterwegs gewesen und hat gesucht. Der Verwalter hat ihm zugeredet, wir hatten ihn eingeweiht. Aber Hugo hat sich nicht beruhigen lassen. Am Abend saß er im Stall und hat geflennt. Dann hat er zwei Tage nichts gegessen und sich ins Bett gelegt. Dabei war er die ganzen Tage vorher so gut in Stimmung gewesen. Als er von dir zurückkam, hat er drei Tage nur von dem Mann erzählt, von dem Edwin. Der würde ihm einige getragene, aber noch gut erhaltene Anzüge schenken, da könnte er auch wieder besser auftreten, meinte er. – Ja, und Bruno hat natürlich auch geflennt. Er weiß nichts. Er hing doch so an Max. – Und nun hat Hermann die zwei Zentner Zucker zu Kainrath ins neue Geschäft gebracht, von dem Mann, der die gebrannten Mandeln macht, aber der eine Sack war feucht. Der hatte im Regen gestanden. Nein, den wollte Kainrath nicht haben. Er war hier und hat mir fünfzig Mark gegeben. Er hat dann doch den Sack genommen, der im Regen gestanden hatte.«

»Vielleicht könnte man Max zurückkaufen?« erwog Mi-Mo.

»Ich habe daran gedacht, aber es hat keinen Sinn. Das Silberbesteck von Viktor hätte ich verkaufen können. Aber wir müssen hier 'raus! Und wo sollten wir Max unterbringen? Nein, es hat keinen Sinn! Ob er will oder nicht, wir müssen hier 'raus. Sie haben uns schon angedroht, wenn wir nicht freiwillig gingen, würden sie unseren ganzen Klumpatsch zusammenpacken und in die neue Wohnung fahren. Du kannst dich drauf verlassen, die machen das. Ich glaube, Hugo hat das auch begriffen.«

Sie wollten ihn mit Bier und guten Zigarren locken, wollten ihn in eine angenehme Stimmung bringen, in der er ganz von selbst nach seiner Hose greifen und von oben heruntersteigen würde. Das war Mi-Mos Vorschlag gewesen. Sie war mit ihrem Bruder einkaufen gegangen, hatte eine bauchige Tragtasche mit allerlei Delikatessen angefüllt. Obenauf lag ein Kistchen erlesener Zigarren. Die Bierflaschen klirrten leise gegeneinander, als sie die Tasche ins Zimmer trug.

Hugo schaute interessiert auf: »Was habt Ihr denn da in der Tasche?«

Eliese bereitete schweigend ein Mahl. Sie hatten auf der Galerie gestanden und sämtliche Möglichkeiten geprüft, auch die, daß er vielleicht übergeschnappt sei – auf eine leise Art. Verrückte, meinten sie, seien gefährlich, wenn sie ihren Anfall bekämen. Aber Hugo wisse noch genau, was er tue, und gefährlich sei er auch nicht. Nur bei der Erwähnung des nichtangemeldeten Geschäfts und der unbezahlten Steuern reagiere er etwas seltsam. Ja, sein Appetit sei auch wieder normal.

Eliese öffnete die kleinen Dosen, schnitt Schinken und Wurst auf und strich Butter auf die Brote. Sie richtete eine Schlemmerplatte für Hugo, der von oben angespannt die Vorbereitungen verfolgt hatte. »Davon kriege ich doch auch was?« hatte er gerufen. »Was denn, wollt ihr mir nichts davon geben?«

Mi-Mo reichte ihm die Platte hinauf, öffnete auch noch eine Flasche Bier für ihn. »Ah, das ist recht, daß du an deinen Vater denkst. Aber aufstehen tue ich nicht!«

Sie beobachten sein Behagen und seinen beruhigenden Appetit. Nach dem Essen bot ihm Mi-Mo die zweite Flasche, hielt ihm die geöffnete Zigarrenkiste unter die Nase.

»Ah«, sagte er. »Ah.«

Er setzte sich auf, hielt die Flasche in der Hand und paffte an seiner Zigarre. »Ich habe mir natürlich überlegt, wer es gewesen sein könnte.« Ein Neider, hatte er gedacht, aber sich dann eingestanden, daß es bei ihm nichts zu beneiden gebe. Ein böser Streich. Ein Roßschlächter. Aber davon war er abgekommen. Dann war er auf den Gedanken gekommen, es sei ein Racheakt gewesen. Aber er hatte niemandem etwas getan. Doch, den beiden, den Vertretern der Polizeigewalt, denen hatte er etwas getan. Sein Verdacht umkreiste die Möglichkeit einer amtlichen Rache, die auf heimtückische Weise von oben gegen ihn in die Wege geleitet worden sei. Er traute es ihnen zu, aber er hatte keine Anhaltspunkte. Ich kann nichts beweisen. Man kann ihnen nie etwas beweisen. Er hatte resigniert und sich damit abgefunden, daß er gegen diesen Diebstahl machtlos war. Sie hatten das fein eingefädelt. – Er war sicher, sie warteten nur darauf, daß er sie verdächtigte. Sie würden ihn dann auch wegen des Verdachts anklagen. Womöglich hatten sie

Löcher in die Wände gebohrt und hörten jedes Gespräch ab. Man konnte ihnen das zutrauen. Er zuckte deshalb jedesmal zusammen und zischelte ärgerlich, wenn Eliese erwähnte, daß er sein Geschäft nicht angemeldet und keine Steuern bezahlt hatte. Aber jetzt war es wahrscheinlich schon zu spät. Eliese hatte es schon ein paarmal hinausgeplappert. Sie hatten es wohl gehört und die Sache aufgenommen. Höchst lächerlich schien ihm nun die Vorstellung, daß er ums Haar zur Polizei gelaufen wäre und dort den Diebstahl gemeldet hätte.

Bei der dritten Flasche sagte er: »Es war kein gewöhnlicher Dieb.«

»Wer kann es dann gewesen sein?« fragte Mi-Mo.

»Ich weiß es!« sagte er trotzig.

»So?« sagte Eliese und schaute beklommen zu ihm hinauf. Sie bereitete schon eine Entschuldigung vor, suchte nach den Worten, die ihn überzeugen würden. Sie hatte das Notwendige getan. Das mußte er einsehen!

»Wer war es?« fragte Mi-Mo. »Wer hat denn Max gestohlen?«

Er thronte oben in seinem Bett, rechts die Bierflasche, links die erlesene Zigarre. Sie schauten zu ihm hinauf, gespannt auf seine Antwort. Er setzte die Flasche an, sein Adamsapfel zuckte auf und nieder. Er setzte die Flasche wieder ab, schaute sich vorsichtig im Zimmer um, beugte sich dann von oben herab.

»Ich weiß, wer es war«, flüsterte er. »Das war die Polizei.«

Am Samstag erschien Hugo in Mi-Mos Zimmer. Ja, er sei aufgestanden. Er schielte hinüber nach dem kleinen Schrank, wo er die Flasche wußte. Natürlich habe es einen besonderen Grund, daß er wieder aufgestanden sei. »Wir sind jetzt die letzten«, sagte er. »In acht Tagen verlassen wir die Festung. Ja, es waren wieder drei

Beamte da. Wir müssen ausziehen. Was kann man da machen? Sie transportieren unsere Möbel und alles dorthin. Es wohnen vier Familien in dem Holzhaus. Zwei große Zimmer kriegen wir, sagen sie. Natürlich haben sie dich mit gerechnet. Aber eine Baracke ist es doch!«

Sie hatten vor seinem Bett gestanden und zu ihm hinaufgesprochen, und er hatte von oben heruntergerufen, daß er nicht ausziehen würde! Sie müßten ihn von hier forttragen, aber sie würden ihn ja ohnehin in den nächsten Tagen holen. In die Gefangenschaft –.

Die Männer hatten Eliese beiseite genommen. Ja, da stehe noch was aus, hatte sie gesagt, wegen der Prügelei.

Die Beamten wußten davon. Sie waren mit der Weisung auf den Weg geschickt worden, ihn mit Vorsicht zu behandeln. Sie hatten auch die Zeitung gelesen und erinnerten sich an seinen tätlichen Widerstand.

Sie gingen zum Verwalter und führten einige Telefongespräche. Dann kamen sie zurück und erklärten, es liege nichts gegen Hugo Starosta vor. Nein, überhaupt nichts.

»Was?« hatte Hugo gesagt. »Es liegt nichts vor? Es liegt gar nichts gegen mich vor?«

Er erzählte jetzt nichts von diesen Einzelheiten. Er sagte: »Wir werden also ausziehen. Wenn ich mich wehrte, käme wieder die Polizei und vielleicht auch die Feuerwehr. Es hat keinen Sinn.«

Er traute ihnen nicht, hatte sich vorgenommen, gleich die Wände der neuen Wohnung zu untersuchen. Vielleicht wollten sie ihn nur aus der Festung herauslocken?

»Du«, sagte er, »ich habe gerade Herbert hier in der Nähe gesehen. Du weißt doch noch, der Mann von Dora. Er stand da 'rum. Warte mal, wenn ich hier aus dem Fenster sehe ... Ja, da steht er noch!«

Ehe er ging, füllte ihm Mi-Mo noch einmal das Glas.

»Hat er nichts gesagt?« fragte er. »Ich meine Edwin, wegen der Flasche.«

Mi-Mo ging gleich hinüber in Doras Zimmer. Sie standen am Fenster und spähten hinunter, um Herbert zu sehen. Er war nicht mehr dort.

»Der Depp soll sich nicht mehr blicken lassen!« sagte Dora. »Zieh dich an, Schätzchen, es ist Samstag.«

Am Abend dachten sie nicht mehr an Herbert. Sie saßen in dem kleinen Café und beobachteten den Türvorhang, der sich an diesem Tag häufiger als sonst bewegte.

Dora hatte sich am Tag vorher ein neues Kostüm gekauft. »Wie sehe ich aus?« fragte sie. »Bin ich hübsch? Sag schon, ich bin doch hübsch? Du wirst sehen, das neue Kostüm bringt mir Glück. Samstags floriert die Arbeit. Jeden Tag könnte man natürlich nicht soviel arbeiten. Werktags sind ja auch die Preise nicht so. Aber für den Samstagnachtpreis kann man schon was auf sich nehmen. So, du meinst, ich bin hübsch. Kennst du eine Filmschauspielerin, die so ähnlich aussieht wie ich? Mit wem würdest du mich vergleichen? Natürlich keine von den ganz jungen. Ich hätte so was Solides, hat der von gestern gesagt, der mit der Brille. Wie ich mich frei mache, steht er da und putzt sich die Brille. Und dann glotzt er und glotzt und sagt: ›Das ist was Solides, das ist was Solides.‹ Der stand auf Gucken.«

Mi-Mo sagte, oben 'rum sähe Dora der englischen Filmschauspielerin ähnlich, sie wisse doch, die da von dem Vollbärtigen an den Haaren gerissen worden sei. Sie erinnere sich doch noch an den Film? Jaja. Aber unten 'rum, wollte Dora wissen, wem sehe sie da ähnlich? Doch da wackelte der Vorhang und Mi-Mo wurde weggeholt. Sie begegnete Dora erst wieder nach drei Stunden.

Sie sitzen und schwätzen in dem angenehmen Gefühl, etwas geleistet und dafür gut verdient zu haben. Dora denkt an das Haus, an das sie sich heranarbeitet. Sie kommt näher und näher. Der Tag, an dem sie es anbezahlt ... Sie ist ganz auf das Haus eingestellt. Sie spricht mit Männern und denkt: Haus! Sie geht mit ihnen die Treppen hinauf, öffnet die Tür ihres Zimmers. Sie denkt: Haus!

Mi-Mo erwartete immer noch etwas, wenn sie den Vorhang beobachtete. Ihre Hoffnungen hatten sich die Möglichkeit errechnet, daß er hierherkommen könnte – vielleicht nicht direkt Edwin, aber fast Edwin!

»Was meintest du, welcher Filmschauspielerin sehe ich unten 'rum ähnlich?« fragte Dora.

Der Vorhang bewegte sich. Er bauschte sich leicht, setzte an wie zu einer Verbeugung vor dem Wind. Dann straffte er sich, hing still. Kein Gesicht zerteilte ihn. Aber ein Auge glühte aus seiner Mitte, aus dem zwei Finger breiten Spalt. Es suchte, spähte im Raum umher und zielte dann wie die Mündung einer Waffe auf den Tisch, an dem Dora und Mi-Mo saßen.

Mi-Mo spürte das Auge sofort. »Du ...«, sagte sie. Sie legte die Hand auf Doras Arm. Dora bemerkte es noch, sah dann, wie der Vorhang heftig hin und her ruckte in einer fluchtartigen Bewegung.

»Das war bestimmt Herbert!« sagte Dora. »Der soll sich hier ja nicht blicken lassen!«

»Ja«, sagte Mi-Mo. »Das war Herbert.«

Später ging Dora noch einmal mit einem Mann hinaus. Mi-Mo hätte auch noch einmal gehen können, aber sie war schon träge geworden, hatte bei der letzten Verhandlung so wenig Interesse gezeigt, daß der Mann an einen anderen Tisch gegangen war. »Du bist doch wirklich ein faules Luder«, hielt ihr Dora vor, als sie am Morgen nach Hause gingen. »Du machst gleich bei so ein paar Kerlen schlapp. Wieviel Uhr ist es? Fünf? Ja, fünf Uhr.«

Sie hören ihn erst, als er dicht neben ihnen ist. Er erschreckt sie, und in ihren ersten Impulsen ist etwas von der Panik aufgescheuchter Vögel. Doch nach einer Sekunde hat Dora ihren Schreck in Wut umgesetzt.

»Verschwinde!« ruft sie. »Ich lasse mir nicht von dir nachschleichen! Du gehst mir auf die Nerven!«

»Ich will mit dir reden! Dora, ich muß jetzt mit dir reden!«

»Der Kerl ist verrückt! Verschwinde jetzt, sage ich dir!«

»Zum letzten Male, kommst du zurück oder nicht?« Sein jämmerliches Gesicht lodert auf.

»Dora«, sagt Mi-Mo angstvoll. »Dora ...«

»Der Kerl kotzt mich an!« sagt Dora.

Er zieht sie am Arm, zieht sie in den schmalen Seitenhof eines Hauses. Dora schlägt nach ihm, aber er hat sie in den Hof gedrängt, versperrt ihr den Rückweg. Dora bückt sich nach ihrem Schuh.

Mi-Mo sieht das Messer, aber sie glaubt nicht daran, versucht, nicht daran zu glauben. Sie sieht den metallischen Schimmer, sieht ihn in Dora hineinzucken. Sie hört den Schrei, einen tierischen Schrei wie aus einer nächtlichen Wildnis. Am Boden. Er ist über ihr. Sie sind eine dunkle Masse, aus der sich der Arm aufhebt und niederfährt, aus der die gurgelnden Schreie aufsteigen, die Mi-Mo davontreiben, die Straße hinunter, wo sie die Schatten von Menschen eilen sieht, die ihr Ruf in Bewegung setzt: »Mörder! Mörder!«

Sie flüchtet. Als sie ihr Zimmer erreicht, hat sie noch die Schreie Doras im Ohr. Das Entsetzen würgt sie, die Vorstellungen ihres Entsetzens. Sie hat früher einmal gesehen, wie ein Schwein abgestochen wurde. Nur einmal hat sie das Schlachten ertragen, das verröchelnde Tier. Ein Mensch! Menschliches Fleisch unter dem Messer! Sie muß sich erbrechen. Sie kann nicht in ihrem Zimmer bleiben. Die Festung! denkt sie, die Festung!

Sie flüchtet, nimmt nur ihre Tasche, läßt sogar das

Sparbuch liegen, das sie sich auf Anraten Doras schließlich zugelegt hat. Als sie ein Taxi nimmt, sagt der Fahrer: »Was ist mit Ihnen? Ist Ihnen nicht gut?«

Nach dieser Nacht stotterte Mi-Mo einige Wochen. Sie merkten es nicht gleich. Sie lag zwei Tage im Bett und wurde von Weinkrämpfen geschüttelt. Hugo, Eliese und Bruno schlichen um sie herum.

»Willst du nichts essen? Gar nichts? Ihr habt euch gestritten, nicht wahr?«

Sie nickte, schlief dann wieder ein. Sie saßen mit Respekt vor ihrem Schmerz und ihrer Tasche, die sie nicht anzutasten wagten, obwohl sie gerne den Inhalt erforscht hätten.

Am zweiten Tag stand Mi-Mo auf und aß mit ihnen am Tisch. Ihre Hände zitterten. Sie sahen es. Hugo fragte vorsichtig: »Gestritten habt ihr euch also? Meinst du denn, es ist endgültig?«

Als sie antwortete und die Endgültigkeit bestätigte, merkten sie zum erstenmal, daß sie stotterte. Sie blickten erstaunt auf, senkten jedoch gleich den Blick, um Mi-Mo zu schonen. Eliese erinnerte sich: Das war die alte Schwäche, die jetzt wieder zum Ausbruch gekommen war.

»Ein Kind?« fragte Hugo. »Wenn du wenigstens ein Kind von ihm hättest. So ein Unglück«, sagte er niedergeschlagen, als er erfuhr, daß seine Tochter kein Kind von Edwin erwartete.

»In drei Tagen ziehen wir aus«, sagte Eliese. »Platz ist genug da. Hör mal, du hast doch nichts angestellt?«

Am übernächsten Tag kam Hugo mit einer Zeitung, die er beim Verwalter ausgeliehen hatte und rief: »Stellt euch vor, was passiert ist? Ich habe ihn noch gesehen, am Samstag!«

Ja, da war das Bild von Herbert, der seine von ihm getrennt lebende Frau, eine Prostituierte, hatte erstechen wollen. Sie hatten ihn am Tatort verhaftet. Seine schwerverletzte Frau war in ein Krankenhaus eingeliefert worden. Außer Lebensgefahr!

Mi-Mo hatte es eilig. Ihr Zimmer! sagte sie. Sie habe etwas vergessen. Ja, sie komme bald wieder zurück.

Sie nahm einen Wagen, fuhr zum Café und fragte, fuhr von da aus gleich weiter zum Krankenhaus. Sie vergaß, Dora etwas mitzubringen. Sie ging durch die langen Korridore, vorbei an vielen Türen fand die Nummer, trat ein und sah Dora im Bett liegen, die sie mit mühsam hervorgebrachten Worten empfing: »Das wird aber Zeit, daß du dich blicken läßt!«

Mi-Mo begann zu schluchzen, und Dora sagte: »Hör schon auf, Schätzchen, hör schon auf. Er hat auf mein Herz gezielt, der Schweinehund. Das hat man von seiner Gutmütigkeit.«

Natürlich, es gebe eine große Gerichtsverhandlung. Mi-Mo würde Zeugin sein. Aber schwören dürfe sie nicht. Ja, das sei der einzige Nachteil bei diesem Geschäft, man dürfe nicht schwören. Zwei Stiche waren in den Arm gegangen, zwei durch die Kleider. Aber zwei hatten getroffen. Einer die Lunge.

»Die Brust hat er mir verschandelt, der Dreckfink. Und ich hatte eine schöne Brust, das hat jeder gesagt. Aber dafür muß er ins Zuchthaus. Es ging dicht vorbei. Wenn du nicht geschrien hättest! Da kam einer und hat ihm die Fresse demoliert. Du hast mich gerettet, Schätzchen. Wenn ich mein Haus habe, dann ziehen wir zusammen. Ja, die Zeitung, ich weiß. Jetzt sind wir also auch drin. Was wirst du jetzt tun? Warten, bis ich wiederkomme. Ja, das ist gut.«

Als Mi-Mo zur Festung kam, sagte sie, es sei doch nicht endgültig. Ja, die Versöhnung habe sich angebahnt. Sie bleibe noch diese Nacht bei ihnen, kehre dann aber in ihr

Zimmer zurück. Es sei ja ohnehin die letzte Nacht in der Festung.

Am Abend saßen sie zusammen. Sie hatten schon gepackt, während Mi-Mo im Krankenhaus gewesen war. Morgen, gegen Mittag, würden die Möbel geholt. Hugo sprach von Dora und Herbert.

»Er war ein Waschlappen von jeher«, sagte Hugo. »Aber es war Liebe. Sie hat ihn betrogen. Wer weiß«, sagte er, »wenn mich eure Mutter betrogen hätte, hätte ich sie vielleicht auch gestochen. Jetzt muß er dafür bezahlen. Aber sie muß auch bezahlen.«

»M-Man kriegt nichts ge-geschenkt«, sagte Mi-Mo.

Sie ging am Morgen, hatte ihnen wieder etwas zukommen lassen.

Hugo begleitete sie bis zum Torbogen.

Er steht und sieht sie gehen. Dann läuft er in der Festung umher, denkt, daß noch viel Zeit bis zum Mittag ist. Er hat es nicht eilig, von hier fortzukommen. Er hat die Wände der Nebenräume überprüft und keine Löcher gefunden. Man könnte hierbleiben. Er öffnet einige Türen, die nur angelehnt sind und bereitwillig aufschwingen und ihre Leere preisgeben. Es ist still, und die Räume sind wie die verblaßten Erinnerungen an belebte Wohnungen. Wie die Kadaver von Wohnungen sind sie.

Er begegnet dem Verwalter. »Heute mittag schließe ich ab«, sagt der Mann. »Ich kann mein Zimmer ja von vorn erreichen. Aber ich bleibe auch nicht mehr lange hier.«

Hugo geht einmal um die Festung herum. Dann läuft er hinunter und kauft ein Päckchen Zehner-Stumpen. Auf dem Weg zurück bleibt er stehen, dort, wo die Zufahrt eine leichte Biegung macht. Er sieht die Kante der Mauern, die sich an der Ecke treffen. Die Festung ist jetzt über ihm wie der Bug eines Schiffes, das in voller Fahrt auf ihn zukommt.

Vor seinem Stall steht er, sieht das Schild *Hugo Starosta, Transportunternehmen.* Er nimmt das Schild ab und legt es in den Stall, sitzt dann auf einem Strohhaufen und denkt darüber nach, daß hier das letzte Pferd des Gespannführers Starosta stand. Ein kleines Pferd. Er kann ihn noch riechen, den guten Geruch, weiß, daß es das letzte Pferd seines Lebens war.

Er erinnert sich, daß es viele Dinge in seinem Leben gegeben hat, die von Bestand zu sein schienen, die aber dann daraus verschwunden waren. Später hatte er dann gedacht: Wann? Das letzte Mal? Die fernen Sensen, das Gras, das dort wuchs, wo er nicht wieder sein wird. Einen Heuwagen aufladen. Wann? Kleine Wege. Das Tor, das gequietscht hatte, die Klinke mit dem Löwenmaul. Wann? Das letzte Mal?

Diesmal weiß er es. Er erinnert sich an seine letzte Fahrt. Er geht umher in seiner lauen Verzweiflung. Sie waren eine große Familie. Ich hatte eine Idee fürs Frühjahr. Er denkt auch daran, daß er nie der Mann war, der er hätte sein können. Aber er weiß nicht recht, welche Art von Mann das eigentlich gewesen wäre. Er kränkt sich nicht sehr darüber.

Er kehrt wieder zum Stall zurück, setzt sich wieder auf das Stroh. Es würde hierbleiben. Das Schild und der Wagen mit Spriegel und Plane würden hierbleiben. Und noch einiges, von dem er nicht wußte: das Bett der Heimlichkeiten, wo der Knabe Starosta einen Knaben gezeugt hatte, den unentdeckten Enkel, von dem er nie wissen würde.

Am Mittag kam der Wagen und holte die Möbel. Der Verwalter stand im Hof. Er sagte, die Festung werde in diesen Tagen zweihundertfünfzig Jahre alt.

»Was geschieht jetzt mit der Festung?« fragte Hugo. »Wird sie abgerissen?«

Nein, daran sei nicht zu denken. Sie sei ein Denkmal. Außerdem könne sie immer mal wieder gebraucht werden, für Gefangene oder so.

Als sie gingen und der Verwalter hinter ihnen abschloß, seufzte Eliese: »Wer weiß, wie es dort sein wird, wo wir jetzt hinkommen? Ich will nicht schon klagen, aber wer weiß –«

Sie gingen über den Hof, durch den Torbogen. Bruno lief vor ihnen her.

»Die Beamten haben gesagt, dort wäre es besser.«

»So schlecht hatten wir's hier gar nicht«, antwortete Eliese.

»Ja«, sagte Hugo, »so schlecht hatten wir's hier nicht. Eigentlich haben wir es doch immer ganz gut getroffen.«

ENDE

R. A. STEMMLE

## Der Mann, der Sherlock Holmes war

Ein heiterer Kriminalroman

*Leinen · 200 Seiten*

Karierter Mantel und Reisemütze, eine Shagpfeife, die dem scharfgeschnittenen Gesicht das charakteristische Profil gibt, ein Geigenkasten, der nicht unbedingt eine Geige zu enthalten braucht – welche magische Wirkung könnte von solchen harmlosen Merkmalen ausgehen? Die Europäer von 1910, die auf der Brüsseler Weltausstellung zusammenströmen, erkennen an diesem Steckbrief sofort den größten Detektiv aller Zeiten: Sherlock Holmes. Wie nicht anders zu erwarten, ist er in Begleitung seines Assistenten Dr. Watson, und selbstverständlich steigt er im besten Hotel der Stadt ab. Hier gibt es sofort einen rätselhaften Fall aufzuklären ...

Ein ebenso amüsanter wie respektloser Kriminalroman, dessen glänzender Einfall bis zur letzten Zeile in Spannung hält.